KIERA CASS

SYRENA

Przełożyła
Małgorzata Kaczarowska

Tytuł oryginału: *The Siren*
First published in the USA by HarperTeen,
an imprint of HarperCollins *Publishers* Inc. in 2016

Pierwsze wydanie w języku polskim © 2016 by Wydawnictwo Jaguar Sp. Jawna
Redakcja: Paweł Gabryś Kurowski
Skład i łamanie: EKART

ISBN 978-83-7686-436-5

Wydanie pierwsze, Wydawnictwo Jaguar, Warszawa 2016

Adres do korespondencji:
Wydawnictwo Jaguar Sp. Jawna
ul. Kazimierzowska 52 lok. 104
02-546 Warszawa

www.wydawnictwo-jaguar.pl
youtube.com/wydawnictwojaguar
instagram.com/wydawnictwojaguar
facebook.com/wydawnictwojaguar
snapchat: jaguar_ksiazki

Druk i oprawa: Grafarti

Dla Liz
Ponieważ jest dziewczyną, dla której
powinno się komponować piosenki,
układać wiersze i pisać dedykacje w książkach.

Rozdział 1

Nawet jeśli chce ci się płakać, nie zawsze możesz, a na pewno nie w sposób, który przyniósłby ci jakąkolwiek ulgę. To tak naprawdę luksus. Dotyczy to również piosenek, śmiechu albo słów szeptanych do ucha przyjaciółce.

Traktowałam to jak oczywistość. Skąd miałam wiedzieć, że gdzieś tam, w świecie, w którym dawniej żyłam naprawdę, coś tak prostego jak popołudniowe powitanie mogłoby spowodować niewyobrażalne szkody?

Pojedyncza łza spłynęła mi po policzku, gdy patrzyłam z okna na piętrze domu, który wynajmowałyśmy. Na dole, brukowaną ulicą, szła młoda para, niewiele starsza ode mnie. Albo raczej niewiele starsza, niż ja byłam osiem lat temu. Ona była opalona i piękna, chociaż uroda nie kryła się w jej rysach

– nie, brała się z tego, że dziewczyna doskonale wiedziała, jak wygląda w oczach swojego partnera. Chłopak – równie opalony, ale znacznie bardziej muskularny – trzymał ją za rękę, splatając palce z jej palcami. Gdy przechodzili, popatrzył jej w oczy, uniósł jej dłoń i ucałował palce.

Jakie to uczucie?

Otarłam samotną łzę, zamknęłam oczy i wyobraziłam to sobie. Słońce odbijałoby się od moich ciemnobrązowych włosów, których lekko skręcone pukle unosiłyby się i opadały w rytm kroków. On, kimkolwiek był pozbawiony twarzy mężczyzna w mojej głowie, miałby palce zbyt duże, by wygodnie splatać je z moimi. Ale to nie miałoby znaczenia – gdyby trzymał moją rękę, nie czułabym, że moje palce się rozciągają. Czułabym tylko dotyk jego skóry na mojej. Nieświadomie zginałabym rękę w łokciu jednocześnie z nim, z radością podążając tam, gdzie by mnie prowadził. Nieoczekiwanie ciepłe i znajome wargi dotknęłyby mojej dłoni, a ja nagrodziłabym go uśmiechem.

Dźwięk zbliżających się kroków Marilyn wyrwał mnie z tych marzeń. Raz jeszcze otarłam oczy, usuwając wszelkie ślady łez. Marilyn bardzo się o mnie martwiła, więc nie mogłam pozwolić, by zobaczyła mnie smutną. Zamknęłam okno i zostałyśmy same.

– Wszystko w porządku? – Marilyn stanęła koło mnie. Jej dłonie, wilgotne i chłodne tak samo jak moje, musnęły moje czoło.

– W idealnym. – Uśmiechnęłam się promiennie i wzruszyłam ramionami, jakbym nie miała żadnych powodów do zmartwień. Udawanie stanowiło część tej pracy. Zwykle nie musiałam grać przed siostrami, ale czasem okazywało się to konieczne.

– Słyszałaś Ją wcześniej? – zapytała. Dlatego właśnie przyszła teraz do mnie: żeby przekazać mi to, co wiedziała.

– Tak mi się wydaje. Dzisiaj rano, prawda?

– Tak! No dobrze, a co powiedziała? – Marilyn rozpromieniła się. Jak mogłam czuć się przygnębiona w obliczu takiego entuzjazmu? Westchnęłam i spróbowałam sobie dokładnie przypomnieć słowa. Obawiałam się, że coś przekręcę.

– Chyba... mówiła, że to będzie za dzień albo dwa, że nadal czeka, ale mamy nasłuchiwać – wymamrotałam.

– Doskonale! Naprawdę, Kahlen, powtórzyłaś to idealnie. Ile to już minęło, osiem lat? Powinnaś już słyszeć Ją wyraźnie. Pamiętaj, że kiedy mnie nie będzie, powinnaś pozostawać w pobliżu oceanu. W ten sposób łatwiej ci będzie Ją usłyszeć i szybciej do Niej dotrzesz. Poza tym będziesz miała mnóstwo czasu, żeby zwiedzić wszystkie zakątki świata.

Nie mogłam temu zaprzeczyć – miałam mnóstwo czasu. Marilyn uśmiechnęła się i pobiegła do kuchni. Czas zrobić sobie przyjemność.

Marilyn miała rude włosy i duszę, która dorównywała im ognistością, ale o ile dobrze rozumiałam, to było coś, co nabyła z czasem. Dzięki temu, na ogół dogadywałyśmy się dobrze. Ja byłam z natury pogodna, chociaż musiałam przyznać, że w ostatnich latach coraz częściej zdarzały mi się chwile smutku. Cieszyłam się, że mam przy sobie siostrę, ale mimo wszystko czułam się osamotniona. Byłoby miło znać więcej niż jedną osobę na całym świecie. No dobrze, dwie, ale w praktyce Aisling nie była częścią mojego życia.

Nie mogłam przyjaźnić się ot, z kimkolwiek.

Dawniej miałam wielu przyjaciół, a także rodzinę, ale nie przypominałam sobie ich imion. Chociaż nie słyszałam ich głosów, doskonale pamiętałam, jak tłoczyliśmy się wokół stołu w jadalni i rozmawialiśmy. Na świecie było wiele rzeczy, za którymi tęskniłam tak boleśnie, że aż mnie to zaskakiwało, ale zazwyczaj pragnienia mojego serca przyćmiewała codzienna monotonia życia w ciszy.

Istniały zasady, a ja musiałam tylko ich przestrzegać – wypełniać obowiązki, spłacać dług – a wtedy te drobne marzenia będą mogły się urzeczywistnić. Ktoś będzie mnie trzymał za rękę. Ktoś będzie mnie całował w czoło. Będę żyć własnym życiem. Wystarczy, że zaczekam.

Czekanie było męczarnią.

Cisza była jeszcze gorsza.

Dziękowałam Bogu za Marilyn. Nie tylko dobrze się z nią rozmawiało, ale była także pełna wręcz nieskończonej mądrości. Jej czas dobiegał końca, dlatego wiedziała wszystko to, czego ja będę potrzebowała, by spłacić mój dług w tajemnicy. To było najważniejsze: nie popełniać błędów albo wszystko przepadnie. Wbijała mi to do głowy, gdy podróżowałyśmy po Ameryce Południowej. Nie byłam już pewna, w jakim kraju jesteśmy, tak wiele ich zwiedziłyśmy, ale gdy Marilyn wyjaśniła mi, że powrót do Stanów nie jest na razie dobrym pomysłem, poprosiłam, by zabrała mnie gdzieś, gdzie jest kolorowo.

Tu z pewnością było kolorowo. Drzewa dosłownie lśniły zielenią, a niebo miało odcień błękitu, jakiego istnienia nawet nie podejrzewałam. Także ludzie byli barwni. W Ohio widywałam mnóstwo bieli i sporo czerni, ale tutaj ludzie mieli skórę brązową, kawową, miodową i oliwkową. Nie wiedziałam, że istnieje aż tyle odcieni skóry.

Wynajmowałyśmy teraz dom, w którym było chyba co najmniej sześć córek. Miałyśmy szczęście, bo potrzebne nam były ubrania. Nie mogłyśmy przeczytać znaków ani notatek pozostawionych w domu, ale bez trudu rozumiałyśmy słowa dobiegające zza okna.

Język nie stanowił dla nas bariery, ponieważ nie musiałyśmy nim mówić, za to rozumiałyśmy wszystko. Na przykład Marilyn pochodziła z Anglii, ale gdy mówiła, nigdy nie słyszałam jej akcentu. Na pewno go miała, ale nie trafiał do moich uszu. Jedyną rzeczą wskazującą na jej narodowość lub epokę były frazy, jakich czasem używała. Zdarzało mi się zastanawiać, czy w jej uszach mój głos nabiera akcentu brytyjskiego.

Tak właśnie to działało, pewnie dlatego, że siostry pochodziły z całego świata i musiałyśmy być w stanie rozmawiać między sobą, ponieważ nie było nikogo więcej. Gdy śpiewałyśmy, dźwięki obejmowały tyle języków, że wydawały się naturalne. Z pewnością znałyśmy wszystkie możliwe dialekty, ale nigdy nie pytałam o to, więc mogłam się mylić.

Może chodziło o to, że nasze głosy już do nas nie należały.

Marilyn wróciła do pokoju z misą pełną owoców. Powoli jadła kawałek melona, rozkoszując się jego smakiem. Rozumiałam ją – czy kiedy nas opuści, będzie miała jeszcze kiedykolwiek okazję spróbować czegoś z tego zakątka świata? Czy będzie za tym tęsknić, nie wiedząc nawet, co to jest?

Kochałam Marilyn. Przychodziło mi to bez trudu, bo od początku była wobec mnie otwarta i szczera, a ja dzięki temu łatwiej przystosowałam się do tego życia. Nie ukrywała przede mną swoich problemów, więc ja nie ukrywałam niczego przed nią.

Marilyn miała siedemnaście lat, gdy została syreną. Odkryła, że narzeczony ją zdradza – i nie mam tu na myśli tego, że usłyszała jakieś plotki czy znalazła liścik miłosny. Naprawdę zdarzyło się jej, że weszła i zobaczyła mężczyznę, którego kochała, w łóżku z inną kobietą. Nie było mu nawet przykro. Powiedział jej, żeby się wynosiła, podczas gdy tamta dziewczyna leżała tylko, śmiejąc się.

Marilyn była zbyt młoda, by wiedzieć, co ma ze sobą zrobić. Czuła się zdradzona, niechciana, zhańbiona i nie mogła znieść myśli o tym, że musiałaby spojrzeć w oczy jemu lub swojej rodzinie. Przywiązała sobie kamienie do nóg i skoczyła do oceanu z nadzieją, że nigdy jej nie znajdą. Ubranie wystarczyłoby, by pociągnąć ją na dno.

Gdy tonęła, uświadomiła sobie głupotę swojego postępowania. To nie ona była podłym człowiekiem, tylko on! To nie ona powinna cierpieć, tylko on! Zaczęła żałować tej decyzji. Żałowała, że nie była silniejsza i nie wzięła swojego losu we własne ręce, a jej serce pragnęło żyć.

Matka Ocean zgodziła się na to.

Wszyscy w jej rodzinie sądzili, że zginęła, a jej dawny narzeczony mógł swobodnie poślubić tamtą dziewczynę – choć tak naprawdę wcale mu na tym nie zależało.

Początkowo trudno utrzymać dystans, dlatego trzeba się wybrać gdzieś indziej. Oczywiście tęsknisz za tymi, którzy zostali, ale najgorsza jest świadomość, że oni opłakują cię bez żadnego powodu. Ty nadal istniejesz, silniejsza niż kiedykolwiek. Jesteś odporniejsza niż oni.

Ale nic nie można na to poradzić, takie są zasady. Po pewnym czasie nie ma już nikogo, do kogo mogłabyś wracać. Wtedy jest odrobinę łatwiej i… odrobinę trudniej.

Jedyną pamiątką z tamtego życia był pierścionek zaręczynowy Marilyn, który zachowała, by stać się lepsza, nabrać odwagi, odnaleźć spokój.

Moja historia była inna niż Marilyn. Niewiele pamiętałam, ale jestem pewna, że był to rok 1921 i wydaje mi się, że zdarzyło się to w czerwcu.

– Jak myślisz, gdzie zamieszkasz, kiedy odejdę? – zapytała swobodnie Marilyn. Nie znosiłam tych rozmów. Oczywiście cieszyłam się jej szczęściem, ale nie wiedziałam, jak wytrzymam samotność jeszcze większą od przeżywanej w tej chwili.

– Nie zastanawiałam się jeszcze nad tym. Może zostanę tutaj, podoba mi się to miejsce. Będzie mi smutno, gdy zostanę sama, ale chyba nie dałabym rady mieszkać z Aisling. – Przewróciłam oczami.

Marilyn roześmiała się zaraźliwym śmiechem. Ten dźwięk sprawił, że całe moje ciało stało się lżejsze, a tęsknota, wywołana wcześniej podglądaniem cudzego życia, zniknęła, gdy mój głos zabrzmiał swobodnie.

Marilyn przepełniała radość życia, ale nasza siostra, Aisling, była zgorzkniała. Z pewnością głęboko żałowała, że musi prowadzić taką egzystencję, ale brakowało jej odwagi, by sprzeciwić się Matce Ocean i w ten sposób zerwać umowę. Aisling miała jeszcze sporo czasu do końca służby – mniej niż ja, ale znacznie więcej niż Marilyn. Marilyn miała nas opuścić w ciągu najbliższego roku, a ja wiedziałam, że będę za nią rozpaczliwie tęsknić. Aisling trzymała się na uboczu i widywałam ją tylko wtedy, gdy Matka Ocean wzywała nas wszystkie. Minął już ponad rok, od kiedy byłyśmy potrzebne, a ja nie tęskniłam do ponownego spotkania.

Aisling była oczywiście bardzo piękna. Była wytworną blondynką o jasnej skórze. Marilyn powiedziała kiedyś, że Aisling jest Szwedką, ale sama nie umiałabym tego rozpoznać. Wszystkie miałyśmy sporo wdzięku, ale w niej było go najwięcej. Podobnie jak Marilyn miała cudownie błękitne oczy, lśniły jak klejnoty w nieskazitelnej twarzy. Było w tych oczach coś, czego nie potrafiłam nazwać, coś, co sprawiało, że gdy na nią patrzyłam, zaczynałam tęsknić za czymś nieznanym. Miała jednak okropny charakter. Chyba najgorsze wrażenie zrobiło na mnie nasze pierwsze spotkanie. Podziwiałam ją tylko przez jakieś pięć minut, gdy ją zobaczyłam, zanim odezwała się do mnie.

– Nie trać czasu, nie uda ci się – wycedziła.

– Aisling, jeśli masz się tak zachowywać, to idź stąd – skarciła ją Marilyn.

– Chyba tak zrobię, bo po tym zamieszaniu potrzebuję odrobiny ciszy. Miło było cię poznać – powiedziała do mnie, jakby spodziewała się, że poddam się, gdy tylko ona zniknie, i że nigdy więcej mnie nie zobaczy. Wydawało się, że Aisling zapomniała błyskawicznie, jak sama się czuła, gdy przyszła na nią kolej. Nienawiść to bardzo mocne słowo, ale nie przesadziłabym, mówiąc, że nienawidziłam Aisling.

– Nie, nie wydaje mi się, żebyś miała cierpliwość do Aisling – przyznała Marilyn. Sądzę, że gdyby to było możliwe, zakrztusiłaby się jedzonym owocem.

– Potrafię przecież być cierpliwa! Dobrze się ze mną mieszka, prawda? – zaczęłam się bronić bez powodu, bo nie znosiłam Aisling. Ale przyjemnie było zabrzmieć w taki sposób, czułam się dzięki temu jak nastolatka.

– Oczywiście, skarbie, jesteś najlepszą współlokatorką, jaką znam. Ale mieszkałam z Aisling i przyznaję, że to może doprowadzić człowieka do szału.

– Kiedy i gdzie z nią mieszkałaś? – Sama myśl o tym wydawała mi się odpychająca.

– Na samym początku, tak samo jak ty, ale to było zupełnie co innego. Nie wytrzymałam z nią nawet tygodnia. Pomyśl tylko: miałyśmy przed sobą całe lata, a nie byłyśmy w stanie znieść się nawzajem przez tydzień! Możesz sobie wyobrazić, co by było, gdybym zostawiła ciebie samą po tygodniu?

Zadrżałam.

– Och, byłabym całkowicie zagubiona! Dlaczego ona nie chciała mieszkać z tobą?

– Wydaje mi się, że nie chodziło o mnie. Ona chyba chciała być sama. Bardzo jasno powiedziała, że nie lubi czuć się obserwowana przez cały czas. Wrzeszczała na mnie i robiła awanturę za każdym razem, gdy zbliżyłam się za bardzo albo powiedziałam za dużo. Po prostu tego nie lubiła. – Marilyn wzruszyła ramionami na to wspomnienie.

– Co zrobiłaś?

– Odeszłam, bo tego właśnie chciała. Aisling poprosiła mnie, żebym wyjaśniła jej wszystko jeszcze raz, a potem powiedziała, że będzie się trzymać w pobliżu Matki Ocean i zapyta Ją, jeśli będzie czegoś potrzebować, zanim sama zacznie wszystko rozumieć. Jest uparta jak osioł! – zakończyła ze śmiechem Marilyn.

Roześmiałam się razem z nią.

– Jak myślisz, która z was pierwsza chciała uciekać?

– Wydaje mi się, że obie byłyśmy sobą zmęczone. Starałam się z nią wytrzymać, naprawdę, ale gdy popłynęłam na południe, a ona na północ, uznałam, że tak będzie lepiej. Nie jestem pewna, czy kiedykolwiek jedna siostra próbowała zabić drugą, ale nam niewiele brakowało! – Myśl o tym, że można zabić inną siostrę, była naprawdę komiczna. Nie miałam pojęcia, jak miałoby to być możliwe. – Naprawdę, któregoś wieczora rozbiłam jej talerz na głowie.

– Jak to?! – krzyknęłam. Obie zaczęłyśmy się znów śmiać.

– Coś o mnie powiedziała, już nie pamiętam co konkretnie, a ja po prostu złapałam talerz i uderzyłam ją w głowę! – Nadal się śmiałyśmy. – Wiesz, nie zrobiłam jej krzywdy, ale możesz to sobie wyobrazić.

Tylko Marilyn przyszłoby coś takiego do głowy. Kochałam ją z całego serca i wiedziałam, że będzie mi jej brakować.

Syciłam się tą chwilą śmiechu. To był cudowny i intymny dźwięk. Odkryłam, że oddechy nie są szkodliwe – tak jak bezgłośny śmiech – ale gdyby pojawił się w nich chociaż cień naszego głosu, zaczęłyby się kłopoty. Westchnienia, pociąganie nosem i sapnięcia były nieszkodliwe, ale śmiech, mowa, płacz i nawet szept miały w sobie coś z muzyki. Przed nimi musiałyśmy się pilnować, dlatego opanowałyśmy się, zanim po południu wyszłyśmy z domu.

Rozpaczliwie potrzebowałam czegoś, co zajmie moją uwagę – byłam bardziej sobą, gdy coś robiłam. Spacerowanie po plaży sprawiało, że czułam się bardziej normalna. Chłopcy gwizdali za nami, musiałyśmy się im wydawać egzotyczne. Rude włosy Marilyn i moja jasna cera wskazywały bez cienia wątpliwości, że nie jesteśmy miejscowe.

Nad ranem, gdy nikt nas nie widział, Marilyn i ja czasem kąpałyśmy się przy brzegu. Matka Ocean musiała czuć, jak bardzo Jej nie ufam, ale nie zawracała sobie głowy żadną reakcją. Woda tutaj, w pobliżu zwrotnika, była zawsze ciepła i pełna życia. Ryby przepływały koło nas z gracją, niemal tańcząc w swoim podwodnym świecie. Na dnie, tam, gdzie zwykli ludzie woleli się już nie zapuszczać, piasek ustępował miejsca poszarpanym skałom pokrytym cienkimi wstęgami wodorostów, które wyglądały, jakby machały do mnie, gdy przepływałam obok. Wypływałam tam, z ulgą witając zmianę otoczenia, i zostawałam pod wodą, patrząc ku górze. Księżyc kołysał się, gdy fale przesuwały się nade mną, a ja czułam, jaka jest prawda o naszym życiu: wszyscy jesteśmy zależni od Niej.

Było jeszcze zbyt wcześnie i zbyt widno na takie wyprawy, więc robiłyśmy to samo, co miejscowi. Zauważyłyśmy malutki zespół grający na placu pod namiotem, więc podeszłyśmy, żeby posłuchać. Uwielbiałam tutejszą muzykę, była taka świeża. Siedziałyśmy na ławce na skraju placu i po prostu patrzyłyśmy. Namiot zatrzymywał większość promieni słońca, rzucając cień na siedzących na krzesłach ludzi. Wszędzie kwitły kwiaty, napełniające powietrze zapachem perfum, a mnie nadal wydawało się to egzotyczne. Muzycy mieli na sobie identyczne kremowe koszule, ale wyglądali swobodnie, tak samo jak wszyscy tutaj.

Kilka par tańczyło w rytm muzyki. Dzieci trzymały się za ręce i podskakiwały w kółku. Starszy mężczyzna pląsał z dziewczynką, która musiała być jego wnuczką. Mówił jej po cichu, że jest najpiękniejszą dziewczyną, jaką kiedykolwiek znał. Cieszyłam się, że jestem dość blisko, by to usłyszeć. Nie było nikogo, kto poprosiłby mnie do tańca, więc musiałam korzystać z tego, co miałam. Złapałam Marilyn za rękę i pociągnęłam ją, by zatańczyła ze mną. Gdy w końcu się zgodziła, obie usłyszałyśmy jakiś dźwięk.

Bryza przyniosła Jej głos, który zaczęłam słyszeć, podobnie jak Marilyn. Tym razem to nie była ta sama wiadomość, co rano. Jeśli dobrze rozumiałam... mówiła coś o Morzu Japońskim i nowej siostrze. Miałyśmy się pospieszyć.

Marilyn i ja popatrzyłyśmy na siebie. Nie mogłyśmy tutaj rozmawiać, ale ta wiadomość była dziwna. Nowa siostra? Na pewno po to, by zastąpić Marilyn, ale ja byłam jeszcze zupełnie niedoświadczona. Nie miałyśmy czasu zastanawiać się, co to może oznaczać.

W jednej chwili spoważniałam. Nie byłam już dziewczyną tańczącą pod namiotem, byłam syreną i miałam zadanie do wykonania. Musiałam być posłuszna.

Nie mogłyśmy skoczyć do morza na oczach tylu ludzi. Nie zamierzałyśmy się wynurzać, a to z pewnością zwróciłoby uwagę. Pobiegłyśmy plażą, szukając pustego miejsca. Ludzie oglądali się za nami, gdy przebiegałyśmy koło nich pędem, wznosząc tumany piachu. Pożyczone spodnie, intensywnie żółte i różowe, łopotały na wietrze. Zauważyłam, że Marilyn na chwilę zbliżyła się do wody i zanurzyła stopy w falach, by wyjaśnić, że jesteśmy w drodze, ale mamy za dużo świadków.

Ludzie na plaży rozmawiali po hiszpańsku, ale rozumiałam ich doskonale.

– Patrz, jak te dziewczyny biegną!

– Niezłe nogi, złotko!

Zignorowałyśmy ich i biegłyśmy dalej, nie zatrzymując się. Jedną z zalet faktu, że właściwie nie potrzebujesz płuc, stanowi to, że nigdy nie tracisz oddechu. Oddychanie było raczej przyzwyczajeniem niż koniecznością.

Miałam wrażenie, że trwało całą wieczność, zanim linia plaży zakręciła. Niepokoiłam się. Matka Ocean czuła, że się zbliżamy, ale nasza nowa siostra tego nie wiedziała. Miałam nadzieję, że poradzi sobie przez tę chwilę, jakiej potrzebowałyśmy, żeby dotrzeć do niej. Gdy pojawiła się kępa drzew osłaniających fragment plaży, Marilyn i ja zwolniłyśmy i obejrzałyśmy się, żeby sprawdzić, czy nikt nas nie widzi. Bez wahania skoczyłyśmy do wody, nie zawracając sobie głowy zaczerpnięciem oddechu.

Nie musiałyśmy płynąć, nie wtedy, gdy Ona kierowała nas w konkretne miejsce. Byłyśmy raczej pchane do przodu – słabsze ciało zostałoby unicestwione taką siłą, ale mnie to za każdym razem prawie łaskotało. Zazwyczaj, gdy poruszałyśmy się w taki sposób, miałam okropne uczucie połączone z pełną świadomością, że za chwilę pomogę w doprowadzeniu do masakry. Starałam się pocieszać świadomością, że to nie ja potrzebowałam tych istnień. Oprócz niepokoju czułam także dziwny przypływ siły i urody. Mój widok, mój głos były przynajmniej dla garstki ludzi, ostatnią rzeczą, jaką zobaczą i usłyszą; miałam też świadomość, że w obu przypadkach będę niedoścignionym wzorem doskonałości.

Gdy poruszałyśmy się w wodzie, nasze ubrania rozpadały się. Myślę, że przyczyną była szybkość. Guziki i suwaki wytrzymywały ją całkiem nieźle, ale ponieważ nie miały się czego trzymać, tonęły jak drobne kamyki. Pierścionek zaręczynowy Marilyn znosił napór wody bez najmniejszej trudności. Ja wkroczyłam do tego świata bez własnej biżuterii, na której mogłabym przetestować tę siłę.

To, co miałyśmy na sobie, gdy śpiewałyśmy razem, nie należało do żadnego miejsca ani czasu. Byłyśmy zjednoczone, równe sobie. Gdy ubrania zostały zdarte z naszych ciał, Matka Ocean uwalniała ze Swoich żył sól, której drobniutkie cząsteczki osiadały na nas, tworząc długie, powiewne suknie. Wyglądały trochę jak piana morska, lekkie i lśniące. Nigdy nie były identyczne, ale zawsze podobne. Zawsze były w jednym z Jej odcieni – niebieskie, zielone, beżowe – jak cała Jej tęcza. Rozkoszowałyśmy się nimi – były ponadczasowe, cudowne i na swój sposób zmysłowe. Stanowiły jedyną zaletę, jaką na razie dostrzegałam w moim obecnym życiu.

Czasem nosiłam taką suknię, dopóki się nie rozpadła. Ziarenko po ziarenku rozsypywała się, a ja patrzyłam ze smutkiem, jak zmienia się w sól na podłodze. Uwielbiałam te suknie i nie było wątpliwości, że gdy stałyśmy w wodzie ubrane w coś takiego, każdy mężczyzna zapominał, że to, co robi, jest szaleństwem. Gdy znajdowałyśmy się na miejscu, odsłonięte fragmenty skóry lśniły od soli, a gdy otwierałyśmy usta i śpiewałyśmy, nikt nie mógł się oprzeć pokusie. Niebezpieczeństwo kryjące się za naszą urodą dawało się dostrzec o wiele za późno.

Ocean była pełna niebezpieczeństw. Tak jak reszta ludzkości zakładałam, że najgorsze są góry lodowe lub huragany – różnego rodzaju katastrofy naturalne. Prawda była taka, że tych niebezpieczeństw można było niemal zawsze uniknąć. Prawdziwe niebezpieczeństwo stanowił głos ukryty w moim niezniszczalnym ciele.

Spójrzcie chociażby na „Titanica" – gazety ogłosiły, że statek wpadł na górę lodową. Ja wiedziałam, że odpowiadały za to Marilyn i Aisling, które śpiewem zwabiły go na niebezpieczny kurs. Na długo zanim inni ludzie mogli to zobaczyć, popłynęłam tam, żeby odszukać wrak. Marilyn odmówiła towarzyszenia mi, więc zrobiłam to sama. To było zaledwie po kilku miesiącach nowego życia, zanim miałam okazję sama zatopić statek; nie rozumiałam jeszcze jej odrazy. Nie wiedziałam, że potem ten widok będzie mnie prześladować. Matka Ocean zabrała mnie tam z łatwością, łagodnie kierując mnie do wraku. Byłam zaskoczona Jej gotowością, ostrożnością, z jaką prowadziła mnie tam, gdy poprosiłam Ją o coś tak dziwacznego. Onieśmielała mnie, ale ciekawość zwyciężyła.

Spodziewałam się, że statek wzbudzi mój podziw, ale myliłam się. To był straszny widok.

Statek złamał się na pół, a szczątki rozsiane były wszędzie wokół. Przyciągnęła mnie do niego słynna nazwa i miejsce, jakie zajmował w pamięci świata, ale okazał się milczącym cmentarzem metalu i śmieci. Porcelanowa lalka. Para butów. Talerz. Nagle uświadomiłam sobie, że gdybym przeszukała morskie dno, mogłabym znaleźć to, co pozostało z mojego statku. Rzeczy należące do mnie leżałyby rozsypane w piasku, tak samo jak te. To nie był sukces myśli inżynieryjnej.

To nie było wydarzenie, które trafiło na czołówki gazet. Tyle pozostało po życiach, do których odebrania się przyczyniłyśmy. Jeden z setek nieznanych cmentarzy na dnie morza.

Dzisiaj jednak nie płynęłam, by spowodować takie zniszczenia. Dzisiaj moim celem była nieznana przyjaciółka. Ile miała lat? Skąd pochodziła? Jak się znalazła w takiej sytuacji? Pojawiły się też poważniejsze pytania. Skoro Matka Ocean potrzebowała jedzenia, tak jak mówiła nam rano, to dlaczego oszczędziła tę dziewczynę? Ocean słyszała pytanie, które zadawałam w myślach, ale najwyraźniej nie zamierzała udzielić mi odpowiedzi. Nie podobało mi się to, że moje myśli wydawały się napełniać Ją ciepłem.

Mogłam rozmawiać z Nią tak samo jak Marilyn, ale w tym momencie nie byłam pewna, jak blisko chcę Ją dopuścić. Oczywiście zrozumiałam Jej milczącą odpowiedź, gdy tylko dostrzegłam tę drobniutką istotę. Gdy wylądowałyśmy na brzegu, ledwie oświetlonym promieniami słońca, zobaczyłam naszą nową siostrę.

Była uderzająco piękna, tak drobna, że wydawała się krucha. Czarne włosy spadały jej na ramiona, gdy siedziała, obejmując tułów rękami. Jej twarz o miękkich rysach i ciemnych oczach odznaczała się pełną spokoju urodą. Jej widok wśród nas – a zapewne także jej głos – będzie nieodparcie piękny. Płakała cicho, gdy Marilyn i ja zbliżyłyśmy się do niej, ostrożnie wynurzając się z fal; nie chciałyśmy przerazić jej jeszcze bardziej.

Aisling jeszcze się nie pojawiła, a ja podejrzewałam, że celowo się ociągała. Nie zdziwiłoby mnie to, biorąc pod uwagę, jak przywitała mnie. Podeszłam do dziewczyny tak szybko, jak tylko mogłam, żeby nie wydać się straszna. Widziałyśmy w jej oczach lęk, gdy na nas patrzyła… ale także pewien podziw. Znałam to uczucie.

Odzwyczaiłam się od mówienia do ludzi, więc podskoczyłam lekko, gdy Marilyn odezwała się do niej.

– Jak masz na imię? – zapytała.

– Miaka – jęknęła drobna dziewczyna. Wstrząsnął nią niepowstrzymany szloch.

– Miako, nie musisz się bać. Nie skrzywdzimy cię. Jesteśmy tutaj, żeby ci pomóc – Marilyn przemawiała jak życzliwa nauczycielka, a Miaka popatrzyła na nią z zachwytem w oczach. Nie dziwiłam jej się.

– Czy jesteście aniołami? – zapytała, a Marilyn i ja musiałyśmy powstrzymać śmiech. Suknie, lśniąca skóra i otaczająca nas aura sprawiały, że zapewne właśnie tak wyglądałyśmy.

– Nie – odparła Marilyn. – Nie umarłaś, a my nie jesteśmy aniołami.

– Nie rozumiem. Umierałam... czułam to. Nie mogłam oddychać. – Gdy to mówiła, wróciły do mnie wspomnienia. Z zaskakującą jasnością moje myśli wróciły do tamtej pierwszej i ostatniej chwili, w której wszystko się zmieniło. Czułam, jak mięśnie bolą mnie od walki z wodą, jak płuca płoną z wysiłku. Słyszałam upiorny głos wzywający mnie z ciemności. Wir ciemnej wody, moje usta otwierające się bezwiednie i odrętwienie, które stłumiło cały ból. Ponieważ znałam wodę, wiedziałam, że coś jest nie tak.

– Tak, umierałaś – powiedziała Marilyn. – Ale pragnęłaś żyć, prawda?

Miaka wydawała się zaszokowana.

– Tak! Tak! Błagałam, by pozwolono mi żyć i wtedy usłyszałam głos. Myślałam, że moi przodkowie wzywają mnie do domu.

Marilyn nadal starała się ją uspokoić.

– Przeżyłaś. Dostałaś drugą szansę, Miako.

– Żyję? Na pewno? Powinnam czuć ból, ale nie czuję. A wy wyglądacie jak anioły... Na pewno umarłam... – Urwała; zdawała się mówić bardziej do siebie niż do nas.

– Nie, kochanie, przeżyłaś – oznajmiłam. Już ją polubiłam; była taka mała i tak bardzo potrzebowała pomocy. Mogłam się nią zaopiekować, potrzebowała kogoś takiego jak ja. Nie wiedziałam jeszcze, czy siostry opiekują się nowymi na zmianę, ale nie było mowy, żebym pozwoliła Aisling zabrać ode mnie Miakę. Marilyn i ja zajmiemy się nią.

Miaka wpatrywała się w nasze twarze w poszukiwaniu cienia fałszu. Teraz, gdy patrzyła prosto na nas, widziałam w pełni jej urodę. Miałam przeczucie, że do tej pory nikt jej nie zauważał. Patrzyła na nas długo, ale szczerość w naszych twarzach przekonała ją, że mówimy prawdę.

– Ja żyję? Och... och, to cudownie! Och, dziękuję wam! Dziękuję z całego serca! – pisnęła, przypuszczając, że to my ją uratowałyśmy. – Och, proszę, możecie zabrać mnie do ojca?

Nie mogłam wykrztusić ani słowa. Słyszałam w jej głosie tęsknotę, którą dobrze znałam. Wiele szczegółów zaczęło się już zacierać, ale wiedziałam, że jeden z moich braci przeżył. Pragnęłam zobaczyć, jakie życie prowadzi, ale nie byłam pewna, czy nawet coś tak drobnego nie będzie miało poważnych konsekwencji, czy samo patrzenie na niego nie ściągnęłoby kłopotów. Nie mogłam ryzykować.

– Nie – powiedziała po prostu Marilyn.

– Ale... ale on będzie się zastanawiać, gdzie ja jestem. Wypadłam z łodzi, gdy popłynęłam łowić ryby z braćmi. Nie potrafię pływać... zwykle znacznie bardziej uważam. Nie widzieli, że wypadam za burtę, a ja nie zdążyłam nabrać oddechu, by ich zawołać. Ale będą wiedzieli, że wypadłam. Nie wiem, gdzie są teraz.

– Są daleko stąd, Miako, a ty nie możesz do nich wrócić. Przykro mi – powiedziała Marilyn głosem pełnym słodyczy, ale i stanowczości.

– Dlaczego...? – Twarz Miaki posmutniała.

– Powiedziałyśmy prawdę, gdy mówiłyśmy, że przeżyłaś. Pragnęłaś odzyskać swoje życie i tak się stało, ale za pewną cenę. Musisz zapłacić za swoją drugą szansę.

– To jasne, że musi. – Aisling pojawiła się za nami. Podeszła, kołysząc się z wdziękiem. – Coś mnie ominęło?

– Witaj, Aisling – powiedziała Marilyn. – Poznaj naszą najnowszą siostrę. To jest Miaka. – Marilyn wskazała drobną dziewczynę. Zauważyłam, że Miaka szybko podniosła oczy na słowo „siostra".

– Witaj, Miako – odezwała się Aisling. Jej mina i głos były kompletnie obojętne.

– Właśnie miałyśmy jej opowiedzieć o nowym życiu. Czy mogę kontynuować?

– Po co sobie zawracać głowę? Nie wygląda, jakby miała wytrzymać. Daję jej, no, nie wiem, trzy dni. Najwyżej pięć – oznajmiła Aisling i odeszła kawałek. Miała ma myśli Miakę, ale mnie także to zabolało.

– Nie przejmuj się nią – wyszeptałam do Miaki. Aisling była najmniejszym z jej zmartwień, a przynajmniej tak powinno być.

– Aisling, zrób coś pożytecznego i stań w wodzie – poleciła stanowczo Marilyn.

– Niech będzie. – Aisling zeszła na brzeg, żeby stanowić nasze połączenie z Matką Ocean, a my z powrotem zajęłyśmy się naszą nową siostrą.

– Miako – zaczęła Marilyn. – Aisling, Kahlen i ja jesteśmy syrenami. Słyszałaś kiedyś o syrenach?

Miaka potrząsnęła głową.

– Jesteśmy śpiewaczkami z legend. Dawniej ludzie wierzyli w nas albo przynajmniej podejrzewali, że istniejemy, ale teraz jesteśmy siostrami w tajemnicy, ukryte przed światem. Należymy do Matki Ocean. Widzisz, Ona jest ogromną istotą i oddaje nieskończenie wiele całej ziemi. Aby była dość silna, by podtrzymać życie na planecie, musi jeść. Pomagamy Jej w tym, śpiewając dla Niej. Nie zdarza się to często, ale to nasz obowiązek, a teraz ty także będziesz musiała to robić, jeśli podejmiesz taką decyzję.

Widziałam, jak w jej głowie rodzą się pytania. Zastanawiałam się, które zada jako pierwsze.

– Co takiego je Matka Ocean? – zapytała.

– Ludzi – odparłam cicho.

– Ludzi?! – Wydawała się przerażona. Zobaczyłam, że jej twarz wykrzywia strach, a szloch pełen przerażenia zaraz wydostanie się na zewnątrz.

Marilyn szybko interweniowała.

– Tak, ale nie uczestniczymy w tym często. Raz na rok, czasem rzadziej. Ludzie często tracą życie w wodzie, a to pomaga. Ja próbowałam umrzeć celowo, a ty omal nie zginęłaś przez przypadek. Ale jeśli to nie wystarcza, my Jej pomagamy.

Miaka wysłuchała tego, a jej onyksowe oczy biegały niespokojnie w poszukiwaniu kolejnych pytań lub w oczekiwaniu wyjaśnień. To nie jest drobnostka, odkryć, że planeta ukrywa coś przed tobą.

Była znacznie spokojniejsza niż ja w swoim czasie. Ja jąkałam się, przerywałam i machałam rękami. Miaka najwyraźniej była nauczona panować nad sobą. Gdy zobaczyła, że dajemy jej czas, podniosła spojrzenie na Marilyn i zadała jedno z tuzinów pytań, jakie musiała mieć. Nie była całkowicie spokojna, ale przynajmniej nie histeryzowała.

– Powiedziałaś… powiedziałaś, że jeśli podejmę taką decyzję. A jeśli nie? – zapytała. Ja nie zadałam tego pytania. Miaka uwierzyła szybciej niż ja, może po prostu była bardziej inteligentna.

– Przykro mi, Miako, ale jeśli nie staniesz się jedną z nas, będziemy musiały pozwolić, by Matka Ocean cię zabrała. Powinnaś była umrzeć przed chwilą, dlatego pozwoliłybyśmy Jej na to. Jeśli jednak postanowisz zostać, opowiemy ci, jak teraz będzie wyglądać twoje życie. – Głos Marilyn jak zawsze był pełen słodyczy.

Modliłam się, by Miaka została. Pragnęłam z nią być! Nie mogłabym sprzeciwić się, gdyby Matka Ocean rozkazała mi wciągnąć Miakę do wody, ale nie wiedziałam, czy moje serce zniosłoby, gdybym musiała to zrobić. Miałam nadzieję, że nasze twarze jasno jej mówią, że nam na niej zależy. Cóż, przynajmniej dwóm z nas.

– Idź od razu do wody, skarbie, nie poradzisz sobie! – zawołała Aisling. Spacerowała bez celu na przybrzeżnej płyciźnie, w ogóle niezainteresowana.

Rzuciłam jej spojrzenie – proszę, istniał ktoś, komu umiałabym zrobić krzywdę.

– Naprawdę – powiedziałam cicho do Miaki. – Nie przejmuj się nią. Nie będziesz jej widywać zbyt często.

Miaka patrzyła na mnie poważnie. Nasze oczy spotkały się. Wiedziałam, że jestem zachłanna, ponieważ Marilyn ma niedługo odejść, ale jeśli miało nas znowu zostać trzy, chciałam, żeby Miaka z nami została. Uśmiechnęłam się do niej i miałam nadzieję, że ona widzi moją życzliwość. Miaka przeniosła spojrzenie na Marilyn.

– Ty jesteś Marilyn, prawda? – zapytała. Marilyn skinęła głową. – Czy mogę się dowiedzieć, jak będę żyła... zanim podejmę decyzję?

– Tak – odparła Marilyn i powtórzyła to, co powiedziała do mnie osiem lat temu: – Jeśli do nas dołączysz, będziesz musiała wszystko pozostawić. Nie będziesz mogła nigdy wrócić do swojej rodziny. Zostaniesz czwartą syreną; tylko tyle może nas być jednocześnie. Gdy Matka Ocean nie będzie potrzebowała naszej pomocy, możemy żyć, jak tylko chcemy. Jest kilka zasad, ale to wyjaśnię później. Możesz żyć sama, tak jak Aisling, chociaż na początku najlepiej będzie, jeśli zostaniesz z kimś. Może ci się wydawać, że twoje ciało jest zamrożone. Nie będziesz się starzeć, nie zachorujesz i nie umrzesz, dopóki jesteś syreną. Gdy twój czas się skończy, twoje ciało straci swą niezwykłość, i zaczniesz się starzeć. Będziesz wtedy mogła wyjść za mąż, mieć rodzinę, robić, co tylko zechcesz. Twoje życie należy teraz do Matki Ocean, ale tamto życie będzie wyłącznie twoje, a ty będziesz miała przewagę nad większością ludzi, ponieważ będziesz miała czas, by się doskonalić. To niemalże jak dodatkowy dar. Będziesz miała wyjątkowy charakter, chociaż możesz nie wiedzieć, skąd się to wzięło. Na przykład ja jestem znacznie odważniejsza niż byłam. Gdy porzucę to życie, nie będę pamiętać zdarzeń, które mnie taką uczyniły, ale to nie zmieni mojego charakteru – to część tego, jaka teraz jestem. Jednak do tego czasu nie wolno ci zrobić nic, co mogłoby wyjawić światu naszą tajemnicę. Oznacza to, ogólnie rzecz biorąc, że nie możesz nawiązywać bliskich kontaktów z ludźmi. Pomijając to, że oni się zestarzeją, podczas gdy ty pozostaniesz młoda, nie będziesz mogła się do nich odzywać. Twój głos będzie ich wabić do wody i sprawi, że zapragną utonąć. Takie właśnie jesteśmy. Nawet jeśli w pobliżu nie będzie wody, mogą próbować czegoś takiego jak włożenie głowy do zlewu. Możesz odzywać się do nas i w każdej chwili możesz rozmawiać z Matką Ocean, ale dla ludzi jesteś śmiertelnie niebezpieczna. Jesteś w tej chwili bronią. Niezwykle piękną bronią. Nie będę cię okłamywać, takie życie jest bardzo samotne, ale gdy się skończy, zaczniesz żyć naprawdę. Wszelkie zmiany, jakie w tobie zajdą, staną się częścią twojej osobowości, twoje pasje pozostaną z tobą. Wystarczy, że teraz złożysz w ofierze swoje posłuszeństwo i czas – zakończyła Marilyn.

Miaka słuchała tego wszystkiego uważnie, a ja podziwiałam jej opanowanie. Przed chwilą otarła się o śmierć, została rozłączona z rodziną i usłyszała, że jest śmiertelnie niebezpieczna. Mimo to zachowywała się racjonalnie, a lśniące w jej oczach łzy nie odbierały jej zdolności trzeźwego myślenia.

Była odważniejsza ode mnie – naprawdę zastanawiała się, czy nie byłoby lepiej, gdyby została zabrana przez Matkę Ocean. Z każdą mijającą sekundą coraz bardziej obawiałam się, że dojdzie do wniosku, iż wszystko, nawet śmierć, będzie lepsze od takiego życia. Próbowałam w myślach nakłaniać ją, by została. Popatrzyła na Marilyn i przygotowała się, by usłyszeć odpowiedź na jedno z najważniejszych pytań.

– Jak długo? – zapytała.

– Sto lat – odparła Marilyn.

Miaka znowu się zamyśliła. Zastanawiałam się, co takiego rozważała. Ja podchodziłam do życia zbyt emocjonalnie, by tyle się zastanawiać. Przez długą chwilę panowała cisza. Nawet Matka Ocean cierpliwie czekała, co Miaka zdecyduje. Dziewczyna przygryzła na moment wargi i w końcu spojrzała na nas.

– Nie obawiam się śmierci. Nie chcę krzywdzić ludzi, ale pragnę innego życia. Innego niż to, jakie prowadziłam. – Wstała. – Zostanę. Dołączę do was.

Aisling nic nie zrobiła. Marilyn odetchnęła z ulgą, a ja podeszłam bliżej, żeby przytulić Miakę. Bez wahania pozwoliła mi na to.

– Witam wśród syrenich sióstr – szepnęłam jej do ucha.

Rozdział 2

Przytuliłam Miakę i zakołysałam się na boki w uścisku. Roześmiała się niepewnie, jakby bardzo rzadko to robiła.

– Nigdy wcześniej nie miałam siostry – wyznała.

– Ja też nie – zapewniłam ją.

Cóż to za niezwykły dzień. Chociaż życie, które prowadziłam, wydawało mi się czasem niewyobrażalnie okrutne, ta chwila, gdy trzymałam w ramionach nową siostrę, była cudowna. Odrobina prostoty pośród chaosu. Miałam jeszcze kogoś, kogo można kochać! Nigdy jeszcze nie byłam tak wdzięczna Matce Ocean.

Radosne powitanie zostało jednak przerwane przez skomplikowane instrukcje, jakie przekazała nam Matka Ocean.

Miałyśmy natychmiast zacząć działać. Gdy spojrzałam na wodę otaczającą sylwetkę Aisling, zobaczyłam oznaki. Fale powinny kołysać się jedwabiście, a przypominały syrop – z takim trudem wydobywały się na plażę. Zbliżające się grzywy były niskie i ciężkie. W tym stanie Ona nie zdoła przetrwać długo, a ludzie zależni od niej przetrwają tylko odrobinę dłużej. Jeśli czegoś nie zrobimy, Ona sobie nie poradzi.

– Słyszałaś Ją przed chwilą? – zapytałam Miakę.

– Coś słyszałam. Co to było?

– To była Matka Ocean. Wiem, że brzmi to teraz jak mamrotanie, ale z czasem stanie się wyraźniejsze.

– Czy to były słowa? – zapytała.

– Tak – odparła krótko Marilyn. Bez wątpienia była teraz naszą przywódczynią i stała się bardzo rzeczowa. – Nie mamy czasu o tym rozmawiać. Przykro mi, że tak musi być, ale mamy wyruszać natychmiast. Obawiałam się, że do tego dojdzie, wypuszczenie cię zwiększyło Jej głód.

– Teraz?! – wykrzyknęła Miaka. – Ale ja nie wiem nawet, co mam robić. Nie wiem… nie wiem…

– Wystarczy, że będziesz robić to samo, co my. Zadanie jest bardzo łatwe, wszystko masz już w sobie. – Słowa Marilyn zaskoczyły Miakę, która ścisnęła żołądek, jakby chciała się przekonać, czy uda jej się wyczuć tę nieznaną rzecz. Szczerze mówiąc, gdyby to miało być coś w naszym ciele, podejrzewałabym, że będzie umieszczone bliżej płuc.

– Płyniemy na Ocean Południowy, prawie do brzegów Antarktydy. Jesteś nowa, więc możesz poczuć odrobinę zimna, ale to ci nie zaszkodzi. Nic nie może ci zaszkodzić. Po prostu płyń za nami. – Z tymi słowami Marilyn weszła do morza, zostawiając mnie i Miakę z tyłu. Aisling czekała na nas, zanurzona już do pasa w wodzie.

– Nie możemy się pospieszyć? – jęknęła do nas, jako jedyna nie mogąc się doczekać, aż wykonamy nasze makabryczne zadanie.

Przytrzymałam ramiona Miaki wyciągniętymi dłońmi i nagle poczułam swój autorytet.

– Trzymaj się blisko. Matka Ocean zabierze nas tam, gdzie powinnyśmy się znaleźć, nie musisz się nad niczym zastanawiać. Gdy będziemy na miejscu, nie rób nic, co zwracałoby uwagę. Gdy Ona ci rozkaże, otwórz usta. Jeśli Jej nie usłyszysz, nie martw się, ja będę tuż koło ciebie. Pieśń przyjdzie sama. Nie przerywaj, dopóki się nie skończy. Rozumiesz?

Skinęła głową i popatrzyła na mnie z mieszaniną przerażenia i ufności.

Wydawało mi się nierzeczywiste, że wyjaśniam komuś, jak może ocalić życie, odbierając je innym. Spokojne dni w upale Ameryki Południowej pozwalały mi niemal zapomnieć o tym, czym byłam. Teraz jednak, tuż przed wykonaniem mojego zadania, nienawidziłam siebie i żałowałam Miaki. Ja zostałam zabrana pomiędzy posiłkami Matki Ocean, dlatego potrwało trochę czasu, zanim mnie wezwała. Mogłam się przystosować do nowego życia, ale Miaka nie miała tego luksusu. Mimo to, gdy już będzie po wszystkim, Marilyn i ja pocieszymy ją, a potem nie będzie musiała o tym myśleć przez dłuższy czas. Status starszej siostry sprawił, że w duchu stałam się pewniejsza siebie. Mogłam być tym, czego potrzebowała Miaka.

Podeszłyśmy do wody. Ja stanęłam w miejscu, gdzie omywały mnie fale, ale Miaka zatrzymała się kilka kroków wcześniej. Na jej twarzy malował się lęk, a pierś unosiła się szybko w płytkich oddechach. Obawiała się morza. Nie umiała pływać, a przed chwilą utonęła – nie mogła wiedzieć, że w porównaniu z tym, co ją czeka, były to niewielkie zmartwienia.

– Nie bój się wody, Matka Ocean jest teraz twoim sprzymierzeńcem. Nie skrzywdzi cię.

Miaka stała jak sparaliżowana.

– Zaufaj mi, Miako. Zaopiekuję się tobą. Chodź do wody.

Dziewczyna niepewnie podeszła do ociężałych fal. W oddali Aisling i Marilyn zniknęły już pod powierzchnią, a ja usłyszałam, że Miaka wstrzymuje oddech.

– Widzisz, one są bezpieczne. Tak samo jak i ty. – Pociągnęłam łagodnie Miakę i przytrzymałam jej rękę, gdy zanurzyłyśmy się w morzu. Mimo wszystko wstrzymała oddech; chociaż nie chciałam tego robić, parsknęłam śmiechem.

Miaka pisnęła cicho, gdy zaczęłyśmy się poruszać, ale uspokajała się za każdym razem, kiedy ściskałam jej rękę. Próbowała niezdarnie łapać swoje ubranie, gdy z niej spadało. Nie było w nim nic szczególnego, przypominało raczej łachmany, ale mimo wszystko musiało wydać jej się przerażające, że zostanie nago w towarzystwie trzech dziwnych kobiet. Oczywiście, gdy tylko suknia podobna do naszych pojawiła się powoli na jej ciele, idealnie dopasowana, Miaka natychmiast zaczęła ją podziwiać. Widziałam wyraz jej oczu, gdy pędziłyśmy naprzód – była czarująca. Jej włosy śmigały gwałtownie wokół, wydawała się tajemnicza i elegancka. Uśmiechała się, całkowicie nieświadoma tego, co za chwilę ma zrobić. Nie chciałam mącić jej radości; Matka Ocean mogła się tym zająć, ja nie chciałam się w to angażować.

Byłam jednak częścią Matki Ocean. Czułam to, bo gdy płynęłyśmy, targały mną skurcze Jej głodu. Zdawały się dobywać z mojego własnego żołądka, a były to jedyne chwile, gdy czułam się głodna. Miaka aż obkurczyła brzuch, zaskoczona tym dziwnym pragnieniem. Matka Ocean musiała, choć nie bez trudu, zrezygnować z Miaki, ale wiedziała, że jedna mała dziewczyna by Jej nie nasyciła. Miaka miała szczęście, że poza nią nie zginął nikt więcej. Ja także byłam szczęśliwa i pozwoliłam, by na nowo wypełniła mnie radość z powodu nowej siostry.

Wyczuwałam, że Matka Ocean nie lubi swoich posiłków tak samo jak my, chociaż nie byłam tego całkowicie pewna. To był warunek, jaki musiała wypełniać, a my znosiłyśmy go wraz z Nią. Tak jak żadna z nas nie chciałaby patrzeć na wielkiego lwa pożerającego młodziutką gazelę, wszystkie żałowałyśmy istot, które Ona zabierała. My same byłyśmy małymi gazelami, które przypadkiem znalazły się pod opieką lwa. Co jednak zrobi lew, jeśli będzie głodny? W tym przypadku ważniejsze było pytanie, co stanie się z tymi wszystkimi, którzy są zależni od lwa.

Matka Ocean często czekała, czy nieprzewidywalne i zmienne warunki na świecie nie dadzą Jej tego, czego potrzebowała, tak by nie musiała pospiesznie sięgać po to sama. Tym razem jednak czekała zbyt długo, a świat nie wiedział nawet, że groziła mu utrata Jej wsparcia.

Na całym świecie ryby umierały, przypływy stawały się nieregularne, a pogoda powoli się zmieniała. Mogli to zauważyć rybacy albo ci, którzy badali uważnie wzorce klimatu. Reszta ludzkości poruszała się, spała i nie wiedziała, że ich bezcenny świat pomału staje się niegościnny. Teraz zależało Jej na czasie – wszystkie wyczuwałyśmy Jej niecierpliwość, tak ogromną, że wiedziałyśmy, iż zachowa się Ona inaczej niż zwykle.

Zwolniłyśmy, znalazłszy się w miejscu, w którym kazała nam czekać. Gdy wytraciłyśmy pęd, nasze ciała ustawiły się w wodzie pionowo i wyszłyśmy na powierzchnię jak po schodach. Stałyśmy na falującej tafli morza, która wydawała się solidna jak drewniana podłoga. Ja przywykłam już do tego zjawiska, ale przyjemnie było patrzeć, jak ta nowość zaskoczyła Miakę. Trzymałam ją za rękę i rozglądałam się wokół. Było już ciemniej, ale widziałam otoczenie w blasku wschodzącego księżyca.

Czegoś tu brakowało.

Nie dochodziły do nas dźwięki żadnej burzy ani nie znajdowałyśmy się zbyt głęboko, by mogły tu być skały. Woda z pewnością była dość zimna, by zabić, ale ludzie musieliby się najpierw w niej znaleźć. W pobliżu nie było żadnej ze zwykłych złowróżbnych przeszkód. O co tu chodziło? Gdzie czaiło się niebezpieczeństwo, które miałyśmy ukrywać? Czy nie było nic poza wodą, na której stałyśmy?

Matka Ocean poleciła nam, abyśmy zwróciły się na zachód. Zobaczyłam, że Miaka poruszyła głową, słysząc ten dźwięk, a potem domyślnie odwróciła się, gdy wszystkie stanęłyśmy, kierując się w tę samą stronę. Ścisnęłam jej rękę, a ona nie odrywała ode mnie spojrzenia, czekając na znak, co ma robić. W blasku księżyca zobaczyłam, że wszystkie nasze suknie są dzisiaj ciemnogranatowe. Nie zielone czy turkusowe, ale odzwierciedlające atramentową barwę lodowatego morza.

Aisling pochyliła się i ułożyła na wodzie. Podparła się na jednym ramieniu, podczas gdy drugie leżało swobodnie na jej biodrze, jakby była całkowicie zrelaksowana. Lśniące włosy rozsypały się na jej ramionach, a wargi błyszczały, gdy je oblizała. Marilyn przyklękła za nią, w pobliżu nóg Aisling, i rozłożyła suknię tak, że spłynęła z wdziękiem na powierzchnię wody, poruszając się w górę i w dół w takt spokojnego pulsowania morza. Jej rude włosy rozwiały się na wietrze jak delikatne płomyki ognia. Ja przesunęłam Miakę, by stanęła przede mną, i objęłam ją ramionami. Dla oczu obserwatora będzie to wyglądało, jakbym obejmowała ją z czułością, ale dzięki temu mogłam śpiewać jej do ucha. Wiedziałam jednak, że gdy już zaczniemy, nie będzie miała wątpliwości, co robić. Wszystkie cztery wyglądałyśmy jak sen.

Miałyśmy się stać koszmarem.

Minęła chwila, gdy Matka Ocean czekała na odpowiedni moment, by wezwać nasze głosy. Pechowy statek musiał się znaleźć na tyle blisko, by nas słyszeć, ale nie widzieć. Nie wiedziałam, jak daleko niósł się nasz głos, ale z pewnością była to spora odległość. Pieśń musiała mieć czas, żeby się rozwinąć, żeby zdezorientować, wezwać, a wreszcie zabić. Byłyśmy czymś, czego się pragnęło, do czego się dążyło. Byłyśmy nieznanym dźwięcznym skarbem; trzeba było nas znaleźć.

Matka Ocean rozkazała nam śpiewać. Skinęłam głową do Miaki.

Zaczerpnęłyśmy oddech i jednocześnie otwarłyśmy usta, a pieśń przyszła bez naszej wiedzy czy działania. Po prostu istniała, mieszała języki i była jedyną rzeczą, jakiej nie rozumiałam ze słuchu. Francuski przechodził w suahili, niemiecki w łacinę. Dla uszu, które słyszały tę odległą pieśń, były to zbitki sylab zarówno znajome, jak i obce. Brzmiały niby kojąca kołysanka z dzieciństwa, chociaż nie było się pewnym, czy już się ją kiedyś słyszało. Trzeba było podpłynąć bliżej, żeby się przekonać.

Nasze głosy tworzyły cudowny węzeł, jakiego nie potrafiłoby rozplątać żadne ludzkie ucho. Wysokie tony i oktawy splatały się razem w tkaninę niewyobrażalnego dźwięku. Nie można było się temu oprzeć. Nie można było ograniczyć się do słuchania i nie chcieć poznać źródła dźwięku. Musiało się je znaleźć. Z każdym metrem ta trucizna i przyjemność stawały się w naszych uszach silniejsze. Na niektórych działało to wolniej niż na innych – to oni naprawdę cierpieli.

Rozsądek znikał – było się gotowym utonąć. Nawet jeśli Ona polecała nam przerwać pieśń i wracała ofiarom przytomność umysłu, było już o wiele za późno. Tylko garstce ludzi udało się ujść z tego z życiem.

Minęło kilka chwil i w polu widzenia pojawił się zarys wielkiego statku. Powoli zbliżał się coraz bardziej, aż zobaczyłyśmy go wyraźnie. Wykonany ze stali, miał pięć wysokich masztów i wydęte żagle. Obejmowałam Miakę, a ona ścisnęła mnie mocniej, wbijając mi paznokcie w rękę. To nie bolało. Chciałam ją uspokoić, powiedzieć jej, żeby nie traciła opanowania, ale gdybym przerwała śpiew, byłby to bunt, a ja zniknęłabym wraz z duszami na zbliżającym się statku.

Gdy podpłynął do nas, zobaczyłyśmy ludzi na pokładzie. Sądząc po podświetlonych od tyłu sylwetkach, byli to sami mężczyźni. Wychylali się, żeby zobaczyć źródło oszałamiającego dźwięku. Nasza skóra migotała w świetle księżyca i to było pierwszą rzeczą, jaką zobaczyli, gdy znaleźli się dość blisko.

– Co to jest? – zapytał ktoś. Był to istotnie głos mężczyzny.

– Widzisz tam coś błyszczącego na wodzie?! – zawołał inny. To także był mężczyzna. Oni zawsze wydawali się bardziej podatni.

Statek podpłynął jeszcze bliżej i skręcił lekko, tak że niebawem mieli przepłynąć przed nami. Patrzyłam przed siebie, ale starałam się nie spojrzeć na ich twarze – już kiedyś popełniłam ten błąd. Miałam nadzieję, że Miaka się tego domyśli, powinnam była ją ostrzec. Śpiewanie na rozkaz Matki Ocean przynosiło najgorsze koszmary w moim życiu. Mokre dłonie łapały mnie i ciągnęły za włosy, wlokły w ciemność, żebym do nich dołączyła. Twarze, które widziałam, wpatrywały się we mnie z góry, obiecując, że będę cierpiała tak samo, jak oni. Zdarzało się, że całymi miesiącami nie spałam, żeby tylko ich nie zobaczyć. Teraz, aby ich uniknąć, spojrzałam na sam statek. Na jego burcie było wymalowane jedno słowo wielkimi literami: „Kobenhavn".

Gdy zbliżyli się na tyle, by nas zobaczyć, część pasażerów biła brawo naszej pieśni, jakby zapomnieli, że pojawiła się ona w całkowicie nieprawdopodobny sposób. Kilku skoczyło ze statku i wpadło do morza. Tak jak wielu przed nimi, wciągnęli wodę w płuca. Patrzyłam na burtę statku i starałam się nie zapamiętywać twarzy ani ubrań. Nie chciałam odróżniać jednej straconej duszy od drugiej. Nadal czekałam. Gdzie kryło się niebezpieczeństwo? Kiedy miało nadejść? Kilku mężczyzn płynęło do nas. Co będzie, jeśli zbliżą się na tyle, by nas dotknąć?

Wtedy, tak szybko, że omal tego nie przeoczyłam, Matka Ocean otwarła się i połknęła statek w całości.

To zaskoczyło nas tak, że zamilkłyśmy. Ja zachłysnęłam się, Miaka odwróciła głowę i ukryła twarz na mojej piersi. Marilyn i Aisling szybko wstały, zaskoczone tym, co kryło się teraz pod powierzchnią wody. Najwyraźniej wykonałyśmy już zadowalająco nasze zadanie, więc przerwanie pieśni nie okazało się problemem. Całkowita cisza była takim samym szokiem jak widok, którego stałyśmy się świadkami. Ponieważ pieśń nie otumaniała już umysłów mężczyzn, kilku unoszących się na wodzie zaczęło do nas krzyczeć.

– Ratunku! Pomocy! – wołał jeden z nich.

– Nie mogę... złapać tchu! – krzyknął inny.

Odwracałam spojrzenie od ich twarzy i nie pozwalałam patrzeć na nich Miace. To trochę pomagało, ale i tak słyszałam ich potem zawsze przez całe miesiące. Te głosy towarzyszyły mi jak blizny, ale teraz, tak jak musiałyśmy, odeszłyśmy po wodzie, jako ostatni przerażający i piękny widok w życiu tych mężczyzn. Zawsze chciałam się obejrzeć, jakoś przeprosić, ale nie mogłam nic zrobić. Nie mogłam ich uratować, nie mogłam im niczego wyjaśnić i żadne spojrzenie nie zdołałoby tego przekazać.

Nigdy wcześniej nie widziałam niczego podobnego, a sądząc po reakcjach Marilyn i Aisling, uznałam, że to coś nienormalnego. Jak właściwie wyjaśnić coś takiego? Nie było żadnej przyczyny ani choćby pretekstu katastrofy, statek pełen ludzi zniknął po prostu na otwartym morzu. Ich rodziny nigdy nie dowiedzą się dlaczego, nigdy nie przestaną się nad tym zastanawiać. Siedziałabym tak pełna smutku i pozwalała, by to wspomnienie omywało mnie raz za razem, ale Matka Ocean przemówiła.

Miałyśmy jeszcze zostać razem. Ona niedługo wszystko wyjaśni, a teraz mamy pozwolić, by nami pokierowała.

To nie było normalne, zazwyczaj pozwalała nam odejść spokojnie. Niczego lepszego nie mogła zrobić, bo każda z nas pocieszała się w inny sposób. Aisling uciekała w samotność. Marilyn wypijała kieliszek wina – nie czułyśmy działania alkoholu, ale twierdziła, że mimo wszystko to ją uspokaja. Ja zatapiałam się w marzeniach, wyobrażałam sobie życie, jakie będę kiedyś prowadzić, warte zniesienia tego wszystkiego. Ten wieczór był tak zaskakujący i okrutny, że nie mogłam się doczekać, kiedy się od Niej uwolnię. Ale posłuszeństwo, całkowite posłuszeństwo, stanowiło zasadę nadrzędną, dlatego udałyśmy się tam, gdzie nam poleciła. Nie była to długa podróż.

Gdy wyszłyśmy na plażę, rozejrzałam się w poszukiwaniu punktów charakterystycznych, ale nie rozpoznawałam żadnego z nich. Nie widziałam znaków ani budowli, znanych mi z jakiejkolwiek książki. Wieczór był niemal piękny. Niemal.

Miaka rozpłakała się, a ja tuliłam ją, gdy szlochała. Sama chciałam płakać, ale miałam teraz kogoś, przy kim musiałam być silna. Jeśli ja się załamię, jak ona sobie poradzi?

– Ja... ja skrzywdziłam tych ludzi – wykrztusiła pomiędzy jednym a drugim spazmem.

Pragnęłam zaprzeczyć, ale nie byłam pewna, czy mogę. To nasze głosy ściągnęły mężczyzn na miejsce śmierci, jednak nie chciałam, by moja mała siostra czuła taki ból.

– Posłuchaj mnie, Miako, zrobiłaś tylko to, co musiałaś. To Matka Ocean odebrała ich życia. Niebezpieczeństwo zawsze jest prawdziwe, my tylko sprawiamy, że wydaje się mniej przerażające. Nie zrobiłaś nic złego.

Słowa padające z moich ust wydawały mi się kłamstwem. Musiała w nich się kryć jakaś prawda, ale ja jej nie czułam. Mimo to starałam się skłonić Miakę, by w nie uwierzyła, bo nie chciałam pozwolić, by cierpiała.

Ze względu na nią czułam się okropnie – nie tylko o wiele za szybko musiała zaśpiewać, ale też statek spotkał naprawdę szokujący los, czegoś takiego nigdy dotąd nie widziałam. Nie potrafiłam przejść do porządku dziennego nad taką ostentacją. Miałyśmy strzec Jej tajemnic, ale dlaczego Ona w ogóle się nie starała?

Wcześniej czułam się nieskończenie wdzięczna za to, że Matka Ocean podarowała nam Miakę. Teraz byłam na Nią wściekła, bo skrzywdziła naszą najmłodszą siostrę. Jak mogła być tak nieczuła?

Aisling spacerowała po brzegu. Fale robiły większe wrażenie – były potężniejsze niż wcześniej. Wyczuwałam, że Aisling nie może się doczekać, kiedy będzie mogła nas opuścić. Spacerując, patrzyła na morze, a potem znowu na piasek. Wydawała się bardziej sfrustrowana niż zwykle. Chciałam, żeby się uspokoiła – jej gniewne ruchy wprawiały mnie w irytację. Wszystkie chciałyśmy się stąd wydostać, ale musiałyśmy zaczekać. Co takiego było w Aisling, że czuła się ważniejsza od nas?

Marilyn stała w milczeniu i patrzyła na morze. Oddychała równo, a jej ramiona zwisały bezwładnie. Widziałam tylko jej profil, ale w jej twarzy nie dostrzegłam nawet cienia niepokoju. Zdawała się pogodzona z losem, a ja miałam nadzieję, że mnie także kiedyś się to uda.

Byłyśmy równie milczące jak niebo, tylko Miace wyrywało się jeszcze cichutkie pochlipywanie. Czekałyśmy. Kto wie, ile czasu minęło? Czas był czymś, czego nigdy nam nie brakowało, więc nie miałyśmy potrzeby, by go mierzyć.

W końcu, pochłonąwszy wszystko, czego potrzebowała, Matka Ocean odezwała się do nas. Jej głos był teraz spokojniejszy i mocniejszy, a równy rytm Jej słów pomógł mi częściowo pozbyć się stresu. Przynajmniej Ona czuła się teraz dobrze. Przeprosiła za to, przez co przeszłyśmy, ale czekała zbyt długo. Obiecała, że w przyszłości będzie ostrożniejsza. Powtarzałam to wszystko Miace przyciszonym głosem, gładząc ją po włosach. Wyraz jej twarzy przypominał tę straszną chwilę, gdy budzisz się z koszmaru i uświadamiasz sobie, że wcale nie zasypiałaś.

Matka Ocean odezwała się znowu. Poprosiła, żebyśmy zaczekały, ponieważ Marilyn zostanie teraz zwolniona ze służby.

Wszystkie popatrzyłyśmy na Marilyn, której twarz wyrażała całkowite zaskoczenie. Wiedziałyśmy, że jej czas się zbliża, ale jeszcze nie w tej chwili. To obwieszczenie odebrałam jak cios w żołądek. Czy to musiało się dziać teraz? Czy nie mogłaby zostać jeszcze odrobinę dłużej? Wiedziałam, że nie powinnam myśleć w taki sposób. Utrata Marilyn bolała, ale nie życzyłam jej ani chwili dłużej takiego życia. Jeśli wcześniej chciało mi się płakać, było to niczym w porównaniu z żalem, jaki teraz mnie zalewał.

Moja siostra mnie opuszczała, ale kochałam ją za bardzo, by pozwolić jej zobaczyć mój smutek. Żadnych łez.

Wszystko tak szybko się zmieniło. Nie wracałam do Ameryki Południowej. Była teraz ze mną Miaka. Marilyn nas opuszczała. Może zawsze tak będzie: gdy tylko zdołam się przyzwyczaić, całe moje życie się zmieni.

– Myślałam... myślałam, że to jeszcze potrwa – zająknęła się Marilyn.

To możliwe, ale Matka Ocean nie będzie potrzebowała Marilyn przed końcem jej służby. Uczciwie było pozwolić jej odejść już dzisiaj.

– Co się teraz stanie? – To było interesujące pytanie. Marilyn musiała wcześniej widzieć coś takiego, ale ze względu na mnie i na Miakę cieszyłam się, że zapytała. Chciałam wiedzieć, jak się to wszystko zakończy – czy równie dziwnie, jak się zaczęło?

Najwyraźniej nie bez powodu Marilyn tego nie wiedziała. Matka Ocean wyjaśniła, że omówią sprawy w samotności. Na razie Marilyn powinna pamiętać, że jej ciało niedługo stanie się znowu delikatne i powinna się z nim obchodzić ostrożnie. Może także mieć pewność, że Ocean nigdy więcej się do niej nie odezwie, ani po to, by ją chronić, ani po to, by skrzywdzić, chociaż nie mogła jej gwarantować całkowitego bezpieczeństwa.

Minęła chwila. Marilyn tak często rozmawiała z Matką Ocean, że wydawało się dziwne, iż jest teraz zaskoczona. Obie wiedziały, że czas się zbliża. Czy nie rozmawiały o tym?

– Będę cokolwiek pamiętać? – zapytała Marilyn.

Nie wiedziałyśmy tego. Marilyn może pamiętać widoki i dźwięki z ostatnich kilkudziesięciu lat, ale poza tym nic nie było pewne. Najprawdopodobniej wszystko to wydawać się jej będzie snem. Matka Ocean nigdy nie rozmawiała z dawnymi syrenami, żeby się tego dowiedzieć; to by tylko wszystko skomplikowało. Była jednak pewna, że wspomnienia Marilyn z życia, jakie prowadziła, zanim stała się syreną, znikną całkowicie. Aisling, usłyszawszy to, zatrzymała się w pół kroku. Podejrzewałam, że nie może się doczekać, aby o czymś zapomnieć. Jakiekolwiek koszmary wypełniały teraz jej umysł, stała do nas plecami, w milczeniu ciesząc się tą czekającą ją stratą.

Marilyn popatrzyła na nas, a w jej lśniących oczach zabłysły łzy.

– A co z moimi siostrami? Czy się rozpoznamy? Czy się jeszcze spotkamy?

Te słowa aż ścisnęły mi gardło. Wiedziałam, że tracę ją na zawsze. Byłam świadoma tego, ile dla mnie znaczy, ale nigdy nie zastanawiałam się nad tym, ile my znaczymy dla niej. Marilyn wprowadzała całą naszą trójkę w to życie i przeprowadzała nas przez jego najtrudniejsze momenty. Na swój sposób zachowywała się jak matka, a teraz to, czemu poświęciła sto lat swojego życia, miało zniknąć. Nagle zaczęłam się zastanawiać, czy jest szansa, że mnie to ominie.

Nasze ponowne spotkanie nie było niemożliwe, ale niezwykle mało prawdopodobne. Poza tym, oczywiście, gdyby do niego doszło, nie mogłybyśmy się do niej odezwać. Dlatego teraz przyszedł czas na pożegnanie.

Marilyn wyprostowała się, silna jak zawsze. Najpierw podeszła do Miaki, bo to z pewnością było najłatwiejsze.

– Wiem, że się boisz, ale słuchaj po prostu starszych sióstr. Jest w tobie coś szczególnego, Miako, nigdy nie powinnaś w to wątpić. Nie byłoby cię z nami, gdybyś nie była w jakiś sposób wyjątkowa. Wykorzystaj swój czas mądrze, a wiele zyskasz. Życzę ci szczęścia – powiedziała szczerze. Miaka była nadal tak przytłoczona tym wszystkim, że tylko skinęła głową. Marilyn przelotnie spojrzała na mnie, ale cofnęła się i zbliżyła się do Aisling. To było błogosławieństwo, ponieważ miałam jeszcze chwilę, by zapanować nad łzami.

– Aisling… Masz najsilniejszą wolę przetrwania ze wszystkich ludzi, jakich znałam. Potrafisz sprostać każdemu wyzwaniu, jesteś twarda i nigdy się nie cofasz. Podziwiałam to w tobie. Chciałabym w moje następne życie zabrać trochę takiej siły. Mam nadzieję, że nasze drogi kiedyś jeszcze się skrzyżują.

Aisling słuchała tego wszystkiego, a na jej twarzy malowały się różne emocje. Przez moment wydawało się, że jest jej przykro, iż Marilyn odchodzi, ale smutek przemknął tak szybko, że nie byłam pewna, czy mi się nie zdawało. Zaraz zresztą zrozumiałam, że się myliłam, bo na ostatnie słowa Marilyn Aisling odpowiedziała tylko:

– Ja nie mam.

Oschła aż do samego końca, wyminęła Marilyn i podeszła do brzegu, ciągle czekając, kiedy będzie mogła nas opuścić. Marilyn westchnęła tylko, nadal pełna nieskończonej cierpliwości nawet dla kogoś, kto potrafił ją zranić w chwili, którą powinno wypełniać szczęście. Zamrugała, odwróciła głowę i popatrzyła na mnie.

Obie się załamałyśmy. Jak miałam sobie poradzić bez niej? Czy wszyscy, których kochałam, musieli zostać mi odebrani? Podbiegłyśmy i rzuciłyśmy się sobie w ramiona.

– Och, Marilyn – zdołałam wykrztusić, ale szloch stłumił wszelkie słowa, jakie chciałam powiedzieć.

– Kahlen, och, Kahlen, nie poddawaj się. Wiem, że jest ci ciężko, ale musisz się trzymać. Masz ogromne możliwości, widziałam to od samego początku. Staraj się żyć jak najlepiej. Możesz siedzieć i martwić się albo pozwolić, by to wszystko stało się dla ciebie przygodą. To cudowna podróż, jeśli tylko będziesz się trzymać. Pomyśl o Miace, ile dla niej znaczysz. Dla mnie byłaś całym światem i myślę, że nawet gdy to wszystko zniknie, będę za tobą tęsknić. Postaraj się wykorzystać ten czas jak najlepiej. Podziwiaj otaczające cię cuda. Weź głęboki oddech, Kahlen, i trzymaj się.

Szlochałam i szlochałam. Chciałam powiedzieć, ile jej słowa dla mnie znaczą i jak zamierzam zrobić to wszystko. Będę silna i dzielna. Ale zdołałam tylko wykrztusić:

– Kocham cię.

Mogłam myśleć tylko o tym jednym zdaniu, wiecznym poleceniu dla mnie: *Weź głęboki oddech, Kahlen, i trzymaj się.* Po raz drugi słyszałam te słowa i znowu był to ostatni raz, gdy widziałam mówiącą je osobę. Marilyn miała świadomość tego, powiedziała to celowo. Wiedziała, że nie jestem bardzo odważna ani silna. Wiedziała, że nadal będę potrzebować pomocy, ale mogłam dostać od niej tylko tyle.

– Ja także cię kocham – odpowiedziała. Pocałowała mnie w oba policzki, przytuliła mocno, a potem wypuściła. Podeszła do krawędzi fal, zatrzymała się jeszcze, by na nas spojrzeć, i wreszcie zniknęła.

To był ostatni raz, gdy widziałam Marilyn. Nie mówiła, gdzie się zamierza udać, ale podejrzewałam, że wróci do Anglii lub Ameryki. Miałam rację, bo któregoś roku, gdy nie potrafiłam usiedzieć spokojnie, znalazłam jej nekrolog na mikrofiszy z gazety z Edynburga. Obok tekstu było zdjęcie – Marilyn pięknie się zestarzała, a zmarszczki nie przyćmiły blasku w jej oczach. Jej włosy stały się siwe, ale nadal kręciły się w różne strony. Wyszła za mąż, założyła rodzinę. Prowadziła spokojne, ale dobre życie. Byłam szczęśliwa, że mogłam ją poznać.

Nie dowiedziałabym się o tym, gdyby nie wzmianka w nekrologu, która sprawiła, że długo się zastanawiałam nad jednym szczegółem. Marilyn poprosiła, by jej prochy rozsypano nad morzem. Może nie miała żadnego specjalnego powodu, ale nie mogłam nie myśleć o innych możliwościach. Przez całe lata, chociaż Marilyn odeszła, czułam się lepiej w wodzie, ponieważ wiedziałam, że ona tam jest.

Matka Ocean nie miała dla nas dalszych poleceń i mogłyśmy się udać, dokąd chciałyśmy. Na razie jednak Miaka i ja po prostu tuliłyśmy się do siebie na plaży. Miaka była wciąż oszołomiona ostatnimi wypadkami, a mnie rozstanie z Marilyn napełniło takim żalem, że czułam się nim całkowicie przytłoczona. Dzień wydawał się ciągnąć bez końca. Trudno było uwierzyć, że zaledwie po południu widziałam szczęśliwą młodą parę na ulicy.

Aisling minęła nas i weszła w lekko kołyszące się fale. Mruknęła pod nosem „mażą się jak dzieci", po czym zniknęła tam, gdzie zwykle się ukrywała. Nie mogłam uwierzyć w jej zachowanie.

Po dłuższym czasie uspokoiłyśmy się. Popatrzyłam na Miakę – słyszałam, jak ludzie mówili, że mieli ciężki pierwszy dzień w pracy, ale ona mogłaby zawstydzić ich wszystkich. Widywałam dorosłych mężczyzn, którzy załamywali się z bardziej błahych powodów. Znosiła tę próbę znacznie lepiej niż ja. Miałam nadzieję, że teraz uda mi się ją pocieszyć.

– No dobrze – powiedziałam w końcu. – Czyli chyba jesteś na mnie skazana, co?

Roześmiała się lekko na te słowa i skinęła głową.

– Dokąd chciałabyś pójść?

– Och... nie wiem. Nie byłam nigdzie poza Japonią. Czy nie możemy tam zamieszkać?

– Teraz to nie jest najlepszy pomysł – odparłam, przywołując całą mądrość Marilyn. – Nie chciałabyś, żeby ktoś cię przypadkiem zobaczył. Poza tym lepiej, jeśli będziemy na razie same – trudno jest się przyzwyczaić, że możesz mówić tylko do jednej osoby. Będzie też łatwiej dla twojej rodziny, jeśli po prostu... po prostu znikniesz.

W milczeniu zaakceptowała moje słowa. Nie próbowała sięgać po więcej, niż mogłam jej ofiarować. Przypuszczałam, że aż do teraz prowadziła niezwykle skromne życie. Ja byłam ukochanym dzieckiem i nawet teraz uważałam, iż zasługuję na więcej, niż dostaję, ale Miaka była pokorna. Jeśli zachowa chociaż część tej pokory, będzie doskonale wywiązywać się ze swoich obecnych zadań, ale miałam nadzieję, że kryje się w niej o wiele więcej. Popatrzyła na otaczającą nas ciemność.

– Możemy się wybrać gdzieś, gdzie jest dużo świateł?

Rozdział 3

Gdybym przyjechała tu na miesiąc miodowy, jak by to wyglądało?

Mąż brałby mnie za rękę i obracał około, a ja śmiałabym się na całe gardło, głosem jaśniejszym niż lśniące wokół nas światła. Ubrani bylibyśmy zwyczajnie, ale elegancko. On dawałby mi wszystko, czego bym chciała. Przyciągnąłby mnie do siebie, a jego twarz zatrzymałaby się o centymetry od mojej. Kimkolwiek by był, wydawałby mi się zbyt piękny. Aby oszczędzić na chwilę oczy, podniosłabym głowę, żeby przyjrzeć się skomplikowanej metalowej konstrukcji nad nami. Ile rąk było potrzebnych, by ją wznieść? Jego palce dotknęłyby mojego policzka, przyciągając spojrzenie. Bez uprzedzenia zatraciłabym się w pocałunku.

Romantyczna wizja, ale w tej chwili żaden przystojny nieznajomy nie trzymał mnie w ramionach. Spacerowałam ulicami Paryża z Miaką – powiedziała, że chciałaby świateł, a te były najwspanialsze, jakie umiałam sobie wyobrazić.

Czas płynie powoli, gdy ma się go pod dostatkiem. Końcówkę lat dwudziestych i początek trzydziestych spędziłyśmy we Francji. Paryż nie leżał nad morzem, więc musiałyśmy często wyjeżdżać. Wiele razy zastanawiałam się nad tym, dlaczego Matka Ocean zdecydowała się właśnie na nas, skoro byłyśmy tak młode. Nie znałam historii syren, ale wydawało mi się to kiepskim pomysłem. Miała szczęście, że wybrała tak odpowiedzialne dziewczyny, bo inaczej byłybyśmy bezradne.

Wynajmowałyśmy mieszkania od nieznajomych. Łatwo było wchodzić do pustych apartamentów, a po kilku dniach obserwacji wiedziałyśmy, które są umeblowane, ale chwilowo niezamieszkane. Wprowadzałyśmy się po cichu, słuchałyśmy muzyki ich mieszkańców, wylegiwałyśmy się na łóżkach, a potem znikałyśmy. To całkiem łatwe, jeśli ma się oczy otwarte.

Właśnie w taki sposób żyłyśmy. Nie potrzebowałyśmy miejsca, by gotować posiłki lub przesypiać noce, ale po jakimś czasie przebywanie na zewnątrz stawało się męczące. W nocy wszystkie sklepy zamykano i nie było nic do oglądania, więc wycofywałyśmy się do mieszkania. Matka Ocean była zbyt daleko, żebyśmy mogły pójść do Niej. Poza tym nie przepadałam za tutejszą wodą.

Z Paryża wybrałyśmy się w milczącą podróż po Europie, zwiedzając ją aż do wybuchu wojny. Pragnęłam odwiedzić Londyn, ale trzymałam się na dystans. To miejsce, samo to słowo, prześladowało mnie i nie byłam pewna, czy kiedykolwiek się tam wybiorę. Może zrobię to, gdy będę w końcu żyć własnym życiem. To miasto kryło w sobie niespełnioną obietnicę, ale podobnie jak wiele innych rzeczy musiało zaczekać.

Wojna wywoływała mój niepokój – tak jak wszelkie nieprzewidywalne wydarzenia w świecie, który był dla nas obcy – ale byłam za nią wdzięczna losowi. W czasie wojny bardzo długo nie miałyśmy nic do roboty, a na to żadna z nas nie narzekała. No, może Aisling, gdziekolwiek się ukrywała. Gdy miałyśmy tyle czasu, tylko spotkania z siostrami przypominały o upływie lat i dekad. Chwile zagłady były niezapomniane, stanowiły jedyne prawdziwe zdarzenia, którymi mogłyśmy mierzyć upływ czasu. Bywało, że starałyśmy się żyć zgodnie z rytmem pór roku i obchodzić święta, ale tylko dlatego, by dostarczyć sobie odrobiny rozrywki. To było tak, jakby życie toczyło się wokół mnie, ale bez mojego udziału.

Mogłam patrzeć na matki, ale nie mogłam stać się jedną z nich. Widziałam kobiety pracujące jako sprzedawczynie lub studiujące, ale nie mogłam do nich dołączyć. Nie wolno nam było rzucać się w oczy, więc doskonaliłyśmy obserwację ludzi i czasem sprawiało mi to prawdziwą przyjemność. W szczególności obserwowanie dzieci poprawiało mi nastrój – zawsze miały tyle energii! Dzieci, które już przyszły na świat, napełniały mnie niewyobrażalną radością, ale czasem, gdy widziałam ciężarną kobietę promieniejącą spełnieniem, płakałam, odwracając głowę od Miaki. Starałam się być silna ze względu na nią.

Jeśli widziałam zbyt wiele par, ich zachowanie przenikało w moje sny o pozbawionych twarzy partnerach, którzy tulili mnie i całowali. Czasem w tych marzeniach byłam nadal obecną sobą – istotą niosącą zniszczenie. Mimo to znajdowałam kogoś, kto kochał mnie bez względu na wszystko.

Innym razem stawałam się dziewczyną z poprzedniego życia i kontynuowałam przerwaną wcześniej historię. To napełniało mnie tęsknotą, którą musiałam znosić po cichu, bo nie byłam w stanie przyspieszyć upływu czasu. Poza targającymi mną emocjami nic nie zapisywało się w mojej pamięci. Lata trzydzieste i czterdzieste były dla nas spokojne, Matka Ocean wezwała nas tylko kilka razy.

Życie z Miaką bardzo się różniło od przebywania w towarzystwie Marilyn. Marilyn była równie gadatliwa jak ja, zaś Miaka rzadko się odzywała. Przypominałam jej, że może swobodnie ze mną rozmawiać, że mnie tym nie skrzywdzi. Powiedziała tylko, że nie jest przyzwyczajona, by odzywać się niepytana. Dlatego zaczęłam zadawać jej ciągłe pytania. Najpierw dowiedziałam się wszystkiego, co tylko możliwe, o jej przeszłości – jej wspomnienia ulatywały szybciej niż moje. Potem starałam się poznać jej opinię o wszystkim, co nas otaczało, albo wręcz zmusić ją, żeby w ogóle wyrabiała sobie jakąś opinię. Powoli zbliżałyśmy się do siebie. Nasze historie pod pewnymi względami były podobne – ona także była najstarsza z trójki rodzeństwa i miała dwóch braci. Ale podczas gdy ja byłam kochana, Miaka była ledwie tolerowana. Jej rodzice potrzebowali chłopców, a ona nie mogła wykonywać takiej samej pracy jak oni, więc nie była równie cenna.

Właśnie takich słów użyła: nie była równie cenna.

Kazali jej pomagać na łodzi rybackiej, którą pływali bracia, bo dzięki temu jej matka mogła zajmować się domem. Nie obchodziło ich, że boi się morza. Malutka Miaka przez całe lata płakała za każdym razem, gdy kazali jej wsiadać do łodzi, ale potem przekonała się, że jej to w niczym nie pomaga, a złości innych, więc nauczyła się nad sobą panować. Nie potrafiła pływać i była bardzo małomówna. Wypadła z łodzi w wyjątkowo wietrzny dzień i nikt nawet tego nie zauważył; bliscy stracili ją, ponieważ nie chcieli jej słuchać. Wyobrażałam sobie, że nawet jeśli nie była ulubionym dzieckiem, jej strata sprawiła ból jej matce. To było dziwne, że teraz Matka Ocean, której Miaka obawiała się tak długo, była trochę jak prawdziwa matka, chroniąca ją przed wszystkimi niebezpieczeństwami.

Starałam się pokazywać jej różne rzeczy i uczyć ją świata. Miaka nie miała pojęcia, że jest tak wielki. Tak trudno było jej mówić o tym, co czuje, że zaczęłam pytać ją, co myśli o rzeczach całkowicie pozbawionych znaczenia. Jak podoba jej się sukienka tej kobiety? Czy te kamienie w ścianie nie są piękne? Czy dostrzega jakieś kształty w chmurach na niebie? Wszystko, co mogło pomóc jej się otworzyć. Wydaje mi się, że zadawanie takich prostych, szczegółowych pytań w końcu poruszyło w niej właściwą strunę. Wiedziała, że je zadam, więc zaczęła zwracać uwagę na otoczenie. Zaczęła dostrzegać rzeczy, które umykały mojej uwadze.

– Popatrz na ten odcień żółtego – powiedziała któregoś dnia nieoczekiwanie.

– Jaki odcień? – zapytałam. Rozmawiałyśmy przyciszonymi głosami, ponieważ słyszałyśmy ludzi na piętrze nad nami i starałyśmy się być szczególnie ostrożne. Wyglądałyśmy na ulicę z naszego bezpiecznego i pustego mieszkania. Miasto wyglądało, jakby wszyscy jego mieszkańcy biegli teraz w najróżniejszych kierunkach. Ludzie, którzy zwykle tu mieszkali, musieli być chyba artystami, bo znalazłyśmy mnóstwo książek, farb i instrumentów muzycznych. To było najbardziej interesujące miejsce, na jakie dotąd trafiłyśmy.

– Na niebie. Widzisz, jak słońce prześwituje przez chmury? Ten odcień żółci jest naprawdę wyjątkowo ciekawy.

– Jest naprawdę piękny. – Uśmiechnęłam się, słysząc, jak swobodnie mówi.

– Nie tylko o to chodzi. Popatrz, jest jednocześnie jasny i przytłumiony, świeci, ale nie razi w oczy. To prawdziwy cud, że taki kolor istnieje.

Popatrzyłam na nią z podziwem. Nie miałam pojęcia, że tyle się nad tym zastanawiała, ani nawet że znała słowa takie jak „cud" albo „przytłumiony". Niedługo potem Miaka zaczęła opisywać szczegóły z poprzedniego życia, gdy je sobie przypominała. Pamiętała bardzo dobrze swój dom, ale nie miała wiele do zapamiętania – był malutki. Używała określeń takich jak „ściany nadgryzione zębem czasu" i „tak brązowy, że wydawało się, iż zrodziła go ziemia". Byłam zdumiona: gdy w końcu odważyła się odezwać, mówiła piękne rzeczy.

Miałyśmy szczęście, że najpierw trafiłyśmy do Francji – Miaka pokochała sztukę. Ponieważ nie potrafiła opisywać rzeczy słowami, robiła to na obrazach. Jej drobne dłonie poruszały się szybko, a ponieważ nie musiała odpoczywać, siedziała przy sztalugach całymi dniami. Co jakiś czas zaglądałam do niej i widziałam, jak czysty papier pokrywa się obrazami. Skrywała talent, o którym dotąd nie miała pojęcia.

Potrzebowałam tylko kilku lat, by Miaka się otworzyła, a wtedy zaczęłam zauważać, jaka jest naprawdę. Była uprzejma, pogodna i ciepła, ale prócz tego bez wątpienia inteligentna i pełna niezwykłego wdzięku. Z każdym rokiem czułam coraz większą wdzięczność, że Matka Ocean ją oszczędziła. Nie tylko cieszyłam się, że to właśnie ją mam do towarzystwa, ale byłam szczęśliwa, że Miaka dostała szansę, by stać się tym, kim się stała. Żadna z jej wyjątkowych zalet nie zostałaby odkryta w malutkiej wiosce, gdzie znajdowała się na dole hierarchii rodzinnej.

Razem oglądałyśmy wszystko, co tylko mogłyśmy. Chodziłyśmy do muzeów i na wystawy sztuki. Podziwiałam rzeźby i obrazy olejne – jak ludzie mogli tworzyć rzeczy tak boskie? To, na co Miaka potrzebowała dni, ich słabszym ciałom musiało zajmować całe miesiące. Miaka zauważała nawet więcej ode mnie i próbowała pisać o tym, co widziała w obrazach, ale notatki prowadziła po japońsku, więc ich nie rozumiałam. Oznaczało to, że gdy tylko wracałyśmy do domu, musiałam się przygotować na nawałnicę słów. Nie przerywała, dopóki na głos nie omówiła każdego szczegółu tego, co jej się spodobało. Ta kreatywność przynosiła jej satysfakcję.

Zazdrościłam jej, ponieważ moje pragnienia nie były tak łatwe do spełnienia.

Rozkoszowałyśmy się także jedzeniem. Nie wiedziałam, jak wiele różnych potraw istnieje. Wykorzystywałyśmy słowniczki francuskie, by w kawiarniach i wskazywać poszczególne frazy i pokazać co chcemy zamówić. Miałyśmy szczęście, że zwykle trafiałyśmy na bardzo wyrozumiałych kelnerów. Moim ulubionym przysmakiem były ciasta, ale uwielbiałam też malutkie tartoletki i ciasteczka, które odkrywałyśmy. Niewiele pamiętałam z kuchni amerykańskiej; miałam też już do czynienia z kolorową i pikantną kuchnią hiszpańską. Potrawy francuskie były wyszukane i przeznaczone do tego, by smakować je powoli, dlatego nie spieszyłyśmy się, próbując ich wszystkich.

Gdy nie mogłyśmy już dłużej spacerować, chodziłyśmy na filmy – to było nasze ulubione zajęcie. Potem zachwycałyśmy się bez końca aktorami, aktorkami i ulubionymi scenami. Teraz filmy poza obrazem miały także dźwięk, co czyniło je znacznie ciekawszymi od tych, które pamiętałam z dawnego życia. Nie mogłam się napatrzeć na dobre romanse – szukałam w nich ucieczki od rzeczywistości. Zawsze potem odtwarzałam cały scenariusz w głowie, stawiając siebie na miejscu bohaterki.

Może w moim drugim życiu zostanę aktorką? Miałam już wiele lat doświadczenia w odgrywaniu ról przed całym światem. Może potrafiłabym grać także inne rzeczy… a może nie. Nie minęła jeszcze nawet jedna trzecia tego życia, a ja już byłam zmęczona ciągłą grą.

Wtedy nie potrafiłabym tego zauważyć, ale myśl o Niej napełniała mnie goryczą. Wiedziałam, że Matka Ocean jest podstawą życia, jakie prowadziłam, lecz nie chciałam mieć z Nią do czynienia. Było to niezwykle nużące. Świat, który oglądałam, frapował mnie, ale nie chciałam tylko na niego patrzeć, chciałam być jego częścią. Nudę tej wędrówki przerywały chwile, gdy musiałam się zachowywać w sposób tak odrażający, jak to tylko możliwe – zabijać. Starałam się o tym nie myśleć, jednak wszystko wydawało mi się tak puste, że nigdy nie umiałam o tym na dłużej zapomnieć. Przez te wszystkie lata byłam piękną, śmiercionośną podróżniczką. Nie mam słów, którymi mogłabym to wyjaśnić. Nie wyobrażałam sobie, jakie piętno samotność odciśnie na mojej duszy.

Mimo obecności Miaki miałam świadomość, że nikt nie może mnie dotknąć. Chociaż byłam atrakcyjna, czułam się odrażająca. Matka Ocean mogła mnie prowadzić, gdy Jej potrzebowałam, ale przez większość czasu wydawało mi się, że dryfuję, całkowicie zagubiona. Wiedziałam, że to nie będzie trwało wiecznie, ale mimo wszystko… Który to był rok? 1945? Jeszcze siedemdziesiąt sześć lat. Siedemdziesiąt sześć lat milczenia, zabijania i samotności. Zupełnie jakbym siedziała na dnie studni, widziała światło i doskonale wiedziała, że nie mogę go dosięgnąć. W każdym razie jeszcze nie teraz.

W końcu lat czterdziestych opuściłyśmy na dobre Europę Zachodnią, żeby zwiedzić jak najdokładniej egzotyczne kraje takie jak Egipt, Maroko i Grecja. Były ponadczasowe, miałam wrażenie, że historia zatrzymuje je w miejscu, podczas gdy kolejne lata popychają je do przodu. W trakcie tej podróży w końcu wydarzyło się coś wartego wzmianki: zyskałyśmy nową siostrę.

Nazywała się Ifama i dołączyła do nas w Afryce Południowej na początku 1953 roku. Miaka i ja z przyjemnością zabrałyśmy ją ze sobą. Aisling nawet nie proponowała, że się nią zaopiekuje. Ifama była piękna w całkowicie nowy sposób, zarówno fizycznie, jak i psychicznie, przy tym ciemna i silna. Nie potrafiłam się nią nie zachwycać – w jej zachowaniu była królewska godność. Może to dlatego, że pozostawała tajemnicza – nie chciała podzielić się z nami przyczynami, dla których znalazła się w morzu; a my nie naciskałyśmy. Tak jak w przypadku nas wszystkich, Matka Ocean musiała mieć jakieś powody, by ją podziwiać – przypuszczałyśmy, że była to duma Ifamy. Nawet gdy siedziała na pustym brzegu po tym, jak Matka Ocean ją ocaliła, nie płakała tak rozpaczliwie jak ja. Nie szlochała nawet tak jak Miaka. Owszem, płakała, ale po jej twarzy spływały tylko pojedyncze łzy. Nie chciała, by jej się wymykały, ale jedna za drugą odsłaniały jej smutek. Miałam przeczucie, że gdy prosiła, by pozwolono jej żyć, nie wiedziała, co ją czeka. Ale która z nas wiedziała? Wyjaśniłam jej zasady, a choć się zgodziła, miałam wrażenie, że się waha. Dołączyła do nas z oporami.

Ifama nie odzywała się. Miaka była bierna z powodu uległego charakteru, ale Ifama po prostu nie chciała włączać się w rozmowę z nami. Próbowałyśmy wszystkiego, co tylko możliwe, żeby się do niej zbliżyć. Sprawdziłam technikę, której użyłam w przypadku Miaki: zadawałam jej pytania o rodzinę, żeby mogła ją zapamiętać.

– Miałam ojca, matkę i siostrę. Kochaliśmy się. Teraz mnie nie ma.

Kończyła zdania tak stanowczo, że nie dawało się zadawać dalszych pytań. Możliwe, że po prostu nie chciała myśleć o życiu, które zostawiła – za to nie winiłabym jej. Dlatego zaczęłam ją pytać o drobiazgi.

– Co myślisz o sukience tej kobiety? – zapytałam pewnego dnia.

– To sukienka. Jesteśmy czymś więcej niż tylko naszymi ubraniami – odparła.

Odpowiedź niepozostawiająca miejsca na ciąg dalszy. Może właśnie taka była, może nie potrzebowała rozmawiać o drobiazgach. Ale każda z nas czegoś potrzebowała, prawda? Może Ifama po prostu nie umiała zbliżyć się do mnie. Po kolejnych porażkach, które ponosiłam, próbując sprawić, by poczuła się swobodniej, zwróciłam się do Miaki.

– Martwię się o Ifamę – powiedziałam jej któregoś wieczora. Byłyśmy na Sumatrze, nieduży dom niemal na skraju dżungli stał pusty, więc zajęłyśmy go. Ifama była w środku, nic nie robiła i nie odzywała się. Ja i Miaka siedziałyśmy na zwalonym drzewie.

– Ja też. Nie wiem, co robić. – Miaka była kochana, pragnęła tej przyjaźni tak samo jak ja. Bolała mnie sama myśl o tym, ale dla dobra nas wszystkich musiałam spróbować.

– Pamiętasz, że na początku także byłaś nieśmiała? Może Ifama też taka jest. Może czuje się skrępowana w towarzystwie nas obu. Może gdybym dała ci okazję, żebyś sama z nią porozmawiała… – urwałam. Miaka będzie albo zachwycona, albo przerażona tym pomysłem.

– Naprawdę myślisz, że umiałabym? – Była zaskoczona, że w nią wierzę.

– Oczywiście, Miako. Jesteś teraz sama starszą siostrą, jesteś też wyjątkowo życzliwa i pełna ciepła. Założę się, że jeśli zostaniecie we dwie, ona się otworzy. – Pozostawiłam jej decyzję, więc Miaka zamyśliła się głęboko.

– Gdzie się wybierzesz?

Udawałam, że jestem zdecydowana i odważna.

– Nie wiem, gdzie tylko będę chciała. Obiecuję, że nie zniknę na długo, może na dwa tygodnie albo na miesiąc. Potem wrócę do ciebie i twojej nowej najlepszej przyjaciółki. Możliwe, że wcale nie ucieszycie się na mój widok. – Mrugnęłam do niej.

– Nie bądź niemądra, zawsze będę cię kochać.

Na tym właśnie stanęło. Odeszłam następnego dnia rano pod pretekstem, że chciałabym zostać sam na sam z Matką Ocean. Nic nie było dalsze od prawdy, ale nie chciałam, by Ifama pomyślała, że nie odpowiada mi jej towarzystwo. Miałam nadzieję, że uzna, iż coś takiego zdarza mi się często.

Gdy znalazłam się dość daleko, by moje siostry nie usłyszały, rozpłakałam się. Nienawidziłam być sama. Samotność dłuższa niż kilka godzin była całkowicie sprzeczna z moim charakterem, potrzebowałam ludzi i to ludzi, którzy potrzebowali by mnie. Jednak dla moich sióstr, jedynych osób, jakie miałam na tym świecie, siedziałabym i płakała sama przez całe lata. Kochałam je.

Nie opuściłam Sumatry, nawet Matce Ocean nie powiedziałam, co robimy. Udałam się na północ wyspy. Siedziałam na drzewie. Nie lubię wspominać tamtego okresu.

Tylko tyle byłam w stanie robić przez te dwa tygodnie. Miałam nadzieję, że Miace to wystarczy, ponieważ musiałam wracać do niej i Ifamy, ale gdy weszłam do domu, od razu wiedziałam, że poniosła porażkę. Miaka mazała sokiem z owoców kolorowe smugi na kartkach papieru. Spojrzała na mnie, lekko się uśmiechnęła i ruchem głowy wskazała, że Ifama jest w drugim pokoju.

Weszłam do drugiej izby malutkiej chaty, gdzie Ifama siedziała jak księżniczka na pieńku, którego używałyśmy jako krzesła. Patrzyła przez okno z tajemniczym uśmiechem na twarzy, jakby całkowicie odpowiadało jej to, że może siedzieć nieruchomo i po prostu podziwiać powietrze. Zawsze była zatopiona w myślach i nigdy nie wydawała się niespokojna. Nie wiedziałyśmy, o czym myślała, co planowała – najprawdopodobniej od samego początku.

Byłyśmy na pełnym morzu, pozostając w gotowości. Gdy miałyśmy zaśpiewać, Ifama nie otworzyła ust. Matka Ocean jeszcze ostrzegła ją i dała jej drugą szansę na dołączenie do nas w pieśni. My byłyśmy już zajęte śpiewem i nie mogłyśmy przerwać, by ją przekonywać. Widziałam, jak Miaka rozpaczliwie ciągnie Ifamę za rękę, ale ona stała tylko na wodzie z zaciśniętymi ustami.

Zdążyła westchnąć cicho, gdy Matka Ocean wciągnęła ją w toń.

Śpiewałyśmy przez łzy. Aisling znajdowała się przede mną, więc nie widziałam jej twarzy, ale widziałam, jak powoli potrząsa głową. Pieśń w harmonii na trzy głosy, ciągnęła się tak jak od ponad dwudziestu lat. Żaden nowy głos nie dodał jej blasku i żadne łzy nie sprawiły, że melodia zadrżała.

Miace było najtrudniej – czuła się, jakby zawiodła Ifamę, jakby Ifama mogła zostać z nami i stać się taka jak ona, gdyby tylko lepiej sobie poradziła. To poczucie winy pozostało w niej. Regularnie odbierałyśmy życie, śmierć nie była dla nas nowością, ale zawsze bolała. Ten ból stawał się znacznie gorszy, gdy chodziło o kogoś, kogo się znało i podziwiało.

Ja przyjęłam ten cios niewiele lepiej od Miaki. Wtedy nie umiałam tego dobrze zrozumieć, ale nie chodziło tylko o sposób, w jaki straciłyśmy siostrę. Odejście Ifamy było równie nagłe jak odejście Marilyn, ale towarzyszyło mu całkowicie nowe uczucie. Wiele dni minęło, zanim zrozumiałam, co w tym jest takiego okropnego. Nie chodziło tylko o to, że kolejna siostra nas opuściła. Chodziło o nią samą. Ifama zaplanowała to, celowo trzymała nas na dystans. Od początku nie chciała nikogo skrzywdzić, ale jej czyn sprawił, że stałam się słabsza.

Kilka dni po zniknięciu Ifamy ja także musiałam odejść. Myślałam o tym, że zaledwie kilka miesięcy temu samotność w lesie była jak więzienie, w którym sama się zamknęłam. Teraz ta samotność wydawała się wybawieniem, jedyną rzeczą, jaka mogła pozwolić mi przetrwać tę katastrofę.

– Proszę, nie zostawiaj mnie samej – płakała Miaka. Nie chciałam, żeby cierpiała jeszcze bardziej niż w tej chwili, ale nie byłam w stanie znieść tego, jak jej smutek łączył się z moim.

– Miako, kocham cię, ale muszę przemyśleć różne sprawy. Potrzebuję odrobiny samotności.

– O czym chcesz myśleć? Nie zamierzasz umrzeć, prawda? Proszę, nie rób mi tego! – Ukryła twarz w dłoniach. Zawsze była taka kochana. Z konieczności robiła to samo co my, ale dodatkowy ciężar byłby ponad jej siły.

– Nie, nie. Nigdy nie zrobiłabym ci czegoś takiego. Potrzebuję cię tak samo, jak ty potrzebujesz mnie. Nie zostawiłabym cię samej, nie w ten sposób – powiedziałam, przytulając ją i starając się ją uspokoić. Nie mogłam jej powiedzieć, że przyszło mi do głowy, iż mogłabym zrobić dokładnie to samo, co Ifama. Przynajmniej myślałam o tym przez moment.

– To dlaczego w ogóle musisz odchodzić? Zostań ze mną. Możemy się wybrać w jakieś nowe miejsce, będę ci towarzyszyć, gdzie tylko zechcesz.

– Popatrz na mnie, Miako. – Zrobiła to. – Potrzebuję trochę czasu dla siebie, ale wrócę. Wiem, że tego nie czujesz, ale uważam, że ty także masz różne rzeczy do przemyślenia. Nie odejdę na zawsze, obiecuję.

Musiałam powtórzyć to jeszcze kilka razy, zanim Miaka zgodziła się mnie wypuścić. Starałam się być dla niej cierpliwa, pamiętać, że kiedyś zwykła czuć się niechciana. Weszłam do morza i skierowałam się do Ameryki – na pewno minęło już dość czasu, żebym mogła wrócić do mojej ojczyzny. To nie była długa podróż: powiedziałam, że chcę się tam dostać jak najszybciej, i nie odzywałam się do Niej ani słowem podczas drogi. Musiała wiedzieć, o czym myślę, nie byłam dość opanowana, by to ukrywać. Zostawiła mnie jednak w spokoju.

Złamanie zasad przez Ifamę napełniło mnie smutkiem. Uświadomiłam sobie, że jego przyczyna była jedna: miała ode mnie więcej odwagi.

Ja próbowałam się przekonywać, że to wszystko nie jest takie złe. Byłam posłuszna. Obchodziłam się bez rzeczy, których pragnęłam, i zawsze wypełniałam swoje obowiązki. Byłam tutaj, co oznaczało, że kogoś innego omijał ten los. Zrezygnowałam z siebie. Ale Ifama… straciła życie, odmawiając odebrania życia innej osobie. Ile razy o tym myślałam, wydawała mi się bohaterką.

Spędziłam miesiące w samotności, bezustannie się nad tym zastanawiając. Nie miałam pojęcia, jak dać ujście tym emocjom, więc pogrążałam się w ponurych myślach. Byłam w depresji; wydawało mi się, że jedynym sposobem, żeby wszystko naprawić, było poprosić Matkę Ocean, by mnie także pozwoliła umrzeć.

Nie mogłam jednak tego zrobić. Nie ze strachu, chociaż się bałam, ale dlatego że ofiarowałam Jej już trzydzieści lat i nie chciałam tego zmarnować. Poza tym złamałabym serce Miace, a Aisling nazwałaby mnie zdrajczynią albo jeszcze gorzej. Gdybym to zrobiła, zawiodłabym też Marilyn, a ze względu na to, co mi powiedziała, zawiodłabym także moją rodzinę.

Po prostu nie mogłam się na to zdobyć. Nie byłam dość odważna. Brakowało mi odwagi, by naprawdę zaryzykować życie, nawet gdyby miało to znaczyć, że ktoś inny będzie dzięki temu bezpieczny.

Wędrowałam w jedną i w drugą stronę po wschodnim wybrzeżu Stanów Zjednoczonych. Nie wracałam do Ameryki, odkąd wiele lat temu wyruszyłam w tę bezsensowną podróż, ale zajście z Ifamą sprawiło, że chciałam się znaleźć w miejscu, które przypominałoby dom. Podróż po Ameryce była najlepszą rzeczą, którą mogłam zrobić.

Wiedziałam, że mieszkałam w Ohio, ale nie pamiętałam, gdzie konkretnie. Zastanawiałam się, czy mój brat Alex jeszcze żył… nazywał się Alex, prawda? Nie, Alan. Jednak Alex. Może gdybym go odwiedziła, poczułabym się bliżej tamtego dawnego życia – tego, które było proste i dobre. Nie wiedziałam jednak, gdzie go szukać. Byłam sama. Nie miałam już rodziny.

Miałam Aisling, która była okropna, i miałam Miakę, która była zbyt kochana, by dało się ją zrozumieć. Miałam Matkę Ocean… ale szczerze mówiąc, nie byłam pewna, co do Niej czuję. Zastanawiałam się nad tym całymi miesiącami… może przyszedł czas, żebym z Nią porozmawiała.

Po milczącej podróży od stanu do stanu spędziłam trochę czasu w letnim domu w mieście Pawleys Island w Karolinie Południowej. Mieszkałam w pustych pokojach należących do państwa Pattersonów. Podobnie jak większość innych właścicieli, wyjechali na zimę, a ja, niezauważona, zajęłam ich dom przy plaży. Mieli okropny gust jeśli chodzi o meble; całe szczęście, że nie spodziewałam się gości.

Ameryka, którą opuściłam, i Ameryka, do której powróciłam, okazały się zupełnie różnymi miejscami. Widziałam postęp, jaki dokonywał się w Europie, ale tutaj miałam wrażenie, że jest on znacznie szybszy. Dobrze, że mogłam się ukryć, bo wydawało mi się, że cały świat pogrążony jest w pędzie.

W dzień spacerowałam po plaży i starałam się zebrać na odwagę, by odezwać się do Niej. Marilyn stale to robiła, więc to musiało być proste, prawda? Ale nie byłam pewna, czy zdołam się z Nią zaprzyjaźnić. Wcześniej zwracałam się do Matki Ocean tylko wtedy, gdy robiłyśmy coś, co wymagało pieniędzy. Nie uwierzylibyście, ile pieniędzy ginie na dnie morza. Ona dawała nam je szczodrze, gdy tylko ich potrzebowałyśmy. Wyrzucała ich na brzeg tyle, ile mogłyśmy unieść. Nie miałyśmy domów ani samochodów, które dowodziłyby tego, ale potajemnie byłyśmy naprawdę bogate.

Nocą zamykałam się w domu, obawiając się iść do Niej. Z jakichś absurdalnych powodów wydawało mi się, że Matka Ocean odpoczywa. To nie było możliwe, ale patrzyłam na Nią tylko przez okno.

Tyle czasu spędziłam, unikając Jej, nie ufając Jej i obwiniając Ją, że teraz nie wiedziałam, jak mam się do Niej odezwać. Obawiałam się, że zacznę na Nią krzyczeć i rozzłoszczę Ją. Nie byłam pewna, czy Ona w ogóle będzie chciała ze mną rozmawiać. Czekałam po prostu, aż coś się wydarzy.

Pawleys Island było pięknym miastem. Jeśli miałabym gdzieś się ukrywać, wydawało się właściwym miejscem. Dom Pattersonów stał na końcu ulicy biegnącej wzdłuż plaży i kończącej się małym parkingiem. Piaszczyste wybrzeże tworzyło zatokę, jakby piasek chciał uściskać morze. Nie mogłam przestać się zastanawiać, czy tak było naprawdę. Owszem, ja z trudem radziłam sobie z życiem, jakie Ona mi podarowała, ale reszta świata była Jej wdzięczna.

To miejsce leżało daleko od świata, a o tej porze roku nie było tu prawie nikogo. W niektóre wieczory młode pary przyjeżdżały samochodami na wydmy. Gasiły światła i zaparowywały szyby.

Zazdrościłam ich.

Pewnego razu cały dzień zmagałam się ze swoją złością – na siebie i na Matkę Ocean – a wieczorem ci nastolatkowie pojawili się i przez całe godziny całowali się w samochodach. Byłam tak zdenerwowana, tak zazdrosna, że niewiele brakowało, a odezwałabym się tylko po to, by się ich pozbyć. Na szczęście zdrowy rozsądek powrócił, zanim zdążyłam coś zrobić. Na pewno nie potrafiłabym sobie wybaczyć czegoś takiego. To był trudny rok, a niektóre dni były gorsze od innych.

Tak bardzo chciałam być kochana. To było ostatnie i najsilniejsze pragnienie, jakie pozostało z życia, które prowadziłam, zanim zostałam syreną. Towarzyszyło mi nieustannie. Nie wiedziałam, czy Aisling ma coś, czego by pragnęła, ale wiedziałam, że Miaka zawsze chciała tworzyć. Teraz mogła swobodnie rozwijać swój talent. Marilyn pragnęła życia lepszego niż życie uległej dziewczyny, jaką kiedyś była, i w pełni zdołała to osiągnąć. Tyle rzeczy zacierało się w pamięci i nie dawało się ich zatrzymać, tak jak nie dawało się zatrzymać wiatru w dłoniach. Ale inne wspomnienia zachowywały swą intensywność, zakorzeniały się coraz głębiej i sprawiały, że serce bolało, ponieważ zajmowały tyle miejsca.

Dlatego gdy pojawiły się te dzieciaki, czułam fizyczny ból w piersi. Wiedziałam, że nastolatki całujące się na tylnym siedzeniu samochodu trudno uznać za kwintesencję prawdziwej miłości, ale wiedziałam też, że to uczucie jest równie silne, jeśli nie silniejsze od tego, co czuje się później. Widywałam to: mężczyźni i kobiety siedzący przy stole przy obiedzie, oddzieleni ciszą i kilometrami obcości. Wydawało mi się, że te swobodnie zachowujące się dzieciaki mogą mieć rację. Jednak gdybym ja była tak szczera ze sobą, wolałabym tę drugą możliwość.

To była jedna z wielu rzeczy, jakie dręczyły mnie w tym okresie. W moim świecie, w świecie, w którym dorastałam, szykowałabym się teraz do wyjścia za mąż. Jednak moje życie zostało zatrzymane na sto lat… więc przez cały wiek czekałam na to.

Najbardziej niepokojąca była narastająca depresja. Decyzja Ifamy sprawiła, że zwątpiłam we własną, ale byłam świadoma, że jedynym sposobem ucieczki od tego życia jest czekanie. Dlatego musiałam porozmawiać z Matką Ocean i tym razem miała to być inna rozmowa, osobista. Co będzie, jeśli Ona jest zmęczona? Albo zajęta? Albo po prostu mnie nie lubi? Nie miałam powodów przypuszczać, że jest inaczej.

W końcu, po kilku miesiącach, nastawiwszy się na to, że zapewne nie będzie chciała ze mną rozmawiać, zeszłam na brzeg. Dzień był pochmurny, więc na plaży nikogo nie było, chociaż nie zamierzałam odzywać się na głos.

Ona była właściwie wszędzie, ale musiałam znajdować się w wodzie, by z Nią rozmawiać. Wystarczał deszcz albo rzeka, nawet większa kałuża. Woda w kranie lub prysznicu była od

Niej oddzielona – to było co innego. Tylko naturalne Jej części były ze sobą połączone. Mimo to w przypadku tak poważnej rozmowy chciałam znaleźć się bliżej Niej samej.

Weszłam do wody do połowy łydki.

Cześć? – Nawet we własnej głowie miałam poczucie, że moje słowa brzmią okropnie nieśmiało.

Tak, to ja.

Nie, nie. Nic się nie stało. Ja tylko... zastanawiałam się właśnie, czy mogłabym z Tobą porozmawiać?

Była... zachwycona. Nie spodziewałam się tego. Nie miała z kim rozmawiać, od kiedy odeszła Marilyn. Nigdy nie przyszło mi do głowy, że Ona także może czuć się samotna, wyobcowana. Odrobina mojego niepokoju rozwiała się. Nie cały, ale przynajmniej część.

Co słychać?

Czułam Jej szczęście. Gdy byłam w Jej pobliżu, tak bardzo zajmowały mnie własne uczucia, że nigdy tego nie zauważyłam – jeśli tylko pozwoliłabym sobie na to, mogłabym dowiedzieć się, co Ona czuje. Była szczęśliwa, że chociaż w najmniejszym stopniu mnie obchodzi. Nikt nie przejmował się tym, co Ona czuje. Powiedziała, że wszystko w porządku i ma nadzieję, iż nie będzie nas potrzebować jeszcze długie miesiące.

To dobrze... dziękuję za ostrzeżenie. – Słowa uwięzły mi w umyśle. – *Posłuchaj... wiem, że może pozwalam sobie na zbyt wiele, ale chciałabym porozmawiać z Tobą o naszym życiu, o tym jak żyjemy my, a jak Ty. Czy to możliwe?*

Zapytała, czy jest mi trudno.

Tak. – Zaczęłam płakać. – *Tak.*

Nie mnie pierwszej i nie ostatniej. Powiedziała, że mogę ją pytać o wszystko, więc postarałam się uspokoić i odezwałam się.

Jak to wszystko się dla Ciebie zaczęło? To życie?

Przeprosiła, że odmówi odpowiedzi na moje pierwsze pytanie. Były rzeczy, które musiała zachować dla siebie.

Rozumiem. Czy od samego początku miałaś syreny?

Nie, ale o tym także nie mogła nic więcej powiedzieć.

Ile nas już było?

Do tej pory było dwieście sześćdziesiąt osiem syren, licząc naszą trójkę oraz takie jak Ifama, które nie odsłużyły całego czasu. Nie wiedziałam, czy zrobiła to celowo, ale pokierowała rozmowę właśnie tam, gdzie chciałam.

Ile z nich nie odsłużyło całego czasu?

Nie tak wiele. Oczywiście mało która była szczęśliwa, prowadząc takie życie, ale większość dziewcząt starała się przetrwać, żeby dostać drugą szansę.

Dlaczego tak długo? Sto lat to bardzo dużo...

To prawda, ale taki okres został wybrany dla wygody. Im dłużej dziewczęta pozostają na służbie, tym mniej ich potrzeba. Im mniej ich jest, tym mniejsze ryzyko, że świat dowie się o Jej posiłkach. Gdyby tak się stało, wybuchłaby panika. Nie chciała tej paniki, a co ważniejsze, nie chciała, by ludzie zaczęli Jej unikać. To byłoby nieszczęście. Poza tym do życia syreny trzeba się było przyzwyczaić. Gdyby wypuszczała je zbyt szybko, zawsze służyłyby Jej niedoświadczone dziewczęta, co byłoby większym zagrożeniem dla ludzi.

Nie spodziewałam się, że Jej pobudki będą tak altruistyczne – chciała tylko, żeby wszystko działało.

Te posiłki... Co o nich myślisz?

Trudno Jej było to wyjaśnić. Nie lubiła krzywdzić ludzi, stworzono Ją, by im służyła. Czasem miała poczucie, że jest wykorzystywana, ale jak można podziękować morzu? Zazwyczaj miała mieszane uczucia, ponieważ musiała zabierać ludzi, by ich ocalić. To nie wydawało się w porządku, tak jak rozbijanie skały, by pozostała w jednym kawałku. Jednak inną drogą było dla Niej tylko samozniszczenie – nieruchome wody, nie wytwarzające wiatru, deszczu ani prądów, w których zamiera życie, w efekcie zaś zamiera ono także poza nimi. Czy to było takie okropne, że co roku zabierała jakąś setkę istnień, jeśli to znaczyło, że miliardy innych mogą żyć?

Co myślisz o mnie? To znaczy, o nas wszystkich?

Nie zrozumiała tego pytania.

Chodzi mi o to, co myślisz o tym, że nas potrzebujesz...

Nagle stała się pełna czułości. Jak mogłam Jej towarzyszyć tyle czasu i nie zauważyć tego?

Powiedziała, że gdyby mogła to robić sama, gdyby mogła oszczędzić nam takiego losu, na pewno by to zrobiła. Nikt nie powinien oglądać takich rzeczy jak my i to nie dawało Jej spokoju. Jednocześnie cieszyło Ją, że od czasu do czasu może kogoś oszczędzić – to przypominało znajdowanie skarbu, który inni przeoczyli. A gdy z Nią byłyśmy, cieszyła się naszym towarzystwem.

Potrzebowałam chwili, żeby zastanowić się, co powiedzieć. Chciałam zapytać o Ifamę i inne syreny, ale teraz mogłam rozmawiać z Nią o tylu sprawach. A Ona chciała, żebym z nią rozmawiała. Czułam to teraz – tęskniła za mną, gdy byłam daleko, tęskniła za nami wszystkimi. Byłyśmy Jej towarzyszkami, ale obwiniałyśmy Ją za los, jaki nas spotkał. Ja niemalże Jej nienawidziłam, a Ona o tym wiedziała. Wyczuwała to od samego początku. Od początku...

Może to jest niegrzeczne pytanie, ale dlaczego mój statek?

Odpowiedź była prosta: bo miał na pokładzie najmniej ludzi.

Umiesz to przewidzieć?

Umiała. Czuła ciężar istnień w sobie.

To było niespodziewane.

Wiem, że właściwie nie ma sensu pytać... ale dlaczego ja?

To było zabawne, przynajmniej dla mnie. Uznała, że moje ostatnie myśli są piękne i bezinteresowne. Myślałam oczywiście o sobie, ale i o mojej rodzinie. Powiedziała, że czuła całą miłość do nich, promieniującą ze mnie, i wydawało się Jej marnotrawstwem stracić takie serce. Uznała także, że jestem piękna.

Dziękuję. A pozostałe?

W przypadku Miaki chodziło oczywiście o jej słodycz; była taka drobna i urocza. Zatęskniłam nagle za nią. Matka Ocean przyznała coś jeszcze, co mnie zaskoczyło: uratowała Miakę dla mnie. Wiedziała, że nie lubię być sama. Widziała to pytanie już wcześniej w moim umyśle, czekała tylko, kiedy je zadam.

Aisling, co nie było zaskoczeniem, po prostu miała w sobie wolę życia. Nie zamierzała się poddawać. Ona zawsze była gotowa stawać do walki, prawda? Ifamę cechowała godność, którą Ona podziwiała, ale głupotą było sądzić, że ta cecha jej charakteru zniknie, gdy zostanie zabrana. Ifama była bardzo dumna i w chwili śmierci niczego nie żałowała.

Czy mogę zapytać, jak w ogóle Ifama do Ciebie trafiła?

Matka Ocean powiedziała, że skoro Ifama nie chciała nam tego zdradzić, Ona także tego nie zrobi.

Ale była całkowicie pogodzona z losem? Na końcu?

Tak. Ocean cierpiała bardziej niż Ifama, nie chciała jej zabierać.

A co z Marilyn? Zawsze wydawała się taka spokojna po tym, jak... no wiesz...

Marilyn na swój sposób pogodziła się z życiem i śmiercią. Rozumiała, że każde życie kiedyś się kończy, także jej własne. Nie przyczyniała się do zwiększania śmiertelności – przecież każdy z tych ludzi i tak by umarł. Każda dusza musiała przejść przez tę bramę. Tej prawdy do tej pory nie uświadamiałam sobie: wszyscy umierali. Czy Marilyn to wiedziała?

Zrozumiałam, że nie tylko cudza śmierć nie dawała mi spokoju, ale także moja własna. Chciałam jak najlepiej wykorzystać swój czas. Oczywiście miałam jeszcze co najmniej siedemdziesiąt lat, chociaż trzeba przyznać, że niewiele mogłam przez ten czas zrobić. Mimo to złoszczenie się i roztrząsanie każdej, choćby najdrobniejszej niewykorzystanej szansy sprawiało tylko, że moje dni stawały się bardziej bezwartościowe. Za siedemdziesiąt lat moje ciało zacznie być śmiertelne i nie będę miała żadnej gwarancji, że przeżyję następny dzień. Musiałam więc żyć. Musiałam pogodzić się z losem. To była tylko jedna z faz życia – w tej chwili byłam bronią, lecz bronią, która nie chciała zabijać ani przyczyniać się do odbierania życia – w każdym razie nie tak do końca. Rzeczywistość była dla mnie okrutna, ale tak wyglądało moje życie.

Przez chwilę po prostu płakałam, a Ona mnie nie przynaglała. Pozwalała mi na smutek. Nie mogłam ustać na nogach, ciężar zmartwień przygniótł mnie po raz ostatni, zanim zostaną ze mnie zmyte. Usiadłam w falach i objęłam się ramionami.

Uważasz mnie za potwora?

Uspokajała mnie czułymi słowami. Nie, to Ona była prawdziwym potworem. Okrucieństwem było to, że skazywała kogokolwiek na takie życie. Po prostu musiała to robić, więc to robiła. Było Jej przykro, że muszę to znosić wraz z Nią, ale prosiła mnie o cierpliwość. Obecne życie niosło więcej, gdybym tylko pozwoliła sobie to dostrzec. Chciała, żebym cieszyła się ciałem, które miałam, tym, co wiedziałam, czasem, który został mi dany. Chociaż było Jej przykro, że muszę krzywdzić innych, szukała odrobiny pociechy w tym, że – tak samo jak moje siostry – dostanę w życiu drugą szansę. Widziała nasze zalety wyraźniej niż my same i wiedziała, że kiedyś będziemy niezwykłymi osobami.

Powiedziała, że jestem piękna. Widziała, że zawsze kocham ludzi całym sercem. Wyczuwała wszechogarniającą miłość do mojej rodziny, którą straciłam, oraz pragnienie miłości, które nawet teraz we mnie płonęło. Wyznała mi, że Marilyn żałowała, iż utraci tę miłość, gdy opuszczała mnie tamtej nocy – nie była pewna, czy ktokolwiek tak łatwo odda jej całe serce.

Cała ta miłość nie mogła się wyczerpać. Będę miała kiedyś szansę ją wykorzystać w taki sposób, w jaki pragnęłam. Na razie wystarczy, jeśli będę obdarowywać nią hojnie Miakę i inne siostry, które może kiedyś spotkam. Jeśli Aisling będzie chciała ją przyjąć, powinnam także z nią podzielić. W końcu Matka Ocean powiedziała niemal nieśmiało, że jeśli kiedyś będzie mi brakowało osób, które chciałabym obdarzyć miłością, Ona zawsze chętnie ją przyjmie.

Gdyby Marilyn powiedziała mi, że przyjdzie taki dzień, nie uwierzyłabym w to. Teraz jednak pragnęłam zanurzyć się w Matce Ocean i zostać z Nią na zawsze, ponieważ kochała mnie jak najdroższą córkę, jak córkę, którą niegdyś byłam. Pomogła mi także zrozumieć spokój Ifamy i Marilyn. Nie było to możliwe od razu, ale wiedziałam, że mnie także się to uda. Pewnego dnia całkowicie pogodzę się ze swoim losem. Nie byłam przecież złym człowiekiem. Wykorzystam ciało i umysł, które dostałam tylko na pewien czas, jak najlepiej. Ciało, umysł i życie, które Ona celowo i wspaniałomyślnie mi podarowała…

Przykro mi. Tak mi przykro…

Siedziałam i szlochałam otwarcie w Jej ramionach, a Ona gładziła mnie falami, które po raz pierwszy nie przypominały mi łańcuchów. Miałam wrażenie, że naprawdę mnie przytula.

Rozdział 4

Od tego dnia Matka Ocean i ja stałyśmy się bratnimi duszami. Czułam, że powinnam być dla Niej tym, kim była Marilyn i nie wiadomo ile syren przede mną: przyjaciółką. Byłam dla Niej kimś szczególnym, bardziej niż pozostałe. Oczywiście ceniła nas wszystkie, ale ja gwałtownie pragnęłam Jej uczuć. Powinnam była powiedzieć także Miace, by spróbowała się do niej zbliżyć. Powinnam była wyjaśnić jej, czego potrzebuje Matka Ocean, ale odpowiadało mi, że nasza relacja jest wyjątkowa, przynajmniej na razie.

Poznałam Ją bliżej, a Ona pokazywała mi się od najlepszej strony. Miałam teraz nieograniczone ilości tego, czego brakowało mi od lat – matczynej miłości. A dzięki Miace miałam także miłość siostrzaną.

Nigdy nie mówiłam o tym, jak bardzo pragnęłam innej, niebezpiecznej i niewyobrażalnej miłości. Czekałam niecierpliwie, ale teraz było mi odrobinę łatwiej nad tym panować.

Zostałam sama – rozmawiałam z Matką Ocean tak często, że nigdy nie czułam się samotna. Chociaż zapomniałam bardzo wiele z życia, które prowadziłam, zanim stałam się syreną, Ona pamiętała wszystko. Pamiętała imię każdej syreny, lata jej służby i najdrobniejsze szczegóły historii. Starannie wybierała te, o których mi opowiadała. To dziwne, bo wszystkie te historie były takie same, a jednocześnie zupełnie inne.

Teraz już lepiej rozumiałam, dlaczego Matka Ocean wybiera poszczególne osoby. Nie decydowała o tym konkretna cecha, raczej coś, co nas wyróżniało. Ja zawsze podchodziłam do otaczających mnie ludzi uczuciowo, ale chyba nie zauważałam tego, dopóki mi o tym nie powiedziała. To był mój dar. Każda z nas miała coś do zaofiarowania, a nasze niepowtarzalne cechy wzbogacały nasze siostry. Istotnie – otrzymałam od nich bardzo wiele. Marilyn nauczyła mnie cierpliwości i mądrości. Miaka była kreatywna i troskliwa. Nawet Ifama obdarowała mnie czymś nowym, chociaż spotkałyśmy się na tak krótko. Mimo wszystko jednak zastanawiałam się, czy nadejdzie dzień, gdy docenię jakąkolwiek zaletę Aisling.

Matka Ocean i ja przeżywałyśmy dziwny miesiąc miodowy. Niedługo po naszej pierwszej rozmowie opuściłam Pawleys Island i trzymałam się wybrzeży Ameryki, zanim wyruszyłam w kolejną dłuższą podróż. Matka Ocean zabierała mnie do miejsc, o których tylko Ona wiedziała. Podarowała mi wyspę – maleńki tropikalny raj, jaki zwykle ogląda się na pocztówkach. Byłam nią urzeczona. Gdy moja suknia się rozpadła, mieszkałam tam nago – coś, na co na pewno nie zdobyłabym się, gdybym nie była absolutnie sama. Odpoczywałam w głębokim cieniu ogromnych palm i próbowałam tajemniczych drobnych owoców, które rosły wokół mnie. Przypuszczam, że te, które smakowały okropnie, były trujące.

Przemierzałam las, nie obawiając się ukąszeń ani zadrapań. Po dwóch dniach wędrówki znalazłam najwyższy punkt wyspy i wspięłam się na niego, żeby zobaczyć, ile się dało. Znajdowałam się na środku bezkresnej Matki Ocean, nic nie mogło mnie tutaj dosięgnąć. Chociaż wiedziałam, że stale pływają po Niej statki, stąd nie widziałam ani jednego. Cieszyłam się, że żadne wspomnienie moich obowiązków nie towarzyszy mi w tym miejscu.

Wyspa stanowiła moje sanktuarium.

Jeszcze piękniejsze od wyspy były otaczające ją wody. Piasek był jasny i drobny jak puder, czasem zanurzałam się w wodzie i częściowo zakopywałam się w nim, wykorzystując do pomocy prądy. Słońce świeciło tak jasno, że woda była ciepła, ale piasek pozostawał chłodny – to doznanie pieściło wszystkie zmysły. Widziałam wcześniej tyle odcieni wody, że byłam pewna, iż Ona nie może już żadnych przede mną ukrywać. Ale tutaj, w tym odosobnionym miejscu, Matka Ocean miała odcień błękitu, jakiego nigdy wcześniej nie spotkałam. Zawierał kolory lodu, miodu, nieba i deszczu, zmieszane razem w taflę nieskazitelnego szkła obrębioną pienistą falbaną fal, które na plaży łaskotały mnie w stopy.

To właśnie mi podarowała. Miejsce, gdzie mogłam zapomnieć o tym, co musiałam robić i do czego Ona jest zdolna. Tutaj widziałam tylko Jej urodę i hojność i mogłam śpiewać na cały głos, nikomu nie zagrażając. Czasem krzyczałam dla czystej przyjemności, a chociaż ten dźwięk powinien budzić przerażenie, potem śmiałam się za każdym razem.

Gdy nie kąpałam się w ciepłej wodzie, odpoczywałam i marzyłam. Zatracałam się w setkach najróżniejszych światów, wyobrażałam sobie, jak wracam tutaj z miłością mojego życia. Moglibyśmy zapomnieć o świecie i zatracić się razem. Wyobrażałam sobie, że wychodzę za mąż i przyjeżdżam tutaj na wakacje z prześlicznymi ciemnowłosymi dziećmi. Czy dziecko biegnące tą dziką plażą nie wyglądałoby przepięknie? To było idealne miejsce, w którym mój umysł mógł pozbyć się wszystkich zmartwień tego tajemnego świata. Szkoda, że nie mogłam zostać tu na zawsze.

Spędziłam ponad rok sam na sam z Matką Ocean. Ta kryjówka miała na mnie zawsze czekać, ale nie mogłam zapominać o rzeczywistości i moich zobowiązaniach.

W lecie 1956 roku powróciłam do Miaki i okazało się, że ten czas w samotności także dla niej zdziałał cuda.

Sama nie znalazłabym jej. Przyszło mi do głowy, żeby wrócić do Włoch – mieszkałyśmy tam przez krótki czas, zanim Ifama od nas odeszła. Matka Ocean powiedziała jednak mi, że Miaka podróżuje i od czasu do czasu kontaktuje się z Nią, by powiedzieć, gdzie jest.

Miaka mieszkała w Indiach, udawała głuchoniemą i malowała obrazy na ulicach. Jej talent jeszcze się rozwinął pod moją nieobecność. Tworzyła pod słońcem Bombaju, tak szczęśliwa, jak to tylko możliwe. Ludzie zatrzymywali się, by podziwiać jej prace, a czasem kupowali obrazy. Nie miałyśmy kont bankowych, więc chowała pieniądze w różnych częściach świata – pod kamieniami, zakopane w czyichś ogródkach. Nie potrzebowałyśmy właściwie pieniędzy – tak jak mówiłam, Matka Ocean dawała nam więcej, niż pragnęłyśmy. Ale miło było nie prosić Jej za każdym razem, żeby kupić coś, czego nie potrzebowałyśmy, bawić się tym, dopóki nam się nie znudziło, a potem „zapomnieć" tego przed wejściem do domu, który wydał nam się odpowiedni.

Po pobycie w Paryżu zaczęłyśmy zwracać szczególną uwagę na modę. Gdy docierałyśmy do miejsca, gdzie wszyscy starali się za nią nadążać, dostosowywałyśmy się do nich. Musiałyśmy się wtapiać w otoczenie, prawda? Dlatego gdy miałyśmy dodatkowe pieniądze, szłyśmy na zakupy. Lubiłam kupować ubrania – w Indiach były to długie wzorzyste sari, piękne, kolorowe i łatwe w noszeniu. Po swobodnym życiu na wyspie wydawały mi się wygodniejsze niż na przykład dżinsy, popularne w Stanach Zjednoczonych. Łatwiej było mi się do nich przystosować, chociaż najbardziej lubiłam zwykłe ładne sukienki.

Zanim Matka Ocean podarowała mi wyspę, mieszkałam w Wirginii. Dała mi pieniądze, zanim jeszcze o nie poprosiłam – nie wydaje mi się, żeby zwykle tak robiła. Gdyby tak było, w końcu skończyłyby się Jej zapasy, ale wtedy chciała tylko, żebym mogła cieszyć się życiem. Pierwszą rzeczą, jaką kupiłam, była sukienka. Odłożyłam zwyczajne, niedopasowane ubranie, które pożyczyłam, do kosza w pustym domu. Szukanie ubrań w czyjejś szafie nie było nawet w części tak przyjemne, jak wejście do sklepu. Ubrania pachniały zawsze osobą, która je nosiła, co było dziwne. Nie cierpiałam też uczucia, że muszę dostosowywać swoją indywidualność do czyjegoś stylu.

Dlatego kupiłam sukienkę, która mnie zachwyciła. Była elegancka – cała w wisienki. Siedziałam w niej na mieście, jadłam lody i po prostu cieszyłam się życiem – tak jak Ona chciała. Nie miałam gdzie przechowywać tej sukienki, więc byłam w nią ubrana, gdy podróżowałam na wyspę. Oczywiście podarła się na strzępy. To było nieładnie z mojej strony, bo mogłam ją po prostu gdzieś zostawić, ale skoro nie dane mi było jej zatrzymać, chciałam, żebym chociaż jej pozostałości były tam, gdzie często przebywałam. Uwielbiałam tę sukienkę, to była jedyna rzecz na przestrzeni wielu lat, która należała do mnie, a ja nie mogłam jej zatrzymać.

Przez dziesięć lat milczących podróży nie wydarzyło się nic godnego zapamiętania. Chociaż nie działo się nic szczególnego, ten czas był odmienny dla mnie i dla Miaki. Byłam bardziej zadowolona z życia, a jeśli nie przydarzyło się nic, co by mnie wytrąciło z równowagi, spałam spokojnie w nocy. Gdy widziałam zbyt wiele zakochanych par, uciekałam w marzenia i nie zawracałam sobie głowy łzami. Miaka tworzyła całymi dniami, a ja podziwiałam jej talent. Nie było to niezwykłe życie, ale bardzo dobre.

Całą tę dekadę spędziłam z Miaką, poza kilkoma sytuacjami, gdy chciałam zostać sam na sam z Matką Ocean. Nie zawracałam sobie nawet głowy mieszkaniem na wybrzeżu, żeby wchodzić do wody i wracać na ląd, kiedy tylko chciałam. Po prostu mieszkałam w Niej, ponieważ mojej skórze woda nie szkodziła, tak jak zwykłym delikatnym ludziom. Myślę nawet, że czas spędzony w Jej falach sprawiał, że moja cera stawała się piękniejsza. Unosiłam się na powierzchni i pozwalałam Jej, by mnie prowadziła przez swoje wody bez żadnego celu. Widziałam arktyczne morza pełne pływającej kry lodowej. Zimny błękit był odświeżający i piękny. Gdzieniegdzie lód tworzył zagadkowe zmrożone wzory. Aż szkoda, że większość świata omijał ten widok. Były też wybrzeża pokryte omszonymi skałami i organizmy, które żywiły się Matką Ocean i słońcem. Czasem miałam wrażenie, że mnie także podtrzymuje to przy życiu.

Nie mogłam wytrzymać bez Niej dłużej niż kilka miesięcy. Pierwsze trzydzieści lat spędziłam pełna wściekłości na Nią za to, czym mnie uczyniła. Teraz znałam Ją lepiej niż którakolwiek z sióstr – Matka Ocean przyznała, że jestem Jej bliższa niż ktokolwiek przedtem. W końcu pogodziłam się z tym, czym byłam, z tymczasowością mojej sytuacji i prawdą, że pewnego dnia czeka mnie coś lepszego. Dlatego mogłam sobie pozwolić, by Ją pokochać. Kochałam także siebie i to mi pomagało. Nie takiego życia pragnęłam, ale do szczęścia brakowało mi niewiele.

W końcu, w roku 1966, dostałyśmy kolejną siostrę. Elizabeth nie przypominała nikogo, kogo wcześniej poznałam. Gdy ją spotkałam, najbardziej zaskoczyło mnie to, że nie płakała. Nawet Ifama, która doskonale panowała nad żalem, uroniła kilka łez. Elizabeth była zagubiona, ale wysłuchała wszystkiego, co jej mówiłyśmy, z takim wyrazem twarzy, jakby miała szczęście znaleźć się w bajce. Widziałam, że świat zmienia się powoli, a dziewczęta były teraz inne – nie wszystkie, ale niektóre z nich. Takie jak Elizabeth.

Była wyzywająca, ale urocza. Lekko kręcone włosy przywodziły mi na myśl miód – nie była ani blondynką, ani szatynką – miała też tajemnicze oczy, tak niebieskie, że wydawały się niemal fioletowe. Każdy element jej wyglądu krył w sobie jakieś „niemal".

Wybrała się na wycieczkę w przerwie międzysemestralnej w college'u w pobliżu Krety, gdy zatopiłyśmy „Heraklion". Jej statek płynął po Morzu Egejskim, które było jednym z bardziej nieprzewidywalnych rejonów, szczególnie zimą. Sztorm rozpętałby się tak czy inaczej, my tylko podprowadziłyśmy kapitana zbyt blisko niego. Statek zatonął nad ranem, a Elizabeth była jedną z nielicznych osób, które znalazły się na pokładzie i wpadły do wody. Na szczęście dla nas nie widziałyśmy większości pasażerów uwięzionych w kabinach. Była na tyle odważna, że wyszła na kołyszący się pokład po to tylko, by zapalić papierosa – o drugiej w nocy. To był pierwszy szczegół podpowiadający, jaką ma osobowość.

Nie pomyliłyśmy się – Ocean najwyraźniej ceniła poczucie humoru Elizabeth. Owszem, pragnęła żyć, ale gdy zaczęła tonąć, jej pierwszą myślą było: „A niech to! Strasznie nie w porę!".

Z naszego punktu widzenia była cennym nabytkiem, ale obawiałam się, że będzie rozczarowana tym, że musiała porzucić tak wiele. Tak jak my wszystkie, Elizabeth straciła rodzinę; współczułyśmy jej. Gdy do nas dołączyła, była w trakcie studiów i w poważnym związku, powiedziała jednak, że żaden mężczyzna nie jest wart więcej niż czas pozwalający na poznanie świata. Chciałam, żeby mnie polubiła, więc nie zaprzeczyłam.

Była wyjątkowo pewna siebie i beztroska. Miaka zachwyciła się tak pogodną młodszą siostrą. Tak bardzo podobał nam się jej świeży entuzjazm, że zaprosiłyśmy nawet Aisling, by została z nami. Powiedziała, że wolałaby jeść piasek. Zapytała Matkę Ocean, czy może już się oddalić i zostawiła nas bez pożegnania.

– Potrzeba jej faceta – stwierdziła Elizabeth, gdy Aisling zniknęła. Miaka i ja popatrzyłyśmy na siebie zaszokowane i zarumieniłyśmy się. Pochodziłyśmy z epoki, kiedy o takich rzeczach po prostu się nie mówiło. Zaraz jednak roześmiałyśmy się, bo w tym stwierdzeniu kryło się wiele prawdy, a jednocześnie coś nierealnego.

Elizabeth była znakiem zmieniających się czasów. To, co podejrzewałam jako obserwatorka tej epoki, znalazło potwierdzenie w żywym przykładzie naszej najnowszej siostry. Cieszyłyśmy się, że możemy lepiej poznać świat, patrząc na niego jej oczami.

Miaka i ja zasypywałyśmy Elizabeth pytaniami. Była pierwszą kobietą w rodzinie, która poszła na studia, próbowała dokonać wyboru spomiędzy dwudziestu różnych specjalności; wtedy właśnie trafiła do nas. Miała nadzieję, że ten dodatkowy czas pozwoli jej się spokojnie zastanowić i skoncentrować na tym, co naprawdę lubi. Ale zanim zacznie się tym martwić, chciała najpierw żyć jak najpełniej. Wiedziałam, że może mieć problemy z zachowaniem milczenia, ponieważ była Amerykanką, tak samo jak ja. Łącząca nas znajomość angielskiego ułatwiała wymienianie się zapisanymi notatkami.

W college'u Elizabeth eksperymentowała z pewnymi substancjami i twierdziła, że będzie jej ich naprawdę brakować – tego rodzaju używki nie działały na nas. Lubiła także piwo i wiedziała, że będzie za nim tęsknić. Byłam zaszokowana – gdy ja byłam nastolatką, trwała prohibicja. Widok kogoś, kto pozwala sobie na takie rzeczy i nie stacza się do rynsztoka, sprawiał, że niegdysiejsze działania władz wydawały się zupełnie zbędne.

Rodzina w zasadzie ignorowała ją, faworyzując jej trzech starszych braci. Wydawało się to stałym motywem wśród sióstr – jedyna córka, ceniona lub zaniedbywana. Pojawiła się na świecie nieoczekiwanie i wydawało się, że rodzice nie mieli już energii, żeby ją wychowywać. Ale ten brak ich uwagi stał się dla niej siłą napędową. Zawzięła się, by udowodnić im, że potrafi odnosić takie same sukcesy jak chłopcy, a w szczególności jej bracia. Przeszkadzało jej, że nie będą mogli zobaczyć, jak do czegoś dochodzi, ale była pewna, że ten czas pozwoli jej osiągnąć doskonałość w tym, czemu postanowi się poświęcić.

– Ostatecznie komu potrzebna jest widownia? – powiedziała.

Zadawałam jej pytania o drobiazgi, ponieważ chciałam, by pamiętała swoje stare życie dostatecznie długo, aby podzielić się z nami niesamowitymi, chociaż zupełnie zwyczajnymi historiami. Uwielbiała szokować ludzi i już pierwszego dnia kilka razy kompletnie zaskoczyła zarówno Miakę, jak i mnie. Potrafiła robić takie rzeczy, jak układanie brzydkich wyrazów podczas gry w scrabble z matką i jej przyjaciółkami. Wszystko, co wywoływało zgorszenie, było dla niej świetnym pomysłem na spędzanie wolnego czasu.

– Nie rozumiem. Co to są scrabble? – zapytała Miaka.

Ujmowała mnie otwartość Elizabeth. Była bezpośrednia, zabawna i ciepła. Zazdrościłam jej także łatwości kontaktów z mężczyznami. Mówiąc delikatnie, znała już mężczyzn. Kilku. A była przecież w moim wieku! Czasy naprawdę się zmieniły. Miałam ochotę zadawać jej tysiące pytań, ale na razie powstrzymywało mnie to, że wychowywano mnie na młodą damę. Może kiedyś w przyszłości będę mogła zadać te pytania, jeśli nauczę się choćby w połowie tej śmiałości, jaką ona miała. Nie dało się zaprzeczyć, że czasu nam nie brakowało.

Miaka pokazywała Elizabeth wszystkie aspekty naszego życia, a ja spokojnie im towarzyszyłam i cieszyłam się razem z nimi. Ponieważ była nas teraz trójka, z łatwością mogłam znikać, żeby pobyć z Matką Ocean, a one nie czuły się opuszczone. To był dla nas początek nowych czasów. Dodałam w myślach wszystkie lata. Trzydzieści dwa spędziłam zgorzkniała, zastanawiając się, czy nie podjęłam złej decyzji. Niemal rok trwałam w samotności, tonąc w smutku i gniewie na Matkę Ocean i na samą siebie. Ostatnie jedenaście lat żyłam spokojnie, w zgodzie z siostrami i Nią. W sumie czterdzieści pięć lat i jeszcze dziewiętnaście przedtem. To był kawał życia, ale nie czułam się przygotowana na tę nową epokę.

Jedną z najbardziej szokujących zmian była reakcja na nasze zadanie. Nigdy nie byłam pewna, co czuła Aisling, ale zakładałam, że nie przejmowała się tym, sądząc po jej chłodzie. Miaka z biegiem lat zaczęła sobie radzić trochę lepiej, ale zawsze po fakcie była trochę przygnębiona. Ale Elizabeth okazała się naprawdę twarda. Nie czuła odrazy na myśl, że odbiera życie. Nie chodziło o to, że była dumna ze swojego okrucieństwa, ale... nie wiem, jak to nazwać, nieczuła. Po prostu nie robiło to na niej wrażenia. Elizabeth miała tak silną osobowość, że Miaka poszła w jej ślady i nabrała większego dystansu do całego procesu. Ja zostałam sama ze swoim bólem. Matka Ocean rozumiała tę część mojej natury i zawsze mnie ostrzegała, a potem musiałam spędzić trochę czasu sama, z dala od nienaturalnego spokoju Elizabeth i Miaki.

Nie miałam im tego za złe – byłam szczęśliwa, że mogły pogodzić się z tym życiem. Sama jednak tego nie potrafiłam, za każdym razem raniło mnie to do głębi duszy. Aisling miała swoją samotność, a Marilyn swój kieliszek wina. Miaka dawniej malowała, a teraz ona i Elizabeth szły obejrzeć jakiś film, jeśli mogły, a jeśli nie – nie zajmowały się niczym szczególnym. Ja po prostu przeżywałam to inaczej, więc na kilka dni zamykałam się w sobie i tworzyłam świat, w którym sprawy nie musiały się układać tak jak tutaj. Starałam się ukrywać te myśli przed Matką Ocean, ponieważ nie chciałam Jej urazić. Nie chciałam także wydawać się słabsza od moich sióstr, więc nie mówiłam nic Miace ani Elizabeth.

Po jednym z naszych zadań opuściłam je na kilka dni, żeby odwiedzić moją wyspę. Matka Ocean jak zawsze byłam wobec mnie wspaniałomyślna. Nie przejmowała się tym, jak trudno mi z Nią rozmawiać tuż po czymś takim. Kilka lat po tym, jak podarowała mi wyspę, dała mi jeszcze coś: ktoś zgubił lub wyrzucił hamak, który znalazła. Kiedy fale wyrzuciły go na brzeg, podskakiwałam ze szczęścia jak dziecko. Na zachodnim wybrzeżu wyspy znajdowała się idealna kępa drzew. Gdy tym razem przybyłam na wyspę, udałam się prosto do nich.

Było późne popołudnie, więc po prostu położyłam się w hamaku, wciąż ubrana w obfitą suknię, i patrzyłam, jak słońce zniża się ku horyzontowi. Zwykli ludzie, robiąc coś takiego, ryzykowaliby oślepnięcie, ale mnie nie sprawiało to problemu. Słońce było jasne, a jego blask dawał mi pocieszenie. Hipnotyzując mnie, schodziło coraz niżej i niżej, aż w końcu zniknęło za szerokim grzbietem Matki Ocean. Natychmiast zasnęłam.

Nie wiem, co pokierowało moje myśli w tę stronę, ale śniłam o dniu, w którym sama stałam się syreną. Tak wiele szczegółów zatarło się w mojej pamięci. Nasza pamięć jest jak wadliwy aparat fotograficzny – nie możemy być pewni, że obraz, który staramy się uchwycić, będzie rzeczywiście wyraźny. Jednak tamta mroczna chwila mojego człowieczeństwa pojawiła się ze wszystkimi szczegółami, a ostatnie sekundy wryły się w moją pamięć.

Statek płynący szybko od strony słońca ku odległej szarości. Leżałam na podłodze i starałam się nie zwymiotować od kołysania. Stałam w kamizelce ratunkowej na pokładzie i zatykałam uszy, żeby nie słyszeć wrzasków. Dorośli mężczyźni wyskakujący za burtę, gotowi na śmierć. Ściana wody tak wysoka, że nie było przed nią ucieczki – nie było zresztą dokąd uciekać.

Weź głęboki oddech, Kahlen, i trzymaj się.

Wyśliznęłam się z kamizelki i zanurzyłam pod wodę. Czyjeś ciało uderzyło mnie w nogi. Umierałam. Traciłam rodzinę. Traciłam wszystko.

Otwarłam gwałtownie oczy w ciemności na wyspie, zmoczona lekką mżawką. Chociaż była ciepła, wydawało mi się, że nadal tonę. Wrzasnęłam.

Jej głos dobiegł mnie z fal, gładząc moje drżące ciało. Oczywiście usłyszała mnie dzięki deszczowi. Szlochałam, moim ciałem wstrząsały dreszcze. Wstałam chwiejnie z hamaka i zeszłam na brzeg, żeby usiąść na krawędzi fal.

Miałam zły sen. Nic mi nie jest.

Jeśli mnie obserwowała, mogła poznać przyczynę moich łez, ale tak czy inaczej pozwoliła mi zachować ją dla siebie. Wspomnienie przywołało wszystkie powody, dla których powinnam być na Nią wściekła, ale postanowiłam pogodzić się z tym. Każdy musi umrzeć. Każda dusza musi przejść przez tę bramę. Postarałam się o tym zapomnieć.

Tydzień później wróciłam do sióstr.

Nie mogłam długo martwić się w towarzystwie Elizabeth, która natychmiast otworzyła się na nas. Była po prostu przezabawna. Po pierwszym spędzonym razem dniu stwierdziłyśmy, że musimy zamieszkać z dala od ludzi. Elizabeth miała w zanadrzu mnóstwo uwag, które sprawiały, że Miaka i ja nieoczekiwanie wybuchałyśmy śmiechem. Nie byłyśmy w stanie się powstrzymać, więc starałyśmy się przebywać poza zasięgiem słuchu tych, których mogłybyśmy skrzywdzić.

Elizabeth była po prostu zwariowana. Gdy szukałyśmy ubrań, celowo wybierała najdziwaczniejsze zestawienia – płaszcz przeciwdeszczowy, szorty, za mały stanik i beret – a potem chodziła tak po domu całymi dniami. Jeśli miejsce, w którym się zatrzymałyśmy, było dostatecznie duże, urządzała niesamowite zabawy w chowanego albo w berka. Możliwe, że to były dziecinne rozrywki, ale zawsze świetnie się bawiłyśmy.

Wiedziałam, że pełna wdzięku Miaka została wybrana jako towarzyszka dla mnie. Czasem zastanawiałam się, czy Elizabeth także była prezentem dla mnie, czy Matka Ocean wiedziała, że potrzebuję w życiu stałego źródło humoru. Gdy ta myśl przyszła mi do głowy, postanowiłam, że będę zgadzać się na większość pomysłów i propozycji Elizabeth. Zresztą była moją siostrą, jedyną w swoim rodzaju, i kochałam ją.

Przez następne dwadzieścia cztery lata przeżyłyśmy dość przygód, by wypełnić życia pięćdziesięciorga ludzi. Jeśli wyłączyć dni, w które śpiewałyśmy, byłyśmy najszczęśliwszymi włóczęgami na świecie.

Biegłyśmy z bykami w Hiszpanii nie raz, nie dwa, ale... trzy razy. To było całkiem proste przy naszych umiejętnościach, a nie zaszkodziło również to, że nie mogłyśmy sobie niczego połamać. Później mężczyźni stawiali nam drinki i gratulowali odwagi. Starałam się nie zwracać ich uwagi, ale Elizabeth była magnesem na „niebezpiecznych" mężczyzn. Właściwie nie stanowiło problemu wyrządzenie im krzywdy nieskończenie większej niż wszystko, co mogliby wobec nas planować. Dlatego przy tych trzech okazjach, podobnie jak przy wielu innych, lądowałyśmy w barach. Mężczyźni próbowali nas zagadywać, ale my tylko potrząsałyśmy głowami i udawałyśmy, że nie rozumiemy ani słowa z tego, co do nas mówią.

Ostatnim razem jeden facet próbował podsunąć nam środki usypiające. Oczywiście nie podziałały, ale Elizabeth była na tyle rozzłoszczona, że udała pijaną i „przypadkiem" wjechała jego samochodem w słup, po czym spokojnie poszła w swoją stronę. On wylądował w szpitalu z dwoma złamanymi żebrami. Zrobiła to wszystko tak, jakby nie było w tym nic nadzwyczajnego, więc Matka Ocean nawet się nie zaniepokoiła, usłyszawszy tę historię. W gruncie rzeczy była nawet rozbawiona i zadowolona, że umiemy się same obronić. Elizabeth odznaczała się sprytem – ja sama nigdy bym czegoś takiego nie spróbowała.

Wtedy po raz pierwszy zdałam sobie sprawę z tego, że pewne zasady da się naginać.

Przejechałyśmy na słoniach przez afrykańskie pustynie. Upał byłby nie do wytrzymania dla słabej ludzkiej skóry, ale my znosiłyśmy go z łatwością. Później podziękowałam Matce Ocean za to tymczasowe ciało, ponieważ widziałam najpiękniejszy wschód słońca i wiedziałam, że nigdy bym go nie zobaczyła, gdyby Ona mnie nie wybrała. Moja wdzięczność Jej pochlebiała.

Krajobraz był wyschnięty i spękany, ale mimo wszystko niezwykle piękny. Byłam zaskoczona, jak niewiele wody ten kontynent potrzebuje do przetrwania – szczególnie że zwykle przebywałam w miejscach pełnych wody. Nawet tutaj Ona docierała, dbając o wszystko. Pewnego dnia uświadomiłam sobie, że także ta wyschnięta kraina zależy od Niej i że dzięki mojej służbie to piękne miejsce istnieje. Zwykle świat, który widziałyśmy, wydawał się aż nazbyt gościnny, ale to miejsce nad wszystko wynosiło minimalizm. Moja praca była ponura, ale czerpałam satysfakcję z tego, że dzięki niej wszystko to mogło istnieć.

Szczególnie ekscytująca była dla nas droga wzdłuż Wielkiego Muru Chińskiego, jako że to niezwykle stara budowla. Wydawało się, że powinna rozsypać się na kawałki całe wieki temu, ale tak starannie ją wzniesiono i konserwowano, że może istnieć wiecznie – tak samo jak my. Podziwiałyśmy ten mur, który wił się przez kraj i był zagadkowo piękny, jak poezja wykuta w kamieniu. Myślałam o środkach i ludziach potrzebnych, by wznieść ten cud architektury. Nie spieszyłyśmy się, podziwiając pracę, jaka została w niego włożona.

Byłyśmy na tuzinach ślubów. Gdy zauważyłyśmy przygotowania do wesela, chowałyśmy się i zaczynałyśmy liczyć gości. Jeśli ich liczba przekroczyła sto pięćdziesiąt osób, znajdowałyśmy jakieś suknie i dołączałyśmy do nich. Przy tak wielu gościach łatwo się zagubić, a zwykle siedziałyśmy z dala od innych. Trzymałyśmy się razem, na uboczu przyjęcia, ale nawet nie starając się o to, często zwracałyśmy uwagę fotografa. Znajdowałyśmy się na setkach zdjęć i śmiałyśmy się na myśl o tym, co powie młoda para, gdy wróci z miesiąca miodowego i zobaczy fotografie obcych dziewcząt tańczących na weselu, wznoszących toast za ich szczęście i pochłaniających ogromne porcje tortu.

Nie byłam pewna, czy to się uda, ale starałam się zapisywać w pamięci rzeczy, które sprawiały mi przyjemność, takie jak konkretna sukienka lub tort. Nie wiedziałam, czy zapamiętam coś z tego na dzień mojego własnego ślubu, ale zawsze warto było spróbować.

Raz ukradłyśmy samochód! To była najlepsza jazda mojego życia! Elizabeth umiała prowadzić i nauczyła tego Miakę i mnie, tak że mogłyśmy się zmieniać za kierownicą. Żadna z nas nie odważyła się jechać tak szybko jak Elizabeth, nie chciałyśmy rozbić samochodu. Ale Elizabeth nie znała strachu i gdy znajdowałyśmy prostą drogę, niemal odrywała koła od asfaltu. To była tak doskonała zabawa, że śmiałyśmy się na głos, zamknięte bezpiecznie we wnętrzu auta. Odstawiłyśmy samochód na to samo miejsce na parkingu następnego dnia, najpierw umywszy go i napełniwszy bak benzyną. Auto było prześliczne i nic mu się nie stało. Jeśli poszukiwała nas przez to policja, nie dowiedziałyśmy się o tym. Nikt nie potrafił znikać tak jak my.

To wszystko były pomysły Elizabeth, zawsze gotowej na nowy żart. Zrewolucjonizowała życie, jakie prowadziłyśmy, co chwila zmuszając nas, żebyśmy rezygnowały z komfortu. Jej ulubioną zabawą – czymś, co zaczęłyśmy robić dość często – był ekshibicjonizm. Ja tak wstydziłam się swojego ciała, że pierwsze kilka razy tylko patrzyłam i czerwieniłam się, widząc, jak one biegną. Wspominałam dni spędzone na wyspie, ale tamta nagość miała inny charakter. Stanowiła wyraz mojej osobistej wolności – nie byłam bezwstydna!

W końcu, kilka lat później, Elizabeth i Miaka namówiły mnie na większą swobodę, ale mimo wszystko odmawiałam, chyba że robiłyśmy to w nocy i w samotności. Najlepszym miejscem była plaża, co sprawiało, że wydawało mi się to mniej przerażające. Plaże traktowałam jako drzwi do domu. Kiedy już tego spróbowałam, cieszyłam się, że dałam się namówić. Tylko w ten sposób mogłyśmy się popisywać naszymi doskonałymi ciałami, których nie wolno nam było z nikim dzielić. Trudno było to robić, nie śmiejąc się na głos, ale sprawiało to, że zabawa stawała się jeszcze lepsza. Gdy tylko wbiegałyśmy do wody, Matka Ocean widziała nas i śmiała się zamiast nas.

Zalało mnie szeroką strugą to, co omijało mnie przez całe dziesięciolecia – radość! Prawdziwe szczęście. Nie byłam tchórzem, niczego nie żałowałam. Mogłam nie być naprawdę żywa, ale żyłam i tylko na tym polegała różnica. Żyłyśmy jak dzieci, poszukując najprostszych i najwspanialszych radości.

Ujawniły się teraz najlepsze cechy mojego charakteru, nie czułam się już bezustannie ograniczana. Wciąż napełniało mnie smutkiem, gdy musiałam śpiewać, ale ból przemijał, a ja w ciągu kilku dni powracałam do życia z moimi siostrami. Brałam udział we wszystkich przygodach, choćby najbardziej zwariowanych.

Elizabeth wprowadziła nas kiedyś do ogromnej posiadłości... w której byli w tym momencie właściciele. Nie wiem, jak ona to zrobiła. Czułam się jak złodziejka, siedząc w domu, w którym ktoś przebywał, ale to uczucie było chyba nieracjonalne, skoro nieustannie mieszkałyśmy w czyichś domach. Starałam się o to nie obwiniać. Elizabeth miała kieszenie pełne czekoladek, ale nie powiedziała, skąd je wzięła. Dlatego leżałyśmy w ogromnym domu na podwójnym łożu, zajadałyśmy czekoladki i rozmawiałyśmy po cichu.

– Elizabeth, czy jesteś szczęśliwa? – szepnęłam do niej. Jej głowa znajdowała się tuż przy mojej, a Miaka leżała w drugą stronę, tak że miałyśmy koło siebie jej stopy. Było zupełnie tak, jakby całe to miejsce należało do nas.

– Co to za pytanie? To chyba oczywiste, że jestem.

– Chodzi mi o to, jak możesz być taka szczęśliwa? Miałaś trudną sytuację w rodzinie, straciłaś wiele rzeczy, co roku musisz wabić ludzi na śmierć, ale wydaje się, że w ogóle się tym nie martwisz.

– Jasne, że mi się to nie podoba. Ale wiesz, wy nie żyłyście tak, jak ja. Często oglądałam telewizję i wiem, że na świecie każdego dnia dzieją się straszne rzeczy. Gorsze od tego, co robimy. A nasz śpiew przynajmniej ma jakiś cel. Wiesz, jakie to fantastyczne, że możemy regularnie ratować świat? Dawniej próbowałam być aktywistką, a to jest lepsze niż wszystko, co zdołałam osiągnąć.

Miaka usiadła, żeby nas lepiej słyszeć. Elizabeth mówiła dalej:

– Nie lubię zabijać ludzi, ale nie my to robimy, tylko Ona. Powtarzasz to przecież nieustannie. To jest ogromny ciężar, ale nie mogę pozwolić, żeby mnie przygniótł. Bardzo poważnie myślę o cierpieniu na świecie, naprawdę. Ale jeśli pozwolę sobie na opłakiwanie każdego zła, jakie się wydarzy... to nie będę w stanie żyć normalnie, Kahlen. Dlatego nie zawracam sobie głowy smutkiem i zamiast tego pilnuję, żebyście wy dwie, głupole, mogły się śmiać. Miaka sprawia, że myślę o różnych rzeczach i dowiaduję się różnych rzeczy. A ty... Przy tobie czuję, że mogłabym zrobić największą głupotę na świecie, a ty lubiłabyś mnie taką, jaka jestem. Zamiast martwić się o to, co odbieramy, powinnyśmy się martwić o to, co możemy dać. Nie możemy powstrzymać tego odbierania, ale możemy zrobić mnóstwo, dając.

Jej wywód był poplątany, ale całkowicie jasny. Elizabeth była skomplikowana, lecz prostolinijna. Dawanie przynosiło niesamowitą satysfakcję. Tej nocy leżałam bezsennie, nasłuchując, jak pokojówki lub inni mieszkańcy domu przechodzą pod naszymi drzwiami. Nikt nie zajrzał do środka, więc podczas gdy Miaka i Elizabeth spały spokojnie na aksamitnym łożu, ja czuwałam i planowałam. Co mogłabym z siebie dawać?

Był rok 1990, a rozmowa, która trwała niespełna pięć minut, okazała się dla mnie niezwykłą inspiracją.

Chciałam pracować z dziećmi.

Powiedziałam to Matce Ocean. Pomysł spodobał się Jej, ale uważała, że jest zbyt ryzykowny. Powiedziałam Jej, że chciałabym pracować z dziećmi niesłyszącymi – mogłam przebywać z nimi, nie stanowiąc poważniejszego zagrożenia. Wiedziałam, że spotkam tam też ludzi słyszących, ale przywykłam już do milczenia, więc ryzyko nie byłoby duże. Mogłam porozumiewać się językiem migowym i uczyć – naprawdę byłam gotowa zrobić wszystko, czego tylko by chcieli. Przeżyłam już lata smutku, lata spokoju, a teraz lata zabawy. Chciałam dawać coś z siebie – wciąż trudno mi było pogodzić się z tym wszystkim, co odbierałam ludziom, więc teraz przyszedł czas, żebym jakoś się odpłaciła, zanim zapomnę, że mam ten dług. Poza tym żyłam, żeby kochać.

Matka Ocean nie mogła temu zaprzeczyć. Miała wątpliwości, ale – ponieważ ceniła mnie bardziej od innych – wyraziła zgodę. Przeszukała swoje głębiny i znalazła mi tożsamość, którą mogłam pożyczyć. Stałam się Katie Landon. Chodziłam do bibliotek i oglądałam filmy instruktażowe, by nauczyć się języka migowego – to nie był język mówiony, więc jego znajomość nie przychodziła mi w sposób naturalny. Ćwiczyłam z Miaką i Elizabeth, które także trochę się go nauczyły – co okazało się znacznie wygodniejsze niż pisanie na kartkach w miejscach publicznych. Dlaczego nie pomyślałyśmy o tym wcześniej?

Kiedy już byłam gotowa, zgłosiłam się jako wolontariuszka do szkoły dla dzieci niesłyszących na Południowym Zachodzie USA. Czułam się spokojna wśród tych prześlicznych dzieci, które były całkowicie bezpieczne przed najgroźniejszą częścią mnie. Wydawało mi się, że nie mogłabym czuć większej radości.

Rozdział 5

Moje życie pełne było różnorakiego dobra, które mogłam dostać w zamian. Nie miałam już prawdziwej matki, ale przynajmniej miałam Matkę Ocean. Straciłam braci, ale zamiast nich zyskałam siostry. Nie miałam na własność żadnego ubrania, ale mogłam pożyczać cudze. Nie miałam prawdziwego domu, ale mieszkałam w wielu domach na całym świecie. Nie mogłam studiować, ale mogłam uczyć. Nie mogłam mieć dzieci, ale mogłam opiekować się dziećmi w szkole. Nie mogłam się zakochać…

Bez względu na to, jak długo o tym myślałam, nic nie mogło zrekompensować mi tego braku. Sądziłam, że czas wymaże owo pragnienie lub przynajmniej sprawi, że będzie łatwiejsze do zniesienia. Nic nie pomagało.

Nauka języka migowego zajęła mi tylko kilka tygodni. Poświęcałam każdą chwilę na rozwijanie tych nowych umiejętności. Przyjechałam do pierwszej szkoły i zarejestrowałam się jako wolontariuszka – to było proste. W przypadku wolontariatu wymaganych jest znacznie mniej dokumentów, a to właśnie dokumenty utrudniały sprawę, ponieważ byłam przez cały czas tą samą dziewiętnastolatką, co w Kalifornii, Waszyngtonie i Teksasie.

Wszędzie mnie uwielbiano. Przychodziłam pełna zapału i życzliwości, a do tego widać było, że lubię dzieci, zaś dzieci po prostu przepadały za mną. W holu szkoły w Teksasie malutka dziewczynka przyszła raz i przytuliła się do mojej nogi, gdy stałam przy recepcji. Miała na imię Madeline i zaprzyjaźniłyśmy się, gdy tylko spojrzała na mnie i uśmiechnęła się. Te dzieci było tak łatwo kochać – najwyraźniej wiele z nich zaniedbywano, ale jak ktokolwiek mógł nie zauważyć uroku każdego z nich?

Wydaje się, że cenimy indywidualność, lecz tylko do pewnego stopnia. Gdy to, co wyróżnia daną osobę, jest dla nas zbyt trudne do zrozumienia lub okazuje się zbyt kłopotliwe, ignorujemy tę cechę i duszę, w której zamieszkała, żeby nie rezygnować z własnego komfortu. Co dzięki temu osiągamy?

Spójrzcie tylko na mnie. Nie było nic nadzwyczajnego w tym, że zaprzyjaźniłam się z Miąką czy Elizabeth, bo to przychodziło mi z łatwością. Prawdziwy sprawdzian mojego charakteru stanowiłoby to, czy potrafiłabym pokochać Aisling. To oczywiście byłoby znacznie łatwiejsze, gdyby zechciała dopuścić bliżej choć jedną z nas.

W każdej szkole zostawałam kilka lat jako wolontariuszka i stawałam się praktycznie niezastąpiona. Miałam więcej cierpliwości od innych i nigdy się nie męczyłam – dziękowałam Matce Ocean za oba te dary. Kadra pedagogiczna polegała na mnie, a dzieci łatwo się do mnie przywiązywały, ale w końcu musiałam znajdować jakiś pretekst do wyprowadzki. Mówiłam, że mój ojciec wyjeżdża za granicę albo ktoś z rodziny poważnie zachorował – wymyślałam dowolny powód, który dobitnie przekonywałby, że mam poważne zobowiązania i jestem potrzebna gdzie indziej.

Zawsze urządzano dla mnie przyjęcia pożegnalne i zawsze dostawałam tort. Ciasta były bardzo smaczne – nie takie jak te w Paryżu, ale jednak.

Trudno mi było wyjeżdżać, bo nigdy nie byłam tak spełniona. Owszem, regularnie pomagałam zapobiegać suszy na świecie, ale nigdy nie czułam się tak pożyteczna jak przez te ostatnie lata.

Byłam nieskończenie wdzięczna moim siostrom, ponieważ Miaka i Elizabeth wspierały mnie z nieposkromionym entuzjazmem. Zanim pojechałam do pierwszej szkoły, przeżyłam chwile okropnej tremy. Byłam przerażona, że mimo wszystko skrzywdzę w jakiś sposób tych ludzi, i nie miałam pewności, czy chcę oddalać się tak bardzo od sióstr. One jednak wypchnęły mnie za drzwi, upierając się, że powinnam spróbować. Okazało się to najwspanialszym doświadczeniem mojego życia.

Gdybym miała jeszcze sto lat, poświęciłabym je moim siostrom, by okazać im wdzięczność.

W ten sposób minęło jedenaście lat, podczas których podróżowałam od szkoły do szkoły. Teraz pracowałam w Portland w stanie Maine. Przyszedł weekend, a ja musiałam odwiedzić Matkę Ocean, niezbędną dla mnie jak powietrze. Opowiedziałam Jej najświeższe wieści – byłam w tej szkole już od jakiegoś czasu i zdążyłam się zadomowić. Znałam jej ściany i każdy zakątek placu zabaw. Biblioteka była sanktuarium pełnym książek zniszczonych od nadmiaru miłości. Miałam nawet malutki gabinet – właściwie go nie potrzebowałam, ale gdy mi go zaproponowano, nie chciałam być niegrzeczna i odmawiać. Jednak przestrzeń ta zapewniała mi bardzo niewiele komfortu.

Nic nie mogło się równać z przebywaniem na morzu. Ona była schronieniem i rodziną. Matka Ocean wydawała mi się kołyską, bezpieczną przystanią, w której znajdowałam siłę i pocieszenie. Nikt nie powinien się czuć w Niej tak swobodnie – w Jej głębinach można było utonąć, a mnie cieszyło przebywanie w miejscu, które powinno być moim grobem.

Zataczałam w wodzie koła, szczęśliwa jak zawsze, i opowiadałam Jej o życiu moich ulubionych uczniów. Wolałam pracować z młodszymi dziećmi, ze szkoły podstawowej, ale tutaj potrzebowano wolontariuszy do pracy z nastolatkami, więc właśnie do nich zostałam przydzielona. Dogadywałam się z nimi dobrze, czego pewnie należało się spodziewać. Ostatecznie sama byłam ciągle nastolatką.

Zrozumienie tego przychodziło z trudem, mimo że dotyczyło mnie samej. Uwzględniając poprzednie życie, widziałam już osiemnastu prezydentów USA. Obserwowałam, jak wojny rozprzestrzeniają się po świecie, i unikałam ich, na ile mogłam. Widziałam pokolenie, które pokochało Beatlesów, a potem następne, porównujące ulubione zespoły do Wielkiej Czwórki, jakby to mogło dodać im ważności. Byłam świadkiem przechodzenia z płyt na taśmy magnetofonowe, a potem na płyty CD. Świat starzał się na moich oczach, a ja wiedziałam, że nie jestem jego częścią. W głębi duszy nadal byłam dziewczyną dopiero wkraczającą w dorosłe życie.

Dlatego właśnie rozumiałam obawy i lęki moich uczniów, a oni rozmawiali ze mną tak otwarcie. Byłam ciekawa świata widzianego ich oczami, bo mnie nadal wydawał się on czasem bardziej ponurym miejscem niż był w rzeczywistości. Przy tych dzieciach mogłam być beztroskim wcieleniem samej siebie, taką osobą, jaką byłam, zanim poznałam tajemnice Matki Ocean. Pogodnej Elizabeth czasem udawało się sprawić, żebym się tak zachowywała. Dlatego kochałam te dzieciaki, ale było kilkoro, z którymi byłam szczególnie blisko i to o nich regularnie Jej opowiadałam. Byłam tak podekscytowana, że zdarzało mi się gadać bez przerwy. Ona nie miała mi tego za złe.

Micah idzie na uniwersytet należący do Ligi Bluszczowej, w tym tygodniu dostał list z informacją, że go przyjęto. Oczywiście wszyscy wiedzieliśmy, że mu się uda, jest niezwykle zdolny. I taki zdeterminowany! Nie mogę sobie wyobrazić niczego, co by powstrzymało takiego chłopaka.

O ile rozumiem, mają teraz nowe technologie, które będą mu pomagać. Wykładowca nosi specjalny mikrofon przypięty do koszuli, a program rejestruje jego słowa i wyświetla je na komputerze. To naprawdę niesamowite! Wygląda na to, że Micah będzie musiał bardzo dużo czytać, ale myślę, że doskonale sobie poradzi.

Powinnaś zobaczyć, jaki jest tym przejęty! Przyzwyczaił się już do mieszkania poza domem, więc wyjazd na studia nie powinien być problemem. Słyszałam jednak, że jego rodzice martwią się tym, że wyjeżdża do innego stanu – myślę, że po prostu woleliby, żeby był bliżej na wypadek, gdyby coś się stało. Myślałam, że to się już zmieniło. Tak wiele zasad w społeczeństwie uległo rozluźnieniu, ale rodzice nadal bardzo poważnie traktują opiekę nad dziećmi. Moi rodzice byli tacy sami, nigdy nie pozwoliliby, żeby stało mi się coś złego, jeśli mogliby temu zapobiec...

Przez chwilę milczałyśmy i obie myślałyśmy o tym samym. Nagle poczułam, że muszę znaleźć się bliżej brzegu. Podpłynęłam do powierzchni wody i mówiłam dalej.

Jack zdecydował już, że nie pójdzie do college'u. Pracuje w warsztacie samochodowym swojego taty w weekendy i w wakacje, więc jest już naprawdę dobrym mechanikiem. Poza tym uwielbia motocykle i chyba ma nadzieję, że jeśli będzie się nimi zajmować dostatecznie dużo i udowodni rodzicom, jak odpowiedzialnie do nich podchodzi, zdoła ich namówić, żeby pozwolili mu na własny motor.

Roześmiała się. Jack z charakteru odrobinę przypominał Elizabeth: był niepoważnym rozrabiaką. Tak jak ona nigdy nie miał złych intencji, ale nie można było mieć pewności, co mu strzeli do głowy.

Wypłynęłam na powierzchnię i wyjrzałam nad fale, żeby sprawdzić, czy na brzegu nie ma nikogo. Było tu dostatecznie pusto, żeby nikt mnie nie zauważył. Ubranie, które miałam na sobie, wskakując do wody, było nienaruszone, ponieważ pływałam powoli – tylko przemoczone i ociekające wodą. Usiadłam na tej samej plaży, na którą przyszłam do Niej dzisiaj rano, i trzymałam stopy zanurzone w wodzie, żebyśmy mogły nadal rozmawiać. Ocean wiedziała, że najlepsze zostawiam na koniec.

Od kiedy wiele lat temu ten pomysł przyszedł mi do głowy, pomagałam wielu dzieciom, ale do żadnego z nich nie byłam tak przywiązana jak do Jillian. Była to dziewczyna inteligentna, ale bardzo osamotniona, więc przydzielono mnie do niej, żebym odegrała rolę kogoś w rodzaju starszej siostry. Błyskawicznie nawiązałyśmy nić porozumienia. Wszyscy uważali, że Jillian jest nietowarzyska, ale ona była po prostu nieśmiała, a gdy uświadomiłyśmy sobie, ile nas łączy, otworzyła się przede mną. Potem, gdy poczuła się swobodniej w moim towarzystwie, otworzyła się także na innych. Jej przemiana była wyjątkowa – dziewczyna, którą poznałam dwa lata temu, i dziewczyna, którą znałam teraz, były jak dwie zupełnie różne osoby.

Jillian była pogodna, pełna ciepła i okazała się cudowną towarzyszką. Myślę, że nieśmiałość doskwierała jej, ponieważ uważała się za niezbyt ładną, ale gdy ja się pojawiłam i ktoś zapytał, czy jestem jej siostrą, zaczęła być z siebie bardziej dumna. Ja potraktowałam to jako komplement. Gdy tylko przekonała się, że jest warta uwagi, zaczęła próbować coraz więcej nowych rzeczy – pisania i sztuk plastycznych – odkrywając, że radzi sobie z tym naprawdę nieźle. Nawet jeśli nie była czegoś pewna, postanawiała przynajmniej spróbować.

Spędzałyśmy mnóstwo czasu, po prostu rozmawiając. Jillian mieszkała od urodzenia w Maine i uwielbiała to miejsce, ale pragnęła zobaczyć Kalifornię. Opowiedziałam jej o moim krótkim pobycie w Złotym Stanie, twierdząc, że właśnie stamtąd przyjechałam i pomijając inna stany, które również odwiedziłam. Mówiłam jej, że prawie zawsze świeci tam słońce, a jeśli pojedzie do muzeum J. Paul Getty*, będzie miała widok zarówno na góry, jak i na Matkę Ocean. Pamiętam, że sama byłam tym zachwycona.

Jillian uwielbiała filmy, czasopisma i chłopców, a ci ostatni byli tematem wielu naszych rozmów. Może tu właśnie leżała przyczyna łączącego nas podobieństwa – była dla mnie

* J. Paul Getty Museum – muzeum sztuki i instytut badań w zakresie konserwacji sztuki. Założony w 1974 r. w Los Angeles przez przemysłowca (magnata naftowego) J. Paula Getty'ego (przyp. red.).

jak siostra w odmienny sposób. Z Miaką, Elizabeth i Aisling musiałam być blisko, ale Jillian i ja wybrałyśmy nawzajem swoje towarzystwo i byłyśmy tak podobne, jakbyśmy od zawsze były razem.

Obie byłyśmy romantyczkami. Pewnego dnia podczas rozmowy z nią uświadomiłam sobie, że chłopcy w tej szkole i we wszystkich innych szkołach, są prawie w moim wieku. Może powinni wydawać mi się atrakcyjni? Czy nie byłoby to dziwnym zrządzeniem losu, gdyby syrena mogła się spotykać z kimś, kto byłby niewrażliwy na jej głos? Ale wszyscy oni wydawali mi się za młodzi. Gdy powiedziałam Jillian, że nigdy nie miałam chłopaka, nie uwierzyła mi. Powtarzałam, że po prostu czekam na tego właściwego, i to była najbardziej szczera odpowiedź, jakiej mogłam jej udzielić.

Uważała, że Micah jest absolutnie cudowny. Był tylko o rok starszy od niej, ale wiedziała, że nie ma szans dostać się na ten sam uniwersytet – nie była szczególnie pilną uczennicą. Powiedziałam jej, żeby się tym nie martwiła, bo mimo wszystko powinna mieć u niego szansę. Nawet jeśli wyjeżdża do prestiżowego college'u, byłby najgłupszym mężczyzną na ziemi, gdyby nie zwrócił na nią uwagi. Roześmiała się głośno na te słowa. Uwielbiałam jej śmiech, jedyny dźwięk, jaki wydawała świadomie. Był zniekształcony, ale uroczy.

No i jest jeszcze Jillian.

Matka Ocean była zainteresowana.

Okropnie się martwi tym, że Micah wyjeżdża. On także mi wspominał o niej kilka razy i mam wrażenie, że jak na chłopaka to bardzo dużo, ale boję się jej o tym powiedzieć. A jeśli źle go zrozumiałam? Czułabym się okropnie, gdyby jemu chodziło tylko o przyjaźń, a jej uczucia jeszcze się pogłębiły z powodu czegoś, co powiedziałam. Nie mogłabym jej tego zrobić.

Wprawdzie ona nawet nie wie, jaka jest piękna. Zauważyłam już kilku chłopaków oglądających się za nią. Dlaczego chłopcy nie są bardziej odważni? Czym się tak przejmują? W najgorszym razie powie im „nie"... a oni zachowują się, jakby miała im obciąć rękę czy zrobić coś podobnego.

Matka Ocean roześmiała się. Spędzała cały czas z córkami, nie rozumiała zupełnie synów.

Chłopcy! – westchnęłam. – *Obrazy Jillian są także coraz lepsze. Jestem pewna, że mogłaby iść na akademię sztuk pięknych. Może jej to podpowiem.*

Matka Ocean zapytała, czy rzeczywiście jest równie dobra, jak Miaka.

Czy ktokolwiek na świecie jest tak dobry jak Miaka?

Wysłuchiwała z zainteresowaniem moich relacji. Powiedziałam Jej, że zamierzam zakończyć pracę na ten rok, wziąć wolne na całe lato, a potem zostać jeszcze rok, dopóki Jillian nie skończy szkoły. Później będę musiała jechać w nowe miejsce, bo trzy lub cztery lata w jednym miejscu były najdłuższym okresem, na jaki mogłam sobie pozwolić. Dzięki temu będę miała czas, żeby odpowiednio się z nią pożegnać, a zależało mi na tym. To ją ze zwykłych ludzi kochałam najbardziej, ale nie mogłam zostać z nią zbyt długo.

Wiesz, mam nadzieję, że ona mnie zapamięta. Mam nadzieję, że miałam na nią dobry wpływ.

Matka Ocean była pewna, że tak było.

Chciałabym jej podarować coś na pamiątkę.

Przez chwilę się zastanawiałam. Zawahałam się, ale postanowiłam powiedzieć o swoim pomyśle.

Pamiętasz, gdzie leży wrak mojego statku, prawda?

Spoważniała nagle, tak jak wcześniej, gdy wspomniałam o moich rodzicach.

Wiedziała, gdzie znajduje się wszystko, co spoczywa na jej dnie.

Może... może w przyszłym roku, zanim wyjadę, mogłabyś znaleźć coś, co należało do mnie? Dla Jillian?

Była zaskoczona. Nigdy nie poprosiłam o nic dla siebie, chociaż te rzeczy należały do mnie.

To prawda, szkoła zapewniła mi pokój, w którym mogłam trzymać swoje rzeczy. Nie „mieszkałam" tam, ale przechowywałam tam ubrania, ponieważ teraz potrzebowałam garderoby. Nie miałam też żadnych rzeczy osobistych poza obrazkami i przedmiotami zrobionymi dla mnie przez dzieci. Nimi właśnie ozdabiałam pokój. Teraz bardziej niż kiedykolwiek mogłabym zatrzymać coś dla siebie, ponieważ miałam miejsce odpowiednie do tego celu. Jednak wydawało mi się to niewłaściwe.

Może kiedyś poproszę o coś dla siebie. Ale czy w przyszłym roku mogłabyś mi przynieść coś dla Jillian? Na przykład naszyjnik?

Oczywiście że by mogła.

Nie byłam pewna, co dalej zrobić z tym pomysłem, więc zmieniłam temat. Zaczęłyśmy rozmawiać o moich planach na przyszłość – zaledwie za dziewiętnaście lat miałam powrócić do świata ludzi. Odliczałam od dziewiętnastu do zera, a potem od dziewiętnastu w górę, aż kończyły mi się lata, lata należące do mnie. To, co wydawało mi się wiecznością, nagle się skurczyło. Nie wierzyłam, że jestem już tak blisko końca.

Siedziałam z Nią i wypytywałam o to, co inne dziewczyny robiły przede mną, a Ona podsuwała mi przykłady i możliwości. Dziwnie było po tak długim czasie zacząć myśleć o zakończeniu.

Nie byłam pewna, ile zapamiętam z tego życia, ale uważałam za możliwe, że będzie mi tego brakować – Jej stałego towarzystwa. Nieważne, dokąd poszłam, zawsze wyczuwałam Jej obecność. Gdy padało, nigdy nie szukałam schronienia, ponieważ wiedziałam, że możemy rozmawiać w rytm kropli ulewy. Gdy opadała mgła, zasłaniając widok całego świata, Ona i ja szeptałyśmy w tajemnicy. W wilgoci tropikalnych dżungli to Ona przesycała powietrze i obejmowała mnie w najdelikatniejszym uścisku.

Kochałam Ją. Nienawidziłam tego, co musiałam robić dla Niej, a czasem nienawidziłam tego, co Ona mi zrobiła, ale kochałam Ją.

Ścieżki innych przede mną były dość podobne. Marilyn poszła na studia zawodowe, posługując się nową tożsamością, dostarczoną jej przez Matkę Ocean. Pieniądze były tylko jedną z wielu rzeczy, jakie Ona chowała w kieszeniach. W miarę rozwoju technologii coraz trudniej było oszukać świat zewnętrzny, ale na szczęście miałyśmy mnóstwo czasu, żeby się przystosować.

Jedna z sióstr poprosiła, by zostawić ją w klasztorze, bez wątpienia po to, by odpokutować za grzechy, którym – jak uważała – będzie się czuła winna, gdy odejdzie. Jedna, kilkaset lat temu, wżeniła się w arystokrację, chociaż wcale się o to nie starała. Wiele zostało artystkami – w Matce Ocean było coś, co rozbudzało w nas talenty twórcze. Jedna stała się zawodową śpiewaczką. Po latach milczenia pozwalała, by jej głos spływał do tych wszystkich, którzy zechcieliby jej słuchać. Matka Ocean powiedziała mi, jak się nazywała, a ja odszukałam jej nuty. Nie wiem, czy miała ten talent, zanim została syreną, ale jeśli tak, to nie dziwiło mnie, że została wybrana.

Ja nie miałam tego typu aspiracji. Mogłam sobie najwyżej wyobrazić, że nadal pracuję z niesłyszącymi – może powinnam zostać nauczycielką. Naprawdę swobodniej niż większość innych nauczycieli czułam się w towarzystwie młodzieży – dzięki tym wszystkim latom spędzonym jako wieczna nastolatka.

Jedyną rzeczą, której nadal nie mogłam się doczekać, było małżeństwo. Zanim zostałam zabrana przez Matkę Ocean, myślałam o tym i marzyłam bezustannie, a te marzenia nadal mi towarzyszyły. Miałam bardzo kochającą się rodzinę, moi rodzice byli razem szczęśliwi, a w filmach, które oglądałam, widziałam mnóstwo romansów. Może dlatego tak łatwo obdarzałam innych uczuciem: rozpaczliwie pragnęłam być kochana. Z tą myślą podniosłam głowę…

I zobaczyłam go.

Zanim zdążyłam zapanować nad myślami, Matka Ocean zapytała mnie, kogo uważam za tak przystojnego. Nie znosiłam być przyłapywana w taki sposób, ale przecież tylko podziwiałam go na odległość. To z pewnością nikomu nie mogło zaszkodzić.

Na plaży jest jakiś chłopak, wysoki, z jasnymi włosami. Bardzo przystojny.

Chciała wiedzieć, co w nim takiego wyjątkowego.

Nie wiem, może chodzi o wyraz jego twarzy. Wydaje się smutny, ale mimo to pełen nadziei. Jakby miał w głowie milion pytań, ale wiedział, że zna odpowiedź na każde z nich.

Zauważyła, że to bardzo dużo obserwacji jak na niespełna pięć minut.

Doskonaliłam się w obserwowaniu ludzi.

Roześmiała się, a ja byłam ciekawa, czy może wyczuć, że przewracam oczami.

Chłopak szedł przed siebie, zatopiony w myślach. Co pewien czas podnosił kamień lub skorupę muszli i próbował puszczać kaczki na falach.

Czy to Cię boli?

Nie, kamienie Jej nie bolały, raczej łaskotały. Statki czasem Ją męczyły – kiedy była wyczerpana, wydawały się jak skaleczenia na Jej płynnej skórze. To Jej przypomniało, że jeśli nie wydarzy się jakaś nieoczekiwana katastrofa, będzie mnie potrzebować za kilka miesięcy. Wzdrygnęłam się lekko, ale byłam wdzięczna za dodatkowe ostrzeżenie.

Chłopak przeczesał palcami włosy. Były długie i nieposłuszne; poruszane wiatrem, wyglądały jak żółte płomienie. Był boso. Czy to znaczyło, że mieszkał w pobliżu? Może szukał właśnie butów, by wrócić do domu. Jeśli mieszkał gdzieś tutaj, może go jeszcze spotkam.

Powiedziała mi, żebym przestała.

Przepraszam, to tylko marzenia.

Gdy podszedł bliżej, przyjrzałam się uważniej temu, co miał na sobie. Nosił czarne spodnie, białą koszulę, która częściowo się z nich wysunęła, a także czarną marynarkę. Wyglądał, jakby właśnie wyszedł z rozmowy o pracę lub z kościoła. Słyszałam, że teraz do niektórych kościołów można wchodzić boso, ale nie widziałam tu w okolicy żadnego. Szedł z gracją, jakby balansował na niewidocznej linie na piasku.

Skoro do rozpoczęcia przeze mnie nowego życia pozostawało dziewiętnaście lat, to znaczyło, że w tej chwili jestem stulatką. On był bez wątpienia najprzystojniejszym mężczyzną, jakiego widziałam w ciągu tych stu lat. Mój puls przyspieszył, poczułam fale niepokoju. Musiałam się zastanowić i zapanować nad oddechem. Co się ze mną działo? Potrafiłam się chyba lepiej kontrolować…

Starałam się nie gapić, kiedy się zbliżał. Gdy dzieliło go ode mnie kilka kroków, pochylił się i podniósł następny kamień. Popatrzył na niego – jego twarz była naznaczona smutkiem, ale mimo to niezwykle przystojna.

– Cześć – powiedział i uśmiechnął się.

To był bardzo lekki uśmiech, ale przeszył moje serce na wylot. Byłam tak zaskoczona, że omal się nie odezwałam w odpowiedzi, ale zdążyłam nad sobą zapanować i tylko się uśmiechnęłam. Dzięki Bogu! Kiedy mnie wyminął, odczekałam jeszcze chwilę, zanim pozwoliłam sobie za nim spojrzeć, ale gdy to zrobiłam, stwierdziłam, że on także na mnie patrzy! Poczułam łaskotanie w piersi. Nasze oczy na moment się spotkały, a potem on szybko przeniósł uwagę na trzymany kamień, który rzucił w wodę. Pożałowałam nagle, że nie mam na sobie czegoś lepszego niż mokre, zapiaszczone ciuchy. Co on musiał o mnie pomyśleć, siedzącej w wodzie w ubraniu, z mokrymi włosami?

Matka Ocean przywołała mnie do rzeczywistości. Podziw to jedno, ale byłoby złym pomysłem pozwolić, by nieznajomy człowiek wywierał na mnie takie wrażenie. Kogo obchodzi, co on pomyśli? Musiałam się pilnować, przypomniała, albo narażałam wielu ludzi na niebezpieczeństwo.

Masz rację. Wiem, że masz rację. Przepraszam.

Naprawdę miała rację. Żadne przypadkowe spotkanie nie powinno tak na mnie podziałać. Spaliłabym się ze wstydu, gdybym Ją zawiodła po tym wszystkim, co dla mnie zrobiła. Poza tym, skoro zostało mi tylko dziewiętnaście lat, dlaczego miałabym cokolwiek ryzykować? Byłoby to głupotą teraz, gdy koniec znajdował się tak blisko. Przestrzegaj zasad, dotrzymuj tajemnicy i bądź posłuszna. Byłam już na ostatniej prostej przed metą.

Mimo wszystko popatrzyłam za nim jeszcze raz, gdy odchodził.

Potem przypominałam sobie twarz nieznajomego z najdrobniejszymi szczegółami. Jego sylwetka i rysy powracały do mnie z łatwością. Złamałam jedną z moich własnych zasad, której przestrzegałam nawet wtedy, gdy byłam jeszcze człowiekiem: przez całe miesiące pozwalałam, by ten nieznajomy grał główną rolę w moich marzeniach.

Myślałam o tym, że trzymam go za rękę, wyobrażałam sobie, że go całuję. Zastanawiałam się bez końca, jak mógłby mieć na imię; próbowałam sobie przypomnieć, jakie były teraz najpopularniejsze imiona męskie w Ameryce. Dotrzymywał mi towarzystwa, a jego nieśmiały, pełen smutku uśmiech pozostawał w moim umyśle w te ciemne noce, gdy nie pragnęłam ani nie potrzebowałam snu. Zamykałam powieki, ale w marzeniach moje oczy były otwarte i patrzyły prosto w jego oczy.

Po czterech miesiącach Matka Ocean wezwała nas do pomocy. Wiedziałam, że ten czas się zbliża, więc zrobiłam sobie przerwę w wolontariacie. Lato przyszło i minęło, a ja byłam bardzo niezadowolona, że muszę zniknąć na dłużej tuż przed początkiem roku szkolnego, ale naprawdę nie miałam wyboru. Powiedziałam w szkole, że potrzebuję urlopu, żeby odwiedzić rodzinę. Aby nadać temu pozory autentyczności, spakowałam kilka ubrań, które miałam w pokoju, do niewielkiej torby. Zamierzałam schować ją w lesie, żeby potem ją stamtąd zabrać. A może powinnam oddać te ubrania na cel charytatywny? Niedługo miała przyjść jesień, więc będę potrzebowała ubrań sprawiających wrażenie cieplejszych. Po drodze zajrzałam jeszcze do pokoju Jillian, ale nie było jej – miałam nadzieję, że siedzi gdzieś z przyjaciółkami i gada o tym, jak jej idzie z Micah. Ucieszyła mnie wiadomość, że napisał do niej w wakacje. Zostawiłam liścik wyjaśniający moją nagłą nieobecność.

Cześć, Jillian!

Wyjeżdżam do rodziny, powinnam niedługo wrócić. Baw się dobrze, bo ja też zamierzam. Kiedy wrócę, opowiemy sobie o wszystkim.

Całuję,
Katie

Wsunęłam liścik pod drzwi i opuściłam szkołę, by zająć się swoim zadaniem. W gruncie rzeczy byłam zadowolona, że jej nie zastałam. Trudno byłoby mi się z nią pożegnać nawet na tak krótko, ale musiałam przygotować się psychicznie do mojej pracy. Całe dnie przedtem i potem byłam pogrążona w smutku; lepiej czułam się w samotności.

Spotkałam się z siostrami w ciepłych wodach niedaleko wybrzeży Florydy. Tu właśnie leżał tajemniczy Trójkąt Bermudzki – gdy powstała ta legenda, wykorzystałyśmy ją dla naszych potrzeb. Chociaż nigdy nie widziałam czegoś takiego jak to, co stało się z „Kobenhavn", tutaj mogłyśmy zatapiać statki, a nowoczesny świat akceptował ich zniknięcie jako niewyjaśnialną zagadkę. Ta prostota myślenia, jaka w przyszłości miała stać się moim udziałem... Podziwiałam ją, ale jednocześnie wydawała mi się komiczna.

Dwie z moich sióstr powitały mnie ciepło, podpływając do mnie, gdy tylko się pojawiłam. Aisling jak zwykle trzymała się na dystans. Z upływem lat sprawiała wrażenie coraz bardziej nieszczęśliwej, chociaż nie wiedziałam, czym jeszcze mogłaby się martwić. Umiała wykonywać tę pracę lepiej niż którakolwiek z nas, a zostały jej tylko cztery lata, po których będzie wolna. Może naprawdę po prostu nie lubiła naszego towarzystwa. Minęło już kilkadziesiąt lat i na tym etapie powinnam po prostu ją ignorować. I tak niedługo zniknie z mojego życia.

Matka Ocean chciała, żebyśmy się udały kilka kilometrów na południe od miejsca, w którym się spotkałyśmy. Podpłynęłyśmy kawałek, a potem wyszłyśmy z wody, by stanąć z wdziękiem na falach. Wszystkie szczegóły naszego zadania znałyśmy już doskonale, więc przyjęłyśmy jak zwykle uwodzicielskie pozy. Aisling zawsze kładła się na boku. Elizabeth obejmowała Miakę, tak jak ja to zrobiłam wtedy, gdy się spotkałyśmy. Były teraz niezwykle sobie bliskie, zawsze myślały podobnie. Miaka nie tylko wyszła ze swojej skorupy, ale roztrzaskała ją i pozostawiła, nie oglądając się za siebie. Pomyślałam o naszych podróżach, za którymi tęskniłam. Mój czas miał się niedługo skończyć, powinnam dłużej pobyć z siostrami.

Aby zróżnicować wysokość, przysiadłam na piętach i rozłożyłam wokół fałdy sukni. Miała dzisiaj barwę akwamaryny, równie tropikalną jak wiatr, który rozwiewał nam włosy i poruszał falbanami sukien. Gdy Matka Ocean wydała nam polecenie, zaczęłyśmy śpiewać. Było późne popołudnie, więc zachodzące słońce oświetlało od tyłu statek płynący z zachodu. Wypływa w podróż, pomyślałam nagle. Tak samo jak mój. Odsunęłam tę myśl i skoncentrowałam się na pieśni, chociaż nie wymagała mojej uwagi. Minęło osiemdziesiąt lat, ale czasem czułam się tak samo winna, jakby mój statek zatonął wczoraj.

Statek był tylko poszarpanym cieniem na pięknych krzywiznach wodnej toni. Dzieliło nas od niego kilka kilometrów, gdy zaczął się przechylać na bok. Tonął powoli, ale nie dość powoli, by ktoś mógł zdążyć mu pomóc. Z nieznanych powodów nabierał coraz więcej wody, a ludzie zaczęli skakać za burtę. Garstka z nich dostała się do szalup ratunkowych na drugiej burcie, tej, z której nie mogli zobaczyć czterech tajemniczych kobiet i opowiedzieć o nich później.

Byłam dostatecznie blisko, by widzieć twarze, ale starałam się tego nie robić. Jak zwykle część ludzi płynęła w naszą stronę, ale wciągali w płuca wodę i nie udawało im się do nas dotrzeć. Statek stał się krzywym trójkątem, zawieszonym w powietrzu; za chwilę miał zniknąć pod wodą.

Matka Ocean kazała nam przestać, więc jednocześnie urwałyśmy pieśń. Gdy tylko umilkłyśmy, usłyszałam ją.

Te dźwięki nie miałyby dla nikogo innego sensu, ale po latach spędzonych w towarzystwie niesłyszących, którzy nie kontrolowali swoich ust, wiedziałam, że ten głos nie potrafi artykułować słów tak jak inni. Ale, co więcej, jego brzmienie było znajome. Lata bycia syreną wyczuliły mój słuch, więc nawet jeśli nigdy wcześniej czegoś takiego nie słyszałam, wiedziałam, kto to jest. Moje siostry stały zdumione, gdy podeszłam bliżej statku.

Nie musiałam się długo rozglądać, by zobaczyć twarz Jillian – była całkiem blisko mnie. Machała rękami, starając się utrzymać na wodzie i szukając kogoś, kto musiał jej towarzyszyć. Wydaje mi się, że ktoś musiał jej powiedzieć, gdy rozległ się alarm. Wykrzykiwała niezrozumiałe sylaby, ponieważ słowa były uwięzione w jej rozłożonych rękach. Stałam tam oszołomiona.

Wiedziałam, co się dzieje, i już to było okropne – Jillian tonęła, a ja nic nie mogłam na to poradzić – ale wtedy, jakby po to by torturować mnie za każde życie, jakie zakończyło się na moich oczach, odwróciła się i zobaczyła mnie. Próbowała się utrzymać na wodzie, ale jej ruchy stały się wolniejsze, gdy patrzyła na mnie, stojącą na powierzchni. Starała się skoncentrować, ale to, co widziała, nie miało sensu. Wypowiedziałam jej imię, ale ona nie mogła o tym wiedzieć. Jakie to dziwne – głuchota była czymś, co większość ludzi uważała za niedoskonałość jej ciała, ale to była jedyna rzecz, która mogłaby – powinna – ocalić ją w tej chwili.

Ale to nic nie pomogło.

Wyciągnęła do mnie rękę. Zaczęłam błagać Matkę Ocean:

– Uratuj ją! Proszę, uratuj ją! To jest Jillian, to moja Jillian!

Nie mogła tego zrobić. Było nas cztery – to był szczyt Jej możliwości. Musiała strzec swojej tajemnicy. Poza tym głuchota Jillian sprawiała, że byłaby praktycznie niezdolna do wykonywania naszej pracy. Nie rozumiałam dlaczego – ja przecież w poprzednim życiu prawie nie umiałam śpiewać. Jakie to miało znaczenie?

Co więcej, przypomniała Matka Ocean, czy naprawdę pragnęłabym tego długiego życia dla przyjaciółki, nawet gdyby dzięki temu mogła ocaleć?

Zastanowiłam się. To było okrutne postawienie sprawy, obrócenie moich własnych rozterek przeciwko mnie. Jakiekolwiek cierpienie czekałoby moją przyjaciółkę, nie mogłam pozwolić jej umrzeć.

– Proszę, zrób coś! – krzyknęłam. Łzy spływały mi po twarzy. Dźwięk mojego głosu sprawił, że otaczający Jillian ludzie zaczęli szybciej tonąć. Moje nieposłuszeństwo przyspieszało nadejście ich końca, ale omijało niesłyszące absolutnie niczego uszy Jillian.

Matka Ocean była nieugięta. Gdyby Jillian zdołała się sama uratować, to co innego, ale Ona nie mogła interweniować, podobnie jak my.

Patrzyłam na kochaną Jillian, która ciągle wyciągała rękę, oczekując, aż ją uratuję. Na życie składają się drobne decyzje, a nawet najbłahsze z nich mogły doprowadzić do zguby. Gdyby tylko Jillian wybrała się na wycieczkę tydzień później. Albo gdyby poleciała samolotem. Jeszcze moja decyzja o wcześniejszym wyjeździe – gdybym została dzień lub dwa dłużej, dowiedziałabym się, co ona planuje.

Matka Ocean poleciła mi oddalić się. Teraz. Ja jednak stałam i patrzyłam na moją najdroższą przyjaciółkę. Jillian nie była dość silna. To będzie moja wina. Niemądrze zrobiłam krok do przodu, a Ona niemalże słyszalnie warknęła na mnie, rozkazując mi się ruszyć, a moim siostrom działać. Ku mojemu zaskoczeniu to Aisling wciągnęła mnie do wody. Widok przerażonej twarzy Jillian wypalił się w moim umyśle.

Aisling po drodze skarciła mnie:

– Idiotko, Ona mogła cię zabić na miejscu. Sprzeciwiać się rozkazowi, i to jeszcze tak blisko końca służby! Co ci strzeliło do głowy?! Chcesz wszystko zmarnować?

Powtarzała to, aż znalazłyśmy się na pustej prywatnej plaży, ale ja nie słyszałam już jej słów. Szlochałam, bo nic nie dało się zrobić. Jillian umierała albo już nie żyła, a ja przyłożyłam do tego rękę.

Moja strata. Mój grzech. Moja wina.

Wydawało mi się, że przebaczyłam Matce Ocean. Wydawało mi się, że przebaczyłam samej sobie. Wydawało mi się, że pogodziłam się z tym, kim jestem i co robię.

Myliłam się.

W głębi duszy cały czas to czułam. Czułam powód, dla którego nigdy nie byłam w pełni szczęśliwa, nawet gdy robiłam tysiące cudownych rzeczy. Ból z powodu tego, co straciłam, gdy tamten słoneczny dzień, wiele lat temu, nagle pociemniał, był tak samo silny jak zawsze. Groza związana z tym, że stałam się tym, czym nie chciałam, po to tylko, by przetrwać, towarzyszyła mi, ohydna jak zawsze. Przez lata spychałam ją na dno umysłu, ale była obecna przez cały czas.

Nic dziwnego, że na koniec wymazywano nam wspomnienia. Jak miałabym żyć ze świadomością tego, co robiłam?

Aisling wyciągnęła mnie na opustoszały brzeg z wyrazem niesmaku na twarzy. Ściskała moją rękę tak mocno, że ktokolwiek inny miałby siniaki. Niemal rzuciła mnie na ziemię i potrząsnęła głową. Zobaczyłam, jak za jej plecami Miaka i Elizabeth wybiegają z wody, przytrzymując oburącz suknie z morskiej piany. Gdy tylko znalazły się na plaży, Aisling oddaliła się bez jednego słowa. Siostry podbiegły do mnie, gładziły mnie po głowie i szeptały wyrazy współczucia, mam nadzieję, że dostatecznie cicho, by nie dotarły do uszu jakiejś osoby, której mogłyśmy nie zauważyć. Wstydziłam się za siebie.

– To moja wina – szeptałam z płaczem. – To zawsze moja wina.

– Nie – zapewniała Miaka.

– To nie twoja wina, Kahlen. To nie ty zrobiłaś to swojej przyjaciółce. Sama mi to mówiłaś: każda dusza musi przejść przez bramę. Każde życie się kończy. Nie zrobiłaś nic złego, to nie twoja wina – mówiła Elizabeth gorączkowym półgłosem.

– To moja wina! Jak zawsze.

– O czym ty mówisz? „Zawsze"? O co ci chodzi? – zapytała Miaka.

– O moją rodzinę.

– Co takiego? – zdziwiła się Elizabeth.

– O moją rodzinę – chlipnęłam. Wspomnienia ostatnich chwil na statku zalały mnie jak fala. Były rozmyte i niekompletne, ale pamiętałam moją rodzinę. Nie widziałam już ich twarzy, jednak wiedziałam, kim byli. Mój ojciec pojechał z nami na tę wycieczkę, ale cały czas pracował. Ja i moi bracia – pamiętałam teraz ich imiona, Alex i Tommy – razem spacerowaliśmy po statku, podziwiając cuda naszego pływającego domu. Moja matka, moja piękna matka... nie pamiętałam jej twarzy, ale wiedziałam, że była piękna. Ona chciała zostać ze mną, gdy tonęłyśmy, ale porwał mnie prąd. Pozostawiła mi tylko ostatnie słowa, gdy zbliżała się do nas fala: „Weź głęboki oddech, Kahlen, i trzymaj się".

Z tymi samymi słowami zostawiła mnie Marilyn. Te same słowa powracały w każdym koszmarnym śnie.

Matka Ocean wiedziała, jakie poczucie winy przygniata mnie z powodu ich straty – ten przeklęty rejs był moim pomysłem. Z powodu własnego uporu straciłam ich wszystkich. Chociaż Alex ocalał, świadomość tego, że przeżył, nie była wiele łatwiejsza. Przez lata zastanawiałam się, co takiego musiał widzieć i słyszeć, gdy walczył, by po prostu przeżyć. Ja byłam częścią tego, co z pewnością powracało do niego w koszmarach.

Marilyn wiedziała, że będzie mi bez niej trudno i miała nadzieję, że będę się trzymać ze względu na nich. Celowo wybrała swoje ostatnie skierowane słowa do mnie, z nadzieją, że się nie poddam. Boże, ile razy myślałam o tym, by postąpić tak samo jak Ifama? Ale nie byłam dość odważna, by to zrobić. Zamiast tego zostałam i zabiłam jedyną przyjaciółkę, jaką miałam z wyboru. Dołączyłam do tych, którzy zabrali moją rodzinę.

– Nie byłam sama, gdy Matka Ocean mnie zabrała. Moja rodzina także utonęła. To była moja wina.

Nic nie powiedziały, a chociaż miałam opuszczoną głowę, czułam, że na siebie patrzą. Nigdy nie powiedziałam im o tym. Gdy Miaka i Elizabeth pytały, jak zostałam syreną, uprościłam moją historię. Powiedziałam, że płynęłam parowcem do Londynu, i błagałam, że chcę żyć, tak samo jak one. Marilyn wiedziała o tym, także Matka Ocean znała całą prawdę. Wiedziała przecież wszystko. Jak mogła mi to zrobić?

– Kahlen... nie wiedziałyśmy... – Miaka współczująco wyciągnęła do mnie ręce, a Elizabeth poszła w jej ślady.

Odtrąciłam je i pobiegłam do wody. Nie mogłam znieść ich obecności, byłam zbyt zawstydzona. Musiałam się dostać do Maine. Na pewno za kilka dni będzie pogrzeb, ale może Jillian udało się uratować. Szanse były niewielkie, mogłam jednak mieć nadzieję, dopóki tego nie wiedziałam.

Zanurzyłam się w wodzie, nie próbując z Nią rozmawiać. Byłam tutaj, ponieważ w ten sposób najszybciej mogłam się dostać tam, gdzie chciałam – to wszystko. Matka Ocean odezwała się, gdy podróżowałam. Było Jej przykro, że straciłam przyjaciółkę.

Czyli od razu się dowiedziałam: Jillian nie żyła.

Matka Ocean nie mogła zmienić tego, co się wydarzyło, i było Jej przykro. Chciała, bym to zrozumiała. Prosiła, żebym nie gniewała się na Nią – zrobiła tylko to, co musiała.

Nie odpowiedziałam.

Zaproponowała, że zabierze mnie na wyspę. Powiedziała, że powinnam uciec od tego wszystkiego.

Gdyby Matka Ocean miała twarz, na którą mogłabym patrzeć z wściekłością, rzuciłabym Jej spojrzenie pełne furii. Jakbym jeszcze kiedykolwiek chciała się tam wybrać. Sama spaliłabym te drzewa do gołej ziemi.

Nie odpowiedziałam.

Powiedziała mi, żebym nie robiła niczego pochopnego. Żebym zachowała spokój. Za kilka lat nie będę już nawet miała tego wspomnienia.

Nie odpowiedziałam.

Nie wierzyłam Jej – byłam pewna, że w jakiś sposób zawsze będę wiedziała, jak potworna byłam, ile bólu spowodowałam. Matka Ocean odpowiedziała na moje chaotyczne myśli. Przypomniała, że to Ona jest sprawczynią tego bólu, nie ja. Próbowała mnie uspokoić, ale ja nie poddawałam się. W końcu straciłam opanowanie.

Wynoś się z mojej głowy! Zostaw mnie w spokoju! Na litość boską, dałam Ci wszystko, co miałam, a Ty to zabrałaś, zabrałaś absolutnie wszystko! Moją rodzinę, moje życie, każdy okruch nadziei, że mogłabym stać się dobrym człowiekiem – wszystko mi odebrałaś. Nie mam już niczego, co mogłabyś zabrać, więc zostaw mnie w spokoju – nienawidzę Cię!

Trudno sobie wyobrazić, by woda mogła się wzdrygnąć, ale ja to poczułam. Z żadną z syren Matka Ocean nigdy nie była tak blisko, jak ze mną. Zraniła mnie do samej głębi, a teraz musiała to poczuć. Nie obchodziło mnie, czy Ona wyschnie. Niech cała Ziemia przepadnie, moim zdaniem i tak zabierała ją sobie po kawałku. Płynęłam tak szybko, jak tylko umiałam, nie mogąc się doczekać, kiedy się z Niej wydostanę. W końcu poczułam, że woda jest taka, jak powinna być u wybrzeży Maine. Wyszłam na brzeg, a chociaż natychmiast się zorientowałam, że jestem w niewłaściwym miejscu, nie obchodziło mnie to.

Zapadał już zmierzch, gdy w pomarańczowo różowym blasku gasnącego dnia wyszłam na skalisty brzeg. Musiałam wspiąć się po skałach, a pokryte wodorostami głazy okazały się trudnym wyzwaniem. Chciałam to zrobić jak najszybciej, ale pośpiech okazał się tu wykluczony. Na szczęście nikt mnie nie zobaczył. Nie chciałam dłużej nosić tej sukni, jednak nie zamierzałam prosić Jej o pieniądze ani szukać czegoś, co warto by było ukraść, więc nie przebierając się, pobiegłam przed siebie.

Dobrze, że nie mogłam zranić się fizycznie. Czułam kamienie i gałęzie kłujące mnie w podeszwy, gdy przebiegłam przez jezdnię i zagłębiłam się w lesie. Na południu zauważyłam latarnię morską, a wśród gęstych krzaków znalazłam niewielką lukę. Weszłam w nią, bez potrzeby omijając gałęzie i przeskakując nad kolejnymi głazami. Skąd one w ogóle się tu wzięły?

Zatrzymałam się z poczuciem, że nie oddaliłam się jeszcze dostatecznie od brzegu. Czułam, że zaraz załamię się pod ciężarem smutku. Moje ciało mogło biec dowolnie długo, ale moje serce tego nie wytrzymywało. Po jeszcze kilku krokach zobaczyłam ogromne zwalone drzewo. Ziemia koło niego była ubita, ktoś musiał przychodzić w to miejsce. Usiadłam na tej zaimprowizowanej ławce, podciągnęłam kolana do piersi i rozpłakałam się tak cicho, jak tylko mogłam.

Nie wiem, jak długo tam siedziałam, ale gdy podniosłam głowę, zrobiło się znacznie ciemniej. Wiedziałam, że nie jestem w pobliżu Portland, znalazłam się za daleko na północ. Nie zwracałam uwagi, dokąd płynę, ale gdziekolwiek bym nie była, mogłam się tu ukryć. Za kilka dni zastanowię się, co zrobić z pogrzebem Jillian. Czy jej rodzice także byli na tym statku? Kogo powinnam odszukać? Czy powinnam wracać do szkoły? Jak miałam spojrzeć im w oczy? Był jeszcze Micah! Nie byłam pewna, co właściwie czuł, ale te uczucia były na tyle głębokie, by ta tragedia załamała go tak samo, jak załamała mnie.

A może nie będę mile widziana na pogrzebie. Oczywiście nikt nie będzie o tym wiedział, ale mordercy raczej nie przychodzą na ostatnie pożegnanie swoich ofiar. Poza tym pewnie bym się rozpłakała... i kto wie, co by się wtedy stało. Przeklinałabym swój głos na tysiące sposobów, gdybym tylko potrafiła znaleźć odpowiednie słowa. Z drugiej strony wypowiadanie tych słów w myślach i tak by nie wystarczyło. Chciałam krzyczeć, ta chwila na to zasługiwała. Nie da się całkowicie stłumić uczuć.

Znajdę inny sposób, żeby się pożegnać. Pójście na pogrzeb przyniosłoby pewnie więcej szkody niż pożytku. Ile zła mogłam wyrządzić w życiu? To prawda, będę żyła w sumie co najmniej dwukrotnie dużej niż inni, więc miałam dwa razy więcej okazji czynienia zła, ale jednak. Nie byłam już dzisiaj w stanie snuć żadnych planów, więc siedziałam tylko i czekałam na coś, co mnie zabierze z tego miejsca.

– Cześć...? – zapytał czyjś głos. Natychmiast stałam się ostrożniejsza. To był głos mężczyzny, a nie jednej z moich sióstr. Nie wyczuwałam w nim lęku, przeciwnie, brzmiał miękko. Wiedziałam jednak, że gdyby ktoś zamierzał mnie skrzywdzić tego wieczora, nie miałby pojęcia, na co się naraża.

Nie chciałam skrzywdzić nikogo, nie zaraz po tym, co właśnie zrobiłam. Musiałam jednak przyznać, że byłam teraz wytrącona z równowagi. Rozejrzałam się za źródłem tego głosu i w jednej chwili szalejące we mnie emocje ustąpiły spokojowi.

Znałam tę twarz.

To była twarz, którą przechowywałam w pamięci, by dotrzymywała mi towarzystwa: chłopak rzucający kamienie. Wydawał się zaniepokojony. Zobaczył, że płakałam, i obawiał się, że mnie przerazi.

Że też właśnie dzisiaj nasze ścieżki się znowu skrzyżowały...

Gdy widziałam go poprzednio, był ubrany bardzo oficjalnie, ale teraz miał na sobie podarte dżinsy i obcisły T-shirt.

Nie wyglądał tak elegancko jak wtedy, ale był jeszcze przystojniejszy, niż zapamiętałam. W tej chwili na jego twarzy nie malował się smutek, lecz ciepła troska.

Wypadało się ruszyć. Zrobiłabym to, gdybym nie była tak szczęśliwa, że go widzę. To uczucie było w tym momencie niestosowne, ale poczułam ulgę.

– Wszystko w porządku? – zapytał.

Potrząsnęłam głową. Nie, absolutnie nic nie było w porządku.

– Zgubiłaś się?

Gdyby tylko wiedział, o co mnie pyta. Chociaż wiedziałam, że nie o to mu chodziło, skinęłam głową.

– Jak się nazywasz?

Potrząsnęłam głową.

– Zapomniałaś?

Potrząsnęłam głową.

– Czy możesz mówić? To znaczy... wiem, że mnie słyszysz. Czy coś się stało z twoim głosem?

Tak! Skinęłam głową. Mój głos był do niczego.

– No dobrze, czyli nie możesz teraz mówić, ale wiesz, jak się nazywasz... Czy twoje imię zaczyna się na A? B?

Recytował alfabet, aż doszedł do K. To zajmie dużo czasu – gdybym tylko miała kartkę papieru, albo gdyby on znał język migowy! Spróbowałam przeliterować moje imię dłońmi, ale on nie rozumiał.

– W porządku, potem to wyjaśnimy. Może na razie będę cię nazywał po prostu Kay?

Skinęłam głową.

– Byłaś tutaj z kimś?

Nie.

– Jesteś ranna?

Nie.

– Chorujesz na coś?

Nie.

Umilkł na chwilę, ponieważ skończyły mu się pytania.

– Cóż, chyba zostaje nam tylko zadzwonić po pomoc i zobaczyć, czy uda nam się dowiedzieć, skąd się wzięłaś. Zgodzisz się pójść ze mną? Może będę mógł ci pomóc.

Pomimo całego smutku, jaki dzisiaj czułam, napełniło mnie to szczęściem. Skinęłam głową.

– No dobrze. Czekaj, zaraz ci pomogę.

Podszedł do mnie i objął mnie ramieniem w talii. Zarzucił sobie moją rękę na ramiona i pomógł mi wstać. Musiałam się wydawać słaba i rzeczywiście, lekko kręciło mi się w głowie.

– Nie masz butów – zauważył. – Musiały być naprawdę eleganckie, żeby pasować do tej sukienki.

Prawda... ta sukienka. Jak ja musiałam wyglądać w jego oczach? Zaraz, czy nie to samo myślałam, kiedy spotkałam go poprzednio?

– Pachniesz trochę morzem. Czy byłaś na jakieś imprezie na łodzi? Wypadłaś za burtę? To by była historia. Zaraz, ale jesteś w lesie... siedziałaś na kłodzie... w wieczorowej sukni. Nie, to się nie zgadza. Jesteś całkowitą zagadką. – Roześmiał się, gdy doszedł do tego wniosku.

Szliśmy niepewnie w milczeniu. Byłam doskonale świadoma dotyku jego rąk na mojej skórze i tego, jak ciepły wydawał się przy mnie. Patrzył tak, jakby próbował mnie rozgryźć, ale po chwili na jego twarzy zamiast ciekawości pojawiło się inne uczucie, którego nie potrafiłam nazwać. Zatrzymał się, a ponieważ mnie obejmował, ja także musiałam stanąć. Wpatrywał się we mnie. Nie byłam przyzwyczajona do tego, by na mnie patrzono, nie z tak bliskiej odległości. Zarumieniłam się i opuściłam głowę.

Odchrząknął.

– Tak, masz rację, robi się późno. Lepiej się pospieszmy. – Ale gdy nie uchylał się przed zwisającymi nad ścieżką gałęziami, czułam, że znowu spogląda na mnie.

Rozdział 6

Gdy tylko wydostaliśmy się z gęstwiny, wziął mnie na ręce. Mogłam oczywiście iść, ale kiedy mnie obejmował w talii, co chwilę się potykałam. Nie zamierzałam jednak narzekać na ten nowy sposób poruszania się – z przyjemnością umościłam się w ramionach nieznajomego. Nigdy w życiu, przeszłym czy obecnym, nie byłam tak blisko chłopca, więc serce tańczyło mi w piersi. Patrzył przed siebie, ale co chwila spoglądał na mnie i rzucał jakąś absurdalną uwagę.

– Śliczna pogoda dzisiaj. Nie mogłabyś wybrać lepszego wieczoru, żeby się zgubić. Popatrz tylko na ten księżyc, zapowiada się idealna noc, żeby się zgubić, prawda?

Nie mogłam powstrzymać uśmiechu. Kto by coś takiego wymyślił? Mówił serio?

Doceniałam to – że próbował mnie uspokoić.

Przyglądałam się jego twarzy, kiedy mnie niósł, zaskoczona tym, że chociaż zapamiętałam dokładnie, jak wyglądał cztery miesiące temu, teraz wydawał się inny. Miał dłuższe włosy, chociaż niewiele, zupełnie jakby ostrzygł się jakiś czas temu, a teraz już odrosły do dawnej długości lub trochę więcej. Miał też ciemniejszą, bardziej opaloną cerę – widocznie spędzał dużo czasu na słońcu. W wyprasowanych spodniach i białej koszuli nie wydawał się typem lubiącym ruch na świeżym powietrzu, ale teraz było jasne, że tak właśnie pracował. Dłonie, które czułam na ramionach, gdy szliśmy wcześniej, były szorstkie. Zgrubienia na jego skórze zaczepiały o delikatny niebieski materiał mojej sukienki i zaciągały go.

Nic nie rozumiałam. – Kim on był? Z pewnością tą samą osobą, poznawałam to po oczach. Były tak samo, spokojne i błękitne, jak wcześniej. Tylko ten szczegół jego wyglądu był absolutnie zgodny z tym, co zapamiętałam. Teraz jednak wydawały się pogodniejsze, pełne nadziei. Ile godzin spędziłam, myśląc o tych oczach? Przyłapał mnie kilkakrotnie, gdy w nie spoglądałam.

Myśli kłębiły mi się w głowie, przytłaczały. Wciąż czułam wściekłość i smutek z powodu śmierci Jillian. Nie miałam pojęcia, jak mam zadośćuczynić za tę krzywdę, chociaż czułam, że muszę to zrobić. Ostatnie myśli Jillian o mnie musiały być pełne przerażenia – jej przyjaciółka stała na wodzie, krzyczała słowa, których Jillian nie mogła usłyszeć, a potem zostawiła ją na śmierć. Jak mogłam to kiedykolwiek naprawić? Były jeszcze moje siostry, wobec których zachowałam się okropnie. Dopiero co myślałam, że powinnam spędzić z nimi więcej czasu, a teraz odtrąciłam je i uciekłam. Czy zrozumieją? Czy mi wybaczą?

Zrobiłam przykrość Matce Ocean. Zraniłam Ją tak samo, jak Ona zraniła mnie. Ośmieliłam się nawet Jej sprzeciwić. Ciągle o tym myślałam: może gdyby uważała, że ktoś mógłby zobaczyć, co zrobiłam, zabiłaby mnie tam na miejscu. Ale nikt nie ocalał z tej katastrofy. Może gdybym tylko zobaczyła Jillian, zanurkowała pod wodę i poprosiła Ją, by pozwoliła Jillian przeżyć, bez robienia sceny, oszczędziłaby moją przyjaciółkę? Pozwoliłaby, żeby uratowała się jedna osoba? Nie bardzo w to wierzyłam, ale może to moje zachowanie pogorszyło sprawę.

I jeszcze ten chłopak. Opuściłam milczące sanktuarium szkoły dla niesłyszących. Chociaż przez wszystkie spędzone tam lata nie wydałam nawet najcichszego dźwięku, w tych szkołach mogłam bezpiecznie przebywać z ludźmi. Tutaj nie miałam żadnej ochrony. Pozostawał jeszcze – dziwny nawet dla mnie – fakt, że spotkałam go już dwa razy.

Jeśli tylko mogłam, starałam się przez wszystkie lata unikać tych nielicznych ludzi, którzy zauważyli moje istnienie. Zazwyczaj z obawy przed tym właśnie, co przydarzyło się dzisiaj Jillian: że zobaczę ich twarze znowu w jedynym miejscu, gdzie nie chciałabym ich nigdy widzieć. Wydawało się jednak, że on nie zapamiętał mnie wtedy, a chociaż rumieniłam się na samą myśl o tym, byłam z tego naprawdę zadowolona. Wyglądałam wtedy okropnie. Teraz moja skóra nadal lekko lśniła, włosy były wilgotne i odrobinę się kręciły, a w tej sukni wyglądałam prześlicznie. Chciałam, żeby uznał, iż jestem piękna. Własna próżność aż mnie zaskoczyła.

Wypełniały mnie sprzeczne emocje. Smutek i radość, miłość i nienawiść, niepewność i jasność myślenia ścierały się w moim sercu. Nie miałam jednak wiele czasu, by się nad tym zastanawiać.

– Jesteśmy, moja pani – oznajmił, przechodząc przez trawnik przed domem przy plaży. To było całkiem blisko. Dom był piętrowy, niezbyt duży, ale z pewnością nie ciasny. Pomalowany białą, spłowiałą farbą, miał jasnoniebieskie okiennice i krótki podjazd dla samochodu oraz wąską ścieżkę prowadzącą z podjazdu na ganek. Widziałam, że w środku pali się światło, dom sprawiał wrażenie zamieszkanego. Pod drzwiami stała para butów, a na fotelu leżał porzucony koc. W niewielkim ogródku było dość zieleni, by wyglądała ładnie, ale na tyle mało, by nie dostarczać za dużo pracy. Dom był staroświecki, lecz wydawał się nowy. Miał charakter, a ja niemal od razu poczułam się tu swojsko.

Gdy się rozejrzałam, zobaczyłam, że ogród za domem graniczy ze skałami przy plaży, w tle zaś rozciąga się morze. Założę się, że chłopak uważał taki widok za piękny i przed dzisiejszym dniem mogłabym przyznać to samo. Po lewej stronie rozciągała się łąka kończąca się pod gęstym lasem. Droga zakręcała, znacznie dalej od brzegu stały inne domy. Po prawej było widać jeszcze kilka budynków i kolejny zakręt. W oddali lśniły stłumione światła; tam musiało znajdować się centrum miejscowości.

– Julie, wstaw wodę na kawę. Mamy gościa! – zawołał, gdy weszliśmy do domu. Nieznajomy zdjął buty, zanim przeniósł mnie przez próg do środka.

– Kto to? – zawołał żywy dziewczęcy głos. Weszliśmy przez drzwi kuchenne. W żadnym domu, w jakim do tej pory mieszkałam, nie widziałam, żeby frontowe drzwi prowadziły do kuchni. Julie nie było tutaj – wyszła zza ściany i zatrzymała się, zdumiona. Zaskoczona wpatrywała się we mnie. Powinnam byłam się przebrać, nie spodziewałam się, że ktoś mnie uratuje.

– Właściwie to nie wiem, jak się nazywa – przyznał. – Znalazłem ją samą w lesie. Nie mówi i niewiele rzeczy pamięta. Myślę, że może być w szoku.

– Owiń ją kocem. Ben, chodź tu! – zawołała Julie.

Usłyszałam, że ktoś mamrocze coś na piętrze. Ben się nie spieszył, więc Julie poszła po niego, podczas gdy mój przystojny wybawca posadził mnie ostrożnie na krześle. Podszedł do szafki i wyjął z szuflady kartkę i długopis.

– Wiem, że nie możesz mówić, ale czy mogłabyś coś napisać? – zapytał.

Skinęłam głową.

Uśmiechnął się zachęcająco i położył mi kartkę na kolanach. Usiadł obok, czekając, aż napiszę, czego potrzebuję. Potrzebowałam tylko jednej rzeczy, była to myśl, która nie dawała mi spokoju od miesięcy.

Jak się nazywasz?– napisałam.

– Och! Rany, przepraszam, kompletnie wyleciało mi z głowy. Jestem Akinli – powiedział i wyciągnął rękę, by uścisnąć moją. Przyjęłam ją, potrząsnęłam nią lekko i zarejestrowałam w umyśle dotyk jego dłoni. Była ciepła i szorstka od pracy.

Akinli. Podobało mi się to imię, chociaż nie słyszałam go jeszcze nigdy w żadnym miejscu, jakie odwiedziłam. Wydawało się stosowne, że osoba, która w moich myślach miała odrębne miejsce, ma także niepowtarzalne imię.

– A ty? – zapytał.

Kahlen.

– Ka-lyn?

To się wymawia „Kejlin".

– Aha, Kahlen. Ładne imię. Hej, przynajmniej trafiłem z tą Kay, prawda? Nieźle. – Uśmiechnął się. – Miło cię poznać. Masz jakieś nazwisko, Kahlen?

Potrząsnęłam głową. Ja i moje siostry posługiwałyśmy się tylko imionami, nie pamiętałam nawet, jak miałam dawniej na nazwisko.

– Co ci się przydarzyło?

Nie umiałam dostatecznie szybko wymyślić przekonującej historii, więc tylko wzruszyłam ramionami.

– Jesteś pewna, że twoja rodzina czy ktoś inny cię nie szuka?

Matka Ocean mogła mnie szukać, ale nie miałam prawa o tym mówić.

Nie pamiętam nikogo więcej. Po prostu znalazłam się w lesie.

– Rany – powtórzył. – Cóż, przynajmniej nie wygląda, żebyś została pobita. To dobrze.

Uświadomiłam sobie, że powinnam bardziej okazywać, że przejmuję się swoją sytuacją. Musiałam zapytać go o coś istotnego, żeby nie wydać się wariatką. Przyszło mi do głowy uzasadnione pytanie.

Gdzie ja jestem?

– No, yyy… no, w moim domu… o to ci chodziło?

Potrząsnęłam głową.

– Maine. Jesteś w Port Clyde w stanie Maine. Czy to coś ci mówi?

Nigdy nie słyszałam o tej miejscowości, ale to już było coś. Skinęłam głową.

Właśnie w tym momencie wróciła Julie w towarzystwie leniwego Bena. Zmierzył mnie spojrzeniem tak samo jak wcześniej Julie i na jego twarzy odmalowało się takie samo zaskoczenie.

– Stary, co do cholery? – powiedział do Akinlego.

– Zgubiła się. Chciałem jej pomóc. Co miałem zrobić, zostawić ją w lesie?

Nie dziwiłam się temu całemu Benowi, miał sporo racji. Nie wyglądałam na tak złą kobietę, jaką byłam, ale rozsądek nakazywałby zachowanie ostrożności. Ben bardzo przypominał Akinlego – nie wydawał mi się tak przystojny, ale był podobny.

– Powinniśmy zadzwonić na policję – stwierdziła Julie. – Jeśli się zgubiła, na pewno ktoś jej szuka i będzie wiedział, kim ona jest.

Zauważyłam, że niektóre kobiety od wczesnej młodości mają instynkt macierzyński. Widziałam dziewczynki broniące kociąt jak tygrysice, od początku życia świadome, że powinny chronić to, co znalazło się pod ich opieką. Julie umiała opiekować się innymi. Będzie kiedyś wspaniałą matką.

Policja przyjechała, ale niewiele mogła zrobić, gdy potrafiłam tylko podać im swoje imię. Przyjechała także karetka, a lekarz zbadał mnie i stwierdził, że jeśli pominąć dziwne dźwięki w płucach, jestem idealnie zdrowa. Wiedziałam to i bez niego. Oczywiście nikt nie zgłosił mojego zaginięcia, więc całe to zamieszanie nic nie dało. Czułam się winna, że muszą robić to wszystko, ale chciwie chłonęłam te chwile w towarzystwie Akinlego. Wiedziałam, że niedługo będę musiała odejść, chciałam jednak zapamiętać jeszcze kilka wyrazów jego twarzy i dźwięk jego głosu. Może to sprawi, że lata będą mi szybciej mijały. Zapracowałam sobie na to – na tę odrobinę pocieszenia.

Naprawdę nie miałam ochoty opuszczać tego domu, nie wiedziałam, dokąd mam teraz iść. Prowadziłam życie wędrowca, ale zwykle miałam jakieś plany. Nie mogłam się pożegnać z Jillian, to nie wchodziło w grę. Nie było mowy, żebym wróciła do szkoły – całe szczęście, że zabrałam swoje rzeczy z pokoju! Wystarczy tylko, że wyślę do nich list z jakąś wymówką, a oni poradzą sobie beze mnie. Pewnie mogłabym wrócić do Elizabeth i Miaki, ale nie miałam ochoty znowu zanurzać się w Niej. Nie tak szybko. Zamierzałam po prostu ukryć się gdzieś na pewien czas… aż wymyślę jakiś plan.

Nie wiedziałam, czy specjalnie rozmawiali głośno, ale usłyszałam, że jeden z policjantów rozmawia z Akinlim, Benem i Julie w kuchni. Lekarz skończył badanie i zostawił mnie w pokoju dziennym, owiniętą w dodatkowy koc. Byłam tematem ożywionej dyskusji.

– Możemy zabrać ją na posterunek. Przenocuje w celi, a jeśli rano nikt nie będzie jej szukał, spróbujemy ją umieścić w jakimś domu w mieście. Ona nie wie, ile ma lat, więc niewykluczone, że jest jeszcze niepełnoletnia. Znajdzie się pod opieką stanową. Na razie tylko tyle przychodzi mi do głowy.

– Zaraz, chcecie ją wsadzić do celi? Jak przestępcę? – Akinli był oburzony na tę myśl. – A potem znaleźć jej dom, jak zgubionemu zwierzakowi?

– Wiem, że to się wydaje okropne, ale będzie dzisiaj w celi sama i absolutnie bezpieczna. Znalezienie dla niej domu nie powinno być problemem, a skoro jest taka zagubiona, powinno jej dobrze zrobić towarzystwo i miejsce, w którym mogłaby się poczuć jak u siebie – starał się go uspokoić policjant.

– Mimo wszystko to się wydaje trochę bezduszne – zauważyła Julie. Nawet mnie nie znała, a mimo to stawała w mojej obronie.

– Rozumiem, ale trzeba wziąć pod uwagę dwie rzeczy. Po pierwsze, zapewnienie jej bezpieczeństwa. Ta dziewczyna może zagrażać sama sobie. Po drugie, musimy zapewnić bezpieczeństwo innym ludziom. Ona nie ma żadnych dokumentów i nie wiemy, jak się tu znalazła. Kto wie, co mogła zrobić? Możemy sprawdzić jej odciski palców i spróbować się dowiedzieć, kim ona jest, ale to trochę potrwa. Nie chcielibyśmy, żeby ktoś został zaatakowany przez jakąś nieznajomą dziewczynę. Trzeba mieć ją na oku.

A zatem zamierzali wsadzić mnie do więziennej celi. Zastanawiałam się, czy moje ciało jest dość silne, by wygiąć kraty. Jeśli zamierzali mnie tam przetrzymać tylko przez noc, nie było się czym przejmować. Mogę zaczekać jedną noc, a potem, dokądkolwiek mnie zabiorą, po prostu ucieknę. Nie musiałam się zatrzymywać, a zanim oni dotrą do granicy stanu, ja będę w połowie kontynentu. Jednak gdy układałam ten plan, usłyszałam głos Akinlego.

– A gdyby została u nas? – zapytał. Nie widziałam tego, ale cisza podpowiedziała mi, że wszyscy na niego patrzą.

– Stary, glina ci właśnie mówił, że ta mała może być świruską. Jasne, może zaprosimy tu stukniętą dziewczynę, świetny pomysł. – Ben posługiwał się takim samym dziwnym sarkazmem, jak Akinli.

– Ben, czy ty serio boisz się dziewczyny w sukni balowej, która ledwie chodzi i nie może mówić? Jaaasne, straaasznie jest niebezpieczna. – Tak, z pewnością byli spokrewnieni. Uśmiechnęłam się do siebie. Byłam niebezpieczna, ale cieszyłam się, że Akinli mnie tak nie postrzega. Umilkł na chwilę. – Poza tym przyniosłem ją tutaj, a ona się cała trzęsła. Jest przerażona. Myślę, że spotkało ją coś złego i nie uważam, żeby należało wsadzić ją do celi po tym, przez co mogła przejść.

Czy naprawdę się trzęsłam? Wydawało mi się to niemożliwe.

– Nie wiem, czy będę się czuła dobrze z obcą osobą w domu – mruknęła Julie. Wyraźnie czuła się winna.

– Sama mówiłaś, że te ich pomysły też są złe. Niech zostanie, jest całkowicie nieszkodliwa. Może nocować w pokoju gościnnym, a ja prześpię się na kanapie i będę miał na nią oko – powiedział Akinli.

Znowu zapadła cisza.

– Dajcie spokój, nie wiemy, co ona przeszła. Jest całkiem sama. Nie mogę znieść myśli o tym, że ktoś trafi do więzienia tylko dlatego, że się zgubił – naciskał.

Znowu cisza.

– Czy mogłoby tak być? – zapytała Julie policjanta.

– Jeśli chcecie się nią tymczasowo zaopiekować, nie ma problemu. Trzeba będzie załatwić trochę dokumentów, ale dzisiaj możecie decydować– odpowiedział.

Po kolejnej ciszy odezwał się Ben.

– Jeśli zostanę zarżnięty we śnie, będę cię straszyć – odezwał się, najwyraźniej do Akinlego.

Policjant roześmiał się.

– Poradzimy sobie – oświadczył Akinli.

W ten sposób sprawa została załatwiona. Mogłam spędzić jeszcze trochę czasu z tym cudownym chłopakiem.

Zorientowałam się, że Akinli, tak samo jak ja, był gościem w tym domu, bo inaczej nie musiałby prosić o pozwolenie. A chociaż Ben i Julie pozwolili mi zostać, czuli się zaniepokojeni moją obecnością. Gdy wszyscy pozostali wyszli, nie zobaczyłam już tych dwojga – chyba zamknęli się na klucz w swoim pokoju.

Nie wiem, jak długo siedziałam w pokoju dziennym, ale gdy w domu zapadła cisza, Akinli zszedł na dół. Popatrzył na mnie z ciepłym uśmiechem, który zapisałam w pamięci.

– Nie wiem, czy ktoś ci to już powiedział, ale zostajesz dzisiaj na noc. Mam nadzieję, że nie masz nic przeciwko temu.

Uśmiechnęłam się i skinęłam głową. Jakby potrzebował pytać mnie o pozwolenie.

– Czy jesteś głodna? – zapytał.

Potrząsnęłam przecząco głową.

– Jesteś pewna? Miałaś ciężki wieczór, możesz się częstować, czym tylko chcesz.

Uśmiechnęłam się i znowu potrząsnęłam głową.

– Okej, ale na pewno jesteś zmęczona. Znajdę coś... mniej... – Zamachał rękami, szukając odpowiedniego słowa. – Mniej falbaniastego do spania. Będziesz spała tutaj – powiedział i wskazał drzwi za mną. Znowu zniknął na górze, więc podeszłam do drzwi i zajrzałam do środka.

Tak jak wcześniej mówili, miałam spać w pokoju gościnnym przylegającym do dziennego. Deski w podłodze i lokalizacja wskazywały, że kiedyś była to weranda, ale z jakichś powodów została zabudowana, a na zewnątrz dobudowano nowy ganek. Pokój miał ogromne okno z widokiem na morze – jedno jego skrzydło było szeroko otwarte. Najwyraźniej Port Clyde mogło się poszczycić niską przestępczością.

Jej fale były spokojne. Popatrzyłam na Nią i jak małe dziecko pokazałam język. Chyba jeszcze nie łamałam zasad, ale byłam tak blisko tego, jak to możliwe. Ona nie mogła o tym wiedzieć i czułam ulgę na myśl o tym. Nie wiedziałam, czy kiedykolwiek zrobiłam coś tylko na złość komuś, ale z drugiej stronie nie byłam z Akinlim tylko na złość. Wrócił i zobaczył, że jestem już w pokoju gościnnym.

– Niczego lepszego nie znalazłem. Julie już zasnęła, a nie wydaje mi się, żebym miał w garderobie coś w twoim rozmiarze. – Podał mi bokserki, do których potrzebowałabym agrafki, żeby się trzymały na mnie, i zieloną koszulkę, chyba za małą za niego. Chłopcy nigdy nie wyrzucają rzeczy, których powinni się pozbyć. Zamknął za sobą drzwi, więc przebrałam się w jego rzeczy. Czułam się dziwnie – wydawało mi się to niestosowne, ale do wyboru miałam tylko spanie w sukience. Nie zamierzałam mieć w tej chwili na sobie czegoś, co dostałam od Niej, a poza tym nie chciałam zranić uczuć Akinlego.

Wyjrzałam z pokoju i zobaczyłam go na kanapie, którą wcześniej zajmowałam. Siedział w piżamie i oglądał telewizję – typowy uroczy amerykański chłopak. Znalazłam kartkę papieru, której wcześniej używałam, i poprosiłam o agrafkę, której szukał przez kilka minut. Gdy już miałam pewność, że dół mojego stroju nie spadnie, odprężyłam się trochę. Czułam się zbyt odsłonięta.

– Chcesz tu jeszcze trochę posiedzieć? Pooglądać telewizję? – zaproponował.

Nie wiedziałam, kiedy będę go musiała opuścić, więc skinęłam głową i oboje zajęliśmy miejsca na kanapie. Skuliłam się, żeby się zasłonić, bo czułam się wyjątkowo bezbronna. On uznał, że jest mi zimno, więc ściągnął z oparcia kanapy koc i niezdarnie mnie w niego zawinął. Telewizor pokazywał reklamy, ale i tak wiedziałam, że oglądamy kanał sportowy. Nigdy nie miałam zacięcia w tym kierunku, więc nie wiedziałam zbyt wiele o sporcie. Orientowałam się, że mnóstwo facetów lubi futbol – czy to był sezon futbolowy? Gdy wrócił właściwy program, zobaczyłam gigantycznych mężczyzn w obcisłych ubraniach.

Akinli zauważył moje zdumienie i roześmiał się.

– To zawody strongmanów. Zawsze mnie bawią.

Patrzyliśmy, jak mężczyźni przenoszą lodówki, dźwigają ogromne obłe głazy i przewracają wielkie opony w jakimś dziwacznym wyścigu. To było naprawdę zabawne. A gdy pojawił się pierwszy zawodnik, by pociągnąć stojącą osiemnastokołową ciężarówkę, wskazałam telewizor i gwałtownie potrząsnęłam palcem. Nie wierzyłam, że jakikolwiek człowiek może być tak silny! Ja byłam niezwykle wytrzymała, ale mimo wszystko nie zrobiłabym czegoś takiego.

– Wiem, wiem! – zawołał Akinli. – To czyste wariactwo!

Skinęłam głową z oszołomionym uśmiechem na twarzy, a on popatrzył na mnie i roześmiał się. Tak musiało wyglądać normalne życie. Jillian sprawiała czasem, że czułam się właśnie w taki sposób, jakbym była całkiem zwyczajna.

Pomiędzy rundami zawodów Akinli zadawał mi pytania, a ja zapisywałam odpowiedzi. To były łatwe pytania.

– Ulubione jedzenie?

Ciasto. Każde ciasto! W ogóle desery.

– Mogę to zrozumieć. Ciasto jest dobre, tak samo jak czekoladowe ciasteczka. Mmmm. – Skinęłam głową na znak, że się z tym zgadzam. – Sam wolę jednak pizzę... No dobra, ulubiony kolor?

Lubię niebieski.

– Naprawdę? Myślałem, że różowy. Wydawało mi się, że wszystkie dziewczyny lubią różowy. – Roześmiał się, gdy przewróciłam oczami. – Dobra, nie miałem racji, rozumiem. – Faktycznie, byłaś ubrana na niebiesko, kiedy cię znalazłem. Sama wybrałaś tę sukienkę?

Nie wiedziałam, jak na to odpowiedzieć. Szczerą odpowiedzią byłoby „nie", ale nie byłam pewna, czy powinnam pamiętać takie szczegóły. Potem zaczęłam się zastanawiać, czy powinnam pamiętać, że lubię ciasto. Musiałam wyglądać na zamyśloną, co chyba było właściwym wyborem. To trudne pytanie. Wzruszyłam ramionami.

– Jasne, rozumiem. Też lubię niebieski. Co jeszcze... o, ulubiona pora roku?

Jesień.

– Dlaczego jesień?

Musiałam się chwilę zastanowić. *Chyba lubię zmiany. To, że wszystko wygląda, jakby umierało, ale jednocześnie jest prześliczne. Poza tym jest przewidywalna. Zima potrafi być zbyt zimna, wiosna za mokra, a lato za suche, ale jesień jest zawsze piękna.*

– Rany, podoba mi się to, jak to ujęłaś. Chyba zawsze myślałem to samo, ale nie umiałbym tego tak ubrać w słowa, wiesz? – Uśmiechnął się do mnie. – Jeśli lubisz jesień, spodoba ci się tutaj. Wygląda niesamowicie! Mam nadzieję, że będziesz miała okazję ją zobaczyć.

Poczułam się dziwnie, słysząc to. Czy on zamierzał mnie tu zatrzymać na tak długo? Wyglądał, jakby miał się ochotę zarumienić.

– Yyy… co jeszcze? Lubisz muzykę?

Czas upływał tak przyjemnie, że nawet nie zauważyłam, jak późno się zrobiło. Nie potrzebowałam snu, ale wiedziałam, że on powinien spać. Dlatego wskazałam na zegar, na siebie, a potem na swój pokój, żeby wiedział, że na dzisiaj go zostawiam.

– Tak, pewnie masz rację. Najwyższa pora. – Wydawało mi się, że tak samo ociąga się z rozstaniem, jak ja.

– Nie boisz się niczego? Będziesz spokojnie spała? Mogę czuwać przy tobie, jeśli chcesz. – Źle zrozumiał zaskoczenie na mojej twarzy. – Przepraszam, nie miałem nic złego na myśli. Uznałem tylko, że miałaś naprawdę okropny dzień i może być ci trudno zasnąć samej.

Nie wiedziałam, jak mogłabym celowo wyglądać bezradnie, więc spojrzałam na niego z nadzieją i gestami przekazałam, że może iść ze mną.

Wiedziałam, że pakuję się w kłopoty, bo już zdążyłam się do niego przywiązać. Wszystko w nim sprawiało, że czułam się komfortowo, ale nie mogło to trwać długo. Wiedziałam o tym. Zostało mi jeszcze dziewiętnaście lat. Za dziewiętnaście lat on będzie miał żonę... może i dzieci. Czy ta świadomość powinna mnie tak boleć? Nasza znajomość musiała być przelotna, ale nie miałam gwarancji, że jeszcze kiedykolwiek będę się tak czuła, nieważne, jak długo będę żyła po tym życiu. Dlatego wykorzystywałam każdą sekundę.

Postawił wyściełany fotel przy moim łóżku, a ja przykryłam się kołdrą i położyłam się twarzą do niego. Uśmiechnął się tak jak zawsze, a gdy wyciągnęłam rękę, przytrzymał ją w swojej dłoni. Ścisnęłam ją mocno i popatrzyłam na niego z wdzięcznością, którą, jak miałam nadzieję, zdołałam mu przekazać.

Albo ją zauważył, albo umiał czytać w myślach.

– Nie ma za co – powiedział. Nie miał pojęcia, że nie dziękowałam mu za tymczasowe mieszkanie. Dziękowałam mu za szansę przeżycia czegoś, na co czekałam od stu lat. Nawet jeśli to miało potrwać tylko jedną noc, nawet jeśli tylko ja to czułam, byłam mu wdzięczna.

Udałam, że zasypiam, i po chwili poczułam, że się poruszył. Wiedziałam, że stoi tuż koło mnie, słyszałam jego oddech. Co on robił? Wtedy poczułam, jak ciepła ręka dotyka mojego czoła, a potem policzka. Nadal udawałam sen, chociaż jego dotyk sprawił, że byłam całkowicie rozbudzona.

– Z jakiego świata tutaj przyszłaś, piękna i milcząca dziewczyno? – wyszeptał. Czułam, że pochyla się nade mną. Powinnam się chyba tym przejąć, ale zamiast tego wabiłam go myślami bliżej. Po chwili usłyszałam, że powoli wychodzi z pokoju i cicho zamyka za sobą drzwi.

Odczekałam kilka minut. Słyszałam, jak sprężyny na kanapie jęczą, gdy układał się wygodniej, ale po chwili uspokoił się i w całym domu zapadła cisza. Czekałam. Z pokoju dziennego dobiegło mnie ciche pochrapywanie, więc podeszłam na palcach do drzwi i otworzyłam je. Siedziałam w drzwiach i patrzyłam, jak on śpi. Jego miarowo unosząca się pierś napełniała mnie spokojem. Musiałam tak siedzieć całe godziny, bo nie mogłam oderwać od niego spojrzenia. Zupełnie jakby patrzyła na dzieło sztuki lub na gwiazdy na niebie. Po prostu musiałam na niego patrzeć. A gdyby zmienił się przez noc, a ja bym to przeoczyła? Całkiem wygodnie mi było opierać się o framugę i spędzić milczącą noc w towarzystwie Akinlego.

Około czwartej usłyszałam, jak Matka Ocean woła mnie przez okno, pytając, gdzie jestem i czy wszystko w porządku. Myślałam, że da mi więcej czasu. Nie chciałam do Niej iść i właściwie nie łamałam tym zasad. Ona nie wydawała mi rozkazu, to było przyjazne pytanie, ale ja nie czułam się wobec Niej przyjazna. Zastanawiałam się, czy zostawi mnie w spokoju, jeśli nie odpowiem. Potem zaczęłam się zastanawiać, czy będzie mnie szukać w deszczu lub we mgle. Musiałam Jej coś odpowiedzieć, zanim się zorientuje, co właściwie robię.

Potrafiłam poruszać się po cichu, nie stanowiło to dla mnie problemu, ale ten dom sprawiał, że robiłam się nerwowa. Postanowiłam wyjść przez otwarte okno. Przekradłam się po werandzie i zbiegłam szybko na brzeg. Miałam trochę trudności z przedostaniem się przez skały, ale udało mi się znaleźć przejście, więc przysiadłam na chwilę nad wodą. Ona była odległa zaledwie o centymetry – czy potrafiła wyczuć, że jestem w pobliżu? Zasłoniłam przed Nią umysł i myślałam tylko to, co chciałam Jej przekazać. Zanurzyłam stopę w wodzie.

Wszystko w porządku.

Wyciągnęłam stopę i wróciłam biegiem do domu Akinlego. Ona wiedziała teraz, że byłam tam, gdzie mnie zostawiła, cała i zdrowa, nadal posłuszna. Prawie posłuszna.

Zdołałam wejść do domu niezauważona. Chciałam wrócić na swoje miejsce, ale wolałam nie ryzykować, że zostanę przyłapana. Skuliłam się na łóżku i zatonęłam w myślach. Czasem spałam dla przyjemności albo dla podtrzymania przyzwyczajenia, którego będę kiedyś potrzebować, ale dzisiaj nic nie mogłoby mnie uspokoić. Czuwałam, dopóki promienie słońca nie przedarły się przez ciemność nocy.

Słyszałam, że cała trójka chodzi po domu, ale nie chciałam im przeszkadzać. Zakładali, że jestem po przejściach, więc może powinnam udawać naprawdę zmęczoną. Słyszałam fragmenty zdań, chociaż wstyd mi było podsłuchiwać.

– Zabiorę Evana, więc powinniśmy sobie poradzić. – To był głos Bena.

– Mogę wziąć za niego zmianę, jeśli chce. Powiedz mu o tym. – Akinli.

– Wychodzę na większość dnia, mam różne sprawy do załatwienia. Poradzisz sobie z nią? – Julie.

– Ona ma na imię Kahlen. Kurczę, sam nie wiem… jest mniejsza ode mnie… przerażona i samotna. Może powinienem wezwać posiłki?

Och, Akinli…

– Zamknij się – powiedzieli chórem Ben i Julie. Urocze!

Hałasy ucichły, drzwi otwarły się i zamknęły, samochody przyjechały i odjechały. Po chwili usłyszałam, że została tylko jedna osoba. Akinli był czymś zajęty.

Koło ósmej zapukał do drzwi i zajrzał do środka. Usiadłam na łóżku.

– Dzień dobry, królowo balu – powiedział, pewnie ze względu na moją sukienkę. Przyniósł dwa talerze z jedzeniem i usiadł z nimi na łóżku. Jedzenie było całkowicie przeciętne, co kazało mi przypuszczać, że sam je przygotował. Doceniałam jednak jego starania.

Oznajmił, że Julie i Ben wyszli, ale wrócą po południu i może wtedy czymś się razem zajmiemy. Dzwonił już rano na posterunek: nikt mnie nie szukał, a w każdym razie nie było żadnych zgłoszeń. Nie mógł uwierzyć, że bez względu na to skąd pochodzę, nikt nie zauważył mojej nieobecności. Potem powiedział coś, co nadało smutny sens naszemu pierwszemu spotkaniu, temu, którego nie pamiętał.

– Mam nadzieję, że twoja rodzina nie rozpacza gdzieś tam. Moi rodzice okropnie się o mnie martwili, kiedy poszedłem na studia, mama dzwoniła do mnie codziennie. Wiesz, taka już była. Opiekowała się mną, jak mogła, a ja kochałem ją z całego serca. Tatę też. Mieszkaliśmy tylko w trójkę, więc byliśmy naprawdę blisko.

Pomyślałam o moich rodzicach. Zawsze chronili mnie, swoje najstarsze dziecko, jedyną córkę. Strzegli mnie przed niebezpieczeństwem najlepiej, jak potrafili. Największe niebezpieczeństwo w całym życiu ściągnęłam na siebie sama i straciłam ich przy tym. Także moi dwaj bracia – bracia, których kochałam – odeszli.

– Mama zachorowała, kiedy byłem na trzecim roku, więc wróciłem do domu. Wiesz, miała raka. Kiedy wiedzieliśmy już, jak to się skończy, musiałem wrócić. Zostałem z nią i tatą i starałem się być dla niej tak dobry, jak ona była dla mnie.

Och nie!

– Tata i ja snuliśmy różne plany. Chciał, żebym wrócił na studia, ale ja pragnąłem jeszcze trochę z nim zostać. Uważałem, że nie będzie w porządku, jeśli po prostu ucieknę, zostawiając go samego. Poza tym zawsze lubiłem spędzać czas z rodziną…

Umilkł na chwilę.

– Potem tata miał zawieźć mamę do lekarza. Wybierałem się z nimi, ale coś mi wypadło. Jakieś głupstwo. Mieli wypadek i… no, wiesz.

Znowu milczenie, znacznie dłuższe. Wyrównał oddech.

– Na odejście mamy byłem już przygotowany, ale naprawdę zabolało mnie, gdy straciłem jednocześnie ją i tatę. – Mówił z trudem. Widziałam, że chętnie by się rozpłakał, ale nie chciał tego robić. Nie przy mnie. – Minęły cztery miesiące, a ja bez przerwy o nich myślę. – Opuścił głowę.

Przypomniałam sobie tamten dzień na plaży. Był załamany i zatopiony w myślach, boso, chociaż w garniturze. Cztery miesiące temu. Wpatrywał się w łóżko, w talerz lub we własne stopy, gdziekolwiek, byleby nie spojrzeć mi w oczy. Cierpiał, a ja go rozumiałam aż za dobrze.

Wzięłam go za rękę i zaczęłam pisać na niej litery palcem. Nie zamierzałam zostawiać go tylko po to, żeby znaleźć kartkę papieru. Potrzebował chwili, by zrozumieć, o co pytam, ale pomogło, gdy zaczął na głos odczytywać litery.

– I-M-I-O-N-A… imiona? O co chodzi? O imiona moich rodziców? – W końcu spojrzał mi w oczy.

Skinęłam głową. Przełknął ślinę i uśmiechnął się.

– Andrea. Mama miała na imię Andrea, a tata Rick.

Rick i Andrea – to oni powołali do życia tego niezwykłego człowieka. To za nimi tęsknił. To o ich utratę się obwiniał. Odchrząknął i znowu spuścił spojrzenie.

– W każdym razie jeśli twoi rodzice lub ktokolwiek inny cię szuka, pomożemy ci ich znaleźć, dobrze?

Mnie? Jak mogłabym się martwić o siebie?! Byłam zaskoczona. On nie doprowadził do śmierci swoich rodziców – tak jak ja – ale czuł się winny, że przeżył. W tym momencie zrozumiałam, co tak długo nie dawało mi spokoju. Nie chodziło tylko o to, że zostałam syreną, ale o to, że oni umarli, a ja żyję dalej.

Akinli i ja przeżyliśmy, chociaż powinniśmy byli także zginąć. Musieliśmy za to żyć bez tych, których kochaliśmy.

To nie była jego wina. To nie była jego wina, że przeżył, ani moja, że ocalałam. Niespełna dwadzieścia cztery godziny temu pragnęłam umrzeć i w końcu przerwać tę walkę dręczącą mój umysł. Byłam na tyle zapatrzona w siebie, że wydawało mi się, iż jestem jedyną osobą odczuwającą taki ból. Ale tak nie było. Oto zwyczajny chłopak, żyjący prawdziwym życiem, odczuwał to samo. Wtedy, zupełnie zmieniając tok myślenia, przypomniałam sobie Alexa. Wraz z szóstką innych pasażerów ocalał z katastrofy naszego statku. Jak musiał się czuć przez resztę życia? Moja śmierć była dla niego ciężarem, którego nie powinien nieść na barkach... Och, te wszystkie rzeczy, które przygniatały nas do ziemi.

Dotknęłam kolana Akinlego, by na mnie popatrzył. Prawą ręką dotknęłam serca, a potem tę samą dłoń położyłam na jego piersi. Chciałam mu przekazać, że ja także, zupełnie niedawno, zrozumiałam, jak to jest stracić kogoś, kogo się kocha, i że dzielę teraz jego ból. Że to nie jego wina, że wszystko będzie dobrze. Chciałam powiedzieć milion rzeczy i nie mogłam.

Nadal trzymałam na jego piersi dłoń, a on nakrył ją własną rękę. Miałam wrażenie, że twarda maska, jaką wszyscy mężczyźni powinni mieć na twarzy, zaczyna lekko pękać. Miał wilgotne oczy, ale mimo wszystko nie chciał płakać.

Nie musisz tak się zachowywać przy mnie.

Nie chciałam udawania. Pragnęłam jego, ale nie mogłam tego wyjaśnić. Wydawało się, że zrozumiał przynajmniej moje współczucie, a to mi wystarczyło.

– Dziękuję, Kahlen – wyszeptał. Zapomniałam, o czym w ogóle myślałam, zachwycona sposobem, w jaki wymawiał moje imię. Siedzieliśmy na łóżku i po prostu patrzyliśmy na siebie. Nie wiem, jak wyglądała moja twarz, ale na jego twarzy widziałam różne emocje. Malowały się na niej smutek, spokój, wdzięczność, a potem… zachwyt? To był piękny wyraz twarzy. Uśmiechnęłam się, chyba trochę za ciepło. Pochylił się, a ja lekko drgnęłam, zupełnie zaskoczona. Ten ruch wystarczył, by strącić na podłogę talerz, który miałam na kolanach. Nie rozbił się, ale hałas sprawił, że oboje oprzytomnieliśmy.

Rozdział 7

Nie przeszkadzało mi, że cały dzień spędziliśmy w domu, choć Akinli cały czas mnie za to przepraszał. Lubiłam być z nim sam na sam i wydaje mi się, że mógł wyczuwać częściowo mój entuzjazm – nie umiałam go ukrywać. Powtarzałam sobie, że muszę być ostrożna, że te uczucia są najprawdopodobniej jednostronne. Wiedziałam, że jeśli chodzi o związki uczuciowe, jestem wyjątkowo naiwna, ale wcześniej miałam wrażenie, że on chciał mnie pocałować. Jeśli się myliłam, nie chciałam się uczepić tej możliwości, więc powtarzałam sobie to, co wiedziałam na pewno: czuł się zobowiązany do opieki nade mną. Uważał, że powinien mnie czymś zająć.

A jednak, nawet jeśli to było głupie, bawiłam się myślą o pocałunkach z Akinlim.

Powód, dla którego siedzieliśmy w domu, był bardzo praktyczny. Jedynymi ubraniami, jakie miałam, były męskie bokserki, i suknia balowa, a nie przypuszczam, by którykolwiek z tych strojów był do zaakceptowania w niewielkim zapewne miasteczku. Nigdy wcześniej nie słyszałam o Port Clyde, więc nie mogła to być duża miejscowość. Widok z okna nie podpowiadał mi absolutnie niczego: droga z jednej strony znikała w lesie, a z drugiej domy zasłaniały widok na zakręt wybrzeża. Po przeciwległej stronie ulicy stały domy podobne do tego, w którym się znajdowałam, za nimi zaś widziałam tylko gęsty las. Naprzeciwko mieszkała starsza pani. Przyszła poprzedniego wieczoru razem z ekipą z karetki, zapłakana i przerażona, że coś się stało Benowi, Julie lub Akinlemu.

Nie dawało mi spokoju, że nie mogę się rozejrzeć. Byłam ciekawa, gdzie konkretnie się znajduję, i chciałam wiedzieć, czy mogę się stąd wydostać tylko z pomocą Matki Ocean. Z drugiej strony Akinli miał rację: to miejsce musiało być prześliczne jesienią.

Wszystkich tych obserwacji dokonałam, gdy on brał prysznic na piętrze. Nie zamierzałam wchodzić tam i sprawdzać, czy z okien da się zobaczyć coś więcej, dopóki nie zostanę zaproszona do tej części domu. Poza tym on był tam, i to nieubrany.

Tego ranka dowiedziałam się, że Ben jest kuzynem Akinlego. Ben i Julie mieszkali razem od kilku lat, poczynając od zakończenia studiów poprzez początek dorosłego życia. Pasowali do siebie. Ona była pełna słodyczy i troskliwa, on roztargniony i zabawny. Akinli mieszkał tu dopiero od kilku miesięcy; mogłam się domyślić dlaczego.

Akinli zajmował się zakładaniem pułapek na homary razem z Benem i jeszcze dwoma silnymi młodymi mężczyznami, którzy stanowili ich załogę. Wiedziałam, że Maine słynie z pysznych homarów, a oni odpowiadali za ich dostarczanie. Skoro zajmował się tak ciężką pracą fizyczną, zaskoczyło mnie trochę, że znalazłam imię Akinlego zapisane na marginesach kilkunastu książek na regale na dole. Najwyraźniej był ciekawy świata i czytał wszystko, od powieści do książek historycznych. Znalazłam nawet kilka podręczników, ale być może należały do Bena lub Julie.

Gdy mówił o Benie, było jasne, że jest on dla Akinlego jak brat, którego nigdy nie miał. Wychowywali się razem, a Akinli przyznał, że Ben jest jego najlepszym przyjacielem, odkąd skończył osiem lat. Myśl o nich dwóch, takich małych i sprawiających kłopoty, wydawała mi się ogromnie zabawna.

Słyszałam w jego głosie, że bardzo szanował Julie. Uważał chyba za cud, że jakakolwiek kobieta potrafi wytrzymać z Benem. Akinli kochał go oczywiście, ale mimo wszystko był zaskoczony, że Ben potrafił wybrać kogoś tak rozsądnego jak Julie. No, nie wiem, mnie Ben wydawał się całkiem miły.

Widać było, że w tym domu mieszka rodzina. Na półkach stały różne drobiazgi. Widać było, że ktoś z mieszkańców miał słabość do łosi. Miejsce na kanapie, zapewne czyjeś ulubione, było wysiedziane bardziej od innych. Oprawione fotografie wisiały na ścianach i stały w różnych miejscach. Na jednej z nich Ben i Akinli trzymali w obu rękach homary i pokazywali języki. Na innej Julie siedziała na ławce w otoczeniu ludzi, którzy pewnie byli jej rodzicami i rodzeństwem. Ben i Julie siedzieli obok siebie na zdjęciu wyraźnie robionym przez zawodowego fotografa. Cały dom wypełniały twarze ludzi, których jeszcze nie poznałam. Widać było, że to jest ich miejsce.

Usłyszałam otwierające się drzwi.

– Łazienka wolna! – zawołał z góry Akinli. Inne drzwi się zamknęły. Nie potrzebowałam ani nie chciałam brać prysznica, ale musiałam udawać jak najbardziej zwyczajną dziewczynę, a taka dziewczyna chciałaby się umyć. Zabrałam suknię, ponieważ tylko ją miałam, i weszłam na piętro, do jedynego prysznica w domu. Pod schodami była mniejsza łazienka, ale bez wanny. Szybko wspięłam się po schodach. Słyszałam, że Akinli chodzi po swoim pokoju, a drzwi do sypialni Bena i Julie były otwarte. Widać tam było kobiecą rękę, ale też odrobinę bałaganu, który mi się podobał. W kolejnym niedużym pokoju urządzono coś przypominającego gabinet. Tam właśnie było otwarte okno, ale zobaczyłam przez nie tylko drzewa.

Wzięłam szybki prysznic. Ciepła woda była przyjemna, ale wydawała mi się niepożądana. Wiedziałam, że Ona nie może mnie tutaj znaleźć, jednak uczucie, które wywoływała woda spływająca po mojej skórze, było aż nazbyt znajome. Także suknia stała się dla mnie problemem – po nieprzyjemnym prysznicu nie chciałam zakładać czegoś, co należało do Niej. Zwyciężyła jednak moja próżność: ubranie Akinlego było wygodne, lecz lepiej wyglądałam w sukni. Przeczesałam palcami włosy, żeby rozdzielić i poskręcać loki, a potem wyszłam z łazienki.

Gdy zbiegłam po schodach, zastałam Akinlego w kuchni, szykującego kolejny posiłek. Dopiero co jedliśmy! Może dawniej także tyle jadłam, tylko już tego nie pamiętałam? Akinli był bosy, ubrany w stare dżinsy i czarną bawełnianą koszulkę. Wiedziałam, że jest silny, bo przyniósł mnie tutaj, ale zupełnie czym innym był widok jego mięśni napinających materiał. Starałam się nie zarumienić. Wszystko stanie się o wiele gorsze, jeśli nie zdołam zapanować nad swoimi myślami. Popatrzył na mnie znad talerza, i zobaczył mnie w sukni. Westchnął, a potem uśmiechnął się.

– Poczekaj. Nie ruszaj się stąd – powiedział i przebiegł koło mnie, a potem wbiegł na górę. Usłyszałam otwierane i zamykane szuflady. Chwilę później zbiegł na dół, ubrany tak jak poprzednio, ale z dodatkiem czerwonego jedwabnego krawata i szerokiego srebrnego pasa.

– No proszę – oznajmił, poprawiając krawat. – Teraz nie będziesz się czuła ubrana niestosownie do okazji.

Roześmiałam się bezgłośnie. Trudno mi było nie wydać żadnego dźwięku, ale nie mogłam się powstrzymać – ten chłopak był przezabawny.

Zabrał kartki i długopis, a potem poprowadził mnie do pokoju dziennego, gdzie spędziliśmy większość przedpołudnia. Gdy zmienialiśmy kanały, zauważyłam kolekcję filmów.

Masz jakiś ulubiony? – napisałam.

Wyciągnął pudełko, którego okładki nigdy wcześniej nie widziałam. Najwyraźniej komedia.

– Znasz to? – zapytał.

Potrząsnęłam przecząco głową.

– Na kanapę. Już! – rozkazał.

Z uśmiechem usiadłam energicznie na kanapie. Suknia zaszeleściła, gdy zajmowałam wygodniej miejsce. Akinli włączył film i usiadł koło mnie, jednak nie za blisko.

Film był absurdalny, rzeczywiście zabawny, ale miejscami trochę obrzydliwy. Musiałam się pilnować, żeby się nie roześmiać na głos, co okazało się naprawdę bardzo trudne. Nie z powodu samego filmu, ale z powodu Akinlego!

Zanim jeszcze zakończyła się pierwsza scena, on już chichotał. Byłam urzeczona. Próbowałam oglądać film, ale przez większość czasu wpatrywałam się w niego. Kiedy się śmiał, jego oczy zwężały się w szparki. Wyglądał wtedy czarująco. Nie potrafiłam się powstrzymać przed obserwowaniem go.

Po obiedzie – który ja musiałam zjeść, a Akinli pochłonął z apetytem – siedzieliśmy przy stole kuchennym i graliśmy w karty. Umiałam grać w pokera, ponieważ ostatnie lata spędziłam w towarzystwie nastoletnich chłopców. Jillian i ja nauczyłyśmy się grać, bo Micah to lubił, a ona chciała mieć pretekst do spotkań z nim. Dlatego zaczęłyśmy organizować cotygodniowe partie pokera. Jillian nie miała odwagi robić tego sama, dlatego ja także nauczyłam się grać i chodziłam z nią. Nauczyłyśmy się zasad i tego, które układy biją które; z czasem zaczęłyśmy nawet wygrywać z chłopcami. Ponieważ na terenie szkoły nie było wolno uprawiać hazardu, używaliśmy M&M's zamiast żetonów, chociaż nikt nie był tak odważny, żeby je zjeść po skończonej grze – zbyt wiele osób ich dotykało. Dlatego przed rozpoczęciem gry Jillian zawsze odkładała na bok garść niebieskich – swoich ulubionych.

Nie byłam świadoma łez, które wywołało to wspomnienie, dopóki nie zaczęły mi spływać po policzkach. Akinli natychmiast je zauważył.

– Hej… hej, Kahlen, wszystko jest w porządku.

Pogładził mnie po ramieniu, ale ta pociecha wywołała taki sam efekt, jak ciepłe słowa Miaki i Elizabeth – łzy zaczęły płynąć szybciej. Ból z powodu straty Jillian sprawiał, że chciałam głośno płakać, milczenie było torturą. Zachowałam ciszę, ale łzy i tak płynęły. Nagle Akinli znalazł się koło mnie, obejmując mnie w talii ramieniem. Było mi przykro z jego powodu. Siedziałam naprzeciwko niego, miałam dwie pary i waleta – zamierzałam z nim wygrać – aż nagle, bez wyraźnego powodu, zaczęłam szlochać. Nie chciałam, żeby czuł się niezręcznie – i tak zrobił już dla mnie wiele.

– Czy chcesz porozmawiać… no… czy chcesz o tym napisać? – zapytał zachęcająco. Sposób, w jaki to ujął, sprawił, że się uśmiechnęłam.

Uznałam, że gdybym zrobiła pierwszy krok, on nie musiałby być wobec mnie taki ostrożny. Jednak udawanie, że niczego nie pamiętam, sprawiło, że nie byłam pewna, jak mam szczerze wszystko wyjaśnić, nie komplikując tego dodatkowo. Uznał moje milczenie za zastanawianie się, więc poszedł po kartkę. Spróbowałam zebrać myśli. Akinli wrócił i postawił krzesło koło mojego, a potem położył przede mną długopis i kartkę. Co miałam powiedzieć? Trzymając długopis w ręku zawahałam się.

Chyba znałam kogoś, kto lubił grać w pokera.

– Tak? Pamiętasz jeszcze coś co go dotyczy?

Jej.

– Przepraszam. No to jej?

Co miałam mu powiedzieć? Chyba prawdę…

Tylko to, że ją kochałam.

– Czy była z tobą? To znaczy, zanim się zgubiłaś?

Nie. Już jej nie ma.

– Aha… Aha.

Milczeliśmy przez chwilę.

– Cóż, wiesz chyba, że cię rozumiem, Kahlen. Przykro mi, że jako pierwszą przypomniałaś sobie tak smutną rzecz.

Popatrzyliśmy na siebie – jego oczy wypełniało współczucie. Podobało mi się, że dawał mi czas na smutek – wreszcie ktoś, kto pozwalał mi być sobą.

Nie chciałam siedzieć z nim taka ponura, lecz skoro tego potrzebowałam, on nie próbował mnie zmuszać, żebym czuła coś, czego nie czułam. Przyniosło mi nieopisaną ulgę, że nie musiałam udawać.

– Ale to dobrze, że w ogóle coś sobie przypomniałaś, nie? To naprawdę dobrze. Pamiętasz może, jak miała na imię?

Nie chciałam zapisywać imienia Jillian na kartce, wydawało mi się to przestępstwem. Na szczęście Julie weszła do domu przez drzwi frontowe – te dziwne drzwi prowadzące do kuchni – i oszczędziła mi konieczności odpowiedzi.

– Wszystko w porządku? – zapytała. Widziałam, że zauważyła naszą bliskość i moje łzy. W obu rękach miała torby.

– Tak, Kahlen coś sobie przypomniała, ale niezwiązanego z tym, jak się zgubiła. Tylko coś... no, coś smutnego – odpowiedział za mnie Akinli.

– Och. – Gdy na mnie popatrzyła, na jej twarzy odmalował się lekki smutek.

Bolało mnie ludzkie współczucie – może zasługiwałam na litość, ale nie chciałam jej. Ostrożnie odsunęłam krzesło i podniosłam się, żeby wyjść z kuchni.

– Kahlen? – zapytał Akinli miękko, jakby chciał się upewnić, czy nadal potrzebuję towarzystwa.

Potrząsnęłam głową i uniosłam rękę, żeby go zatrzymać. Potrzebowałam chwili samotności. Weszłam do pokoju gościnnego i zamknęłam drzwi. Nie byłam pewna, co zobaczę, jeśli zamknę oczy, ale mimo to zasnęłam.

Obudził mnie dźwięk włączonego telewizora – brzmiało to jak wiwatujący tłum. Potem ktoś wrzasnął: „Tak!", a inni zaczęli go uciszać. Na zewnątrz zapadał zmierzch, musiałam przespać całe popołudnie.

Nie wiedziałam, co będzie bardziej niegrzeczne: zostać tutaj i ignorować ludzi, którzy zaprosili mnie do własnego domu, czy wyjść do pokoju dziennego i przypomnieć im, że nadal tu jestem, podczas gdy oni wyraźnie bawią się dobrze w swoim towarzystwie.

Zdecydowałam się na to drugie, tylko dlatego, że chciałam znowu zobaczyć Akinlego. Już niedługo będę musiała znaleźć sposób, żeby się pożegnać. To popołudnie kazało mi spojrzeć na sprawy z właściwej perspektywy. Moja przyjaźń z Jillian sprawiła, że ją skrzywdziłam. To prawda, utonęłaby, nawet gdyby mnie nie znała, jednak ostatnie chwile jej życia byłyby inne. Przynajmniej nie czułaby się nie tylko przerażona, ale także zdradzona. Nie chciałam ryzykować, że skrzywdzę także Akinlego.

Chociaż okazaliśmy trochę więcej uczuć niż się spodziewałam – ja się rozpłakałam, a on w pewnym momencie był bliski łez – mimo wszystko spędziłam wspaniały dzień z Akinlim. Znałam teraz jego głos, jego śmiech, wiedziałam, jak wygląda z mokrymi włosami. Widziałam jego twarz, pobladłą lub opaloną. Zauważyłam, że odruchowo wyłamuje sobie palce. Spostrzegłam, że kiedy siadał na kanapie, opierał łokcie na kolanach i pochylał się ku temu, co zwróciło jego uwagę. Kiedy był odprężony, prostował nogi i opierał je na piętach. Kiedy blefował w czasie gry w pokera, drapał się po głowie. Miałam mnóstwo materiału do marzeń – skoro te kilka chwil na plaży pozwoliło mi przetrwać całe miesiące, cały dzień będzie mnie zajmował przez następne dziewiętnaście lat. Będę miała to, co z niego najlepsze. W moich marzeniach Akinlim nigdy się nie zestarzeje, tak samo jak ja. Będzie zawsze doskonały i szczęśliwy. Aż… aż do dnia, kiedy o nim zapomnę. Zapomnieć o Akinlim… ta myśl była bolesna.

Otrząsnęłam się z tego, wygładziłam włosy i sukienkę, odetchnęłam kilka razy, żeby się uspokoić, i otworzyłam drzwi.

Nie spodziewałam się takiego widoku.

Zobaczyłam Julie, Bena i Akinlego, ale także jeszcze dwóch mężczyzn i nieznajomą dziewczynę. Musieliśmy na siebie popatrzeć naprawdę dziwnie. Ben roześmiał się, gdy gwałtownie potrząsnęłam głową, ale Akinli potrafił mnie natychmiast uspokoić.

– Cześć, królowo balu! Cieszę się, że się obudziłaś. Chodź, poznaj naszych przyjaciół.

Podeszłam do nich nieśmiało. Julie i nieznajoma dziewczyna siedziały na mniejszej kanapie nad czasopismem. Dziewczyna z otwartymi ustami patrzyła, jak wychodzę z pokoju. Ben i jeden z nowych chłopaków byli na kanapie – przy Benie jego znajomy wydawał się naprawdę potężny, więc razem zajmowali tyle miejsca, co trzy osoby. Drugi z nowo przybyłych siedział na fotelu. Akinli usiadł na podłodze, oparty plecami o kanapę, więc podeszłam do niego i usiadłam na tyle blisko, że mógł przykryć moją dłoń swoją rękę. Chyba wyczuł moje zdenerwowanie i pewnie uznał, że to z powodu nieznajomych. Miał częściowo rację – zastanawiałam się, jak szybko mogę się stąd wydostać. I tak niedobrze było, że wiedzieli o mnie Akinli, jego rodzina i starsza pani z drugiej strony ulicy. Teraz doszło do tego jeszcze troje świadków.

– Dobra, koło Julie siedzi Kristen. – Kristen uśmiechnęła się i pomachała, ale przyglądała mi się z pewną zazdrością. Wydawała się odrobinę bardziej zainteresowana moją suknią niż mną, a ja nie mogłam jej za to winić.

– To jest chłopak Kristen, John. – Chłopak na kanapie mruknął niewyraźnie „Siema". Dlaczego to było takie popularne powitanie? Słyszałam je już wcześniej.

– A ten tutaj to Evan. – Facet w fotelu ledwie uniósł podbródek. Evan także był potężnie zbudowany, równie wysoki jak John, ale masywniejszy. Trzymał w ręku piwo. To sprawiło, że się rozejrzałam: John, Ben i Kristen także pili piwo.

Akinli wyszeptał szybko, żeby nikt się nie zorientował:

– Dobrze się czujesz?

Uśmiechnęłam się i skinęłam głową. Chciałam zostawić mu po sobie ciepłe myśli i aż za dobrze potrafiłam udawać, że wszystko jest w porządku.

– Tso ty zajmujessz mi pokój? – zapytał Evan, trochę niewyraźnie. Wzruszyłam ramionami w odpowiedzi.

– Ci dwaj pracują z nami na łodzi. W piątki spotykamy się, żeby posiedzieć razem, obejrzeć mecz i napić się piwa. Evan woli tu nocować, żeby nie wracać samochodem do domu. Mieszka kawałek za miastem – wyjaśnił po cichu Akinli. Jego twarz była dostatecznie blisko, żebym mogła wyczuć alkohol w jego oddechu, piwa jednak już nie miał. W tym momencie dowiedziałam się dwóch rzeczy: Akinli miał co najmniej dwadzieścia jeden lat i potrafił zachować umiar w piciu.

– Nie mówisz? – zapytał Evan.

Znowu wzruszyłam ramionami.

– Cso to ma znaczyć, do cholery? – zapytał, otwierając następne piwo.

To mi wystarczyło. Nie polubiłam Evana. Wstałam i poszłam do kuchni, gdzie na blacie leżały zużyte kartki, zapisane fragmentami pytań i wykreślonymi kwestiami. Zabrałam je razem z długopisem do pokoju dziennego. Napisałam coś i podałam Akinlemu, który się roześmiał.

– Ona mówi: „Jeśli uznam, że jesteś dość trzeźwy, żeby czytać, spróbuję wszystko wyjaśnić. Na razie sprawisz mi przyjemność, jeśli nie zwymiotujesz na mnie".

Wszyscy roześmieli się lub zachichotali, z wyjątkiem Evana, który spojrzał na mnie ze złością. Chciałam, żeby to zabrzmiało ciut poważniej niż dowcip, ale naprawdę nie byłam pewna, czy to zrozumie. Nic dziwnego, że pijak nie zauważał nic oprócz obelgi. Uważał, że obraziłam go w obecności jego znajomych, więc teraz nie lubił mnie tak samo, jak ja nie lubiłam jego. Jeśli nie liczyć Aisling, nie wydaje mi się, żebym kiedykolwiek tak szybko zrobiła sobie z kogoś wroga. Nie przeszkadzało mi to jednak. Kiedy zniknę, będzie powtarzał, że tak jest znacznie lepiej. Mogłam na niego liczyć pod tym względem.

Kilka minut później uwaga wszystkich znowu była zwrócona na telewizor. Nie minęła godzina, gdy Evan zasnął w fotelu. Pociągnęłam Akinlego za rękaw, żeby zwrócić jego uwagę, i wskazałam kuchnię. Kiedy wstałam, poszedł za mną – biorąc pod uwagę okoliczności, bardzo łatwo było mi się z nim porozumiewać. W kuchni usiadłam przy stole i zaczęłam pisać. Odezwał się, zanim zdążyłam skończyć.

– Jesteś głodna?

Potrząsnęłam przecząco głową, ale potem zastanowiłam się nad tym. Powinnam chyba być głodna, tyle że nie miałam ochoty zawracać sobie głowy. Podałam mu swój liścik.

Myślę, że powinnam odejść. Mogę pójść na policję. Przeszkadzam tutaj, a nie chcę tego. Nie możesz opiekować się mną całymi dniami, czekając na kogoś, kto przyjdzie tutaj mnie szukać. Jestem pewna, że policjanci chętnie po mnie przyjadą, a ja naprawdę nie mam nic przeciwko temu.

Uznałam, że to najlepszy pomysł: w ten sposób on będzie myślał, że mam odpowiednią opiekę i nie będzie się czuł w najmniejszym stopniu winny mojemu zniknięciu. Nie wydawało mi się, bym mogła zdobyć się na ucieczkę, gdy mi towarzyszył. Wyglądał na nieco dotkniętego moimi słowami.

– Więc słyszałaś, że jest taka możliwość, tak?

Upsss, zapomniałam, że nie powinnam była tego słyszeć. Z przykrością skinęłam głową i przysunęłam sobie kartkę.

Naprawdę doceniam wszystko, co dla mnie zrobiłeś. Jesteście dla mnie bardzo dobrzy, ale ja nie mogę tak po prostu tu-

taj zostać. Powinnam chyba być tam, gdzie będę pod ręką, jeśli ktokolwiek przyjedzie mnie szukać.

Nie odzywał się przez dłuższą chwilę. Przeczesywał palcami włosy, zastanawiając się, co powiedzieć. Ten ruch był hipnotyzujący – potrzebowałam czasu, żeby przypomnieć sobie, o czym rozmawiamy.

– Kahlen, nie jestem twoim strażnikiem. Nie powstrzymam cię, jeśli naprawdę tego chcesz. Ale... cóż, wolałbym, żebyś tu została. Przynajmniej jeszcze jeden dzień. Co ty na to? Jeśli nie dowiemy się niczego do jutra, możesz odejść, a ja nie będę cię zatrzymywać. – Wydawał się niespokojny. – Przepraszam, jeśli wydaję ci się nadopiekuńczy. Ja tylko... nie podoba mi się myśl o tym, że będziesz siedziała w celi i przypomnisz sobie coś takiego jak dzisiaj, będziesz musiała sobie z tym radzić całkiem sama. Wiem, że właściwie w ogóle cię nie znam, ale lubię twoje towarzystwo. Już jesteś dla mnie jak przyjaciółka, więc będę się martwić, kiedy odejdziesz.

Nie chciałam tego słuchać. Jeśli Akinli chciał, bym została, będzie mi jeszcze trudniej odejść. Jego prośba była całkowicie rozsądna: chciał tylko jednego dnia. To nie mogło być takie złe, prawda?

Rozważyłam różne możliwości. Mogłam zrobić to, czego on chciał: zostać jeden dzień, a potem odejść. Mogłam zrobić to, co sama chciałam: mimo wszystko zażądać, żeby zabrała mnie policja. Mogłam też zrobić to, czego chciałaby Ona: poczekać, aż wszyscy zasną, i zniknąć w środku nocy – im szybciej, tym lepiej.

Nie przejmowałam się szczególnie tym, czego może w tej chwili chcieć Matka Ocean. Jeśli o mnie chodziło, mogła się bez końca zamartwiać i zastanawiać. Uważałam, że mój pomysł, żeby się wynieść teraz, nie byłby zły, bo Evan odzyskałby dzięki temu łóżko. Nagle poczułam odrazę na myśl o tym, że spałam tam, gdzie dawniej on. W oczach Akinlego widniała prośba – nie zamierzał mnie zmuszać, ale próbował mnie skłonić do podjęcia takiej decyzji, jak chciał. Jak miałam mu odmówić? Podniosłam długopis.

Jeden dzień.

Uśmiechnął się.

Zrobiło się późno, a John i Kristen pożegnali się. Evan nadal był nieprzytomny, więc chłopcy przenieśli go na kanapę. Nie było łatwo go zmieścić, taki był wysoki, ale ułożyli go na boku i zostawili obok na wszelki wypadek szklankę wody i kosz na śmieci. Ben poszedł na górę, ale Akinli i Julie jeszcze chwilę zostali.

– Mam nadzieję, że uda ci się zasnąć po tak długiej drzemce – powiedziała Julie z nieśmiałym uśmiechem.

Odwzajemniłam uśmiech. Starała się być dla mnie ciepła – nie umiałam sobie nawet wyobrazić, jak krępująca musi być dla niej moja obecność w jej domu, ale mimo wszystko starała się być życzliwa. Doceniałam to z całego serca. Pomachała do mnie lekko i zniknęła na schodach.

Akinli i ja zostaliśmy sami. No, prawie sami, ale nieprzytomny Evan pochrapywał głośno. Akinli roześmiał się.

– Powodzenia w zasypianiu przy czymś takim! Pewnie nie jesteś jeszcze zmęczona, co? Mogę trochę z tobą zostać, jeśli chcesz.

Oczywiście, że tego chciałam – więcej czasu, ile się tylko da. Ale to by tylko pogorszyło sprawę, a on i tak nie wypłynął dzisiaj na łodzi, żeby być ze mną. Chłopcy pracowali na zmiany, moje pojawienie się zaburzyło harmonogram. Musiał jutro pracować, a ja nie mogłam go zmuszać, żeby czuwał razem ze mną. Pomachałam ręką, jakbym go przeganiała, dając znać, że ma iść na górę. Uśmiechnął się, ale zaczekał jeszcze.

– No dobrze, dobrze. Wydaje mi się, że Julie będzie w domu rano, ale ja wrócę wczesnym popołudniem. Wtedy się gdzieś wybierzemy – obiecał.

Skinęłam głową.

Oboje staliśmy, trochę skrępowani. Jak się mówiło dobranoc? Gdyby Elizabeth była na moim miejscu, pocałowałaby go, jednak ja nie miałam tyle śmiałości. Uścisk byłby w porządku, ale nie chciałam go inicjować. Dlatego zostałam tylko poklepana po ramieniu i usłyszałam „Dobranoc, iskierko". Zastanawiałam się, kiedy skończą mu się nawiązania do mojej sukni, ale miałam nadzieję, że będzie je wymyślał, jak długo się da. Byłam naprawdę rozbawiona. Przez cały dzień nosił ten krawat! Teraz złapał się za niego i udawał, że wciąga się na nim po schodach, po drodze gasząc światła.

Nie próbowałam nawet spać, założyłam koszulkę i bokserki, które wczoraj dostałam od Akinlego, ale zrobiłam to tylko na pokaz. Po całym dniu spędzonym w jego towarzystwie, poznałam zapach Akinlego. Jego ubrania odrobinę nim pachniały i to wydało mi się dziwnie kojące.

Przez całe godziny siedziałam i wpatrywałam się w noc. *Jeden dzień* – myślałam sobie. Nie mogłam tego przeciągać dłużej. To była ekscytująca wyprawa, ale po tym, co będziemy robić jutro – i po tym, jak nikt się nie pojawi, żeby mnie szukać – zamierzałam spokojnie zgłosić się na policję. Stamtąd mogłam już uciec niepostrzeżenie.

Gdy zastanawiałam się nad różnymi możliwościami, usłyszałam ciężkie poruszenie. Coś upadło z łomotem. Rozległo się jeszcze szuranie, a potem głośny trzask. Evan zaklął pod nosem – widocznie wpadł na stolik po drodze do łazienki.

Trochę się pomyliłam.

Byłam mocno zaskoczona, kiedy Evan otworzył drzwi. Na jego twarzy także odmalowało się zaskoczenie.

– Prawda, zapomniałem, że tu jesteś. – Patrzył na mnie ze złością, odrobinę chwiejąc się na nogach. Jedynym źródłem światła był księżyc w pełni, którego blask wpadał przez wielkie okno – dostatecznie jasny, by oświetlać nas oboje. Ubranie Evan miał w nieładzie; w ręku trzymał szklankę wody. Zmierzył mnie spojrzeniem, ale kiedy myślałam, że to już wszystko, podszedł bliżej. – Wiesz, to dobrze, że nie możesz mówić, bo wpakowałabyś się tutaj w poważne kłopoty.

Mówił to powoli, z groźbą w głosie. Podszedł do mnie miarowymi krokami, jakby się skradał. Nagle sięgnął poprzez łóżko i potężną, wolną dłonią ścisnął moją twarz.

– Jeszcze raz mnie zaczepisz, to połamię ci te paluszki. Jasne?

Musiałam mieć niedostatecznie skruszony wyraz twarzy, ponieważ wypuścił mnie, wziął zamach i spoliczkował mnie. Nie poczułam bólu, ale policzek wywołał we mnie dwie reakcje.

Po pierwsze uświadomiłam sobie, że po tych wszystkich latach zaczęłam myśleć o sobie nie tylko jako o kimś śmiercionośnym, ale także o kimś wyjątkowym. Nie wolno uderzyć syreny. Należy nam się szacunek. Za kogo uważał się ten facet, żeby podnosić na mnie rękę? A skoro już o tym mowa, syrena czy nie, nie miał prawa traktować tak nikogo. Myślałam, że byłam wściekła na Matkę Ocean, gdy zabrała moich rodziców. Myślałam, że byłam wściekła na Nią, gdy zabrała Jillian. Ten facet myślał, że może mi zrobić krzywdę? Z przyjemnością poświęciłabym życie, żeby zrobić krzywdę jemu.

Druga reakcja łączyła się z pierwszą, ponieważ nie byłam w stanie powstrzymać cichutkiego piśnięcia, kiedy mnie uderzył. Po prostu mi się wyrwało, a w następnej chwili on wylał sobie wodę ze szklanki na twarz i próbował wciągnąć ją w płuca. Dźwięk był krótki, a wody było za mało, więc tylko zakrztusił się i oprzytomniał. To nieoczekiwane zdarzenie zawstydziło go i wydawało się, że jest gotów odegrać się za to na mnie, ale ja byłam już gotowa do walki.

Evan cisnął o podłogę szklanką, która rozbiła się na kawałeczki. Przycisnął mnie do łóżka i usiadł na mnie. Miałam właśnie wrzasnąć – wykrzyczeć słowa, które powinien usłyszeć – i patrzeć z zadowoleniem, jak ta żałosna imitacja mężczyzny wybija okno i biegnie na śmierć do Matki Ocean. Nie będę go żałować. Zaczęłam jednak wątpić w mój plan.

A jeśli usłyszy mnie Akinli? Albo Julie? Albo Ben? Albo nawet ta urocza starsza pani z naprzeciwka? Nigdy nie próbowałam używać mojego głosu w samoobronie. Czy nie wystarczyłby cichy szept? Gdyby mi się nie udało, na pewno próbowałby mnie potem uciszyć. A gdybym walczyła z nim, nie używając głosu, a on by to przeżył, czy powiedziałby potem Akinlemu, że od początku go okłamywałam i że mogę mówić? Gdy zastanawiałam się, co będzie najlepszym wyjściem, on znowu boleśnie mnie spoliczkował, potem zaś podniósł mnie, trzymając za koszulkę. Wyraz jego twarzy się zmienił. Kiedy wchodził do pokoju, wydawał się wystarczająco złowrogi, ale teraz ujawnił się inny potwór.

– Cóż – zaczął się zastanawiać na głos. – Skoro nie zamierzasz krzyczeć…

Rozerwał moją koszulkę, koszulkę Akinlego. Jeśli myślał, że posunie się choćby o krok dalej, mylił się.

To była śmiertelna pomyłka.

Zaczerpnęłam powietrza, żeby odezwać się, zaśpiewać, krzyknąć, jeśli będę musiała. Evan nie mógł mnie skrzywdzić – zamierzałam go zabić. Niech Bóg mi wybaczy, ale tylko tyle mogłam zrobić. Moje wargi zadrżały, gdy szykowałam się, by coś powiedzieć.

Nagle Evan został pochwycony od tyłu i ściągnięty na podłogę. Wypuścił moją podartą koszulkę, żeby się bronić, więc szybko się zasłoniłam. W pokoju wciąż było ciemno, a ja byłam zbyt zaszokowana, żeby wiedzieć, co się dzieje. Usiadłam i zobaczyłam, że nie jesteśmy już sami – nie potrzebowałam światła, żeby rozpoznać rysy Akinlego. Siedział na leżącym na ziemi Evanie i raz za razem uderzał go pięścią w twarz. Usłyszałam stłumione jęki i przekleństwa, gdy Evan próbował się bronić, ale po kilku kolejnych ciosach ktoś zapalił światło.

W drzwiach stali Ben i Julie. Po drugie, gdy zrobiło się jasno, zobaczyłam krew. Krew na dłoniach Akinlego, krew pod paznokciami Evana. Obaj pokaleczyli się potłuczoną szklanką w trakcie szamotaniny. Zatkałam sobie ręką usta, żeby nie krzyknąć. Akinli zamachnął się i trafił Evana pięścią w policzek, tak że jego głowa poleciała do tyłu. Ten potwór był nadal trochę oszołomiony i nie bronił się zbyt skutecznie, ale zacisnął ramiona na Akinlim, drąc mu ubranie i próbując zrzucić go z siebie. Potem jedną ręką zaczął szukać jakiejś broni i pochwycił książkę w twardej oprawie, którą zamachnął się, celując w skroń Akinlego.

Co powinnam zrobić?

Nie mogłam wydobyć z siebie głosu. Rozpaczliwie pragnęłam pomóc, ale nie potrafiłam właściwie walczyć. Wszystko rozegrało się zaledwie w kilka sekund. Ben zareagował tak, jak ja nie umiałam, i rzucił się w środek bójki.

– Kahlen, uciekaj stamtąd. Chodź tutaj! – zawołała do mnie Julie. Posłuchałam i ominęłam ich szerokim łukiem, żeby wyjść z pokoju.

– Akinli, spokojnie! – krzyknął Ben.

Julie szybko zaprowadziła mnie na górę, gdzie przestałam słyszeć odgłosy bijatyki.

Rozdział 8

Coś ci zrobił? – Julie posadziła mnie na swoim łóżku i ostrożnie dotknęła mojej twarzy. Potrząsnęłam głową. Zwykła dziewczyna miałaby pewnie siniaki, ale moje obecne ciało było silne, niezniszczalne. Nic nie mogło go uszkodzić. Byłam zła, może nawet wściekła, ale nie czułam fizycznego bólu. Martwiłam się tylko o Akinlego, bo nie zdążyłam mu się przyjrzeć. Nie byłam pewna, czy Evanowi udało się go jeszcze raz uderzyć.

Wiedziałam, że już jest po wszystkim. Słyszałam protesty Evana, gdy wyrzucali go za drzwi; Ben krzyczał, że nie obchodzi go, jak Evan ma wracać do domu. Skończyłam właśnie wkładać nową koszulkę, którą dała mi Julie, tym razem pasującą na mnie. Popatrzyłam na zegar na stoliku nocnym

– była już prawie piąta rano. Julie nie wydawała się przekonana.

– Jesteś pewna? Nic cię nie boli? Nie potrzebujesz lodu albo czegoś innego? – nalegała.

Znowu potrząsnęłam głową, tym razem patrząc prosto na nią. Była przerażona i pełna współczucia, a wyraz jej twarzy znaczył dla mnie bardzo wiele. Zapomniałam już, jak bezpiecznie czułam się jako młodsza siostra.

– Dzięki Bogu, że nic ci się nie stało. Evan miewa czasem humory, ale nigdy nie widziałam, żeby tak się zachowywał wobec dziewczyny. Strasznie mi przykro. Mdli mnie na myśl, że mogło być gorzej.

Nie wiedziała, o czym mówi. Muszę przyznać, że obezwładnienie przez kogoś większego i silniejszego było okropnym doświadczeniem, jednak ja miałam zamiar zabić tego mężczyznę. Byłam o krok od tego – wystarczyłaby jeszcze tylko sekunda. Akinli uratował mnie podwójnie. Ocalił mnie przed kimś, kto chciał zrobić mi krzywdę, kto próbował to zrobić, ale przede wszystkim sprawił, że nie stałam się potworem, czego zawsze się obawiałam. Wiedziałam, że nie zdołam mu się za to odwdzięczyć.

– Kahlen? – To był głos Akinlego, cichy i schrypnięty, pełen niepokoju, lęku i zmęczenia. Podniosłam głowę i zobaczyłam, że stoi w drzwiach. Miał rozdarty rękaw koszuli i pobrudzoną skórę. Jego warga krwawiła jeszcze albo dopiero co przestała krwawić, a na lewej skroni miał rozcięcie w miejscu, w którym został uderzony w głowę książką. Liczne plastry na rękach zasłaniały skaleczenia – zmył już z nich krew, ale jej ślady pozostały na koszuli. Poza tym był bezpieczny, cały i zdrowy.

Ulga była silniejsza niż moje poczucie skromności. Podbiegłam do niego, objęłam go i ukryłam twarz na jego piersi. Gdy przyglądałam się jego obrażeniom, nie wydawał mi się spięty, ale okazało się, że był. Z nieopisaną radością poczułam, że jego ciało odpręża się w moich ramionach, a on także mnie przytula.

– Nic jej nie jest – powiedziała Julie. – Żadnych siniaków ani skaleczeń. Jest wstrząśnięta, co na pewno nie zrobi jej dobrze po tym, przez co musiała przejść wcześniej, ale nic jej nie jest. – Czułam ciężar ręki Akinlego opierającej się na mojej głowie, jego palce zaplątały się w moich włosach. Odezwał się do Julie nad moją głową.

– Benowi nic się nie stało, nie ma nawet draśnięcia. Robi kawę i jest wściekły. Wywalił Evana z roboty, a teraz zastanawia się, co dalej zrobić.

– Słusznie postąpił. Chyba i tak powinniśmy już zaczynać dzień. Zejdę na dół, chcecie może kawy?

– Z przyjemnością.

Nie ruszałam się z ramion Akinlego i słuchałam, jak słowa wibrują mu w piersi. To był najbardziej uspokajający dźwięk na świecie. Nie widziałam Julie, ale położyła na chwilę rękę na moim ramieniu i wyszła z pokoju. Akinli odetchnął kilka razy dla uspokojenia i odsunął mnie, żeby mi się przyjrzeć.

– Czy on coś ci zrobił?

Potrząsnęłam głową.

– Jesteś pewna? Bo jeśli tak, to naprawdę nie powinniśmy tak tego zostawić.

Położyłam rękę na sercu, jakbym przysięgała i znowu potrząsnęłam głową, cały czas patrząc mu w oczy. Musiałam przekazać, że jestem bezpieczna, że mnie uratował.

– Tak mi przykro.

Znowu potrząsnęłam głową. Nie był winny zachowaniu Evana. Wyciągnęłam rękę i odgarnęłam mu włosy z oczu. Aż zbyt wolno przesunęłam ręką po jego policzku, rozkoszując się dotykiem skóry i zarostu. Miałam nadzieję, że tego nie zauważył. Tak bardzo cieszyłam się, że nie stało mu się nic poważnego.

Przyciągnął mnie do siebie i przytrzymał tak przez dłuższą chwilę. Czułam się malutka – z łatwością obejmował mnie ramionami, w których zmieściłyby się dwie takie jak ja. Jego dłonie – silne dłonie, dostatecznie mocne, by skrzywdzić mnie o wiele bardziej niż mógłby to zrobić Evan – gładziły mnie po plecach i włosach, niesamowicie delikatnie dotykając mojego niezniszczalnego ciała. Wargi i nos opierał na moim czole, jego oddech na mojej z natury chłodnej skórze wydawał się gorący i elektryzujący.

Czułam ból, bo wiedziałam z pewnością niezakłóconą przez żadne wątpliwości, że tutaj, w ramionach Akinlego, jest moje miejsce. Z pewnością, którą pragnęłam odrzucić i której się lękałam, wiedziałam także, że nie wolno mi w nich pozostać.

Wszyscy byliśmy odrobinę spięci, ale gdy wyszłam z pokoju gościnnego w spodniach rybaczkach Akinlego, powrócił dobry humor. Spodnie były oczywiście ogromne, ale Julie nie miała nic odpowiedniego na wyprawę na łodzi. Nie zdejmowałam na wszelki wypadek bokserek, a nogawki spodni podwinęłam tak, aby odsłonić stopy, a potem weszłam do pokoju dziennego. Ben roześmiał się głośno, Julie zachichotała, ale Akinli wyglądał na zadowolonego. W ten sposób próbowałam się jakoś odwdzięczyć.

Przy śniadaniu omówili plany na resztę dnia. Okazało się, że zwykle zaczynali pracę około szóstej, więc nie była to niezwykła pora na tego rodzaju rozmowy. John był dzisiaj poza miastem, z wizytą u rodziców Kristen. Znowu. Ben narzekał na niego. Wczoraj samochód wydawał jakieś dziwne dźwięki, więc Ben musiał go odstawić do warsztatu – który także znajdował się za miastem – i to z samego rana, jeśli chciał mieć szansę, że naprawią go w ciągu jednego dnia. Nie znałam się na samochodach, więc nie zrozumiałam wiele z tej części rozmowy. Evan miał dzisiaj zastępować Bena, ale było to już nieaktualne. Akinli stwierdził, że to żaden problem, że sam upora się z pułapkami. Będzie trudniej i zajmie mu to więcej czasu, ale da radę. Powiedział, że to i tak dobry interes, i popatrzył na mnie znacząco. Czułam się zawstydzona, więc wzięłam kartkę papieru.

Czy mogę pomóc?

Ben się roześmiał, ale Akinli nie miał nic przeciwko temu.

– Przydadzą ci się nowe wspomnienia. To może być fajna zabawa – uznał i na tym stanęło. Po śniadaniu poszedł na górę, żeby znaleźć dla mnie jakieś ubranie.

– Ta suknia Miss Ameryki nie wygląda jak odpowiedni strój na morze – oznajmił. Nie miał pojęcia, o czym mówi, ale oczywiście nie mogłam się z nim sprzeczać, więc stanęło na ogromnych rybaczkach. Ściągnęłam włosy gumką, a Julie pożyczyła mi parę butów. Były prawie mojego rozmiaru, ale miały te dziwne wgniecenia spowodowane noszeniem przez kogoś innego. Czułam się niezgrabna i wiedziałam, że wyglądam zabawnie, ale byłam szczęśliwa. W końcu mogłam się przydać moim opiekunom, a przy okazji zamierzałam sprawdzić, gdzie dokładnie się znalazłam.

Miasteczko było tak małe, że do portu poszliśmy na piechotę. Przed domem zauważyłam skrzynkę pocztową z wypisanym tęczowymi nalepionymi literami nazwiskiem „Schaefer". Zatrzymałam się, a gdy Akinli się odwrócił, wskazałam to słowo.

– Co, spodziewasz się jakiejś poczty? Kurczę, Kahlen, jesteś tu od wczoraj i już kazałaś przesyłać na nasz adres wszystkie rachunki? Nie zamierzam ich płacić, serio! A jeśli się okaże, że pod naszą nieobecność urządzasz hałaśliwe imprezy, będziesz spać na ganku.

Dwa razy w trakcie tej przemowy przewróciłam oczami, ale on ciągnął dalej. Gdy skończył, potrząsnęłam głową i podkreśliłam palcami nazwisko.

– Co? Schaefer? Ben i ja jesteśmy chłopakami Schaeferów i jesteśmy z tego dumni. Poza tym – pochylił się tak, żebym tylko ja słyszała jego szept – nie chcę nic mówić, ale myślę sobie, że Julie może niedługo zostać panią Schaefer. – Mrugnął do mnie.

Otworzyłam oczy z zaskoczeniem i radością. Polubiłam Julie i życzyłam jej szczęścia.

– Nie rozgadaj tego tylko po całym mieście, ty plotkaro. Rany, Kahlen, przy tobie trudno jest wtrącić chociaż słowo. – Akinli pociągnął mnie za rybaczki i poszliśmy do miasta.

Port Clyde było maleńkie i śliczne. Szliśmy przez labirynt uliczek, mijając ludzi, którzy także już wstali i zaczęli dzień. Akinli machał do wszystkich i przedstawiał mnie jako swoją znajomą, Kahlen. Skręciliśmy za róg i w końcu zobaczyłam coś więcej.

Nieco dalej rozciągał się nieduży port pełen łodzi i ludzi, którzy zaczęli już pracę. Różnokolorowe boje wyglądały jak konfetti na wodzie, a otaczające port budynki przypominały domy mieszkalne, ale prawie na pewno były biurami i sklepami. Rząd samochodów stał przy betonowym murze, oddzielającym maleńką plażę, z takimi samymi wielkimi i ciemnymi skałami jak te za domem Akinlego. Znajdował się tu jeszcze wąski pas piasku, znikający w morzu. Było to spokojne miejsce, a ja zachwycałam się kolorami, stwarzającymi aurę niewinności.

Teraz zauważyłam, że nawet Matka Ocean zachowywała się tutaj inaczej. Pomyślałam o plażach na południu, gdzie ludzie przychodzili niemal wyłącznie dla przyjemności. Tam była głośniejsza, bardziej śmiała, niemal rozbawiona. Tutaj zachowywała się rzeczowo, Jej fale były niskie i spokojne, jakby wiedziała, że ludzie na Niej polegają. Chociaż nadal nie mogłam Jej wybaczyć, doceniałam to.

Łódź Bena i Akinlego nazywała się „Maria" i była przycumowana na głębszej wodzie, więc musieliśmy podpłynąć do niej małą motorówką. Potem weszliśmy na pokład i popłynęliśmy łapać homary. Akinli niewiele pozwalał mi robić – powinnam była zgadnąć, że tak się to skończy.

Ponieważ nie mogłam umrzeć z głodu, jadłam niemal wyłącznie ciasta. Wiedziałam, że to kwestia czasu, aż będę musiała wrócić do innych rodzajów jedzenia, okropnych i niezawierających słodyczy. Dlatego właśnie zamierzałam cieszyć się ciastem teraz, gdy nie mogłam przytyć nawet kilograma. Jednak ta miłość do deserów postawiła mnie w niezręcznej sytuacji, gdy Akinli zapytał, czy lubię homary.

Wzruszyłam tylko ramionami, co było trudniejsze niż zwykle, ponieważ uparł się, żeby założyć mi kamizelkę ratunkową.

– Nie możesz przecież zawołać pomocy, jeśli wypadniesz za burtę. Nie wybaczyłbym sobie, gdybyś utonęła przy mnie – oznajmił. Jego troska była wzruszająca.

Zaskoczyło go, gdy wzruszyłam ramionami.

– Powiedz mi, że próbowałaś homara – poprosił. – Serio, nie możesz twierdzić, że naprawdę żyłaś, dopóki go nie spróbujesz. Nie spuszczaj wzroku! Popatrz mi w oczy i powiedz: jadłaś kiedyś homara?

Powoli podniosłam wzrok, zarumieniłam się i potrząsnęłam przecząco głową.

– O kurczę! Jak mogłaś tak marnować życie bez homarów? Dobra, dość tego. Dzisiaj idziemy na obiad na homara. Jeśli stąd wyjedziesz, zanim go spróbujesz, będę prawie tak zawstydzony, jakbyś się utopiła.

Uśmiechnęłam się. Na łodzi niewiele się odzywał, był całkowicie skoncentrowany na robocie, a ja byłam całkowicie skoncentrowana na nim. Gdy słońce podniosło się wyżej, a dzień stał się gorący, Akinli zdjął T-shirt. Oczywiście już wcześniej widywałam wiele razy mężczyzn bez koszuli, ale to zupełnie co innego, gdy w grę wchodzi ktoś, kto ci się podoba. Co chwila coś podnosił albo wyciągał. Gdy wyławiał pułapki, woda rozchlapywała się i ściekała po jego piersi. Naprawdę starałam się nie gapić, ale nie mogłam się powstrzymać – wyglądał wspaniale.

Gdy nie wpatrywałam się w Akinlego, cieszyłam się chwilą, nie dbając o to, że będzie musiała przeminąć. Rozkoszowałam się słońcem na łodzi Akinlego, dotykiem ubrania Akinlego, obecnością Akinlego. A chociaż on nie ujął tego w taki sposób, nie mogłam się doczekać mojej pierwszej randki. Wiedziałam, że powinnam bardziej uważać, ale nie byłam w stanie już dłużej udawać. Chciałam być z Akinlim. Dlatego, gdy wracaliśmy po południu do domu, a on wziął mnie za rękę, nawet nie próbowałam jej wyrywać.

Kiedy przyszliśmy na spóźnione drugie śniadanie, Bena jeszcze nie było. Julie rano dzwoniła na policję: żadnych zgłoszeń. Nic dziwnego! Gdy Akinli wspomniał, że wieczorem zabiera mnie na obiad, Julie niemal wybuchnęła entuzjazmem. Zapytała, czy mogłaby mnie ubrać, a ja, wobec jej podekscytowania, nie mogłam odmówić.

Po południu wzięła mnie pod swoje skrzydła. Na jej polecenie wykąpałam się i umyłam włosy, chociaż czułam się z tym źle. Żadne mydło na świecie nie mogło zmyć soli z mojej skóry. Potem uczesała mnie i zrobiła mi makijaż.

– Właściwie wcale tego nie potrzebujesz, jesteś z natury piękna, a jedyna restauracja w mieście nie wymaga strojów wieczorowych. Ale pozwolisz mi się pobawić? Mieszkam z dwoma chłopakami – poprosiła.

Skinęłam głową. Cieszyłam się, że w ogóle chce ze mną rozmawiać. Po moim pojawieniu się w tym domu zniknęła i była nieobecna przez większość poprzedniego dnia, dlatego zaskoczyła mnie życzliwość, z jaką potraktowała mnie rano. Julie myślała o tym samym.

– Przepraszam, jeśli początkowo wydałam ci się niegrzeczna. Trochę się niepokoiłam obecnością obcej osoby w domu i byłam odrobinę przestraszona. Ale myślałam o tym, jak ty się musisz czuć: nie możesz mówić, niczego nie pamiętasz, nie wiesz właściwie, kim jesteś, i musisz teraz polegać na całkowicie obcych ludziach. Jakby tego było mało, zostałaś napadnięta w naszym domu. – Westchnęła na to wspomnienie. – Masz dużo własnych zmartwień i przepraszam, że tego nie rozumiałam.

Uśmiechnęłam się do niej, a ściślej do jej odbicia w lustrze. Siedziałyśmy w jej sypialni, z której zostali wyrzuceni chłopcy. Ben wrócił niedawno, a Akinli natychmiast wypadł z domu, zabrał świeżo naprawiony samochód i gdzieś pojechał. Zakładałam więc, że wybierał się raczej dalej. Nie wyobrażałam sobie, żeby dokądkolwiek w miasteczku nie dało się dotrzeć piechotą.

Zostałam teraz sama z Julie, która sprawiała wrażenie jakby chciała zrobić ze mnie królową piękności. Pomyślałam, że mogłybyśmy się nawet zaprzyjaźnić. Gdybym była zwyczajną dziewczyną, która przeprowadziła się do tego miasteczka, chciałabym poznać kogoś takiego jak ona. Cieszyłam się, że traktuje mnie z takim ciepłem pomimo mojej dziwaczności – była niemal tak serdeczna jak Akinli. Nadal nie miałam pewności, co myśli o mnie Ben, i obawiałam się, że niezdolność do mówienia sprawia, że wszyscy oni czują się przy mnie skrępowani. Okazało się jednak, że moje milczenie przyniosło odwrotny efekt: uważali je za skutek jakichś okropnych wydarzeń i sprawiło, że szybciej mnie polubili. A ponieważ większość ludzi ma poczucie, że inni niedostatecznie ich słuchają, moja przypadłość czyniła ze mnie wdzięczną słuchaczkę, przyjaciółkę.

– Muszę ci powiedzieć, że dawno nie widziałam Akinlego w tak dobrym humorze. Nie wiem, ile ci powiedział, ale miał ostatnio ciężki okres w życiu.

Skinęłam głową.

– Powiedział ci o tym? Cóż, to mnie nie dziwi, jest bardzo otwarty. Ogromnie przeżył śmierć rodziców, był bardzo przygnębiony, chociaż zupełnie nie leży to w jego naturze. Ma to po rodzicach, byli najmilszymi ludźmi, jakich w życiu poznałam. Ben i ja bardzo często ich odwiedzaliśmy, dom Akinlego był zawsze pełen niezwykłego ciepła. Cała trójka była bardzo blisko, nie kłócili się nawet tak, jak wiele rodzin… naprawdę żałuję, że nie mogłaś ich poznać.

Ja też tego żałowałam.

– Czasem, gdy jego mama czuła się bardzo źle, przyjeżdżał tutaj na noc. Nie chciał się z nią rozstawać, ale po prostu nie mógł płakać przy niej. Wiedział, że serce by się jej krajało, i nie chciał, żeby miała poczucie winy. Ben jest dla Akinlego jak prawdziwy brat, myślę też, że mnie uważa teraz za siostrę. Mam taką nadzieję.

Cieszyłam się, że czułość, z jaką Akinli wyrażał się o Julie, była odwzajemniona.

– Przygotowywał się na to od dawna. Jego mama trzymała się dłużej, niż przewidywali lekarze, ale mimo wszystko jej stan się pogarszał. A potem, gdy doszło do wypadku, Akinli był zdruzgotany. Obwiniał się o to, mówił, że powinien był z nimi jechać. Wiesz, jaki on jest, zawsze myśli o innych. Był tak załamany, że zaproponowaliśmy, żeby zamieszkał u nas, jeśli zechce. Mamy wolny pokój. Właściwie nie potrzebowaliśmy aż tak bardzo pomocy na łodzi, ale cieszę się, że tu przyjechał. Poza tym teraz wszystko się dobrze ułożyło. Szczerze mówiąc, dobrze że Evan odszedł. Nienawidzę go za to, co ci zrobił, ale naprawdę cieszę się, że zniknął. Od lat bałam się jego wybuchów złości, tyle że on i Ben znali się od bardzo dawna, więc nie chciałam nic mówić…

Podziękowałam szczęśliwej gwieździe, że gdy Evan w końcu zaczął się dobierać do jakiejś dziewczyny, trafił na moje odporne ciało, a nie na Julie.

– Nie mów Benowi, że ci to powiedziałam, okej?

Uśmiechnęłam się i spojrzałam na nią znacząco.

– No tak… komu miałabyś cokolwiek powiedzieć? – uśmiechnęła się. – Cóż, tak jak mówiłam, Akinli postanowił się do nas wprowadzić i bardzo dobrze się stało. Wydaje mi się, że on lubi być w otoczeniu rodziny i jestem pewna, że kiedyś będzie chciał mieć własną. Teraz, kiedy tutaj jest, nie potrafię sobie wyobrazić życia bez niego. Ale ta jego dziewczyna…

Otwarłam szeroko oczy. Dziewczyna?

– Obraziła się na cały świat. Nie chciała, żeby się przeprowadzał i zadręczała go o to. W kółko gadała o odległości, chociaż, na litość boską, mieszkali przecież w jednym stanie! To tylko kilka godzin jazdy, a ona się zachowywała, jakby przeprowadzał się na drugi koniec kraju. Nie mogłam uwierzyć, że tak go traktuje po tym wszystkim, przez co przeszedł. Byli razem od zawsze, wspierała go, gdy musiał zrezygnować ze studiów, powtarzała, że zawsze może jeszcze wrócić do college'u. Potem, kiedy jego mama była już naprawdę słaba, przywoziła jedzenie i odwiedzała ich w weekendy. Wiesz, myślę, że dla jego matki to było niezwykle ważne: widziała, że komuś na nim tak bardzo zależy. Naprawdę dobrze im się układało, a przynajmniej tak nam się wydawało – westchnęła Julie. – Była na pogrzebie i nawet podejmowała gości, tak żeby Akinli nie musiał nic robić. Ale dwa tygodnie później, gdy zdecydował, że chce przyjechać tutaj, zamieszkać z nami i pracować na łodzi, straciła cierpliwość. Powiedziała, że zrobiła dla niego aż tyle, a teraz on ją zostawia, chociaż ten biedny chłopak po prostu chciał stamtąd uciec. Akinli jest bardzo inteligentny, ciągle coś czyta, a kiedy chłopakom zdarzy się bardziej gwałtowna dyskusja, to zawsze on ją kończy, bo tylko on wie, o czym mówi. Wydaje mi się, że ona nie chciała wychodzić za mąż za rybaka. W każdym razie powiedziała mu, że jak chce, to może wyjeżdżać, i taki był koniec – podsumowała Julie.

Chyba uznała, że Akinli już mi o tym wszystkim powiedział. Zastanawiałam się, czy miał po temu jakąś okazję, ale nie podjęłam tematu. Szczerze mówiąc, kiedy byliśmy razem, myślałam tylko o jednym: o nim i o mnie.

Nie czułam nawet zazdrości o tę dziewczynę, byłam zbyt zaskoczona. Mnie nie obchodziłoby, gdyby Akinli zarabiał na życie zbierając śmiecie, kopiąc rowy, czy szorując podłogi. Był najlepszym i najżyczliwszym z mężczyzn. Jakim człowiekiem trzeba być, by mieć komuś za złe żałobę? Tyle czasu i pracy tylko po to, żeby go w końcu rzuciła. Znienawidziłam tę dziewczynę i czułam się odrobinę winna, bo cieszyło mnie, że jej nie ma. A wiedziałam, że jej nieobecność musi go boleć.

– Pracuje naprawdę ciężko, ale czasem wydaje mi się, że robi wszystko mechanicznie. Co jakiś czas otrząsa się z tego i zachowuje się jak dawniej, ale zazwyczaj jest bardzo cichy. Jednak od kiedy się pojawiłaś, jest o wiele bardziej sobą, więc myślę, że wieczór na mieście doskonale mu zrobi. – Julie uśmiechnęła się do mnie. – Będziesz wyglądać cudownie! – pisnęła, a ja nie potrafiłam powstrzymać uśmiechu.

Julie i ja miałyśmy podobne figury, więc kiedy pozwoliła mi przymierzać wszystkie swoje ubrania, ja wystroiłam ją w moją suknię z morskiej piany. Napisałam jej, że chyba zniszczyłam tę sukienkę tak, że nie da się jej naprawić i niedługo się rozleci, ale do tego czasu powinna ją zatrzymać. Miałam po cichu nadzieję, że za kilka tygodni nadarzy się odpowiednio uroczysta okazja. Wyglądała w niej naprawdę prześlicznie.

Zrobiłyśmy okropny bałagan w jej pokoju, ale świetnie się bawiłyśmy. W końcu wybrałyśmy czerwoną sukienkę, kojarzącą mi się z tą w wisienki, którą miałam w latach pięćdziesiątych. Miała podobny fason – bez rękawów, dopasowana w talii, niżej rozkloszowana i sięgająca tuż za kolana. Trzeba powiedzieć, że Julie była przygotowana, bo miała pasujące do niej czerwone szpilki. Byłam zachwycona własnym wyglądem – czerwień doskonale pasowała do moich brązowych włosów i oczu. Często nosiłam suknie z morskiej piany, ale nie jestem pewna, czy kiedykolwiek czułam się tak seksowna jak w tej chwili.

Nie miałam zbyt dużego doświadczenia z makijażem, ale Julie okazała się mistrzynią. Zdołała sprawić, że moje oczy wydawały się większe, rzęsy dłuższe, a wargi pełniejsze. Pozwijała i upięła mi włosy tak, że pojedyncze kosmyki okalały twarz w sposób, który wydawał się przypadkowy, ale był starannie przemyślany. Czułam, że wyglądam jak na fotografii.

W końcu, gdy skończyła mnie stroić i szykować, otworzyła drzwi, żeby przekazać mnie Akinlemu. Aż popiskiwała ze szczęścia, uśmiechając się od ucha do ucha. Zajrzałam do pokoju Akinlego po drugiej stronie korytarza, bo jeszcze nie widziałam jego wnętrza. Panował w nim porządek, jeśli nie liczyć kupki koszul porzuconych w nogach łóżka – odrzuconych pomysłów na to, co zamierzał dzisiaj założyć. Łóżko miał posłane, a na ścianie wisiały czapki baseballowe. Zobaczyłam kilka zdjęć, ale było zbyt ciemno, żebym mogła rozpoznać twarze. Akinlego nie zastałam.

Zeszłam na dół z Julie, towarzyszącą mi z tyłu, i znalazłam go krążącego po kuchni. Widziałam dwa razy, jak przeszedł koło drzwi z opuszczoną głową. Za trzecim razem podniósł spojrzenie, zauważył mnie i stanął jak wryty. Widziałam, że spodobało mu się to, co zobaczył, ale byłam zbyt zajęta podziwianiem go, żeby się zarumienić. Miał luźne spodnie w kolorze khaki i wpuszczoną w nie białą koszulę z podwiniętymi rękawami. Na lewym nadgarstku zauważyłam skórzaną bransoletę. Wyglądał jednocześnie szykownie i męsko – zaczęłam dochodzić do wniosku, że to był jego styl.

– Cześć, Kahlen! – zawołał Ben z kanapy, a potem zagwizdał przeraźliwie na mój widok. Przewróciłam tylko oczami.

Akinli uciszył go jednym spojrzeniem. Stałam ciągle przy schodach, gdy wyciągnął ręce i ujął obie moje dłonie. Poczułam ciepło rozchodzące się po moim ciele.

– Chodźmy stąd.

– Bawcie się dobrze! – zawołała Julie. Nie oglądałam się, ale wyczuwałam w jej głosie uśmiech. Nie czułam nawet, że stąpam po ziemi.

Przed domem Akinli odwrócił się i zatrzymał mnie, nie wypuszczając mojej ręki. Kiedy tak stał, wyglądał, jakby się nad czymś zastanawiał, ale cokolwiek zamierzał powiedzieć, wyleciało mu z głowy i przez jakąś minutę po prostu na mnie patrzył.

– Wyglądasz prześlicznie – oznajmił.

Pochyliłam głowę, a on odchrząknął.

– No dobrze, restauracja jest dosłownie o kilka przecznic stąd. Widziałaś, że to miasto jest małe. Dlatego pomyślałem, że pozwolę ci wybrać środek transportu. Opcja pierwsza to śmierdzące auto Bena. – Wskazał niebieską hondę, lśniącą lekko w blasku księżyca. – Opcja druga to mój wspaniały skuter. – Wskazał nieduży srebrny skuter, stojący koło domu. – Natomiast opcja trzecia to nasze własne nogi. – Wskazał swoje nogi.

Doskonale znałam samochody i nic nie mogło równać się z przejażdżką w towarzystwie moich sióstr. Nie miałam nic przeciwko chodzeniu, ale rzadko nosiłam obcasy. Co będzie, jeśli się potknę? Hmmm, pomyślałam. Może wtedy znowu wziąłby mnie na ręce. To mi nie przeszkadzało, ale doszłam do jeszcze jednego wniosku. Mógłby też uznać, że jestem niezdarą.

Wybrałam skuter, a gdy wskazałam go palcem, Akinli lekko podskoczył w miejscu.

– Miałem nadzieję, że wybierzesz Bessie.

Bessie? Musiał zauważyć rozbawienie na mojej twarzy.

– Każdy porządny wierzchowiec ma swoje imię, tak samo jak statki i samochody. A Bessie zawsze była mi wierna, prawda, malutka? – Czule poklepał siodełko, a ja się uśmiechnęłam. – Czy chcesz ją poznać?

Skinęłam głową, a gdy zaczął gładzić jej kierownicę, zrobiłam to samo. Akinli roześmiał się.

– Jesteś najbardziej wyluzowaną dziewczyną, jaką kiedykolwiek znałem.

Ja? Wyluzowana? Żyłam w świecie niepojętego stresu, to on był wyluzowany i po prostu zaraził mnie swoją osobowością. Wziął mnie za rękę i pomógł mi wsiąść, a ja natychmiast pogratulowałam sobie tego wyboru. Siodełko wystarczyło na nas dwoje, ale z trudem, musieliśmy więc siedzieć bardzo blisko, a ja miałam dobry pretekst, żeby go objąć. W samochodzie nie mogłabym tego zrobić. Przycisnęłam się do jego pleców i poczułam, jak nasze nogi dopasowują się do siebie. Objęłam jego pierś ramionami, czując lekkie bicie serca pod palcami. Zapalił silnik, a stara Bessie wydała z siebie rozpaczliwy dźwięk.

– Posłuchaj, jak ta kicia mruczy! – zawołał.

Potrząsnęłam tylko głową. Gdy odjeżdżaliśmy, obejrzałam się i zobaczyłam Bena i Julie wyglądających przez okno. Nagle poczułam się onieśmielona na myśl o tym, czego każde z naszej czwórki spodziewało się po tym wieczorze. Jak podobne i jak różne były nasze oczekiwania?

Rozdział 9

Po latach śmigania przez morza wydawało mi się, że raczej znam radość, jaką muszą odczuwać pływające swobodnie ryby, rekiny i delfiny. Tutaj jednak, jadąc może niecałe pięćdziesiąt kilometrów na godzinę na skuterze Akinlego, zrozumiałam chyba, jakie uczucie przynosi latanie. Wiatr rozwiewał moje włosy, które unosiły się swobodnie za mną. Podmuchy sprawiały, że czerwona sukienka Julie łopotała. Przytuliłam się mocniej do Akinlego, odważna jak nigdy, i czułam radość płynącą z prawdziwej wolności.

Pływanie było działaniem, latanie uczuciem.

W tej krótkiej chwili byłam tam, gdzie chciałam, i robiłam to, co chciałam, z jedyną osobą, z którą pragnęłam być. Czy kiedykolwiek mogłam podjąć samodzielnie taką decyzję? Czy zdarzyło się choć raz, by albo moja rodzina, albo Matka Ocean nie narzucali mi pewnych ograniczeń?

Chciałam powiedzieć Akinlemu, że jestem szczęśliwa. Martwiło mnie, że nie mogę wyrazić tego na głos, ale nie pozwalałam, by cokolwiek popsuło moją pierwszą randkę. Nie miałam wprawy w chodzeniu na randki, nie dotarłam do tego etapu życia, kiedy byłam człowiekiem, i z pewnością nie pozwoliłam sobie tak zbliżyć się do mężczyzny, odkąd stałam się syreną. Widziałam dość filmów, by mniej więcej wiedzieć, jak powinnam się zachowywać. Miałam nadzieję, że Akinli uzna moje ewentualne błędy za rezultat luk w pamięci i nie będzie mnie obwiniać.

Jechaliśmy stanowczo za krótko. Byłam ciekawa miejsca, do którego mieliśmy się wybrać, ale podobało mi się też, że mam pretekst, żeby być tak blisko Akinlego. Zatrzymał Bessie na końcu rzędu samochodów zaparkowanych przy betonowym nabrzeżu, wstał i wyciągnął do mnie rękę, by pomóc mi się podnieść. Starałam się wyglądać w mojej sukience jak dama, a gdy tylko wygładziłam wszelkie fałdki na pożyczonej kreacji, Akinli podał mi ramię i poprowadził ze sobą.

Gdy szliśmy do restauracji, pomyślałam, że zamierza mnie znowu zabrać na łódź. Przecież tu nie było nic więcej. Minąwszy samochody, weszliśmy za budynek i zatrzymaliśmy się przed drzwiami z siatki. Akinli przytrzymał je otwarte, a ja niepewnie weszłam do środka.

Restauracja była malutka! Gdyby mi jej nie pokazał, chyba w ogóle bym nie zauważyła, że jest tutaj. Wyglądała jak szopa i miała mniej więcej rozmiary pokoju dziennego w domu Akinlego. Przez środek biegł kontuar, a za nim znajdowała się kuchnia, którą goście mogli przez cały czas widzieć. Drugą połowę pomieszczenia wypełniały stoliki, krzesła i ławki, na których tłoczyli się zadowoleni, rozgadani ludzie. Byliśmy ubrani zdecydowanie zbyt elegancko jak na takie miejsce. Gdy weszliśmy, kilka głów odwróciło się w naszą stronę, żeby mi się przyjrzeć. Byłam przyzwyczajona do takiej reakcji ze strony mężczyzn, ale teraz byłam z kimś – czy oni tego nie dostrzegali? Zignorowałam ich i przyjrzałam się dekoracjom sali – wiązały się oczywiście z morzem, tak jak cała reszta miasta. Boje, takie same jak te w wodzie, wisiały na ścianach, przytrzymywane udrapowanymi sieciami rybackimi. Wyglądało to dziwacznie, ale dość ładnie.

Kelnerka podeszła do nas.

– Cześć, Akinli – przywitała się. – Nieźle wyglądasz.

– Cześć, Megan. Megan, poznaj Kahlen, która ma dzisiaj wkroczyć w cudowny świat homarów. Ile trzeba będzie czekać na stolik?

– Tutaj? Trochę to potrwa, sam widzisz, że jeszcze mamy duży ruch. Powinieneś był zrobić rezerwację.

– Rozumiem. Słuchaj, a nie mogłabyś ustawić dla nas kilku pudeł, tam z tyłu przy zlewie? To jest część dla niepalących? Wystarczyłoby nam.

Kelnerka roześmiała się.

– Poczekaj chwilkę.

Gdy Megan się oddalała, zauważyłam na jej palcu pierścionek zaręczynowy. Dzięki Bogu! Czy Akinli zdawał sobie sprawę z tego, jaki jest czarujący? Rzuciła okiem za drzwi z siatki naprzeciwko tych, przez które weszliśmy, potoczyła wzrokiem, a potem obejrzała się na nas i z uśmiechem zaprosiła nas gestem, żebyśmy poszli za nią.

Na zewnątrz na nabrzeżu stało mnóstwo stolików. Restauracja była malutka, ale powinnam była chyba zauważyć te stoliki... Rano musiałam być trochę nieprzytomna. Kiedy szliśmy, zauważyłam wannę pełną homarów. To zabawne – obiad pływał sobie tuż koło nas. Większość stolików była zajęta, ale kilka mniejszych stało wolnych. Megan poprowadziła nas do malutkiego okrągłego stoliczka, w sam raz na dwie osoby. Usiedliśmy tuż przy barierce nabrzeża, tak że w oddali widziałam zarysy wysp.

– Mam nadzieję, że homar będzie ci smakował – powiedziała Megan i zostawiła nam menu.

Akinli natychmiast wziął się do dzieła. Ja już siedziałam, więc wziął swoje krzesło i przesunął je na drugą stronę stolika, tak żeby być koło mnie. Złożył oba menu razem, wyraźnie uważając, że podzielimy się jednym. Sięgnął do kieszeni i wyjął długopis oraz mały niebieski notesik z kwiatkiem na okładce – całkiem nowy.

– Homar jest obowiązkowy, zgoda? Ale jeśli masz ochotę jeszcze czegoś spróbować, pokaż to tylko, a ja zamówię za nas oboje.

W tym momencie uświadomiłam sobie, że wszystko sobie przemyślał. Wiedział, że sama nie złożę zamówienia, dlatego chciał siedzieć koło mnie. Noszenie pliku kartek byłoby irytujące, dlatego kupił mi notes i nawet w tym widać było jakiś zamysł. Notes był niebieski, w moim ulubionym kolorze, a kwiatek nadawał mu kobiecy charakter. Zdążył to wszystko zaplanować między zaproszeniem mnie na obiad a chwilą, gdy Ben wrócił do domu. Jeśli to miała być randka, dzięki temu mogła się udać.

Miałam nadzieję, że nie przygotował więcej podobnych niespodzianek, bo serce już trzepotało mi w piersi. Moje uczucia do Akinlego były stanowczo za mocne. Nie próbowałam się szczególnie przed nimi bronić, ale on także zrobił bardzo wiele w tym kierunku, świadomie lub nie.

Opisał mi kilka potraw z menu, ale ostatecznie zdecydowałam się tylko na homara i nawet to wydawało mi się dziwne. Czułam, że istoty żyjące w oceanie łączy ze mną jakaś więź, i miałam wrażenie, że nie w porządku jest je zjadać. Poczucie winy było jednak moim najmniejszym zmartwieniem.

Zrobiłam okropny bałagan, próbując zjeść obiad. Okazało się, że potrzeba do tego dwóch rodzajów widelców oraz narzędzia do otwierania skorup, którego sama nie potrafiłabym użyć. Akinli okazał mnóstwo cierpliwości. Pomógł mi otworzyć homara i wyciągnąć mięso, które okazało się niezwykle smaczne. Było słodkie, a jednocześnie wytrawne. Jego konsystencja całkiem mnie zaskoczyła, choć trudno byłoby mi ją opisać. To mięso było delikatniejsze niż kurczak, choć włókniste, i bardzo miękkie.

Akinli powiedział mi, że ogon jest najsmaczniejszy, a gdy nie mogłam wymyślić, jak mam się do niego dostać, rozerwał go gołymi rękami. Nie wiem czemu, ale to sprawiło, że poczułam głód zupełnie innego rodzaju. Tak czy inaczej byłam zadowolona, że spróbowałam homara, ale cieszyłam się, że moje reakcje na wszystko z konieczności ograniczały się do kiwania głową. Miałam poczucie, że jem coś absolutnie wyjątkowego, ale głównie ze względu na sposób, w jaki mówił o tym Akinli. Sama pewnie nie sięgnęłabym po raz drugi po tę potrawę.

Gdy skończyliśmy i upewniłam się, że wytarłam z palców całe masło, sięgnęłam po notes.

Bardzo dziękuję za obiad, był przepyszny.

– Nie ma za co.

Właśnie po to wyszedłeś po południu? Żeby kupić ten notes?

– Tak. – Uśmiechnął się. – Miałem kilka spraw do załatwienia.

Pomyślałam o popołudniu, które spędziliśmy oddzielnie. Chciałam zapytać o jego byłą jak-jej-tam-na-imię, ale nie wiedziałam, jak zacząć. Poza tym wieczór był tak przyjemny, że nie chciałam zasmucać Akinlego rozmową o niej. Wybrałam inny temat, nadal starając się dowiedzieć tyle, ile tylko mogłam.

Julie mówiła mi, że dużo czytasz?

– Tak, w college'u studiowałem anglistykę. Mam nadzieję, że uda mi się wrócić na studia. Oczywiście jeszcze nie tej jesieni, ale może na wiosnę. Chciałbym chyba zostać kiedyś nauczycielem.

Uważam, że będziesz świetnym nauczycielem! Popatrz, jaką masz cierpliwość do mnie!

– Ha, do ciebie nie trzeba żadnej cierpliwości, Kahlen. Jesteś świetną towarzyszką.

Ile masz lat?

– Właśnie skończyłem dwadzieścia trzy. A ty?

Nie byłam pewna, czy dziewiętnaście to nie za mało. Wprawdzie dzieliłyby nas tylko cztery lata, ale może ten dystans między nastolatką a kimś po dwudziestce zmniejszyłby moje szanse. No dobrze, może straciłabym szansę, bo jestem nieśmiertelna i mam głos, którym mogłabym go unicestwić.

To dobre pytanie.

Uśmiechnęłam się i pokazałam, że całkiem spokojnie podchodzę do własnej niepamięci. Akinli roześmiał się.

– To chyba nie ma większego znaczenia. Zaprosiłbym cię, nawet gdybyś miała dwanaście lat. – Urwał na chwilę. – Ale proszę, nie mów, że masz dwanaście lat.

Przewróciłam oczami, a on się roześmiał.

Kelnerka przyszła zabrać nasze talerze. Zauważyłam, że pochyliła się i szepnęła coś do ucha Akinlemu. Na litość boską, czy wszystkie dziewczyny w tym mieście z nim flirtowały? Odpowiedział szeptem: „Kahlen". Aha! Zastanawiałam się, jak brzmiało jej pytanie, i miałam nadzieję, że na przykład tak: „Jak ma na imię twoja dziewczyna?".

Jeszcze przez kilka minut prowadziliśmy na pół pisaną rozmowę. Na zewnątrz zostało już niewielu gości. Ocean był spokojny, a hałasujące przez cały ranek mewy umilkły przed nocą. Doskonale znałam życie w ciszy – czasem wydawało mi się zbyt milczące, by dało się znieść, ale teraz ta cisza mi nie przeszkadzała. Pewnie dzięki temu, że miałam dobre towarzystwo. Stwierdziłam, że uśmiecham się do Akinlego bez specjalnego powodu, gdy gryzmolił coś na marginesie notesu. Zauważył, że na niego patrzę, i odwzajemnił uśmiech. W jego ciepłych oczach odbijały się światła.

Zapomniałam, o czym w ogóle myślałam.

Kilkoro pracowników wyszło z malutkiej restauracji, niosąc tort z zapalonymi świeczkami. Nie zauważyłabym tego, gdyby nie westchnienia innych gości. To urocze – ktoś miał urodziny! Rozejrzałam się w poszukiwaniu rozjaśnionej radością twarzy osoby, która zrozumiała, że ten tort jest dla niej. Ale taki wyraz twarzy miał tylko Akinli. Czy to były jego urodziny? Nie, Ben i Julie coś by powiedzieli. Musiałam mieć zaskoczenie wypisane na twarzy, bo Akinli nachylił się do mojego ucha i wyjaśnił ledwie słyszalnym szeptem:

– Przepraszam, musiałem skłamać. Powiedziałem im, że masz dzisiaj urodziny, tylko dlatego pozwolili mi przynieść tort. Wiem, że uwielbiasz ciasta. Nie zdradź się, dobrze?

Nie wiedziałam, co mam odpowiedzieć, ale moje ciało zareagowało bez mojej wiedzy. Do oczu napłynęły mi łzy, ale właściwie nie płakałam, bo jednocześnie się uśmiechałam. Nie pamiętałam mojego ostatniego przyjęcia urodzinowego. Może nie starzałam się, ale moje życie trwało już tyle, że teraz wydawało mi się oczywiste, iż powinnam jakoś świętować jego mijanie. Tęskniłam za tym rytuałem bardziej niż przypuszczałam. Pisałam szybko, przełykając łzy szczęścia, a kelnerzy podchodzili coraz bliżej.

Może mówiłeś prawdę. Nie mam pojęcia.

Roześmiał się.

– Też racja.

Gdy się zbliżyli, zaczęli śpiewać, a kilku pozostałych jeszcze gości biło brawo.

– Co powiesz na to? Jeśli nigdy nie przypomnisz sobie prawdziwej daty urodzenia, ustalimy, że to będzie dzisiaj, dobrze? – szepnął. Uwielbiałam to uczucie, jakby jego słowa muskały moją skórę.

Skinęłam, wciąż ze łzami w oczach. Byłam niesamowicie szczęśliwa.

– Ile kończysz lat, skarbie? – zapytała kelnerka.

– To jej dwudzieste urodziny – odparł Akinli i mrugnął do mnie. Zgadł zupełnie dobrze, a dwadzieścia brzmiało dla mnie lepiej niż dziewiętnaście. Poza tym, gdyby to naprawdę były moje kolejne urodziny, kończyłabym dwadzieścia lat. Rozpromieniłam się.

– Pomyśl życzenie – polecił czule.

Uśmiechnęłam się radośnie i spojrzałam w oczy Akinlemu. Wiedziałam, że ponad wszystko chcę z nim zostać; mogłam jednak życzyć sobie tego nad każdą świeczką, spadającą gwiazdą, czterolistną koniczyną i zgubioną rzęsą na świecie, a i tak to życzenie się nie spełni. Musiałam pogodzić się z tym; szkoda przecież marnować życzenie. Skoro tak, to co zajmowało drugie miejsce na liście rzeczy, których pragnęłam najbardziej? Zamknęłam oczy i skoncentrowałam się na tym, co naprawdę mogłoby się spełnić.

Życzę sobie, żeby Akinli był szczęśliwy.

Z łatwością zdmuchnęłam świeczki przy aplauzie wszystkich zebranych. Cóż to za mili ludzie, którzy biją brawo nieznajomej. Tort był duży, więc podzieliłam się z nimi i sama także się najadłam. Nie został ani kawałek, żeby zanieść Benowi i Julie – trudno.

Zanim skończyliśmy rozmawiać, restaurację już zamknięto. Pisałam, starając się nadążyć za rozmową, ale zazwyczaj nasze myśli skręcały w różnych kierunkach, tak że nigdy nie kończyliśmy żadnego tematu. Nie przeszkadzało mi to. Byłam zadowolona, że jestem tutaj, mimo że miałam Matkę Ocean na wyciągnięcie ręki.

W końcu, gdy wszystkie światła zgaszono i nie widzieliśmy już liter, wstaliśmy, żeby wyjść. Akinli bez namysłu wziął mnie za rękę. Byłam szczęśliwa, gdy wyobrażałam sobie naszą bliskość podczas krótkiej jazdy do domu, ale kiedy doszliśmy do Bess, Akinli odwrócił się do mnie.

– Chcesz już wracać do domu?

Potrząsnęłam głową.

– Ja też nie. – Uśmiechnął się przebiegle. – Chodź tutaj.

Akinli nacisnął przycisk i siodełko Bessie otworzyło się, odsłaniając bagażnik z kocem w środku. Zastanawiałam się, czy zawsze go tam woził, czy włożył go specjalnie dzisiaj. Zbiegliśmy na betonowy mur, oddzielający samochody od plaży. Akinli przeskoczył go i wyciągnął do mnie rękę. Musiał mnie objąć w talii i pomóc zejść – wysokie obcasy nie sprawdzały się na kamieniach. Ściągnął buty.

– Możemy je tutaj zostawić, nikt ich nie zabierze.

Zawahałam się, bo te pantofle nie należały do mnie, ale nie mogłam zaprzeczyć, że bez nich będzie mi wygodniej. Wziął mnie za rękę i pomógł mi zejść po kamieniach, a ja udawałam, że potrzebuję większej pomocy niż w rzeczywistości. Tuż za skałami ciągnął się wąski pas piasku. Wzdłuż wybrzeża stały domy. Było już późno, ale w niektórych nadal paliły się światła.

W jednym z nich zobaczyłam światło na zabudowanej werandzie. Nie widziałam twarzy, ale dwie dziewczyny siedziały koło odtwarzacza CD, chichotały i podawały sobie płyty. Piosenki unosiły się na wietrze, tak jak głos Matki Ocean, i owijały się wokół nas. Ta, którą puściły teraz, była pełna energii i podobała mi się.

Akinli rozłożył koc na skraju skał i wygładził rogi, układając go w szeroki prostokąt. Zeskoczyłam z kamienia prosto na koc, ponieważ nie byłam pewna, czy wilgoć w piasku nie zdradzi mojej obecności. Usiadłam, podwinęłam nogi i wygładziłam sukienkę, starając się wyglądać jak dama. Akinli usiadł tuż za mną i podparł się z tyłu rękami. Mieściłam się wygodnie między jego kolanami, więc oparłam się na jego piersi. Samo to, że oddychał, było dla mnie cudownie kojące. Siedzieliśmy w milczeniu przez długi czas. Tamte dziewczyny puszczały kolejne piosenki.

– Kahlen, czy mogę cię o coś zapytać?

Skinęłam głową, chociaż nie wiedziałam, jak mam odpowiedzieć. Nie było mowy, żeby udało mu się przeczytać coś w takiej ciemności.

– Czy wierzysz w Boga albo w przeznaczenie?

To było interesujące pytanie, ale dotyczyło dwóch różnych rzeczy. Przynajmniej ja uważałam je za różne rzeczy.

Wykonałam gest dłońmi, którego wcześniej używałam, by przekazać „tak jakby" albo coś w tym rodzaju.

– Czyli po trochu? Zaraz, to się odnosi do Boga czy do przeznaczenia? Przepraszam, źle sformułowałem pytanie.

Pokazałam na palcach numer dwa.

– Czyli nie wierzysz w przeznaczenie? Czy trochę wierzysz w przeznaczenie?

Niepewnie potrząsnęłam głową. Nie wiedziałam, jak mam to wyrazić bez słów.

– A Bóg? Wierzysz w Boga?

Pokiwałam z entuzjazmem głową. Wierzyłam w Boga, zanim zostałam syreną, a teraz miałam po temu jeszcze więcej powodów.

– Skoro wierzysz w Boga, czy myślisz, że mógłby po prostu sprawić, że coś się stanie?

Pokiwałam głową.

– Uważasz, że to coś innego niż przeznaczenie?

Tak mi się wydawało... wzruszyłam ramionami.

– Uważasz, że czasem coś po prostu musi się wydarzyć?

Jego ciąg myślowy był zaskakujący – do czego właściwie zmierzał? Nie rozumiałam, więc odwróciłam się, by na niego spojrzeć i przekazać mu wyrazem twarzy moją dezorientację.

– Przepraszam, wiem, że to wszystko brzmi dziwnie. Przez ten rok wiele rzeczy wydarzyło się w moim życiu i było mi bardzo ciężko. Ale potem... nie wiem... to wszystko doprowadziło do chwili, kiedy jestem... szczęśliwy. Czy myślisz, że Bóg mógł sprawić, że te wszystkie złe rzeczy obróciły się w coś dobrego?

Wyciągnęłam rękę i pogładziłam jego twarz. Czy mówił o mnie? Nie wiedziałam, ale chciałam tylko, żeby był szczęśliwy. Poświęciłam na to moje pierwsze urodzinowe życzenie od osiemdziesięciu lat, więc jeśli się spełniło, byłam całkowicie usatysfakcjonowana. Nawet gdyby był całkowicie szczęśliwy beze mnie, nie miałabym nic przeciwko temu.

Pomyślałam o moich własnych przejściach: straciłam rodzinę, życie, najdroższą przyjaciółkę, ale ta kręta ścieżka – droga, która dla mnie nie miała żadnego sensu – doprowadziła do tej chwili. Gdzie teraz byłam? Siedziałam na kocu w towarzystwie najcudowniejszego człowieka na świecie. Opierałam się o pierś najmilszego, najłagodniejszego mężczyzny i rozmawiałam o życiu, ciastach czy czymkolwiek, co tylko przyszło nam do głowy. Czy nie byłam teraz szczęśliwa? Czy Bóg zesłał na mnie to wszystko, wiedząc, że potrzebuję aż tyle czasu, by znaleźć jedyną osobę na świecie, która była mi przeznaczona?

Nie mogłam być tego pewna. Czy Bóg pozwolił mi zjawić się tutaj i poznać Akinlego tylko po to, żebym go znowu straciła?

Popatrzyłam w piękne oczy Akinlego. Wiedziałam, że wydaję mu się smutna.

– Wiesz co, ja w to wierzę. Uważam, że wszystko dzieje się z jakiegoś powodu. Nawet to co złe może doprowadzić nas do jakiegoś dobra. – Gdy mówił te ostatnie słowa, dotknął mojego policzka. Jeśli miał mnie na myśli…

Myślisz tak teraz, bo nie wiesz, że będę musiała cię opuścić.

Roześmiał się.

– No dobrze, chyba masz trochę racji. Kiedy następnym razem zacznę pytać o przeznaczenie, przygotujemy jakieś kartki, zgoda? Nie powinienem cię tym zaskakiwać, skoro nie możesz mi tego wytłumaczyć.

Pokiwałam poważnie głową. To nie w porządku, że nie miałam możliwości wyjaśnienia, o co mi chodzi.

Westchnęłam. Wieczór się kończył, podobnie jak mój czas, ale myślenie o tym wszystko by popsuło. Dlatego uśmiechnęłam się, gdy Akinli się poruszył.

Wstał szybko i podniósł mnie na równe nogi.

– Chcesz może zamoczyć stopy? – zapytał z entuzjazmem, żeby zmienić temat.

Udało mu się.

Bezwiednie cofnęłam się o kilka kroków. Nie mogłam się w Niej zanurzyć, to było największe niebezpieczeństwo, jakie potrafiłabym sobie wyobrazić. Zorientowałam się, że próbuję mu wyrwać rękę.

– No już, już. Wszystko w porządku?

Skinęłam głową, ale chyba niedostatecznie dobrze panowałam nad wyrazem twarzy.

– Kahlen, kochanie, czy ty się boisz wody? – zapytał z czułością, ale myślałam o zbyt wielu rzeczach, by mu odpowiedzieć. Czułam niepokój na myśl o wejściu do Matki Ocean, denerwowałam się tym, co powinnam odpowiedzieć, i rozpływałam się wręcz, ponieważ Akinli właśnie powiedział do mnie „kochanie".

– Zauważyłem to dzisiaj na łodzi. Kiedy wsiadałaś na pokład, popatrzyłaś na szczelinę między nabrzeżem a burtą, jakby to była najbardziej przerażająca rzecz na świecie.

Spojrzałam na niego zdumiona – sama o tym nie wiedziałam.

– Kahlen, czy myślisz, że mogłaś wypaść za burtę? Na początku tak zakładałem, pamiętasz? Pachniałaś jak ocean. Myślisz, że właśnie to się mogło wydarzyć?

Wzruszyłam ramionami. Wiedziałam, że wyglądam na zaniepokojoną, więc spróbowałam nie marszczyć czoła. Akinli łagodnie ujął moją twarz w dłonie, tak że patrzyłam mu w oczy. Czułam, jak moje ciało odpręża się pod jego dotykiem.

– Przepraszam, zadaję ci za dużo pytań. Wiem, że nic nie pamiętasz i nie powinienem naciskać. Przepraszam, że cię zdenerwowałem. – Jego dłonie były delikatne, ale przytrzymywały moją głowę tak, że w ogóle nie czułam jej ciężaru. Naprawdę, kiedy patrzył mi w oczy, w ogóle nie czułam żadnego ciężaru. – Nie myśl już o tym. Nie musimy się zbliżać do wody, a ja nie będę cię wyciągać na łódź, jeśli tym się denerwujesz. Już nigdy.

Przyciągnął mnie do siebie, tak samo jak rano, jakby poczuł nagły impuls nakazujący mu chronić mnie. Widocznie nie byłam tak dobrą aktorką, jak mi się wydawało, skoro tak łatwo wyczuwał moje zdenerwowanie. Objął mnie ramionami, jakby były tarczą, a mój niepokój rozproszył się w ciemnościach nocy. Nie widziałam już żadnych kształtów czy kolorów, mogłam patrzeć tylko na Akinlego.

W oddali zabrzmiała kolejna piosenka. Ta miała wolne, miarowe tempo. Jedna z dziewcząt westchnęła.

Pomyślałam o tym, że mam odejść dzisiaj w nocy. Taki był mój plan. Nikt mnie nie szukał i nikt nie będzie mnie szukał. Dałam Akinlemu dzień, o który prosił, ale teraz założył po prostu, że tutaj zostanę. Właśnie obiecał, że nigdy więcej nie zabierze mnie na łódź, czyli musiał uważać, że ma powody, by składać taką obietnicę. Tak jakby starał się poznać każdy drobiazg, dzięki któremu będę się lepiej czuła, żebym nigdy nie pragnęła się znaleźć gdzie indziej. Nie chciałam być gdzie indziej, to pewne, ale na niektóre rzeczy nie było żadnej rady. Co miałam zrobić?

– Hmmm. – Akinli odwrócił głowę w stronę, z której dobiegała muzyka. – Zatańczymy?

Piosenka pasowała do wolnego tańca, więc uznałam, że sobie poradzę. Nikt nas nie zauważy, jeśli będę bardziej niezdarna, niż mi się wydaje. Skinęłam głową i uśmiechnęłam się, znowu odpychając myśli o tym, co nieuchronne. Byłam już w jego ramionach, więc po prostu opuścił prawą rękę na moją talię i uniósł drugą, żeby przytrzymać moją dłoń. Wolną dłoń oparłam na jego piersi i zaczęliśmy się kołysać do dźwięków płynących z oddali. Co pewien czas Akinli zmieniał kierunek, a ja szłam w jego ślady. Nasze stopy deptały koc na piasku.

– Doskonale sobie radzisz. Większość dziewczyn próbuje prowadzić. Nigdy jeszcze z nikim mi się tak łatwo nie tańczyło – szepnął mi do ucha, a potem umilkł.

Jego oddech poruszał włosy przy mojej szyi. Co pewien czas starał się odetchnąć głębiej, jakby wciągał w płuca mój zapach i nie chciał, żebym to zauważyła. Musiał być pewnie rozczarowany – zapach oceanu czuł przecież przez cały czas. Jego szorstka dłoń z czułością przytrzymywała moją rękę. Byłam przy nim taka malutka. Kiedy podniósł głowę, jego nos dotknął mojej skroni.

– Wcześniej opowiadałaś mi historię dłońmi...

Uśmiechnęłam się, aż mój policzek otarł się o jego podbródek. Pisanie na kartkach było wygodne i korzystaliśmy z tego przez większość wieczoru, ale w pewnym momencie Akinli zaczął nalegać, żebym spróbowała mu coś powiedzieć tylko za pomocą gestów, żeby mógł się przekonać, czy coś zrozumie. Opowiedziałam mu o pierwszym spotkaniu z Miaką, chociaż nie miał pojęcia, co oznacza moja gestykulacja. Co pewien czas wtrącał zabawne komentarze, na przykład: „Ja też lubię galaretkę". Zakończyłam machaniem rąk, które nazwał „jazzowymi dłońmi". Nie wiedziałam, co miał na myśli, ale mimo wszystko uśmiechnęłam się.

– Chciałbym, żebyś wiedziała, że to była najciekawsza rozmowa, jaką odbyłem – wyszeptał. – Tobie pewnie się wydawało, że niewiele możesz mi przekazać, ale ja uważam, że powiedziałaś mi naprawdę mnóstwo. Twoje oczy, twoje ruchy

– jest w tobie bogactwo słów, Kahlen, i nawet jeśli nie możesz ich przekazać tak łatwo, jak byś chciała, widzę, że wszystko rozumiesz. I to nie tylko powierzchownie... jeśli wiesz, o czym mówię.

Odsunęłam się, żeby na niego spojrzeć. Wyglądał, jakby mówił całkiem szczerze. Wiatr porwał pasmo moich włosów i zdmuchnął je na policzek, więc Akinli podniósł rękę, którą obejmował mnie w talii, by wsunąć je na miejsce. Zamiast opuścić potem rękę, wplótł ją w moje włosy. Patrzył mi w oczy i wydawało mi się, że myśli o wielu różnych rzeczach. Wpatrywał się we mnie, a jego oddech stał się odrobinę szybszy.

Cały świat wokół nas zaczął zastygać. Słyszałam chlupot wody, gdy fale uderzały o piasek i kamienie. Widziałam, że księżyc był odrobinę mniejszy niż zeszłej nocy, ale wciąż dostatecznie duży, by oświetlać nasze twarze, gdy nasze oczy przywykły już do ciemności. Czułam od Akinlego zapach proszku do prania, wymieszany z zapachem morza i czymś słodkim, co pieczono w jednym z pobliskich domów. Mogłam smakować gęste powietrze wokół mnie, pełne letniego żaru. Dłoń Akinlego gładziła mnie z tyłu szyi, a moje włosy poruszały się pod jego palcami.

Moje ciało wydawało się dziwnie nowe, tak jak wtedy, gdy zostałam syreną i wiedziałam, że powinnam odczuwać ból, ale byłam całkowicie odrętwiała. Tamten brak wrażliwości wydawał mi się teraz czymś zwyczajnym i pożądanym, ale to było inne uczucie, bardziej przyjemne. Nie chodziło o to, że czułam się dobrze czy też czułam się szczęśliwa, to było coś głębszego. Walka i wewnętrzny spokój. Czułam się całkowicie usatysfakcjonowana, ale płonęłam zagadkowym pragnieniem, niemal bolesnym i niemożliwym do nazwania.

Nieznana potrzeba przepalała mi powoli skórę, moje powieki stały się ciężkie, a wargi uchyliły się.

Twarzy Akinlego także się zmieniła. Była prawie taka jak wczoraj, ale bardziej wyrazista, bardziej spragniona. Musiał wiedzieć, co czuję, a ja pragnęłam się dowiedzieć, o co mu chodzi. Z całego serca chciałam go o to zapytać.

– Kahlen – wyszeptał. – Wiem, że nie możesz mi powiedzieć „nie", więc jeśli chcesz, możesz mnie potem spoliczkować.

Pochylił się, powoli skracając dystans pomiędzy nami, i pocałował mnie. Płomień w moim wnętrzu drżał pod wpływem moich obaw. Modliłam się, żebym zdołała zachować milczenie. Jeśli uda mi się nie wydać żadnego dźwięku, będę nieskończenie wdzięczna losowi. W końcu doczekałam się pierwszego pocałunku i byłam zbyt przerażona, by naprawdę się nim cieszyć. Wiedziałam, że moje ciało jest sztywne i obawiałam się, że on błędnie odczyta to jako sprzeciw. Nie chciałam go odtrącać! Podobało mi się to i chciałam więcej. Pomagało ukoić te bolesne i przyjemne płomienie, a jednocześnie podsycało je.

Jego wargi były ciepłe i miękkie. Mimo swojej siły obchodził się ze mną delikatnie, pocałunek nie był natarczywy, lecz powolny i staranny. Po chwili Akinli odsunął się i spojrzał na mnie ostrożnie, jakby się zastanawiał, czy nie złamał prawa. Muzyka znowu się zmieniła.

Udało mi się – nie wydałam żadnego dźwięku, Akinli był bezpieczny, pocałował mnie, a Matka Ocean nie miała o tym pojęcia. Ta świadomość przyszła do mnie nagle i poczułam, jak serce zaczyna mi mocniej bić. Ogień w moim wnętrzu płonął, równie silny jak przedtem. Przygryzłam wargę i westchnęłam. Akinli zauważył moją ekscytację i znowu mnie pocałował.

Jego dłoń była już wpleciona w moje włosy, więc wyciągnęłam w górę swoją i wsunęłam palce w jego włosy. Były miękkie. Pomyślałam o tym, jak kiedyś udało mi się podejść do dzikiego królika na tyle blisko, żeby go pogłaskać. Musiałam się wyciągnąć i stanąć na palcach, żeby dosięgnąć jego warg, więc Akinli objął mnie w talii i przyciągnął bliżej. Gdy się o niego opierałam, było mi wygodniej, więc zostaliśmy w tej pozycji.

Pocałunek przeszedł w następny. Jego wargi, jedynie z minimalną siłą, by mną pokierować, otwarły moje usta, a ja poczułam jego oddech. Jęknął cichutko, ale miałam wrażenie, jakby całe moje ciało ogarnęło trzęsienie ziemi. Poruszona tym dreszczem, przycisnęłam się mocniej do niego. Pocałunki stały się bardziej gwałtowne i namiętne. Jego język znalazł się w moich ustach, a mój w jego. Nie potrafiłam zdobyć się na tyle przytomności umysłu, by zachowywać się jak dama.

Nie, coraz mniej chciałam być damą. Pragnienie sprawiło, że nogi się pode mną ugięły i na moment ześliznęłam się, ale Akinli obejmował mnie ramionami i przyciągnął z powrotem do siebie. Przez tę chwilę, gdy się rozdzieliliśmy, z zaskoczenia otworzyłam oczy. Spojrzałam w jego oczy i poczułam, że jestem całkowicie bezsilna.

Ta chwila przerwy nie przeszkodziła mu – zaczął mnie znowu całować, zanim zdążyłam złapać niepotrzebny mi przecież oddech. Nogi nadal odmawiały mi posłuszeństwa, więc opadliśmy na koc. Akinli położył mnie delikatnie i przesunął tak, że znajdował się nade mną. Zaczął mnie dalej całować, jego wargi oderwały się od moich i przesunęły się po mojej szyi w jedną i w drugą stronę. Czułam, że oddycham gwałtownie, ale nie potrafiłam tego powstrzymać. *Cichutko,* błagałam samą siebie. *Cichutko*. Przesunął ustami po moim podbródku i pocałował mnie za uchem. Poczułam, że moje ręce zaciskają się na jego plecach, co wyraźnie mu się spodobało. Przesunął się, a jego dłoń otarła się o mokry piasek obok koca. Gdy znowu mnie dotknął, poczułam piasek na sukience. Przepraszam, Julie. Wciąż wydawał te urocze dźwięki, a ja żałowałam, że tego także nie mogę zrobić. Miałam nadzieję, że moje milczenie nie przeszkadza mu zauważyć, jak nieskończenie go pragnę.

Przez całe lata, nawet dzisiaj rano, wydawało mi się, że absolutnie nic nie jest w stanie osłabić tego niezniszczalnego ciała. A jednak znalazło się coś takiego.

Po części denerwowałam się trochę, że dłonie Akinlego przesuną się w takie miejsce, że poczuję się zbyt skrępowana, jednak trzymały się na moich plecach lub w moich włosach, a ja uwielbiałam to uczucie. To prawda, że zachowywał się bardzo śmiało, ale jednocześnie pozostawał dżentelmenem. Przyciągnęłam go bliżej do siebie. Moje palce potargały jego włosy i skubały jego koszulę. Po prostu pragnęłam więcej – nie miałam pojęcia, że mogę się czuć w taki sposób.

Pomyślałam o tych dziesięcioleciach, gdy marzyłam o pocałunkach. Wszelkie moje fantazje, pozbawione twarzy, postacie, tylko zabijały mój czas. Same pocałunki by mnie nie usatysfakcjonowały. Tylko ten mężczyzna – ten mężczyzna, którego całą sobą uwielbiałam – mógł mi teraz wystarczyć. Nie chciałam, by kiedykolwiek całował mnie ktokolwiek inny. Pragnęłam tylko Akinlego.

Jeśli piosenka znowu się zmieniła, nie zauważyłam tego. Moja noga – chociaż zupełnie tego nie zamierzałam – owinęła się wokół niego, przytrzymując go przy mnie. Akinli w odpowiedzi przytulił mnie jeszcze mocniej. Powoli otarł się o mnie, a ja znowu poczułam trzęsienie ziemi. Pachniał wodą, trawą i powietrzem. Pachniał żywą istotą i smakował niewyobrażalnie wspaniale. Lepiej niż ciasto. A ja wchłaniałam to wszystko, chociaż Matka Ocean, całkowicie nieświadoma, była zaledwie o kilka metrów ode mnie. Zapewne później za to zapłacę. Jeśli nawet Ona mnie nie ukarze, ja to zrobię. To pragnienie będzie mnie prześladować. Nie mogłam go przecież zatrzymać.

A może... Może bym mogła.

Leżałam tak, na pół przygnieciona ciężarem Akinlego, i zastanawiałam się. *Tyle już udało mi się zrobić w tym życiu. Na pewno jest jakiś sposób, żeby mi się to udało.*

Jego usta znowu przesunęły się z moich warg na podbródek, a potem na ucho, całując bez przerwy moją podekscytowaną skórę.

– Kahlen? Zostań ze mną. Nie odchodź. Jeśli ktoś po ciebie przyjedzie, to niech tak będzie. Pogodzę się z tym, jeśli będę musiał. Ale jeśli nie, chciałbym, żebyś tu została. Zostaniesz?

Odsunęłam się, żeby na niego spojrzeć. Na jego twarzy malował się niepokój, może obawa, że powiedział za dużo.

Chciałabym zostać z tobą na zawsze, pomyślałam. Kocham cię. Kocham cię tak, jak nikogo dotąd. Dałabym ci wszystko, czego byś zażądał.

Ta myśl pojawiła się w mojej głowie, a ja wiedziałam, że to prawda. Cała moja zbroja po prostu zniknęła, wszystkie mury obronne leżały w gruzach. Należałam do Akinlego i nie umiałam nic zrobić, by z tym walczyć. Pomyślałam o ludziach, którzy go opuścili – jego rodzicach i tej dziewczynie. Nie mogłabym mu tego zrobić. Nie zrobiłabym czegoś takiego. Czegokolwiek chciał ode mnie, miał to otrzymać.

Skinęłam głową.

Znowu dotknął ustami moich warg, tym razem wolniej. Odwzajemniłam pocałunek. Całowałam się z nim, aż do bólu.

Rozdział 10

Byłam zaskoczona, gdy okazało się, że Akinli miał rację – nikt nie zabrał naszych butów. Wracaliśmy do nich w ciszy, dziewczyny puszczające muzykę poszły spać na długo przed nami. Pocałował mnie raz jeszcze, zanim uruchomił silnik swojej ukochanej Bessie. Przytulałam się do niego mocno, kiedy jechaliśmy do domu. Czułam się ożywiona w lekkim wietrze, jaki wzbudzał pędzący skuter, i próbowałam poukładać wszystkie te wspomnienia w pamięci.

Kiedy jechaliśmy, ogarnęła mnie błogość. Nie miałam jeszcze żadnego planu, który umożliwiłby mi pozostanie tutaj, ale czułam narastającą determinację. Nigdy nie pragnęłam niczego tak bardzo jak tego, a pod pewnymi względami zmniejszyłam już dystans dzielący mnie od reszty ludzkości. Było to możliwe.

Kiedy zatrzymaliśmy się pod domem, większość świateł już zgaszono. Cieszyłam się, że nie spotkam się teraz z Julie – czułam, że włosy sterczą mi pod dziwnymi kątami, a na sukience mam zapiaszczone mokre plamy. Miałam nadzieję, że jej nie zniszczyłam. Weszliśmy do środka na palcach, a Akinli trzymał mnie za rękę, odprowadzając do pokoju gościnnego.

Drzwi były otwarte; zobaczyłam, że Julie zostawiła dla mnie dziewczęcą piżamę. To przemiłe z jej strony. Akinli ociągał się z wyjściem.

– Dziwnie się czuję. Jakbym powinien coś powiedzieć, ale…

Zasłoniłam jego usta palcami i powoli potrząsnęłam głową, a on popatrzył na mnie i skinął głową. Co właściwie sobie w ten sposób sobie przekazywaliśmy? Czy to miało znaczenia, skoro się rozumieliśmy? Ujął mnie za nadgarstek i odsunął moją rękę od ust, a potem pochylił się i obdarzył mnie kolejnym oszałamiającym pocałunkiem.

– Idź spać – polecił. – Zobaczymy się rano.

Uśmiechnęłam się i patrzyłam, jak niechętnie wychodzi z pokoju, spoglądając na mnie, dopóki zamykające się drzwi nie zasłoniły mu widoku. Kręciło mi się w głowie, piżamę Julie założyłam jak w transie, a potem usiadłam na łóżku i patrzyłam na księżyc za oknem. Nie wiem dlaczego, ale zaczęłam myśleć o czasie.

To nie miało sensu. Całe dekady ciągnęły się bez choćby jednej rzeczy wartej zapamiętania, a potem dni stały się tak pełne cudowności, że nie byłam w stanie tego wszystkiego ogarnąć. Potrzebowałam lat, żeby zbliżyć się do moich sióstr, ale w przypadku Akinlego wystarczyło mi na to kilka sekund. Jeszcze przez całe lata miałam być niezniszczalną dziewiętnastolatką – kobiety byłyby gotowe zabić za taki luksus, ale ten zamrożony czas, gdy Akinli będzie się starzał, był moim wrogiem. Byłam niemal pewna, że gdybym spojrzała w przeszłość, mogłabym dodać wszystkie ważne chwile w moim życiu i dałoby to w sumie niecały tydzień. Byłam też pewna, że gdyby obiecano mi jeszcze sto lat, nie wystarczyłoby mi to, by nasycić się Akinlim.

Czas leczył rany. Czas pomagał na wszystko.

Czas był też moim wrogiem.

Siedziałam rozbudzona na łóżku, dodając i odejmując godziny. To co wartościowe i zmarnowane, ważne i nieistotne, miało teraz dla mnie zupełnie inne znaczenie. Nie mogłam odpocząć i nie mogłam się uspokoić, denerwowałam się, nie mając żadnego planu. Chciałam znowu zobaczyć Akinlego, bo mnie uspokajał. Już i tak łamałam zasady, więc co znaczyła jedna więcej? Weszłam po schodach do pokoju Akinlego.

Schody niemal nie skrzypnęły, kiedy się poruszałam, ponieważ byłam lżejsza niż chłopcy. Słyszałam, że Ben chrapie za ścianą w pokoju, który dzielił z Julie. Po przeciwnej stronie korytarza zobaczyłam, że drzwi do pokoju Akinlego są lekko uchylone. Kiedy zajrzałam, okazało się, że podobnie jak ja, nie śpi, i wygląda przez okno.

– Ty też, co? – zapytał z uśmiechem. Podniósł kołdrę i szepnął – Chodź tutaj.

Zostawiłam drzwi uchylone i usiadłam na jego łóżku wygodnie, z podwiniętymi nogami. Opierałam się o jego zgięte nogi, a ramiona skrzyżowałam na piersi. Akinli jedną ręką objął mnie za szyję, a drugą w talii, tak że pasowaliśmy do siebie jak dwa kawałki układanki. Przez długą chwilę w milczeniu gładził mnie po plecach, a ja czułam, że całe moje wcześniejsze zagubienie zaczyna znikać. Byłam na właściwym miejscu. Cały świat mógł się poruszać, zniknąć – nie zauważyłabym tego i nie obeszłoby mnie to.

Od lat marzyłam o tym, żeby się zakochać, ale nie miałam pojęcia, że to będzie takie uczucie. Moja wola, moje potrzeby zniknęły, straciły znaczenie. Zostanę tutaj, żeby Akinli był szczęśliwy. Tylko tego pragnęłam – z niepokojąco wielką mocą.

Jego zgrubiałe palce przesunęły się po moich plecach. Było bardzo późno, ale nie wyglądał na sennego. Patrzył na mnie z pragnieniem w oczach, jednak nie próbował mnie znowu pocałować. Ja miałam na to ochotę, ale brakowało mi odwagi, by przejąć inicjatywę.

– Kahlen... chciałbym ci coś powiedzieć – odezwał się w końcu. Wydawał się zdenerwowany, z trudem znajdował odpowiednie słowa. – Wiem, że dzisiaj wieczorem posunąłem się trochę za daleko. Ja... no... podobałaś mi się od chwili, kiedy cię zobaczyłem, i dałem się ponieść emocjom. Nie powinienem był robić takich rzeczy. Powinienem był najpierw zapytać. Przepraszam cię za to.

Przepraszał? Przepraszał za najlepszą rzecz, jakiej kiedykolwiek doświadczyłam? Za to nie trzeba przepraszać!

– Zależy mi na tobie, naprawdę. Ale... Miałem ciężki rok i powinienem być ostrożniejszy. Może ty nie czujesz do mnie tego, co ja do ciebie. Właściwie się jeszcze nie znamy, a ja w zasadzie nie dałem ci wyboru. Nie miałabyś dokąd pójść, gdybyś nie chciała się ze mną całować. I pewnie czułaś się trochę zobowiązana, bo, no wiesz, znalazłem cię i tak dalej. Chciałem tylko powiedzieć... to, że się całowaliśmy... tak długo... to nie znaczy... Do niczego cię to nie zobowiązuje. Może masz już chłopaka, tylko o nim w tej chwili nie pamiętasz.

Był taki smutny, gdy mówił to wszystko.

– Ale gdybyś chciała zostać, gdybyś chciała dać mi jeszcze trochę czasu, z radością spróbowałbym z tobą być. Razem z tobą. – Wydawał się pełen obaw, ale jak mógł myśleć, że mnie na nim nie zależy? Czy nie wiedział, jaki jest cudowny? Nie miałam do wyboru nic oprócz ciszy, więc milczenie zaczęło się przeciągać. Akinli poruszył się niespokojnie.

– Czy mogłabyś... No, nie wiem, coś zrobić? Na przykład, jeśli nie jesteś mną zainteresowana albo jeśli masz już kogoś, to czy mogłabyś postukać się w nos albo zrobić coś takiego?

Uśmiechnęłam się i nie ruszyłam splecionych rąk. Poczułam, że on lekko się odpręża.

– Hmmm. No dobrze... Jeśli uważasz, że mogłabyś chcieć tu zostać i spróbować być ze mną, to czy mogłabyś... nie wiem... spoliczkować mnie? – zapytał. Uśmiechnęłam się szerzej. Starałam się nie zastanawiać nad tym, czy jest to możliwe, czy też nie, bo Akinli pytał tylko, czy chciałabym zostać. A ja chciałam, z całego serca, musiałam tylko wymyślić jakiś sposób, by to się udało. Byłam przekonana, że gdzieś tam musi istnieć odpowiedź. Nie zamierzałam go jednak uderzać, więc tylko położyłam mu dłoń na policzku.

– Nie do końca na taki znak czekałem, ale niech będzie – powiedział i pocałował mnie w czoło. Czuwał i patrzył na mnie, a ja powinnam się pewnie czuć skrępowana, ale przy nim byłam całkowicie spokojna. Minuty mijały w ciszy, aż jego powieki zaczęły opadać, a potem ziewnął szeroko. Widziałam ze swojego miejsca zegar – Akinli nie spał niemal od dwudziestu czterech godzin.

– Zostaniesz tutaj? Będziesz przy mnie, kiedy się obudzę?

Skinęłam głową, a on w końcu zasnął.

Przez większość noc nie spałam, tylko myślałam, a to w ramionach Akinlego było łatwiejsze. Patrzyłam na jego urodziwą twarz i byłam szczęśliwa, mogąc słuchać, jak oddycha.

To był koniec – mogłabym z tym walczyć, ale nie mogłam tej walki wygrać. To była miłość, a ja wiedziałam, po prostu wiedziałam, że kiedy z powrotem zacznę się starzeć i stanę się śmiertelna, z całą pewnością o nim nie zapomnę. Jak bym mogła? Tak jak w tym życiu tęskniłam za miłością, w następnym będę tęskniła za nim. Nie było już innej drogi.

Co byłabym w stanie oddać? Co mogłam przehandlować w zamian za pozostanie z nim? Nie miałam absolutnie niczego. Nie posiadałam nic, czego potrzebowałaby lub pragnęła Matka Ocean, poza moim ciałem, które pewnego dnia mogła zabrać. Wyrzekłabym się go, gdybym dzięki temu mogła z nim zostać.

W każdej szkole zostawałam kilka lat. Czy uda mi się to samo z kimś, kto będzie mnie obserwować o wiele uważniej? Uczniom nie zależało na tym, żebym się odzywała. Jak będzie się czuł Akinli, gdy nigdy nie odzyskam głosu? W szkole mogłam zawsze poprosić o urlop, gdy Matka Ocean mnie potrzebowała. Czy przyjaciół można prosić o urlop? A chłopaka? Kim właściwie byłam dla Akinlego? Na pewno coś dla niego znaczyłam, nie byłam tylko osobą, która pozwalałaby mu zabić wolny czas czy którą wziąłby do łóżka. Wyczuwałam, że nie potrafiłby nikogo traktować tak lekceważąco. Chciałam, żeby zachował się honorowo i po prostu powiedział to na głos.

Gdyby jednak czuł choć po części to, co ja czułam do niego, to mi wystarczało. Przez ponad godzinę wymyślałam różne scenariusze i myślałam, że może warto spróbować. Potem nie zdołałam się oprzeć pokusie i zasnęłam w ramionach Akinlego.

W czasie snu musieliśmy zmienić pozycję, bo obudziłam się z plecami opartymi o jego pierś. Obejmował mnie ramionami, jakby chronił coś delikatnego. Wiedziałam, że jest już rano, ale nie chciałam otwierać oczu. Nie chciałam się z nim rozstawać tak długo, jak to było możliwe.

– O Boże! – usłyszałam szept. – Ben! Ben, chodź tutaj. – Julie zobaczyła nas przez otwarte drzwi. Usłyszałam mniej dyskretne kroki zbliżającego się Bena. Leżałam nieruchomo, bo wyobrażałam sobie tę niezręczną jednostronną rozmowę, która by nastąpiła, gdyby się zorientowali, że już nie śpię.

– Rany, nie myślałam, że ona jest taką dziewczyną – stwierdził Ben.

– Nie bądź głupi! – skarciła go szeptem Julie. – Oboje są ubrani, a drzwi są otwarte. To urocze. Poza tym sam wiesz, jaki jest Akinli.

– To nie ma znaczenia, jaki on jest. Ładna laska w łóżku nigdy nie zaszkodzi.

Usłyszałam, że Julie go trzepnęła, a potem oboje zeszli na dół. Nagle przypomniałam sobie, że powinnam wytłumaczyć się z zabrudzonej sukienki. Po kilku minutach poczułam, że Akinli się porusza, więc przewróciłam się na drugi bok, żeby wiedział, że jestem przy nim, tak jak obiecałam. Zobaczył mnie, gdy tylko otworzył oczy.

Przy śniadaniu musieliśmy ścierpieć domyślne komentarze Bena. Akinli powtarzał cały czas, że do niczego nie doszło, a ja w milczeniu kiwałam głową. Napisałam na kartce, że przepraszam za zapiaszczoną sukienkę, ale Julie popatrzyła tylko tak, jakby nic lepszego nie mogło się przytrafić żadnemu ubraniu i powiedziała mi, żebym się nie przejmowała.

Czekała robota, a Akinli i ja wstaliśmy później niż zwykle. Chciałam mu towarzyszyć, żeby nie rozstawać się z nim ani na chwilę, ale powiedział, że powinnam zostać, bo on ma dużo roboty i musi pogadać z Benem. Zakładałam, że zamierza wyjaśnić, że się ze mną całował i skąd się wzięłam w jego łóżku. Przy takiej rozmowie naprawdę nie miałam ochoty być.

– Poza tym – powiedział – wrócę za kilka godzin. Dzisiaj to nie potrwa długo, a ty będziesz miała okazję, żeby za mną zatęsknić. Po południu wyjdziemy gdzieś razem; powinnaś poznać okolicę, skoro tu zostajesz. – Uśmiechnął się radośnie, mówiąc o tym.

Byliśmy wtedy w pokoju gościnnym, a ja ciągle miałam na sobie piżamę. Przez otwarte okno wpadała słona bryza, ale Matka Ocean wciąż milczała, co było dla mnie korzystne. Musiałam znaleźć sposób, by znowu wkraść się w Jej łaski. Moje plany nie mogły się udać bez Jej pomocy. Wiedziałam, że nie będzie łatwo, ale zamierzałam spróbować.

Akinli przyciągnął mnie i przytulił, nie spiesząc się z wypuszczaniem mnie z ramion. Byłam zaskoczona tym, jak naturalny wydawał się ten gest, zupełnie jakbym zawsze obejmowała go rankiem na pożegnanie, jakby to była nasza codzienna rutyna. Nie chciałam go wypuszczać, a gdy się odsunął, ta myśl musiała się odmalować na mojej twarzy.

– Hej… wszystko w porządku? Czy powinienem zostać? – zapytał. Dotknął mojego policzka i czoła, jakby chciał sprawdzić, czy nie mam temperatury.

Sięgnęłam po notes.

Wszystko w porządku, oczywiście że powinieneś już iść. Zrób, co masz do zrobienia, porozmawiaj z Benem i nie spiesz się. Ja zobaczę, czy Julie nie potrzebuje jakiejś pomocy – jest dla mnie taka dobra.

– Tak, jest chyba szczęśliwa, że się pojawiłaś. Myślę, że ma już dość samych chłopaków. Ale jesteś pewna?

Pokiwałam z entuzjazmem głową. Szkoda mi było tego straconego czasu, to wszystko, lecz absurdem było uważać, że będzie spędzać ze mną absolutnie każdą chwilę. Poza tym mogłam go wypuścić na kilka godzin, bo jeśli uda mi się wymknąć Julie, będę mogła porozmawiać z Matką Ocean. Może Ona uważa, że jest mi teraz coś winna. Mogłabym to wykorzystać.

– Dobrze, obiecaj tylko, że będziesz za mną tęsknić.

Uniosłam rękę jak do przysięgi i uśmiechnęłam się. Akinli spojrzał na mnie przebiegle.

– Nie jestem przekonany.

Z tymi słowami wyjął mi notes z rąk, przyciągnął mnie do siebie i pocałował. To nie był tak namiętny pocałunek jak zeszłego wieczora, jednak szczery i śmiały. Poprzednio Akinli próbował rozbudzić we mnie uczucie, dzisiaj miał już pewność, że ono już istnieje – a ja wyczuwałam to samo w nim. Zaczęłam odkrywać, że istnieje wiele rodzajów pocałunków, przekazujących najrozmaitsze rzeczy. Może jeśli będę się stale z nim całować, w ogóle nie będę potrzebować głosu.

Gdy wypuściliśmy się z objęć, jego oddech był odrobinę nierówny.

– Dobra, lepiej, żebyś teraz myślała o mnie przez cały dzień.

Westchnęłam, przysunęłam sobie notes i napisałam szybko:

Jesteś niemądry.

Julie była mi naprawdę wdzięczna za pomoc w porządkach – przynajmniej tyle mogłam zrobić w zamian za dach nad głową, jedzenie i ubranie. Poza tym byłam przyzwyczajona do spędzania większości czasu z dziewczętami. Akinli zostawił mi notesik, który był wygodniejszy niż szukanie kartki, gdy chciałam zadać pytanie. Początkowo nie miałam wiele do powiedzenia, pytałam głównie, gdzie są gąbki. Po chwili jednak Julie zaczęła gadać tak jak poprzedniego wieczora.

– Akinli powiedział, że może zostaniesz u nas na trochę. To prawda?

Nie pytał Cię najpierw o zgodę? Jeśli Ci to nie odpowiada, zrozumiem.

– Nie, nie! Naprawdę cię polubiłam, Kahlen. Jesteś przeuroczą osobą i pasujesz do nas. Zastanawiałam się tylko, czy to był jego pomysł, czy twój. Czy tego właśnie chcesz…

Skinęłam głową.

– Jesteś pewna? Wiesz, ktoś może cię szukać – powiedziała.

Naprawdę nie wydaje mi się. Mogę się mylić, ale myślę, że byłam sama.

Potrząsnęła głową, gdy mi odpowiadała.

– Ja w to wątpię. Jesteś w świetnej kondycji, na pewno nie mieszkałaś na ulicy, no i nie byłaś ubrana w łachmany. Miałaś naprawdę kosztowną suknię. Nie pamiętasz, skąd ją wzięłaś? To znaczy, albo wybierałaś się na jakiś bal, albo ją ukradłaś. – Natychmiast wzdrygnęła się, gdy usłyszała własne słowa. – Przepraszam.

Nie wiem, skąd ją wzięłam. W ogóle mi na niej nie zależy. Ale jeśli się boisz, że coś Wam ukradnę, trudno mi się temu dziwić. Ja też bym się niepokoiła, gdyby w moim domu zamieszkała obca osoba.

– Och! Nie, Kahlen, to nie tak. To źle zabrzmiało. Chodziło mi tylko o to, że nie chciałabym, żebyś tęskniła za dawnym życiem, bo widać, że musiało być wyjątkowe i że ty byłaś kimś wyjątkowym. Nie zrozum mnie źle, uważam, że Akinli to wspaniały chłopak, i kocham go jak brata. Ale tak szybka decyzja, że nie będziesz nawet próbować i po prostu zostaniesz tutaj, w malutkim pokoju, jako dziewczyna rybaka... wydaje mi się zbyt pochopna. To, że nikt się jeszcze nie pojawił, nie znaczy, że się nie pojawi. Możliwe, że nie uda nam się ciebie zatrzymać – wyjaśniła Julie.

Jej słowa brzmiały szczerze. Nie obawiała się więc, że ich obrabuję. Uważała, że w końcu będę musiała wyjechać, z własnego wyboru lub pod przymusem, i powrócić tam, skąd przybyłam. Miała rację... przynajmniej częściowo. Przez te kilka godzin, gdy Akinli spał, ułożyłam plan. Jeśli zdołam go przekonać, że mam przynajmniej osiemnaście lat, co było prawdą, będziemy mogli legalnie być razem – umawiać się, pobrać, co tylko będzie chciał. Będę mogła zostać z nim jakieś cztery lata, może pięć, jeśli będę miała szczęście. Potem „umrę" – najłatwiej będzie mi upozorować utonięcie. Mieszkaliśmy tuż nad wodą i na pewno będziemy często wypływać jego łodzią. Pewnego dnia, gdy załatwię już wszystkie sprawy, ześliznę się do wody, gdy będzie do mnie odwrócony tyłem, i popłynę tam, gdzie nie zdoła mnie dosięgnąć ani zobaczyć.

To będzie trudne, ale śmierć pozostawała najbardziej miłosiernym rozwiązaniem. Nie chciałam, żeby myślał, że mogłam go opuścić z własnej woli. Powinien wiedzieć, że śmierć to jedyna rzecz zdolna rozłączyć mnie z nim. A o ile Matka Ocean nie zapewni mnie, że porzucając to życie, zachowam jego twarz w pamięci, naprawdę poproszę Ją, żeby pozwoliła mi umrzeć, kiedy tylko zniknę mu z oczy. Myśl o życiu z tym pragnieniem, bez świadomości, kim on właściwie był i jak mam do niego dotrzeć, wydawała się torturą. Miałam już dość udręki wywołanej przez czas. Biorąc pod uwagę wszelkie okoliczności, takie wyjście będzie łaską dla nas obojga.

Oczywiście on by tak nie uważał. Jemu takie zakończenie wyda się najsmutniejsze. Zaczęłam jednak myśleć o mojej rodzinie i o Jillian. Myślałam o życiu, jakie prowadzili, i o tym, jak bardzo byli wyjątkowi. Każda historia musi się zakończyć. Czy to nie ostatni rozdział sprawia, że książka jest naprawdę warta przeczytania? Wszyscy uważają, że śmierć to smutne zakończenie, ale to nieprawda. Gdyby tak było, każde życie byłoby po prostu tragedią. Przewróciłam kartkę w notesie, żeby odpowiedzieć Julie.

Może pewnego dnia dawne życie mnie odnajdzie. A może nie będę miała innego życia. Nie mogę tego wiedzieć na pewno, ale tak czy inaczej wybieram Akinlego. Czasem po prostu coś się wie, a ja wiem, że chcę być z nim. Mam nadzieję, że to zawsze wystarczy jako odpowiedź: że zależy mi na nim bardziej niż na czymkolwiek innym.

To nie było długie wyjaśnienie, ale zajęło całą stroniczkę z notesu. Julie uśmiechnęła się tylko – przynajmniej jej ta odpowiedź wystarczała. Oddała mi notes i odchrząknęła.

– No dobrze… To co się właściwie wydarzyło, że moja sukienka jest cała w piasku? – zapytała, rzucając mi znaczące spojrzenie.

Nie podniosłam spojrzenia znad zlewu, który myłam, ale poczułam, że wbrew mojej woli usta wyginają mi się w uśmiechu, a twarz zalewa gorący rumieniec.

– Dobra, idę po większą kartkę. Chcę znać wszystkie szczegóły!

Gdy wrócili Ben i Akinli, Julie i ja zaczęłyśmy pospiesznie zgniatać kartki, które zapełniłam akapitami o Akinlim, i wyrzucać je do śmieci. Bez końca rozpisywałam się o tym, jaki był silny i co mi przypominał jego zapach, dzieląc się z Julie szczegółami, które właściwie powinnam zachować dla siebie. Jednak odtworzenie tych chwil na papierze sprawiło, że pamiętałam je jeszcze wyraźniej, a gdy myślałam raz jeszcze o tym wszystkim, coraz bardziej go uwielbiałam. Wydaje mi się, że moje drobiazgowe opisy wszystkiego, co wiąże się z Akinlim, przekonały Julie o tym, co napisałam wcześniej – że to jego wybrałam. Ledwie zdążyłyśmy wepchnąć do kieszeni ostatnie kartki, gdy Ben wszedł do kuchni.

– Cześć, mała – powiedział do Julie.

– Cześć – odparła bez tchu.

– Co tu się dzieje? – Ben przenosił spojrzenie pomiędzy nami, jakby chciał odgadnąć naszą tajemnicę. Zupełnie jakby on i Akinli nie rozmawiali o tym samym przez przynajmniej część dzisiejszego przedpołudnia. Musiał mieć całkowitą pewność, że plotkowałyśmy.

– Pracujemy. Ciężko pracujemy – odparła Julie i uśmiechnęła się do mnie. Nasze uśmiechy były coraz szersze, aż w końcu Julie wybuchnęła głośnym śmiechem.

– Co jest takiego zabawnego? – zapytał Akinli, wchodząc do domu.

– Nasze dziewczyny są strasznie dziewczyńskie – odparł Ben.

Nasze dziewczyny. Podobało mi się to określenie. Akinli podszedł do mnie z uśmiechem, pocałował mnie w czoło i powiedział, że wróci na dół, gdy tylko weźmie prysznic. Nie było go kilka godzin, ale te trzydzieści minut, których potrzebował, żeby się odświeżyć, ciągnęło się w nieskończoność. Julie pożyczyła mi ubranie porządniejsze od tego, które włożyłam do sprzątania. Chyba miała nadzieję, iż spotka je los podobny jak czerwoną sukienkę. Też miałam taką nadzieję.

Wróciwszy na dół, Akinli wyglądał tak dobrze, że nie miałam mu już za złe czekania. Tym razem, ponieważ wybieraliśmy się dalej, zabraliśmy samochód. Odrobinę pachniał rybą, ale mnie to nie przeszkadzało.

Przejechaliśmy przez nieduże skupisko domów, sklepów i kościołów, a potem wyjechaliśmy z Port Clyde. Główna ulica zamieniła się w szosę, chyba jedyną drogę prowadzącą do tego miasta.

– Czy widzisz coś znajomego? – zapytał Akinli, który wyraźnie zauważył moje zainteresowanie. Dziwne. Widziałam metalowe rzeźby stojące na trawnikach przed niektórymi domami. Na piaszczystych łachach osiadły łodzie czekające na przypływ, niezbędny, by je uwolnić. Widziałam szyldy reklamujące homary, jakbyśmy już nie zauważyli, jak łatwo można ich tu spróbować. Droga ciągnęła się coraz dalej.

Potrząsnęłam głową. To była prawda, nie widziałam tego miejsca nigdy w życiu.

– Kahlen, zaczynam dochodzić do wniosku, że musiałaś jednak zostać wyrzucona na brzeg. Pamiętałabyś coś z tego, gdybyś tędy przejeżdżała. Zastanawiam się, czy kiedykolwiek dowiemy się, co cię spotkało. Założę się, że to byłaby niesamowita historia.

Gdy w końcu dojechaliśmy do końca drogi, musieliśmy skręcić: w prawo lub w lewo. Akinli ruszył w prawo i przez chwilę wydawało się, że jedziemy kolejną prowincjonalną szosą, ale stopniowo zaczęły się pojawiać oznaki cywilizacji: sieciowy fastfood, sklep budowlany, stacja benzynowa z kilkoma dystrybutorami. Jechaliśmy coraz dalej, aż w końcu skręciliśmy, a ja zobaczyłam wodę i kolejną przystań. Zaparkowaliśmy przy ulicy. Popatrzyłam na Akinlego, który odpowiedział na pytanie widoczne w moich oczach.

– Rockland.

Sklepy w Rockland były pełne popołudniowych klientów. To była miejscowość nastawiona na turystów bardziej niż Port Clyde, chociaż tam również widziałam sporo przyjeżdżających gości. Zajrzeliśmy do kilku sklepów, a potem wstąpiliśmy na spóźniony obiad. Calzones okazały się pyszne, chociaż zaczynało mnie krępować, że Akinli płaci za wszystko. Jeśli miałam zamiar tu zostać, musiałam poszukać pracy. Skoro i tak chciałam za kilka lat upozorować swoją śmierć, nie miało znaczenie, że wyrobię sobie dokumenty. Może, gdy już nie będę ich potrzebować, dam je Elizabeth – byłyśmy wystarczająco podobne. Akinli wyrwał mnie z zamyślenia, przepraszając, że w tej restauracji nie podają ciasta. Mieli za to robione na miejscu lody, które mnie w zupełności zadowoliły.

Kiedy skończyliśmy obiad, Akinli wstał i przyniósł nam lody. Zajęło mu to chwilę, ponieważ centrum handlowe teraz, w popołudniowym szczycie, było wypełnione. Nie został już żaden wolny stolik. Akinli wrócił z ogromnymi waflami pełnymi lodów. Wybrałam dwa smaki, których nigdy nie próbowałam: waniliowe z czekoladowymi ciasteczkami i karmelowo-migdałowe. Połączenie okazało się interesujące.

– Smakuje ci? – Akinli nieelegancko pożerał porcję lodów większą jeszcze od mojej.

Pokiwałam energicznie głową. Koniecznie musieliśmy tu jeszcze kiedyś przyjechać. W Port Clyde była nieduża lokalna lodziarnia i wiedziałam, że muszę spróbować wszystkich smaków, i tam, i tutaj. Te lody były wyśmienite.

Drzwi otworzyły się, zadzwonił dzwonek i do środka weszła para staruszków. Poczułam podmuch letniego powietrza w chłodzie klimatyzacji. Rozejrzeli się w poszukiwaniu miejsca, ale nie było żadnego. Starsza pani wyglądała na rozczarowaną. Oboje byli spoceni i wyraźnie zmęczeni. Dzień był gorący – widziałam to, bo Akinli miał na czole kropelki potu – ale nie tak, żeby mi to przeszkadzało. Jednakże starsi ludzie, tacy jak ta dwójka, mogli czuć się nie najlepiej. Kiedy właśnie mieli się odwrócić i wyjść, usłyszałam obok mój ulubiony głos.

– Proszę pani, tutaj. – Akinli wstał. – My właśnie wychodzimy.

Natychmiast poszłam w jego ślady, dumna z tego, że jestem w towarzystwie mężczyzny, który umie zachowywać się po rycersku względem kobiety. Nie tylko wobec mnie, ale wobec jakiejkolwiek.

– Och, niech cię Bóg błogosławi. Na pewno? – zapytała starsza pani.

– Tak, proszę pani. Chcieliśmy właśnie wyjść stąd na słońce – odparł Akinli, jakby uważał za doskonały pretekst, że ktoś tu przyszedł i pomógł nam szybciej podjąć decyzję.

– Dla mnie jest trochę za ciepło – skomentował starszy pan i mrugnął do mnie. Uśmiechnęłam się do niego. Urocza była ta para.

Starsza pani złapała mnie za ramię, kiedy wychodziliśmy.

– Trzymaj się go – szepnęła mi do ucha. Uśmiechnęłam się tak promiennie, jak potrafiłam, i pokiwałam głową na znak z aprobatą, zanim wyszłam na słońce.

– O co chodziło? – zapytał Akinli, zanim wrócił do jedzenia lodów.

Wzruszyłam niewinnie ramionami.

– Masz przede mną jakieś sekrety?

Znów polizałam lody i udałam, że się wstydzę. Przyjemnie było flirtować z nim ze świadomością, że nie muszę się martwić o to, czy naprawdę mu się podobam.

– Możesz się kryć, ale ja i tak wszystkiego się dowiem, panno Kahlen. Zapamiętaj to sobie! – Wolną ręką przyciągnął mnie bliżej i pocałował mnie w czoło. Pocałunek był zimny i lepki.

Zastanawiałam się, czy mógłby się wszystkiego dowiedzieć. Zamierzałam niedługo porozmawiać z Matką Ocean. Jeśli Ona potrafiła zachować, przed całą ludzkością swoje tajemnice przez nie wiadomo ile wieków, z pewnością będzie wiedziała, jak ja mogę je zachować przed trojgiem ludzi. Obawiałam się, że Jej wiedza każe mi opuścić Akinlego, bo nie mogłabym tego zrobić. Nie tak szybko.

Akinli był inteligentnym chłopakiem, nie wierzył w przesądy. Nie będę się odzywać i przez czas, jaki spędzimy razem, nie będę się zmieniać. Może będę musiała znaleźć jakieś wyjaśnienie moich corocznych nieobecności, ale nic gorszego mnie nie czekało. Wcale nie musiałabym opowiadać mu żadnych bajeczek. To było wykonalne, nawet gdyby okazał się naprawdę dociekliwy.

Akinli miał przy sobie mój notes, który przed wyjściem zabrał z blatu w kuchni. Nie używaliśmy go często, ponieważ milczenie nie było dla nas nieprzyjemne. Czuliśmy się przy sobie swobodnie, zarówno rozmawiając, jak i milcząc. Właściwie jeszcze tego nie usłyszałam, ale miałam wrażenie, jakby Akinli kilka razy mówił, że mnie kocha. Nie liczyłam takich sytuacji, lecz czekałam, aż wydarzy się to naprawdę.

Wyrzuciliśmy chusteczki, a on przyjrzał mi się uważnie.

– Żyjesz pożyczonym życiem – oznajmił.

Poczułam, że moje ciało się wzdryga. Powtarzałam to samo od pierwszego dnia mojego wyroku.

– Popatrz na siebie: pożyczone jedzenie, pożyczone łóżko, pożyczone ubrania. Musimy kupić coś, co będzie tylko twoje. – Akinli dotknął bardzo drażliwego tematu, ale nie zauważył mojego przerażenia, tylko zaskoczenie. Rozejrzał się po sklepach. – Dokąd idziemy? Chcę kupić ci coś na pamiątkę.

Potrząsnęłam głową, on jednak nalegał. Gdy Akinli na coś się zdecydował, nie dawało się go odwieść od tego zamiaru. Przyjrzałam się otaczającym nas sklepom. Sklep z zabawkami? Nie. Rzeczy stamtąd byłyby miłe, ale niepraktyczne. Sklep z ubraniami? Może. Ubrania Julie pasowały na mnie niemal idealnie, więc mogłam z tym poczekać, aż będę miała własne pieniądze. Jubiler? Nie. To zbyt kosztowne, poza tym nie miałam pojęcia o biżuterii. Wreszcie zobaczyłam sklep z szyldem „Kawa i książki". To było to! Wskazałam sklep, a Akinli wyraźnie się ucieszył.

– Świetny wybór – pochwalił.

Gdy weszliśmy do sklepu, upewniłam się, że podjęłam słuszną decyzję. Z przodu stały stoliki, przy których można było usiąść, napić się czegoś i poczytać. Z tyłu znajdował się labirynt z używanymi książkami. W krętych przejściach między regałami aż roiło się od łowców okazji. Rozejrzałam się za działem dziecięcym – nie tylko dlatego, że książki w nim były zwykle tańsze, ale także dlatego, że słowa, które pragnęli usłyszeć dorośli, często były ukryte w książkach dla dzieci. Cudowne było też to, że większość dzieci chciała, by czytać im na głos, tak że wszyscy mogli być zadowoleni.

Potrzebowałam dużo czasu, żeby coś wybrać. Chciałam zapytać o zdanie Akinlego, ale gdzieś zniknął – pewnie poszedł przeglądać książki w dziale ciekawszym dla mężczyzny. Kartkowałam jedną książkę za drugą – skoro miałam się zdecydować na jedną, chciałam, żeby była dobra. Na decyzję potrzebowałam jakichś dwudziestu, trzydziestu minut. Postanowiłam w końcu poprosić go, żeby mi kupił *Drzewo, które umiało dawać* – może przeczyta mi je później, jeśli będę chciała. Bardzo trudno było mi się skoncentrować na książkach. Kiedy już dokonałam wyboru, zza regału wyłonił się Akinli.

– Znalazłaś coś? – zapytał podekscytowany.

Podałam mu książkę. Obejrzał ją, zadowolony z mojego wyboru.

– Dobry pomysł.

Kupił mi książkę, a ja po drodze w domu wyjmowałam ją co chwilę z torby i przytulałam. Był szczęśliwy, że jestem taka zadowolona. Naprawdę nie zastanawiałam się nad tym, że nie mam nic własnego – radziłam sobie z tym przez dziesięciolecia. Nie potrzebowałam niczego i nie mogłam mieć większości rzeczy, jakie chciałam, ale teraz czułam głęboką satysfakcję na myśl o tym, że jeden drobny przedmiot na tej planecie naprawdę należał do mnie. Pomyślałam o sukience w wisienki, którą zniszczyłam w Matce Ocean. Zapomniałam, że Ona mi to podarowała, a przynajmniej sprawiła, że mogłam sobie na to pozwolić. Zastanawiałam się, czy Ona czuje się teraz winna lub martwi się o mnie. Kiedy jechaliśmy, zaczęłam w głowie układać rozmowę z Nią.

Droga powrotna była łatwa do zapamiętania, mogłabym trafić sama: jechać do rozwidlenia dróg, a potem skręcić w lewo. Popatrzyłam znowu na długą drogę i poczułam przypływ uniesienia, gdy zobaczyłam znak z napisem „Witamy w Port Clyde".

Wróciwszy do domu, pochwaliłam się książką Benowi i Julie – naprawdę nie potrafiłam się przed tym powstrzymać. Julie poklepała mnie po głowie i mrugnęła do mnie, gdy chłopcy nie patrzyli. Czułam, że z czasem połączy nas siostrzana więź.

Ben upiekł na grillu rozmaite smakołyki na kolację. Zjadłam kurczaka, ale już sam zapach jedzenia z grilla wprost uwielbiałam. Siedzieliśmy przy stole i rozmawialiśmy swobodnie – jeśli zdążałam dość szybko zapisać swój komentarz,

Akinli odczytywał go na głos. Było dużo śmiechu i żartów, uwag o członkach rodziny i najnowszych wiadomościach telewizyjnych. Nie zapełniali ciszy, naprawdę rozmawiali ze sobą. Kilka razy poczułam się nawet niezręcznie, ponieważ Ben mówił coś, z czym Akinli się nie zgadzał i wdawali się w zażartą kłótnię, dopóki nie przerwała im Julie. Potem jednak nikt się już nie złościł; tutaj można było po prostu nie zgadzać się z drugą osobą.

Po kolacji usiedliśmy w pokoju dziennym, żeby obejrzeć program sportowy. Nie miałam pojęcia, o co w nim chodzi, więc kartkowałam swoją książkę, raz za razem czytając krótkie teksty na stronach. Jeśli zostanę, może Julie i ja zdołamy raz na jakiś czas wywalczyć oglądanie czegoś bardziej kobiecego. Tą biedną dziewczynę zawsze tutaj przegłosowano. Co jakiś czas podnosiłam głowę, by spojrzeć na ekran, i zauważałam, że Akinli patrzy na mnie i uśmiecha się.

Wieczór mijał szybko, jak zawsze czas spędzany z Akinlim. Julie uściskała mnie na dobranoc i poszła położyć się razem z Benem. Akinli ostatecznie przeczytał mi książkę, siedząc na kanapie. Nie znał jej wcześniej i był nią zachwycony.

– Przyjaźniłaś się kiedyś z drzewem? – zapytał mnie żartobliwie.

Pokręciłam głową. Nie, nie z drzewem.

Gdy przyszła pora, by się położyć, odprowadził mnie do drzwi pokoju gościnnego – mojego pokoju – i oparł dłoń o ścianę.

– Posłuchaj. Wiem, że to na początku dziwnie zabrzmi, ale chciałbym, żebyś mnie wysłuchała do końca. Ja... chciałbym, żebyś została dzisiaj tutaj, na dole. Ja będę spał na górze. Naprawdę chciałbym tym razem zrobić wszystko jak należy, a trudno mi się zachowywać właściwie, kiedy jesteś w moim łóżku. Za bardzo mi na tobie zależy, żeby zrobić coś głupiego i wszystko popsuć. Czy to ma jakiś sens? – Był zaniepokojony i odrobinę zawstydzony.

Chciałam być z nim bardziej, niż potrafiłabym to wyrazić, ale myśl o tym, jak mogą się potoczyć sprawy, przerażała mnie. Chociaż moje myśli i uczucia zmieniły się częściowo wraz z upływem czasu, byłam w dostatecznym stopniu dawną sobą, by chcieć jeszcze poczekać. Nawet jeśli było to trudne. Jak mówiły teraz dziewczyny? A, tak: Akinli był prawdziwym ciachem.

Położyłam mu dłoń na policzku i odgarnęłam pasmo długich włosów z oczu. Skinęłam głową z poważnym wyrazem twarzy, z nadzieją, że zrozumiał, iż zgadzam się z nim całkowicie.

– Powinienem był wiedzieć, że tak się zachowasz. Jesteś dla mnie za dobra, Kahlen. – Patrzył na mnie z miłością w oczach, a ja pragnęłam, by wyraził ją słowami.

Proszę, – myślałam. Powiedz, że mnie kochasz!

Nie miałam szczęścia.

– Pocałuj mnie na dobranoc – poprosił.

Wspięłam się na palce, żeby dosięgnąć jego ust, i pocałowałam go. Odwzajemnił pocałunek, obejmując mnie ramieniem w talii. Ten pocałunek przeszedł w następny.

I jeszcze następny.

Żar. Trzęsienie ziemi. Zawroty głowy.

Przestrzeń pomiędzy naszymi ciałami zniknęła. Oparłam się o framugę drzwi, czując na sobie ciężar jego ciała. Jego ramiona i piersi były potężnie umięśnione, nie tylko na pokaz, jak w przypadku niektórych mężczyzn – Akinli zapracował na takie ciało. To sprawiało, że o dziwo wydawał mi się jeszcze bardziej seksowny.

Jak zawsze był ciepły, czułam to na swych odsłoniętych rękach, dotykających jego skóry, i na dłoniach, wplątanych w jego potargane włosy. Zsunął dłonie na moją talię i oparł mi je na biodrach. Wczoraj coś takiego zawstydziłoby mnie, teraz sprawiło tylko, że pragnęłam go jeszcze bardziej.

Tak jak wczoraj wieczorem mimowolnie oplotłam go jedną nogą, a on uznał to za zaproszenie, by przytulić mnie mocniej. Czułam zawroty głowy, znowu ogarnęła mnie ta sama niewytłumaczalna słabość. Miałam wrażeniem, że zaraz zemdleję, i zastanawiałam się, czy to w ogóle jest możliwe. Zatraciłam się w moich pragnieniach, gdy nagle poczułam, że jego dłonie zaciskają się w pięści.

Akinli odsunął się ode mnie chwiejnie, co nie było łatwe, ze względu na przytrzymującą go moją nogę. Popatrzyłam na niego z poczuciem winy, jak dziecko przyłapane na czymś, czego mu jednoznacznie zabroniono.

– Widzisz? Ja nie... – Westchnął. – No dobrze, przepraszam, Kahlen. Zobaczymy się rano. – Cmoknął mnie w policzek i wbiegł po schodach, przeczesując palcami włosy.

Dlaczego on musiał tak świetnie całować? To wszystko jego wina. Głupi rybak. Głupi, seksowny rybak. Głupi, seksowny, cudowny rybak. Kogo ja chciałam oszukać? Kogo miałam obwiniać o to, co nie było grzechem?

Zaraz... Czy ja także umiałam świetnie całować? On przecież wydawał się pochłonięty tym tak samo jak ja. Może umiałam! Wyobraźcie to sobie tylko.

Chciałam przeprosić za to, że nie jestem bardziej ostrożna, ale przed chwilą obiecałam mu, że zostanę na dole, i nie chciałam mu się sprzeciwiać. Moje przeprosiny poczekają do rana. Weszłam do pokoju i założyłam piżamę, którą zostawiłam złożoną na krześle. Potem odwróciłam się i zobaczyłam coś leżącego na mojej poduszce: małe pudełeczko i karteczkę. Na samej górze było moje imię.

Kahlen,

Pomyślałem, że nie spodoba Ci się, że robię aż tyle, ale jesteś dla mnie kimś szczególnym, więc powinnaś dostać ode mnie coś szczególnego. Mam nadzieję, że to właściwy symbol tego, co, jak wiem, lubisz, a także zmiany, jaka we mnie zaszła, od kiedy się pojawiłaś. Cieszę się, że zostajesz.

Twój Akinli

Wiedziałam, że zniknął dzisiaj na dłuższą chwilę, wiedziałam! Kiedy on zdążył to podrzucić? Otworzyłam pudełeczko i na wacianej wyściółce zobaczyłam cieniutki łańcuszek z małym wisiorkiem: lśniącym srebrnym listkiem.

Idealny! Po prostu idealny! Gdybym sama poszła do jubilera, nie wybrałabym chyba nic lepszego. Podbiegłam do lustra, żeby go przymierzyć – był delikatny, a przy tym dyskretny, nie rzucający się w oczy, jak biżuteria niektórych dziewcząt. Poza tym tylko my dwoje rozumieliśmy jego znaczenie. Nie podobało mi się, że Akinli musiał na to wydać nie wiadomo ile, ale naprawdę byłam zachwycona tym prezentem.

Po cichu przeszłam do kuchni i zaczęłam grzebać w zauważonej podczas porannych porządków szufladzie z różnościami. Znalazłam gruby flamaster i kartkę papieru, na której wypisałam litery tak wielkie, jak zdołałam zmieścić. Miałam nadzieję, że są dostatecznie duże. Wróciłam do swojego pokoju i wyszłam przez okno na ganek, a stamtąd po schodkach zeszłam do ogródka za domem.

Zgasił już światło w pokoju, ale mogłam się założyć o każdą sumę pieniędzy, których nie miałam, że jeszcze nie zasnął.

Podniosłam kamyk i rzuciłam lekko w jego okno. Trafiłam. Zobaczyłam poruszający się cień, więc rzuciłam kolejny kamyk. Tym razem zorientował się, skąd dochodzi ten dźwięk i podszedł do okna. Otworzył je i wyjrzał, uśmiechnięty w ciemnościach nocy. Podniosłam kartkę.

DZIĘKUJĘ

Zobaczyłam, że zauważył lśnienie na mojej szyi i rozpromienił się cały.

Rozdział 11

Byłam teraz naprawdę w domu – wiedziałam o tym, bo przez następne kilka dni stałam się częścią codziennej rutyny. Któregoś dnia, gdy Akinli zajrzał do mojego pokoju, żeby pocałować mnie na pożegnanie, okazało się, że zostaję sama. Ufali mi na tyle, żeby mnie zostawiać, a ja w samotności nie czułam się źle. Rozglądając się, w każdym pokoju czułam obecność mojej przybranej rodziny. W kącie stała torba z robótkami Julie, wypełniona kłębkami wełny. Na stoliku Ben zostawił wypitą do połowy szklankę mleka. Książka, którą poprzedniego wieczora czytał Akinli, leżała rozłożona na oparciu fotela, bez żadnej zakładki. Wszystko to było ze mną, gdy siedziałam w pustym domu.

Ponieważ nikt nie mógł mnie usłyszeć, a ja z całego serca pragnęłam powiedzieć to na głos, odezwałam się w przestrzeń:

– Bardzo was wszystkich kocham.

Chciałam, by nadal mi ufali, więc pod ich nieobecność starałam się zająć czymś pożytecznym. Posprzątałam kuchnię, co trzeba było robić częściej niż raz dziennie – Ben i Akinli obchodzili się z jedzeniem jak tornado. Uprałam trochę rzeczy Akinlego; wiedziałam, gdzie trzyma te do prania, a tego dnia, gdy zostałyśmy same, Julie pokazała mi, jak obsługiwać pralkę. Próbowałam posprzątać dom, ale to nie poszło mi już tak gładko. Gdy Ben i Akinli wrócili, zastali mnie szarpiącą się z odkurzaczem. Akinli tylko się uśmiechnął.

Julie wybrała część swoich ubrań i włożyła je do komody w moim pokoju. Kupiła nawet trochę osobistych drobiazgów, o których nie pomyślałam – takich jak szczoteczka do zębów. Poszliśmy na spacer całą „rodziną" a Ben objął mnie ramieniem – wiedziałam, że to największa serdeczność, na jaką jego męskość mu pozwala; znaczyło to dla mnie naprawdę dużo. Poszliśmy obejrzeć latarnię morską. Wspinałam się po skałach razem z Akinlim i patrzyłam, jak niebo zmienia kolor o zachodzie słońca. Inne rodziny siedziały w pobliżu przy stołach piknikowych. Podobało mi się tutaj.

Byłam zaskoczona, gdy doszliśmy do pomnika poświęconego rybakom, którzy zginęli na morzu. Wydawało mi się, że w tak malutkiej miejscowości ich liczba będzie niewielka, ale dopiero poznawałam to miasteczko, więc mogłam się mylić.

Pewnego popołudnia Akinli i ja oglądaliśmy na kanapie kolejny z jego niemądrych filmów. Leżałam pomiędzy nim a poduszkami, obejmując go ramieniem i nogą. Nie pamiętam, żebym zasypiała – na pewno nie miałam takiego zamiaru, ale gdy się obudziłam, film już się skończył. Telewizor był włączony, a w pokoju siedzieli także Ben i Julie. Ben w fotelu, nieodrywający wzroku od ekranu, a Julie pochylona nad swoją robótką. Przeciągnęła się, potarła brzuch i wróciła do pracy. Spojrzałam na Akinlego, który był całkowicie przytomny.

– Cześć, śliczna – szepnął. Jego dłoń gładziła powoli moje ramię.

Musiałam wyglądać na zaskoczoną.

– Nie chciałem cię budzić. Wyglądasz tak uroczo, kiedy śpisz.

Uśmiechnęłam się.

Na pewno mnie kochał. Czułam, że promienieję szczęściem.

W czwartek świętowałam w duchu malutki jubileusz: tydzień temu Akinli mnie znalazł. Nikt mnie nie szukał, co ich wszystkich dziwiło, a Akinli z każdym dniem był coraz bardziej przekonany, że zostanę na dobre. Mogło mi się udać. Zachowywanie milczenia nie było takie trudne, a ja bardzo uważałam.

Wciąż nie miałam okazji porozmawiać z Matką Ocean. Obawiałam się Jej reakcji i czułam się trochę tak jak wtedy, kiedy po raz pierwszy zamierzałam się do Niej odezwać. Powtarzałam sobie, że będzie dla mnie dobra, ale po tym wszystkim, co stało się z Jillian, nie wiedziałam, czy mogę w to wierzyć. Starałam się zebrać na odwagę.

Piątek był leniwym dniem, Akinli i ja wyszliśmy przez okno jego pokoju. Siedzieliśmy na dachu nad gankiem. Rozłożyliśmy koce, on postawił radio na parapecie, a potem dla zabicia czasu czytaliśmy książki. Julie próbowała mnie namówić na dwuczęściowy kostium kąpielowy, ale nie potrafiłam się przemóc. Bieganie nago po plaży to było jedno, siedzenie półnago przed Akinlim to całkiem coś innego. Wybrałam krótką bluzeczkę bez rękawów i szorty, a on i tak ciągle mi się przyglądał.

Na zewnątrz było przyjemnie. Nie rozmawialiśmy zbyt dużo, ale w pewnym momencie Akinli spojrzał na mnie niespokojnie i zapytał:

– Naprawdę ci się podoba?

Patrzył znowu na mój naszyjnik, więc nie męczyłam się kiwaniem głową, po prostu go pocałowałam. Miałam już dość tego, że to on wybiera chwile do pocałunków. Nie miał nic przeciwko temu, a potem znowu zapadła cisza. Nie dawało mi spokoju jedno pytanie, ale nie byłam pewna, czy jest dość ważne, ani czy wypada mi je zadać. Teraz, na dachu, ciekawość zwyciężyła.

Powiedziałeś, że tym razem chciałbyś zrobić wszystko, jak należy... Czy to znaczy, że przedtem zrobiłeś coś nie tak?

Chciałam inaczej sformułować to pytanie, wydawało mi się zbyt niejasne, ale Akinli zrozumiał. Wiedziałam o tym, bo wyglądał na zawstydzonego.

– Nie sądzę, żebyś pamiętała, czy kiedykolwiek miałaś chłopaka, a jeśli miałaś, to co z nim robiłaś. Ale chciałbym, żebyś wiedziała, że nawet jeśli nie jesteś całkiem niewinna, mnie to nie będzie przeszkadzać. Chociaż nie ukrywam, podoba mi się, że wydajesz się całkiem niewinna. Naprawdę mi się to w tobie podoba. Jesteś urocza i skromna. To przyjemna odmiana. Ja mam już za sobą pewne doświadczenia. Spałem z trzema dziewczętami. Dwie z nich były jeszcze w liceum, wtedy po prostu tak się robiło. Seks niewiele dla mnie jeszcze znaczył, to było przyjemne, ale nic dla mnie nie znaczyło. Nie wiem, czy mnie rozumiesz.

Popatrzył na mnie, więc pokiwałam głową. Chyba rozumiałam, o co mu chodzi.

– Dobra. No więc ta trzecia dziewczyna była jedyną, z którą byłem na serio. Chodziliśmy ze sobą przez dwa lata w college'u, aż do śmierci moich rodziców. Nie wiem, czy opowiadałem ci o niej, ale byliśmy naprawdę blisko. Myślałem, że to ona jest tą wybraną, wiesz? I że zawsze będziemy razem. Chyba jednak fakt, że z nią spałem, pogorszył sprawę. Byłem już starszy, więc miało to znaczenie. Wszystko było tak intymne, że wydawało mi się, że zauważę, jeśli będzie ze mnie niezadowolona. Wydawało mi się, że doskonale się rozumiemy, ale potem ona rzuciła mnie bez żadnego uprzedzenia. To było kilka miesięcy temu, potem nie szukałem już nikogo. Dlatego zupełnie mnie zaskoczyło, kiedy znalazłem ciebie. – Uśmiechnął się do mnie; na chwilę zaplątał się w tym, o czym mówił. – W każdym razie nie czułem niczego do dziewczyn, które mnie nie obchodziły, i czułem się potem okropnie z powodu dziewczyny, na której mi naprawdę zależało. Dlatego teraz podjąłem decyzję, że zaczekam, bo nie wiem, kto i kiedy się w moim życiu pojawi. Wiem, że jeszcze za wcześnie to mówić, ale ty naprawdę mi się podobasz.

Na jego twarzy malowała się całkowita szczerość. Nie powiedział jeszcze, że mnie kocha, ale może to także odkładał na później. To, że nie mówił tego na głos, nie znaczyło, że tego nie czuł. Strzegliśmy naszych ciał i wydawało się dość oczywiste, co oboje czujemy. Ale nie mogłam być do końca pewna.

– Jeśli nam się nie ułoży, nie chciałbym niczego żałować. Gdyby jutro pojawił się tu jakiś facet i stwierdził, że jest twoim narzeczonym czy kimś w tym rodzaju, moglibyśmy pozostać przyjaciółmi.

Popatrzyłam na niego sceptycznie.

– No, prawie przyjaciółmi. – Pochylił się i pocałował mnie w szyję. Przeszedł mnie dreszcz. – W każdym razie o to właśnie mi chodzi. Nie chcę po prostu niczego żałować i nie chcę być z tobą tak blisko, gdyby ktoś miałby przyjechać i zabrać cię tam, skąd przyszłaś. I bez tego będzie mi przykro, a to by jeszcze wszystko pogorszyło.

Trudno było mi słuchać o czymś, co robił z innymi, a czego nie chciał zrobić ze mną.

Jeszcze. Cały czas powtarzałam sobie, że przyjdzie na to właściwa chwila. Nie mogłam tylko siedzieć i porównywać się do tych nieznajomych. Ich już tutaj nie było, w odróżnieniu ode mnie. Poza tym podjął taką decyzję w tym samym stopniu ze względu na mnie, co i na siebie. Doceniałam to, jak się o mnie troszczy.

Dziękuję za szczerość. Chciałam tylko wiedzieć.

– A ja dziękuję, że tak spokojnie to przyjęłaś. Nie miej mi tego za złe, dobrze?

Nie, oczywiście, że nie! Nie bardziej niż Ty miałbyś mi za złe moją przeszłość.

Wiedziałam, że to właściwe porównanie. Widziałam na jego twarzy, że mogłabym spalić dom, a on przyniósłby tylko pianki i podziękował za piękne ognisko. Nie byłam pewna, czy zdołałabym zrobić coś tak złego, by mi nie wybaczył.

Myślę, że to bardzo mądra decyzja. Przykro mi tylko, że musiałeś zostać zraniony, by ją podjąć.

– Dziękuję. Yyy… tak jak mówiłaś, to nie ma najmniejszego znaczenia, ale czy wiesz może, czy kiedykolwiek…

Ha! Biorąc pod uwagę, jak bardzo niespokojna się robię, kiedy mnie dotykasz, powiedziałabym, że nie.

Roześmiał się.

– Fakt, zawsze tak jakby podskakujesz. To urocze.

Nie potrafiłam ukryć rumieńca. Brak doświadczenia sprawiał, że w jednej chwili czułam się czysta jak śnieg, a w następnej... głupia jak but. No cóż, chciałabym umieć z tego żartować, tak jak on. Chyba było to zabawne. Żałowałam, że nie mogę tego jakoś skomentować. Gdybyśmy mogli rozmawiać o tym, moglibyśmy rozmawiać o wszystkim. No, prawie o wszystkim. I nie tyle rozmawiać, ile pisać.

Nie przeszkadza Ci, że nie mogę mówić? Że może nigdy się nie odezwę?

Zastanawiał się nad tym przez długą chwile. Przeczesał palcami włosy i przesunął dłoń na podbródek, co oznaczało, że musiał o tym myśleć. Nie zależało mi, żeby odpowiadał od razu, ale po chwili się odezwał.

– Kahlen, nie przeszkadza mi, że porozumiewasz się ze mną na papierze. Myślałem też, że skoro tu zostajesz, nauczę się języka migowego. Mam wrażenie, że ty już go znasz, więc kiedy tylko się zorientuję, co znaczą te wszystkie gesty, będzie nam znacznie łatwiej. Nie obchodzi mnie, jak się porozumiewamy, cieszę się, że możemy to robić. Wiem też, że mi nie uwierzysz, ale ty bez przerwy coś mówisz. Widzę to. Teraz jesteś zdenerwowana, bo myślisz, że ja się zdenerwowałem i że jestem rozczarowany.

Tak, właśnie to czułam.

– Może czuję się odrobinę rozczarowany, ale nie dlatego, że uważam, że to jest trudne czy też dziwaczne. Szczerze mówiąc, powód jest całkowicie samolubny i trochę zawstydzający.

Na pewno zauważył, że słucham z najwyższym zainteresowaniem.

– Chcesz, żebym ci to wyjaśnił, tak?

Skinęłam głową, a on westchnął.

– To... no, to krępujące, ale ja... chciałbym cię usłyszeć. Widzę twoją mimikę i język ciała, chyba rozumiem cię całkiem dobrze, ale widzisz, chciałbym wiedzieć, jak brzmi twój śmiech. Nie ten bezgłośny, który naprawdę uwielbiam, ale taki, jakim śmiałaś się wcześniej. Rozumiem, że to jest całkowity egoizm z mojej strony, ale chciałbym usłyszeć, jak mówisz moje imię. Chciałbym wiedzieć, jak ono brzmi w twoich ustach.

Miał spuszczoną głowę i bawił się brzegiem koca. Bardzo chciałam go jakoś pocieszyć, ale pozostawała mi tylko cisza.

– Czy chciałbym tego? Jasne. Czy muszę to mieć? Nie. Podobasz mi się taka, jaka jesteś. – Popatrzył na mnie poważnie. – Milcząca, bez nazwiska, wyrzucona na brzeg Kahlen. Ta dziewczyna koło mnie. Ją właśnie znam i na niej mi zależy. Nie potrzebuję niczego więcej.

Przestałam się przejmować zachowywaniem pozorów i rzuciłam mu się na szyję.

Kilka godzin wygrzewaliśmy się na słońcu, a potem wróciliśmy do domowego cienia. Ben i Julie rozmawiali o planach na wieczór. Po incydencie w zeszłym tygodniu Evana nie zaproszono na cotygodniowe piątkowe spotkanie. Ben był zaskoczony, że Evan nie odezwał się do niego – nie spodziewał się przeprosin, ale mnóstwa narzekań. Kristen zadzwoniła dzień wcześniej i powiedziała, że ona i John mają jakieś plany, czyli miała być nas tylko czwórka. Bardzo mnie to cieszyło, lubiłam, kiedy byliśmy we własnym gronie.

– Mimo wszystko trzeba zrobić zakupy. Chciałabym upiec lazanię, moglibyśmy razem zjeść wielki obiad – powiedziała Julie, zapisując listę zakupów.

– My zrobimy zakupy – zaproponował Akinli i spojrzał na mnie oczekując potwierdzenia. Otrzymał je. – Kahlen powinna poznawać okolicę.

– Chyba potrzebuję rzeczy, których nie dostaniesz tu w sklepie.

– Nie szkodzi, i tak się wybierzemy. – Znowu popatrzył na mnie pytająco.

Jasne, pojadę z tobą, głuptasie.

Wiedziałam, że jedziemy poza miasto. Akinli włączył radio i wtórował muzyce swoim śpiewem. Ponieważ dla mnie śpiew był pracą, czasem zapominałam, że muzyka czyni większość ludzi szczęśliwymi, że powinna wyrażać coś więcej niż nieuchronnie zbliżający się koniec. Akinli nie miał najlepszego głosu, ale był bardzo radosny – jeszcze jedna rzecz na liście tych, za które go uwielbiałam.

Próbowałam ułożyć listę rzeczy, za które go nie uwielbiałam, ale okazała się krótka. Przeszkadzało mi, że często mu się odbijało, poza tym nie podzielałam jego gustu filmowego. Cieszyło mnie, że dostrzegam w nim jakieś niedoskonałości, bo nie był księciem z bajki. Był zwyczajnym facetem, mającym zwyczajną pracą, którego niezwykle kochałam. Dzięki temu pamiętałam, że jest prawdziwy.

Pojechaliśmy do większego supermarketu za miastem, a Akinli trzymał mnie za rękę, kiedy szliśmy przez parking. Nie było na nim zbyt wielu samochodów. Akinli wziął wózek i weszliśmy przez automatyczne drzwi.

– Może panią podwieźć? – Gestem pokazał, że mam wsiąść do wózka. Dlaczego by nie? Podniósł mnie, wsadził do wózka i popchnął go w róg sklepu.

– Panie i panowie, zanim rozpoczniemy poważniejsze zakupy, powinniśmy chyba wybrać się na jazdę próbną nowym pojazdem. – Zaczął naśladować dźwięk rozgrzewanego silnika.

Podniosłam ręce, żeby zaprotestować. Zamarł na chwilę, a ja wtedy – tak jak robiła to Elizabeth – udałam, że zakładam niewidzialne gogle, poprawiłam włosy, odrzuciłam je do tyłu i złapałam niewidzialną kierownicę. Akinli roześmiał się na głos i znowu zaczął udawać silnik, a potem wystartował z miejsca.

Przestałam pozorować trzymanie kierownicy, żeby złapać się przodu wózka. Akinli, kreśląc ósemkę, skierował się w labirynt stoisk z owocami i warzywami, a potem skręcił w jedną alejkę i w następną, z powrotem na front sklepu. Wtedy, w samym środku tej nieszkodliwej i absurdalnej zabawy, wszystko się zmieniło.

Roześmiałam się.

Nie wiem, co by się stało, gdybyśmy byli w jakimś innym miejscu w sklepie, ale mijaliśmy właśnie mięso i owoce morze. Akinli bezwiednie skręcił i wpadł prosto na akwarium pełne homarów, tłukąc szkło. Wózek przewrócił się, oboje runęliśmy na podłogę, przemoczeni do suchej nitki.

Boże, co ja zrobiłam?

– Kahlen?

Nie zacznij płakać na głos! Nie zacznij płakać na głos!

– Kahlen, wszystko w porządku?

Co ja sobie wyobrażałam? Że mogłabym tak funkcjonować całe lata? Ledwie sobie poradziłam przez jeden tydzień.

– Kahlen, proszę, nic ci nie jest? – Głos Akinlego stał się lekko histeryczny.

– Co tu się dzieje?! – burknął ktoś niezadowolony, podchodząc bliżej.

– Kahlen?

– Kto to zrobił?

Nie mogę tu zostać. Któregoś dnia go zabiję. Zrobię to niechcący, ale zrobię to. Jestem głupia!

– Kahlen, proszę?

– Czy to pan to zrobił? – zapytał menedżer.

– ZAMKNIJ SIĘ!

Akinli krzyknął tak głośno, że rozzłoszczony menedżer i inni ludzie rozmawiający półgłosem wokół nas ucichli.

– Kahlen, słyszysz mnie? Nic ci nie jest?

Nie, fizycznie nic mi nie było, więc potrząsnęłam głową.

Sporo czasu zajęła rozmowa z menedżerem. Akinli nie miał pojęcia, dlaczego nagle skręcił, chyba nie usłyszał mojego śmiechu, albo raczej nie wiedział, że go usłyszał. Staliśmy z pochylonymi głowami, a menedżer krzyczał na nas przy innych klientach. Musieliśmy podpisać oświadczenie, że nie pociągniemy sklepu do odpowiedzialności za ewentualne obrażenia, chociaż nic się nam nie stało. Personel był niezadowolony, że posłużyłam się tylko imieniem. Pozwolili nam zrobić zakupy, ale jeden pracownik cały czas chodził za nami. Czułam, że Akinli co chwila na mnie spogląda, ale byłam zbyt zdenerwowana, żeby patrzeć na niego.

Kiedy jechaliśmy do domu, byliśmy ciągle mokrzy. Tym razem Akinli nie włączył radia i odezwał się do mnie dopiero w połowie drogi.

– Hej, przepraszam, że cię naraziłem. Przepraszam, że musiałaś się przeze mnie wstydzić.

To wyrwało mnie w końcu z odrętwienia, w jakim tkwiłam, od kiedy poleciałam na podłogę w sklepie. Musiałam na nowo przemyśleć mój plan, który wcześniej wydawał się idealny, a to sprawiło, że przez chwilę stałam się całkowicie nieobecna. Nie zdawałam sobie sprawy z tego, że on obwini się za cokolwiek. Powinnam była wiedzieć, że weźmie wszystko na siebie.

Nie zabraliśmy notesu, a ja potrzebowałam w tym momencie słów. Chciałam mu powiedzieć, że nie zrobił nic złego. Zwykle doskonale umiał odczytywać moje emocje, więc dlaczego teraz tak bardzo się mylił? To było naprawdę ważne, a ja mogłam tylko ze smutkiem potrząsać głową i mieć nadzieję, że wyraz mojej twarzy mu wystarczy. Nie wystarczył.

– Nie, ja wiem, że zachowywałem się głupio. Nie wiem, co się stało... nie rozumiem. Ale przykro mi, że zrobiłem coś głupiego, co wyraźnie wytrąciło cię z równowagi.

Potrząsnęłam głową jeszcze gwałtowniej. Musiał zrozumieć, że nie gniewam się na niego, ale wyraz jego twarzy podpowiadał, że mi nie wierzył. Kiedy już znajdziemy się w domu, wezmę kartkę i będę mogła mu wyjaśnić...

Ale co wyjaśnić? Jak miałam mu powiedzieć, że to moja wina? Jak miałam wytłumaczyć, że bałam się o niego? Nie mógł tego zrozumieć, a ja znalazłam się pod ścianą. Czy naprawdę miałam za złe Matce Ocean ustalone przez Nią zasady? Powinnam była być mądrzejsza.

Akinli i ja wróciliśmy do domu, nie próbując więcej się porozumiewać.

Kiedy wyjechaliśmy zza zakrętu, zobaczyłam na podjeździe jeszcze jeden samochód. Gdy tylko pojawił się w naszym polu widzenia, zauważyłam, że Akinli całkiem się zmienił. Jego ramiona, które wcześniej opuścił ze wstydem, teraz wyprostowały się. Usłyszałam, że wymamrotał: „Casey". Nie wiedziałam, kim jest ten Casey ani co zrobił, ale było jasne, że Akinli nie cieszy się na jego widok. Mogłam tylko zgadywać, że to kolejny facet podobny Evana i to sprawiło, że także odrobinę się zaniepokoiłam. Wjechaliśmy na podjazd i zatrzymaliśmy się. Akinli wydawał się zażenowany.

Powoli weszliśmy do domu, a ja puściłam go przodem, ponieważ wydawał się taki spięty. Kiedy znaleźliśmy się w salonie, wszystko zrozumiałam.

– Akinli! – pisnęła.

Casey nie było imieniem faceta, tylko dziewczyny – pięknej dziewczyny. Długie i jasne włosy spływały jej na plecy i przypomniały mi na moment o tym, jak układają się zawsze włosy Aisling. Miała lśniące błękitne oczy, była smukła i uśmiechała się od ucha do ucha, patrząc na Akinlego. Bez cienia wahania podbiegła do niego i pocałowała go w usta.

Bardzo dużo wysiłku wymagało ode mnie, żeby nie odezwać się ani nie rozpłakać. Czułam, że wargi mi drżą, ale umiałam przecież grać. Ułożyłam usta w lekki uśmiech, a wtedy opanowanie ogarnęło mnie niemal samoistnie. Spodziewałam się, że Akinli ją odsunie, ale nie zrobił tego. Kiedy się cofnęła, na jego twarzy malowały się ból i zaskoczenie.

– Cześć, Casey. Co… co ty tu robisz? – zapytał.

– A to cóż za powitanie? – zapytała z udawanym oburzeniem. – Chciałam z tobą porozmawiać, więc przyjechałam na weekend. Ben i Julie powiedzieli, że mogę zostać.

Popatrzył na nich. Ben był rozbawiony, Julie skruszona. Gdy Casey spojrzała na mnie, postarałam się ukryć szok. Widziałam, że lustruje mnie od stóp do głów, i czułam się upokorzona tym, jak muszę wyglądać w porównaniu z nią. Miałam potargane włosy i ciągle przemoczone ubranie, pobrudzone od lądowania na podłodze i poplamione chyba wodą od homarów. Zauważyłam, że Julie zdumiała się na mój widok, ale nie miałam czasu się tym przejmować.

– To pewnie ty jesteś tą dziewczyną, którą Akinli znalazł w lesie? Nie mówisz, prawda? Jesteś też głucha?

– Nie jest głucha – odparł z irytacją Akinli. – Jest w szoku. I ma na imię Kahlen.

– Aha – powiedziała tylko Casey.

Akinli odwrócił się do mnie.

– Kahlen, to jest Casey.

– Jego dziewczyna. No, mniej więcej – dodała.

Nie poprawił jej w żaden sposób. Akinli był nieprzenikniony. Gniewał się na nią? A może na mnie? Nie wiedziałam, przeciwko komu to było skierowane, ale nagle zamknął się w sobie. Cokolwiek się działo, nie zamierzałam potęgować jego bólu – dzisiaj już raz uznał, że mnie skrzywdził. Uśmiechnęłam się tak ciepło, jak potrafiłam, i dla dobra osoby, która była moim przyjacielem, objęłam osobę, która była moim wrogiem. Casey westchnęła, zaskoczona, ale nie odepchnęła mnie.

A więc to była dziewczyna, która wspierała go przez lata, a potem rzuciła z powodu czegoś tak niemądrego, jak jego praca. To ona pilnowała jego butów tamtego dnia, kiedy zobaczyłam go po raz pierwszy na plaży. To była ostatnia dziewczyna, jakiej dotykał.

Moje serce krajało się, gdy o tym myślałam. Nikt nie zasługiwał na niego, a ona nigdy go nie pokocha tak jak ja. Pasowała do niego jednak w taki sposób, w jaki mnie nigdy się nie uda.

Julie powiedziała, że zajmie się obiadem, więc gestem pokazałam, że przyjdę do niej, kiedy tylko się przebiorę i pomogę jej w tym. Zauważyłam, że Casey siedzi koło Akinlego na kanapie, ale powstrzymałam się przed wpatrywaniem się w nich.

Byłam zadowolona, że musimy zrobić obiad bez żadnych gotowych półproduktów, bo to znaczyło, że miałyśmy więcej do roboty. Chciałam pokroić pomidory, ale Julie zabrała mi je i zamiast nich wręczyła mi cebulę. Wiedziała, co robi, a ja z wdzięcznością uroniłam kilka łez, które nie musiały się wydać podejrzane. Julie była spięta, a mnie było przykro z jej powodu. Powoli robiłam wszystko, co mi poleciła, byle tylko nie musieć wracać do salonu i nie widzieć ich rozmawiających. Gdy nic więcej nie zostało już do zrobienia, Julie przysunęła się do mnie przy kuchence.

– Wszystko w porządku? – zapytała szeptem.

Skinęłam głową, chociaż było to kłamstwo.

– Przytulić cię?

Zacisnęłam wargi – zbierało mi się na szloch, a na to nie zamierzałam sobie pozwolić. Julie objęła mnie i pogładziła mnie po włosach.

– Wszystko będzie dobrze; on wcale nie ucieszył się na jej widok. Porozmawiają poważnie, a potem ona wyjdzie. Nie sądzę, żeby mogła w jakikolwiek sposób wpłynąć, by on zmienił zdanie.

Starałam się wyglądać, jakbym jej wierzyła, ale szczerze mówiąc, rozważałam to wszystko sama. Chociaż pragnęłam go bardziej niż czegokolwiek na świecie, wiedziałam, że nie mogę zostać. Gdyby przyjął Casey z powrotem, byłaby dla niego lepszą partnerką niż ja. Mogłaby z nim rozmawiać, razem z nim się starzeć – przy mnie tylko on by się starzał. Nie przeszkadzałoby mi to, ale nie mogłabym mu tego wyjaśnić.

Poza tym zdążyłby się przy mnie zestarzeć tylko pod warunkiem, że nie zabiłabym go przez przypadek. Miałam szczęście. Od kiedy tu przyszłam, dwa razy wymknął mi się z ust dźwięk – piśnięcie z powodu Evana i śmiech z powodu Akinlego. Dwa razy w ciągu tygodnia – to oznaczało, że jeśli zostanę, będę zagrażać tej rodzinie średnio sto razy na rok.

Od chwili, gdy w lesie wziął mnie za rękę, obawiałam się momentu, w którym będę musiała go zostawić. Myślałam, że nastąpi to za kilka lat, ale to już nie było możliwe. Tak będzie szybciej, łatwiej i bezpieczniej. Casey w samą porę stworzyła mi szansę ucieczki. Teraz muszę się tylko modlić, żeby im się wszystko ułożyło, i czekać na właściwy moment.

Przy obiedzie Casey zadziałała tak szybko, że ja znalazłam się daleko od Akinlego, podczas gdy ona ulokowała się tuż przy nim. Zdominowała rozmowę, opowiadając o uczelni, swoich planach i wspólnych znajomych jej i Akinlego. Włączał się, gdy mówiła o jego kolegach, ale tylko wtedy. Starałam się na niego nie patrzeć. Julie próbowała być odpowiedzialną gospodynią i zadawała Casey pytania, bo ja nie mogłam tego robić, Akinli nie chciał, a Ben tylko uśmiechał się złośliwie. Gdy Casey skończyła opowiadać, popatrzyła na mnie.

– Prawie nic nie jesz, Katie, jesteś na diecie?

– Kahlen – poprawili ją jednocześnie Julie i Akinli.

– Ups – odparła tylko.

Akinli poszedł do kuchni po mój notes, domyśliwszy się, że chciałabym móc się bronić. Znalazłam czystą kartkę i uświadomiłam sobie nagle, że przez te kilka dni zapełniliśmy prawie wszystkie.

Nie jestem szczególnie głodna. Dziękuję za troskę.

Pozwoliłam jej to przeczytać, a potem napisałam coś ze względu na Julie.

Ale jedzenie było pyszne, dziękuję!

– Nie ma za co – uśmiechnęła się.

– Czyli nie możesz mówić i nie wiesz, kim jesteś ani skąd się wzięłaś. Nic? – zapytała Casey.

Potrząsnęłam głową.

– Jak to się stało? Jakie są twoje ostatnie wspomnienia? – naciskała.

Wszyscy przy stole aż podnieśli głowy. Nikt nie pomyślał, żeby mnie o to zapytać, a na pewno nie tak bezpośrednio. Wiedziałam, że mówienie prawdy jest najlepszym sposobem na zapamiętanie swojej wersji, więc udzieliłam najbardziej szczerej odpowiedzi, jakiej mogłam.

Nie mam pojęcia, co to mogło być, ale coś mnie wytrąciło z równowagi. Byłam przerażona, smutna i wściekła, dlatego uciekłam. Biegłam i biegłam, aż znalazłam się w lesie. Wtedy usłyszałam głos Akinlego. Zaniepokoiłam się, bo to był głos mężczyzny, ale on wydawał się życzliwy. Dlatego tu jestem.

Julie przeczytała to na głos, a Akinli wydawał się wzruszony.

– Naprawdę jestem pierwszym twoim wspomnieniem? – zapytał nieśmiało.

Kiedy skinęłam głową, niemal się uśmiechnął.

– To bardzo niepokojące – zauważyła Julie. – Brzmi, jakby ktoś cię chciał zaatakować.

– Całe szczęście, że macie tu dwóch silnych mężczyzn – dodała Casey bardzo znaczącym głosem.

Ben zaproponował, żebyśmy zagrali po obiedzie w grę planszową, podczas gdy w telewizji będzie kolejny mecz baseballa. Nic z tego nie wyszło. Jedynymi osobami, które naprawdę przykładały się do gry, byłyśmy Casey i ja – jedna próbowała z determinacją pokonać tę drugą. Pewnie to dobrze, że ostatecznie bez trudu wygrała Julie.

Niedługo po dziewiątej uznałam, że jest na tyle późno, że mogę się już pożegnać. Pomachałam wszystkim na dobranoc. Nie byłam pewna, czy widzę na twarzy Akinlego tęsknotę, czy też tylko tak mi się wydawało. Łatwiej byłoby mi myśleć, że się nie mylę, ale patrzyłam na niego kilka sekund dłużej niż powinnam, zapamiętując jego piękną twarz na wypadek, gdybym widziała ją po raz ostatni. Przebrałam się w piżamę i położyłam się do łóżka. Patrzyłam przez okno na Matkę Ocean – wrócę do Niej, gdy tylko wszyscy zasną.

Kiedy usłyszałam, że idą na górę, zaczęłam tłuc pięściami w poduszkę, wykorzystując to, że ich kroki tłumiły dźwięk. Byłam wściekła.

Widziałam, że Casey jest płytka i jej charakter w ogóle do Akinlego nie pasuje, ale on coś do niej dawniej czuł i gdyby całkowicie mu to przeszło, poprosiłby ją, żeby od razu wyjechała. Mnie nie składał żadnych obietnic. Żałowałam, że nie usłyszałam od niego chociażby jednej – takiej, która uzasadniałaby moje prawa – ale ostatecznie tak było lepiej.

Kiedy kroki ucichły, rozrzuciłam ubranie po pokoju i zerwałam kołdrę z łóżka. Gdybym mogła krzyczeć, zrobiłabym to.

Miłość jest całkowicie nieracjonalna.

Mijały minuty, a ja nie mogłam doczekać się chwili, gdy znajdę się w Matce Ocean. Będę musiała się do wszystkiego przyznać, ale nie obawiałam się już Jej reakcji. Cokolwiek mi zrobi, nie będzie gorsze od tego, co teraz przeżywałam.

Wyszłam na palcach na ganek, powtarzając sobie, że tak będzie lepiej. Bolałoby mnie znacznie bardziej, gdybym została tutaj na miesiące lub lata. Musiałabym żyć z tymi wszystkimi wspomnieniami. Było już późno w nocy, nikt niczego nie zobaczy ani nie usłyszy.

Akinli zostawił otwarte okno – usłyszałam ich głosy, gdy weszli do jego pokoju. Zamarłam.

– Dlaczego tu przyjechałaś? – zapytał.

– Tęsknię za tobą. Przyznaję, że popełniłam błąd. Nie powinnam była pozwolić ci odejść – odparła Casey.

– Pozwolić mi odejść? – zapytał z niedowierzaniem. Domyślałam się, że to nie najlepiej opisywało ich rozstanie. – Casey, moi rodzice dopiero co zmarli. – Głos mu się załamał. – Próbowałem jakoś poukładać swoje życie, stanąć znowu na nogi. Nie mogłem tam zostać, nie rozumiesz? Tu nie chodziło o ciebie.

Łzy napłynęły mi do oczy. Żałowałam, że nie mogę go teraz przytulić. Akinli mówił dalej:

– Musiałem zadbać o siebie. Zostałem sam. Miałem Bena i Julie, wydawało mi się, że mam także ciebie, ale gdy tylko sprawy ułożyły się nie po twojej myśli, zrezygnowałaś ze mnie.

– Wiem, wiem, naprawdę przesadziłam. Nie chciałam tak naprawdę pozwolić ci odejść, po prostu puściły mi nerwy – powiedziała. Wydawało mi się, że w jej głosie powinna zabrzmieć większa skrucha.

Akinli milczał. Słyszałam jego kroki, gdy chodził po niewielkim pokoju.

– Akinli, przyjechałam powiedzieć ci, że popełniłam błąd. Przed wyjazdem mówiłeś, że gdybym kiedyś zmieniła zdanie, mam ci o tym powiedzieć. – Ach, czyli zostawił jej otwartą furtkę. To było do niego podobne, był aż za dobry. – Cóż, zmieniłam zdanie. Byliśmy razem tak długo… nie miałam racji, odrzucając to wszystko. Poza tym oboje wiemy, że twoi rodzice myśleli, że się pobierzemy, i…

– Przestań – przerwał jej. – Przestań.

Czekała dłuższą chwilę, zanim znowu się odezwała.

– Czy to ma coś wspólnego z tą dziewczyną? – warknęła.

– Kahlen – poprawił ją. – Nie, nie wydaje mi się, żebym chciał do ciebie wrócić, nawet gdyby jej tu nie było.

– Aha! Ale ona tu jest i na tym polega różnica, tak? – domyśliła się.

– Od kiedy się pojawiła, bardzo się do siebie zbliżyliśmy. Zaprosiłem ją, żeby tu została. Zgodziła się, a Ben i Julie nie mieli nic przeciwko temu – wyjaśnił.

– Chyba żartujesz! – powiedziała to tak głośno, że Ben i Julie bez wątpienia słyszeli każde słowo. – Ona jest tu przecież raptem od kilku dni. Jak mogłeś się zbliżyć do kogoś, kto nawet nie może mówić? – zapytała, nieprzekonana.

– Zdziwiłabyś się, ile ona potrafi przekazać. Nie jest skomplikowana, a gdybyś wieczorem zwracała na nią większą uwagę, zobaczyłabyś, że mówi mnóstwo rzeczy.

– Na przykład co? – zapytała, nadal z niedowierzaniem.

– Na przykład, że zostawia wszystko mnie. Zależy jej na mnie, ale nie ma ci za złe przyjazdu. Chce, żebym zrobił to, dzięki czemu będę najszczęśliwszy, i gdyby mogła, powiedziałaby to na głos. Mogę na nią liczyć. Jest niezawodna. Gdyby ktoś przyjechał po nią i ją zabrał, pozostałbym jej przyjacielem. Gdybyś ty wróciła do mojego życia, ona byłaby moją przyjaciółką. Nie wydaje mi się, żebym mógł liczyć na tyle z twojej strony.

Rany, przejrzał mnie na wylot. Czasem rozumiał mnie doskonale. Byłam gotowa dać mu wszystko, czego mógłby potrzebować. Dziewczyna, kochanka, przyjaciółka, znajoma... czegokolwiek by chciał, byłabym tym dla niego.

– Cóż, skoro jej to nie robi różnicy, a mnie tak, to znaczy, że powinieneś być ze mną.

Prychnął tylko.

– Nie wierzę! – pisnęła Casey. – Chcesz mi na serio powiedzieć, że zdążyłeś się w niej zakochać? Znaczy, ja wiem, że uwielbiasz czuć się silny i potrzebny, ale zastanów się tylko nad tym. Ona jest kompletną niemową i nie ma zupełnie niczego. No dobrze, ma imię, ale nie ma nawet nazwiska. Jest nikim.

Akinli nie odpowiedział. Może miał jakieś argumenty, a może nie, ale tak czy inaczej milczał.

Głos Casey stał się miększy.

– Posłuchaj, Akinli, nie przyjechałam tutaj, żeby się z tobą kłócić. Chciałam ci więc powiedzieć, że przepraszam i że nadal cię kocham. Wiem, że cię dzisiaj zaskoczyłam, prześpij się z tym wszystkim. Możemy rano porozmawiać. Naprawdę chciałabym być częścią twojego życia.

Usłyszałam, że westchnął.

– Pogadamy rano – zgodził się.

– Dziękuję – powiedziała. – No to co, położysz się? – Usłyszałam, że klepie materac.

– Zaraz, nie będziemy spać w jednym łóżku.

– Szczerze mówiąc, myślałam, że jeszcze potrwa, zanim zaśniemy – oświadczyła gardłowo, uwodzicielskim głosem.

– Nie. Przepraszam, ale nie mogę. – Usłyszałam, że obchodzi pokój. – Możesz tu przenocować, ja będę spać na kanapie.

– Na pewno nie. Ona jest tam obok – przypomniała Casey, a w jej głosie pojawiła się złość.

– Nie wiem, co sobie wyobrażasz, że zrobię, ale jeśli mi nie ufasz, zawsze możesz wyjechać. – W słowach Akinlego nie było groźby, był całkowicie spokojny. Czułam się dumna z niego. Ujął to dostatecznie stanowczo, by wiedziała, że mówił poważnie, ale na tyle delikatnie, żeby jednak została. Usłyszałam, że otworzył drzwi.

– Akinli? – zawołała cicho.

– Tak?

– Tęsknisz za tym? Chciałbyś, żeby było tak jak dawniej? – zapytała, po raz pierwszy z ciepłem w głosie.

– Nie wiem – powiedział. – Tęsknię za tym, co wydawało mi się zwyczajnym życiem. Bardzo za tym tęsknię. – Urwał na moment. – Dobranoc, Casey.

Usłyszałam, że drzwi się zamykają. Casey przewracała się na łóżku; nagle mruknęła na głos:

– Fuj! Nawet jego poduszka śmierdzi rybami. To miejsce jest jak śmietnik.

Miałam ochotę wepchnąć jej te słowa do gardła.

Minęło kilka sekund, a ja usłyszałam przez okno, że otwierają się drzwi pokoju gościnnego.

– Kahlen? – zapytał szeptem Akinli. Szybko przeszłam na koniec ganku i zeskoczyłam na ziemię, żeby schować się za rogiem domu. Usłyszałam, że oparł dłonie na parapecie otwartego okna.

– Kahlen? – zawołał głośniej. Odpowiedziała mu tylko cisza. – No nie. – Cofnął się do środka.

Pobiegłam, żeby schować się za najbliższym domem. Gdy się obejrzałam, zobaczyłam, że zapalają się wszystkie światła, na piętrze i na parterze. Chwilę później Julie zaczęła mnie wołać z ganku. Wróciła do domu, wyraźnie zdenerwowana. Schowana w ciemnościach nocy, odwróciłam się i pobiegłam jak najszybciej do Matki Ocean.

Rozdział 12

Zanurzenie się w wodzie przyniosło mi niewyobrażalną ulgę. Czułam, że dławi mnie szloch, ale Ona była zbyt szczęśliwa z powodu mojego powrotu, by od razu to zauważyć. Przez kilka sekund Matka Ocean zalewała mnie swoim szczęściem i błagała o przebaczenie. Naprawdę czuła się okropnie z powodu tego, że straciłam Jillian. Gdybym poprosiła Ją o cokolwiek związanego z Akinlim, jestem pewna, że by mi uległa. Musiałabym Ją długo przekonywać, ale w końcu by mi pomogła.

Może. Czy właściwie coś jeszcze wiedziałam na pewno? Każda myśl, która pojawiła się w mojej głowie, okazywała się błędna i przekręcona. Własna głupota tylko powiększała moją rozpacz, więc zaczęłam płakać jeszcze gwałtowniej.

Matka Ocean zamilkła, gdy wyczuła mój konflikt wewnętrzny i ogrom żalu. Stłumione spazmy zamieniły się w płacz, bo teraz w końcu mogłam dobyć z siebie głos. Dźwięki wydawały mi się wręcz nieprzyzwoite, sama nie miałam ochoty ich słuchać.

Prosiła, żebym Jej wyjaśniła, co się stało, ale nie potrafiłam znaleźć słów. Nie byłam w stanie myśleć, mogłam tylko płakać. Świadomość tego, że odejście było najwłaściwszym wyborem, nic nie ułatwiała. Może się myliłam. Może mogłam po prostu wrócić, wśliznąć się przez otwarte okno do mojego pokoju w moim domu.

Tylko że teraz Ona przytrzymywała mnie mocno i wiedziałam, że nie dam rady z Nią wygrać. Poza tym tak było najlepiej. Kochałam Akinlego, a teraz straciłam go na zawsze, ale czy to było coś nowego? Gdy minęło już poczucie przytłoczenia tym wszystkim, gdy powrócił znajomy ból po stracie kogoś, kogo kochałam, uspokoiłam się i zaczęłam mówić.

Pamiętasz tego chłopaka kilka miesięcy temu? Tego przystojnego, rzucającego kamieniami na plaży?

Pamiętała.

To on mnie znalazł. Kiedy Cię zostawiłam, uciekłam do lasu, żeby być sama. Nie wiedziałam, gdzie idę ani co robię. Myślałam o pójściu na pogrzeb Jillian, ale wydawało mi się to niewłaściwe, więc tylko tam siedziałam. Wtedy on się po prostu pojawił, zobaczył mnie płaczącą i myślał, że się zgubiłam. Zabrał mnie do domu i przedstawił swojej rodzinie. Spędziłam z nim trochę czasu… i zakochałam się.

Czy ktoś się zorientował, że jestem inna? Ze wszystkich rzeczy, jakie się wydarzyły, to niepokoiło Ją najbardziej.

Nie, nie. Nikt z nich niczego nie podejrzewał. Myśleli, że moje milczenie to reakcja na jakieś traumatyczne przejścia, a ja udawałam, że niczego nie pamiętam.

Czy jestem pewna?

Całkowicie. Nic w moim zachowaniu nie dawałoby się odczytać jako coś niezwykłego. Spałam i jadłam, pamiętałam o oddychaniu. Pozostaje tylko kwestia mojej sukni – musiałam ją zostawić, ale powiedziałam im, że jest zniszczona tak bardzo, że pewnie się rozleci. Jesteśmy bezpieczne, słowo honoru.

Przeprosiła, że mi przerywała. Powiedziała, żebym się nie spieszyła, wyrzuciła z siebie wszystko i opowiedziała Jej co się ze mną działo.

Tak właśnie zrobiłam. Opowiedziałam o tym, jak zostałam znaleziona i jak cudowny był dla mnie Akinli. Opowiedziałam Jej o śmierci jego rodziców i o tym, że kiedy widziałam go po raz pierwszy, to musiało być w dzień pogrzebu. Opowiedziałam jej, o gościnności Bena i Julie, że najpierw przygarnęli pod swój dach jego, a potem mnie. Opowiedziałam o tym, jak Akinli obronił mnie w nocy przed tym okropnym człowiekiem, a przy okazji przed sobą samą. Opowiedziałam, jak mnie całował – jak cudowny był mój pierwszy pocałunek. Jak go uwielbiałam. Podzieliłam się opowieścią o książce i naszyjniku i o tym, jakie znaczenie miało dla mnie, że dostałam coś własnego. Opowiedziałam, że czułam się, jakbym należała do tej rodziny, i że to był zupełnie nowy rodzaj miłości. Byłam szczęśliwa.

Potem musiałam przejść do tego, jak Akinli woził mnie w sklepowym wózku dla zabawy i jak pojedynczy dźwięk śmiechu przywołał mnie do rzeczywistości. Powiedziałam także o powrocie Casey, o tym, że Akinli się wahał, ale pozostanie z nią z pewnością byłoby dla niego lepsze. Byłam pewna, że jeśli zniknę, on da jej drugą szansę. Dlatego tak właśnie postąpiłam.

Wcześniej zamierzałam tam zostać. Miałam plan, pomyślałam, że mogłabym z nim być przez kilka lat, a potem upozorować swoją śmierć. Pomyślałam, że ponieważ tak często rozmawiamy, mogłabym zaplanować wszystko tak, żeby nie zauważał, gdy znikam, by śpiewać. Dobrze sobie radziłam z zachowywaniem milczenia i doskonale się porozumiewaliśmy. Ale ten jeden wybuch śmiechu sprawił... Wiedziałam, że nie mogę zostać.

Cieszyła się, że sama podjęłam tę decyzję, bo musiałaby odmówić mojej prośbie. Byłoby jej bardzo przykro, że znowu musi mnie zranić, ale inna droga nie istniała. W takiej sytuacji w końcu sprawy zaszłyby za daleko. Miałam szczęście, że to był tylko śmiech, bo mogłoby być znacznie gorzej.

Coś mi w tym nie pasowało.

Czy ktokolwiek pozwolił, żeby zdarzyło się coś takiego? Żeby sprawy zaszły za daleko?

Tak, komuś się to zdarzyło.

Wiem, że są rzeczy, o których nie chcesz mi mówić, ale wydaje mi się, że powinnam usłyszeć tę historię.

Wahała się, czy mi o tym opowiadać, ale uznała, że potrzebuję przestrogi. Ona miała na imię Amelia i była syreną kilkaset lat temu. Zakochała się w żeglarzu i układała plany podobne do moich. Wiedziała, że on nie będzie mógł z nią zostać na dłużej, ale podobnie jak ja uważała, że to lepsze niż nic. Żeglarz myślał po prostu, że Amelia jest głucha – w tamtej epoce uznano by to za poważną wadę, ale jej uroda sprawiała, że łatwo było o tym zapomnieć.

Moja nieznana siostra była niesamowicie szczęśliwa. Matka Ocean pamiętała siłę uczuć Amelii – bardzo podobnych do moich.

Amelii minęła już połowa zaplanowanego czasu – w jej przypadku było to kilka miesięcy – gdy nieostrożnie zbliżyła rękę do płomienia. Jej ukochany zauważył to – dostrzegł, że nie oparzyła się ani nie poczuła bólu. Amelia poniewczasie zauważyła swoje niedopatrzenie, zaś on zaczął ją bacznie obserwować. Wtedy ludzie bardziej bali się tego co nieznane, zaś istoty takie jak wampiry czy wiedźmy wydawały się im rzeczywiste. Uznano ją za czarownicę i postanowiono schwytać.

O mój Boże! I co się stało?

Matka Ocean interweniowała. W takich przypadkach, gdy łamano zasady, w grę wchodziły trzy możliwości. Jeśli naruszenie zasad było niewielkie, służbę syreny przedłużano, zaś liczba dodanych lat zależała od skali przewinienia. Zdarzało się to rzadko, ponieważ łamanie zasad rzadko bywało błahe. Przez wszystkie swoje lata Matka Ocean ani razu nie zetknęła się z sytuacją, w której dodanie czasu miałoby sens. W tym przypadku, jak i w innych, pozostawały dwie możliwości: śmierć Amelii lub tego mężczyzny. Powiedział kilku osobom o dziwactwach Amelii, a ona, zaślepiona uczuciem, za mało się pilnowała.

Co wybrałaś?

Zabrała mężczyznę i jego towarzyszy. Ścigali Amelię na morzu, więc dla bezpieczeństwa swojej córki i zachowania swojego największego sekretu, Matka Ocean pociągnęła ich na dno. Jej by to wystarczyło, ale nie Amelii, która miała złamane serce i nie chciała dłużej żyć. Poprosiła o śmierć, a Matka Ocean się zgodziła.

Zabiłaś ją?

Życie Amelii już raz miało się zakończyć w Jej wodach. Jeśli ktoś nie chciał żyć, tak jak Ifama, Ona nie miała skrupułów przed zabraniem tego, co w Jej oczach już do Niej należało. Było to trudne i nie lubiła tego, bolało bardziej niż odbieranie życia przypadkowym istotom, które się w Niej znalazły. Znała Amelię i zależało Jej na niej. Gdy któraś z nas odchodziła, było to zawsze jak utrata dziecka i właśnie dlatego Ona wybierała nas tak starannie i było nas tak niewiele. To, że musiała sama odebrać Amelii życie, zamiast po prostu ją wypuścić... Sprawiło Jej to prawdziwy ból. Tego jednak pragnęła Amelia i nie było to sprzeczne z zasadami, więc Ona musiała się zgodzić. Matka Ocean czuła ulgę na myśl o tym, że ja odeszłam stamtąd, zanim znalazłam się w podobnej sytuacji.

Pomyślałam o Amelii, mojej nieznanej siostrze, i o jej decyzji. Wybrała śmierć, gdy ktoś, kogo kochała najbardziej na świecie, umarł. Pomyślałam o tym nowym uczuciu, które mnie całą ogarnęło: zaborczym, nieugiętym. Zastanawiałam się, czy nie poprosić o śmierć, jeśli miałabym w następnym życiu pamiętać – nad poproszeniem o tę łaskę zamiast dalszego bólu. Jednakże to był zupełnie nowy scenariusz. Gdyby przyszło do tego samego – gdyby Akinli miał bać się mnie, a ten lęk kosztowałby go życie – dokonałabym takiego samego wyboru jak Amelia. Nie zawahałabym się. Życie z dala od niego było wystarczająco trudne, ale życie w świecie, w którym on by w ogóle nie istniał... Nie chciałabym żyć w takim świecie. Matka Ocean zobaczyła moje myśli i błagała mnie, żebym tak nie myślała.

Przepraszam, ale nawet mnie samą to zaskoczyło. Nie wiedziałam, jak bardzo go kocham. Ale to chyba powinno być oczywiste – kocham go wystarczająco, by go opuścić.

Była mi na nowo wdzięczna za ten wybór.

Jestem pewna, że nie będzie mu aż tak ciężko. Wiem, że mu na mnie zależało, ale nie wiem, jak głębokie były te uczucia.

Dość łatwo uległ namowom Casey. Jestem pewna, że o mnie zapomni, ostatecznie spędziliśmy razem tylko kilka dni.

Urwałam, bo zaczęło mnie dławić w gardle.

Będę o nim pamiętać. Zachowam ten mały naszyjnik i będę myśleć o tym, co w nim najlepsze. Ale to wszystko.

Pamięć była dopuszczalna. To Jej nie przeszkadzało.

Musiałam się oderwać od tego wszystkiego.

Czy możesz mnie zabrać do Miaki i Elizabeth?

Mogła, ale nie wiedziała, czy będę chciała. Przebywały w Londynie.

Och… a gdzie jest Aisling?

Tam gdzie zawsze, ale przy niej na pewno poczułabym się jeszcze gorzej.

Tak, masz pewnie rację… Zabierz mnie do Londynu. Nie wiem, na co czekałam, ale przestało to już mieć dla mnie znaczenie.

Zanim mnie zabrała, dała mi do zrozumienia, że naprawdę żałuje tego, jak skończyła się historia z Jillian, i tego, że zabrakło mi czasu. Było jej też przykro, że ten incydent przyniósł mi nowe smutki w postaci spotkania z Akinlim.

Myśl o Jillian napełnia mnie smutkiem, miała przed sobą tak wspaniałą przyszłość. Nic nie mogło jej powstrzymać, a ja bardzo ją podziwiałam. Ale jeśli chcesz zrobić coś, żeby mi to zadośćuczynić, chciałabym ufundować stypendium w tej szkole. To by mnie uszczęśliwiło – że ktoś, kogo spotyka tyle trudności, mógłby tam uczęszczać. To by dla mnie znaczyło bardzo wiele, bo nie mogłam się pożegnać tak, jak powinnam. Zamiast tego sprawiłabym, że inni będą o niej pamiętać.

Powiedziała, że mam dzisiaj dużo dobrych pomysłów. Anonimowa darowizna dla szkoły, upamiętniająca Jillian, nie powinna stanowić problemu. Popchnęła mnie i poczułam, że spadają ze mnie ostatnie strzępy piżamy Julie. To zabolało – wciąż miałam swój naszyjnik, ale pozbycie się tych ubrań było jak zrzucenie skóry dziewczyny, którą byłam przez tydzień. Lubiłam tę dziewczynę i zazdrościłam jej życia, jakie prowadziła. Opłakiwałam ją, gdy zaczęły nas dzielić całe połacie wody.

Potem przypomniałam sobie, że ona nigdy nie istniała.

Jeśli chodzi o Akinlego... to była moja wina, nie Twoja. Mogłam uciec, ale nie zrobiłam tego. Gdybym pilnowała się tak, jak mi poleciłaś, nie przechodziłabym teraz przez to. To okropne uczucie, nie ukrywam, ale jest w tym coś więcej. Przeżyłam sto lat, a te kilka dni było najcudowniejsze i najbardziej bolesne z tysięcy, jakie widziałam. Ale będę je pamiętać jeszcze tylko dziewiętnaście lat. Potem znikną wraz z przerażonymi twarzami i koszmarnymi krzykami wszystkich ludzi, których skrzywdziłam. Będę musiała pamiętać o nim jeszcze tylko trochę, prawda?

Tak, to wszystko powinno zniknąć. Im mniej będę o tym myśleć, tym łatwiej zapomnę.

Dobrze wiedzieć. Dziękuję.

Wydawało się, że sprawiłam Jej ból. Zapytała, czy skoro tyle rzeczy, które mnie zraniły, wiązało się z Nią, cieszę się na myśl o tym, że zapomnę także o Niej. Wydawała się smutna.

Szczerze mówiąc, nie. Trochę tak, ponieważ z powodu tego, co dla Ciebie robiłam, widziałam okropne rzeczy. Ale pomyśl o wszystkim, co przeżyłam. Bez Ciebie nie oglądałabym zachodów słońca we Włoszech i nie spacerowałabym po dżungli. Nie poznałabym moich sióstr ani dzieci w szkołach dla niesłyszących. Nawet utrata Akinlego... Przynajmniej dowiedziałam się, że istnieje ktoś taki jak on. Przeżyłam setki przygód, na które bym się nie odważyła i na które nie miałabym siły bez Ciebie. Jestem Ci za to wdzięczna. Marilyn zawsze powtarzała, że rzeczy, które udaje nam się osiągnąć, są jak drugi wielki dar – obok daru życia. Miała rację.

Jestem Ci wdzięczna, właśnie Tobie. Byłaś dla mnie jak matka, pomagałaś mi przejść przez zagubienie i smutek. Zachęcałaś mnie, żebym próbowała nowych rzeczy, dążyła do czegoś. Nawet teraz masz mnóstwo powodów, by się na mnie gniewać za to, co zrobiłam… ale zamiast tego pocieszasz mnie.

Mam nadzieję, że gdy odejdę, zdołam zachować jakąś cząstkę tego, co nas łączyło. To prawda, skrzywdziłaś mnie i skłamałabym, gdybym chciała temu zaprzeczyć. Ale nie mogę tracić czasu, złoszcząc się na Ciebie. Naprawdę Cię kocham. Wiem, że nigdy tego nie mówiłam, ale wydawało mi się, że o tym wiesz. Kochałam Cię od dawna – od tamtej rozmowy w Pawleys Island. Powinnam była powiedzieć to wcześniej, ale dopiero teraz zaczynam rozumieć, jak ważne jest mówić to, co się myśli, wtedy, kiedy powinno się to zrobić.

Była uszczęśliwiona. Ona także mnie kochała, bardziej niż jakąkolwiek inną syrenę w całych swych smutnych dziejach. Ja przynosiłam jej największą pociechę i to za mną będzie najbardziej tęsknić. Chciała, żebym o tym wiedziała.

Znowu się rozpłakałam, nie tak samo jak wcześniej, ale jednak wszystkie przeżycia nawarstwiły się. Ostatnie kilka dni przyniosło mi za dużo emocji. Potrzebowałam dużo czasu, żeby się uspokoić, ale gdy mi się to udało, zmusiłam się, by pozostać w tym stanie. Wiedziałam, że muszę być teraz dzielna. Chciałam spotkać się z moimi siostrami.

Będę mogła zatrzymać ten naszyjnik, prawda? Marilyn zatrzymała pierścionek zaręczynowy…

Tak, naszyjnik nie był najmniejszym problemem, ale nie powinnam mówić, od kogo go dostałam. Najlepiej będzie, jeśli w ogóle nie wspomnę o Akinlim. Miaka i Elizabeth i bez tego często sprawiały różne kłopoty. Nie muszą wiedzieć, że spróbowałam się z kimś związać i że uszło mi to na sucho – to by je mogło zachęcić, by same spróbowały. Miała bez wątpienia rację, więc obiecałam, że nigdy nie wypowiem jego imienia do nikogo poza Nią. Miałam nadzieję, że nawet nie pomyślę jego imienia, ale to by było zbyt trudne.

Ocean zawiadomiła o moim przybyciu Miakę i Elizabeth, więc spotkały się ze mną nad ranem w Londynie. Aby moja suknia nie zwracała uwagi obok ich bardzo współczesnych strojów, szybko uciekłyśmy z ulicy do mieszkania, które właśnie wynajmowały.

Pożyczone życie...

Następnego dnia zamierzałam zwiedzić to miasto tak, jak powinno się to zrobić. Na razie starałam się nie rozglądać za bardzo. Nie było mi trudno ignorować otoczenie.

– Cieszymy się, że do nas wróciłaś – powiedziała Miaka. Nie była dość wysoka, by dosięgnąć moich ramion, więc obejmowała mnie w talii.

– Martwiłyśmy się o ciebie. Wiesz, ledwie byłyśmy w stanie bawić się pod twoją nieobecność. – Można było liczyć na to, że Elizabeth wszystko obróci w żart.

– Trochę zwiedzałyśmy – przyznała zawstydzona Miaka. – Nie byłam pewna, ile czasu cię nie będzie. Myślałam, że to potrwa miesiące, może nawet lata. – Było mi przykro, że je zraniłam. Potrzebowałam ich teraz bardziej niż kiedykolwiek. Potrzebowałam świadomości, że nie jestem sama.

– Bardzo was przepraszam. Powinnam była więcej mówić o mojej przeszłości i nie trzeba było na was wtedy nakrzyczeć. Pożegnania... zawsze łamią mi serce. – Głos załamał mi się przy ostatnim słowie, a łzy znowu napłynęły do oczu. – Przepraszam. Muszę trochę odpocząć.

Siostry składały moją żałobę na karb utraty Jillian, a ja czułam się odrobinę zawstydzona, bo uczucia, jakie do niej żywiłam, zostały zepchnięte na dalszy plan – niemal usunięte z mojego serca – tyle miejsca zajmował w nim Akinli. Wiedziałam jednak, że mam pomysł na jej upamiętnienie, i to mnie pocieszało. Kiedy w końcu wstałam z łóżka, w którym odpoczywałam, choć nie zasnęłam, Miaka zauważyła mój naszyjnik.

– Prześliczny, skąd go masz? – zapytała mnie następnego dnia rano.

– Znalazłam. Uwielbiam jesień, a ponieważ jest taki malutki, Matka Ocean powiedziała, że mogę go sobie zatrzymać.

Ten srebrny drobiazg wiązał mnie z osobą, która została bardzo daleko. Myślałam o nim przez cały ranek. Która godzina była w Port Clyde? Co on teraz robił? Czy Casey została? Czy Julie była na mnie zła? Czy on za mną tęskni?

Pierwsze godziny wiecznej rozłąki z człowiekiem, który stał się miłością mojego życia – bez względu na to, ile razy będę żyła – sprawiały mi fizyczny ból. Czułam osamotnienie i rozpacz, które ledwo przypominały uczucia, z jakimi zmagałam się sama w dżungli na Sumatrze. Starałam się nie myśleć o tamtym okresie, ponieważ byłam wtedy psychicznie na samym dnie – przerażona, samotna i załamana.

A jednak, tamte dwa tygodnie na Sumatrze, w porównaniu z obecnymi przeżyciami, wydawały się spacerem w letni dzień. Były jak ciepła kąpiel lub wygodne łóżko. Chętnie przeżyłabym je znowu, wielokrotnie, i to z przyjemnością, gdybym tylko mogła uwolnić się od tego, co czułam teraz.

To było jak noc, pusta i bezgwiezdna. Nie pozostało nic, co można by zobaczyć lub poczuć, żadne słońce nie wstawało, by ten mrok rozproszyć. Nie było wygodnego miejsca, w którym mogłabym odpocząć, ani przyjaciela, z którym łatwiej byłoby znosić ciemności. Byłam sama.

Nie umiałam nawet walczyć z tym uczuciem, ale przed siostrami musiałam się trzymać dzielnie. Do czego to porównać? Do założenia znajomego płaszcza? Ten płaszcz płonął, a kieszenie miał pełne ołowiu – w czymś takim występowałam przed moimi siostrami.

Miaka i Elizabeth pokazywały mi wszystko to, co same obejrzały przez ostatni tydzień. Ja także zwiedzałam te miejsca: Opactwo Westminsterskie, Big Bena, słynny Most Londyński. Wszystko to było przepiękne, ale ja ledwie to dostrzegałam. Po tych wszystkich latach było to tylko jeszcze jedno miasto, które oglądałam. Po tych wszystkich latach...

Dawniej zauważałam tylko upływ lat. Ile ich minęło, od kiedy stałam się syreną? Ile musi minąć, bym mogła odzyskać wolność? Teraz jednak dosłownie czułam godziny i minuty, ich niewyobrażalnie powolny upływ. Nie wiedziałam, że czas może się tak dłużyć. Nie dawało mi to spokoju i pogłębiało poczucie wyobcowania.

Miaka i Elizabeth nie były zaskoczone tym, że miasto nie urzekło mnie tak jak ich. Za wymówkę znów posłużyła śmierć Jillian. Starałam się przy tym jakoś trzymać ze względu na nie – jeśli mamy spędzić razem jeszcze prawie dwadzieścia lat, powinnam stać się lepszą towarzyszką. Nie wydawało mi się, żebym chciała cały czas spędzać sama, tak jak Aisling, ale może miała ona trochę racji.

Aisling nie pozwalała sobie na przywiązywanie się do kogokolwiek. Byłam gotowa założyć się, że dzięki tej nieprzystępności życie sprawiało jej o wiele mniej bólu. Nic nie mogło jej dotknąć, nic nie mogło jej złamać. Jeśli zdobędę się na odwagę, przy naszym następnym spotkaniu zapytam ją, jak jej się to udaje. Jej służba dobiegała końca, więc z pewnością nie będzie wzdrygać się przed podzieleniem się ze mną sekretem swojej siły.

Chociaż mogłam rozmawiać z Matką Ocean, Ona nie potrafiła znieść mojego nieszczęścia. Gdy przyszłam do Niej z płaczem, ledwie była w stanie powściągnąć własny smutek. Ona musiała opiekować się całą planetą, a ja zadręczałam się beznadziejnymi problemami miłosnymi. Zamierzałam poradzić sobie z nimi sama, jeśli tylko znajdę sposób.

Chociaż moje siostry nie dziwiły się mojemu przygnębieniu, były zaskoczone, że zaczęłam sypiać regularnie. One stroiły się i wybierały się na kolejne bale, o których jakoś się dowiadywały, ja zaś rozbierałam się wtedy i przykrywałam kołdrą. Wprawdzie było mi to tak samo zbędne jak zawsze, lecz wiązało się z potajemną przyjemnością śnienia. Akinli nie pojawiał się w każdym moim śnie, ale w większości z nich – tak.

Czasem widziałam rzeczy, które już znałam, tak jak tamten wieczór na plaży, kiedy siedzieliśmy na kocu. Muzyka wydawała się tak rzeczywista – zachowały się w mojej pamięci melodie piosenek, potrafiłam nawet przywołać fragmenty tekstów. Doskonale pamiętałam dotyk: miękka sukienka Julie, ziarenka piasku, klamra od paska Akinlego wbijająca się w moje biodro. Jego zapach także się nie zatarł, poznałabym go nawet, gdyby zawiązano mi oczy i umieszczono mnie w pokoju z setką mężczyzn. Jego urodziwa twarz malowała się przed moimi oczami z idealną ostrością. Choć właśnie odsunął się ode mnie, miał taki wyraz twarzy, jakby nie mógł uwierzyć we własne szczęście, jakby nie mieściło mu się w głowie, że uda mu się mnie pocałować. Czy nie wiedział, że było wręcz na odwrót?

Czasem w snach trafiałam w te zakazane miejsca, których nie powinniśmy poznawać – jeszcze nie teraz. Mój mózg tworzył obrazy Akinlego tak kuszące, że serce omal mi nie pękało. Chociaż w tych snach pociągało mnie jego ciało – umięśnione ramiona, plecy i brzuch, ręce, które mocno mnie przyciskały, nierówny oddech poruszający moje włosy – to wyraz jego oczu zawsze czynił mnie bezsilną. Były głodne, pełne determinacji, skupione – w moich marzeniach pożądał mnie bardziej, niż jakakolwiek kobieta była kiedykolwiek pożądana. Budziłam się rozgrzana i zadyszana, chociaż nie miałam problemów z oddychaniem.

Czasem widziałam rzeczy, których mogłam tylko pragnąć. Kolejne wersje ślubu – zawsze takie same, chociaż zupełnie różne. Większość z nich miała miejsce w kościołach o wysokim sklepieniu. Nie miałam pojęcia, jak wyglądają kościoły w Port Clyde, ale zazwyczaj właśnie tam byliśmy, bo to był nasz dom. Listy gości w tych snach były długie, ludzie stali w nawach kościoła, żeby widzieć, jak składamy sobie przysięgę małżeńską. Raz pobieraliśmy się, stojąc na środku Matki Ocean, w towarzystwie Bena, Julie i moich sióstr. Ta myśl, najbardziej nieprawdopodobna ze wszystkich – że coś takiego mogłoby się zdarzyć z błogosławieństwem wszystkich – czyniła mnie najszczęśliwszą. Zawsze byliśmy szczęśliwi i zawsze mogłam powiedzieć na głos: „Kocham cię".

Jeśli obudziłam się, zanim zobaczyłam jego twarz, czułam się rozczarowana, ale w takie dni było mi łatwiej. Tęskniłam za nim tak bardzo, że czułam fizyczny ból. To była kolejna z tych zaskakujących rzeczy, które naprawdę mogły zaszkodzić mojemu idealnemu ciału. Mimo wszystko byłam szczęśliwa, że spędziłam z nim chociaż kilka dni. Uśmiechałam się na ich wspomnienie i na całe godziny pogrążałam się we wspomnieniach. Czasem Miaka zauważała wyraz mojej twarzy, gdy przypominałam sobie jedną z najlepszych chwil, i mówiła: „Wreszcie jesteś!", jakby mnie przez cały czas nie było. Cieszyłam się, kiedy udawało mi się być sobą w ich towarzystwie, ale prawdę mówiąc, rzadko się tak czułam. Bez Akinlego było to niemożliwe.

Przez większość czasu radziłam sobie całkiem dobrze. Gdy ból stawał się nie do wytrzymania, zanurzałam się w wodzie. Wytrzymywałam tak długo, jak tylko mogłam, a potem szłam do Niej. Nienawidziłam myśli o tym, że Ona wszystko widzi, ale było to jedyne miejsce, w którym mogłam płakać na głos. Czasem trzeba ulżyć cierpieniu, a nawet wykrzyczeć je, bo jeśli tego nie zrobisz, spustoszy cię.

Płakałam i płakałam, powiększając Jej objętość kropla po kropli, a Ona kołysała mnie w swych falach coraz głębiej i głębiej. Trafiałam w miejsca, gdzie nie było światła i gdzie można było uwierzyć, że żadne światło nie istnieje. Przytrzymywała mnie tam, dopóki się nie uspokoiłam, a po czymś takim zawsze czułam się okropnie głupio, jakbym nie miała żadnych powodów, żeby się tak zachowywać. Gdy jednak następnym razem uczucia wracały, wydawały mi się całkowicie zrozumiałe, nie potrafiłam znaleźć drogi wyjścia.

Powtarzałam sobie jak mantrę: tak jest lepiej. On jest szczęśliwszy. On jest bezpieczniejszy. Ty jesteś bezpieczniejsza.

Szczęście. Bezpieczeństwo. Szczęście. Bezpieczeństwo.

Trzeba tylko czasu.

Rozdział 13

Życie wydawało mi się coraz bardziej beznadziejne. Przed innymi musiałam udawać, odgrywając rolę zwyczajnej dziewczyny. Nie mogłam nikomu pozwolić się zbliżyć do siebie tak jak wcześniej Akinlemu. Teraz nawet szkoły dla niesłyszących nie wchodziły w grę, bo cały czas myślałabym o miejscu, w którym wolałabym być. Nie przydałabym się w nich na nic.

Musiałam także grać przed moimi siostrami. Z pewnością mniej by się pilnowały, gdyby uznały, że mogą naginać zasady – zasady, których ja omal nie złamałam. Nie zrozumiałyby też mojego smutku, gdyby trwał jeszcze dłużej. Wiedziały, że straciłam przyjaciółkę i nic więcej. Nie miały jednak pojęcia, że straciłam też miłość mojego życia.

Nie mogłam grać przed Matką Ocean – to znaczy mogłabym, gdybym się nauczyła dostatecznie dobrze ukrywać swoje myśli. Marilyn zdradziła mi kiedyś, że czasem to robi, ale ja byłam przyzwyczajona, że Ona zna każdą moją myśl. Nawet zanim jeszcze chciałam dopuścić Ją bliżej, Ona wiedziała wszystko. Musiałabym maskować swój ból najlepiej, jak potrafiłam; Ona na pewno chciałaby, żebym o nim zapomniała. Ale czy oczy mogły nie dostrzegać światła? Czy płuca mogły nie doceniać powietrza? Pewnych rzeczy nie dało się ignorować.

Garstka osób, na których mi zależało, znała mnie tylko do pewnego stopnia. Akinli przedarł się przez niemal wszystkie bariery i nie próbował żądać, bym nie okazywała smutku. Akceptował mnie razem ze wszystkimi moimi wadami.

Jeśli wcześniej czułam się jak aktorka, nie miało to teraz znaczenia. Teraz sięgnęłam dna. Czułam się jak marionetka nieustannie szarpana w te i wewte przez poczucie obowiązku.

Tłumiłam w sobie wszelkie uczucia. Oczywiście, pozostawała też śmierć w Matce Ocean; tyle że nie byłam jeszcze gotowa, by opuścić ten świat. Nie mogłam umrzeć, dopóki się nie dowiem, że Akinli jest szczęśliwy i na zawsze bezpieczny. Musiałam jeszcze sprawdzić, co się z nim dzieje.

Widziałam perspektywę, która roztaczała się przede mną – całe lata więdnięcia w smutku. Akinli będzie się starzeć, poślubi inną dziewczynę, założy rodzinę. A ja pozostanę, nieustannie dziewiętnastoletnia, niezniszczalna, ale całkowicie zdruzgotana jego utratą.

Cóż za marnotrawstwo – przetrwałam tak wiele tylko po to, by moje życie stanęło na głowie z powodu jednego tygodnia. Czy taka właśnie jest miłość? Wszystko niszczy? Czy to w ogóle jest miłość? Nie miałam żadnego porównania. Nigdy nie myślałam o tym, by to sprawdzić – dla mnie istniał tylko on jeden. Tylko jego pragnęłam. A teraz... teraz musiałam po prostu przetrwać.

Dlatego pozostałam z moimi siostrami i starałam się ze wszystkich sił.

Minął sierpień.

Wyobraźnia nie dawała mi spokoju. Byłam przekonana, że Akinli znowu jest z Casey, ale myśl o tym przyniosła mi więcej żalu niż pociechy. Wyobrażałam sobie ich razem, nadrabiających stracony czas po długiej rozłące. Zastanawiałam się, ile pocałunków będzie do tego potrzebowała.

Starałam się nie myśleć o tym, jak przyjemne były jego pocałunki, jak łatwo się w nich zatracałam. Jednak pamiętałam je zbyt wyraźnie. W jednej chwili pocałunki, których starałam się nie rozpamiętywać, wydawały się trwać wciąż świeże na moich ustach. Jego ciężar, jego zapach, jego smak – wszystko do mnie wracało. Te pocałunki były dla mnie zakazane, należały teraz do Casey, a ona była zachłanna. Zabierze je sobie wszystkie i... jeszcze więcej.

Ich usta spotkają się, co wydawało się dziwnym połączeniem, bo z jego ust płynął miód, a z jej – sączyła się trucizna. Dłonie, które wsuwał w moje brązowe pukle, zaplączą się w jej złotych włosach. Ona przyciśnie się do niego, wysyłając mu zaproszenie, na które w przeszłości odpowiedział. Ale co zrobi teraz? Wrócił do dziewczyny, o której wszyscy myśleli, że pewnego dnia stanie się jego żoną. Czy wróci także do tamtej bliskości? Była dla niego znaną przeszłością i oczywistą przyszłością... To jasne, że wróci. Byłoby nie w porządku, gdybym miała mu to za złe. Ona należała do niego, a on do niej.

Nawet jeśli nie zrobiłby tego z Casey – chociaż to nieuniknione, biorąc pod uwagę jej determinację i jego gotowość do dawania – zrobi to z kimś innym. Kimkolwiek będzie ta dziewczyna, nie zrozumie, jakie ma szczęście, że go zdobyła.

Minął wrzesień.

Elizabeth i Miaka wciąż starały się mnie pocieszyć. Nie rezygnowały, chociaż byłam znacznie gorszą towarzyszką niż dawniej, i wiedziałam o tym. Chciałam porozmawiać z nimi, wyjaśnić, dlaczego tak się zachowuję, ale to było niemożliwe. Miaka przynosiła mi ciasta i przysmaki, a Elizabeth komicznie tańczyła po mieszkaniu. Uśmiechałam i śmiałam się czasem razem z nimi, ale bez przekonania.

W nieskończoność obracałam w dłoni wisiorek z liściem. Akinli zapewniał, że jesień w Port Clyde to piękny widok. Miała nadejść już niedługo, więc próbowałam to sobie wyobrazić – nieduży dom z ogrodem pełnym leżących na ziemi liści. Drzewa pyszniłyby się fajerwerkami jesiennych barw, bezwstydnie wyciągały półnagie gałęzie i kusiły wiatr, by zerwał z nich resztę kolorowych ubrań.

W mojej głowie wyglądało to pięknie, ale wiedziałam, że ten obraz mógł dopełnić tylko uśmiech na twarzy Akinlego. Nie potrafiłam marzyć o tym; to było coś, co musiałam zobaczyć.

Dlatego poprosiłam Matkę Ocean, by pozwoliła mi ujrzeć Akinlego. Nie porozmawiać z nim, ale popatrzyć spomiędzy skał i podziwiać spadające liście.

Uważała, że to nie najlepszy pomysł.

Ale ja nie zamierzam go odwiedzać ani nic takiego. Zależy mi, żeby on o mnie zapomniał. Chciałabym tylko to wszystko zobaczyć. Proszę?

Ona była nieugięta.

Minął październik.

W Londynie zostałyśmy do końca miesiąca. Letni zapach kapryfolium i papierosów ustąpił miejsca brzydkiej pogodzie, a ja zastanawiałam się, dlaczego dawniej wynosiłam to miasto na piedestał. Mimo wszystko była to krótka wizyta – w Londynie dotarłyśmy do wszystkiego, co ciekawe, przynajmniej tak stwierdziła Elizabeth. W gruncie rzeczy byłam już zmęczona tyloma ludźmi i sama cieszyłam się na myśl o wyjeździe. Chciałam znaleźć się w miejscu mniej zamieszkanym. Starałam się wykazywać zainteresowanie tym, co mówiły moje siostry, lecz nie zawsze mi to wychodziło.

Nocami nadal sypiałam, chociaż moje sny stopniowo przemieniały się w koszmary, w których traciłam Akinlego. Zawsze tonął powoli w ciemności, w miejscu, którego nie mogłam dosięgnąć. Nie dawało mi to spokoju, ponieważ wiedziałam, że nie ma takiego miejsca na Ziemi, do którego moje ciało nie mogłoby się dostać.

Wreszcie przestałam w ogóle sypiać, bo nie chciałam widzieć jego znikającej twarzy. Obawiałam się, że właśnie taki obraz zostanie w mojej głowie. Codziennie przypominałam sobie, jak wyglądał przez okno tej nocy, gdy dostałam od niego naszyjnik. Pielęgnowałam ten obraz w pamięci – tak właśnie zamierzałam o nim myśleć, tak wyglądał teraz. Przekonywałam się, że jest szczęśliwy. Minął listopad. Potem opuściłyśmy Londyn. Żegnaj, Londynie – dotarłam do celu i nic nie zyskałam.

Pragnęłam znaleźć się w jakimś ukrytym miejscu, bo zachowywanie pozorów za wiele mnie kosztowało. Udawanie, że jest się zwyczajnym człowiekiem, wymagało więcej wysiłku niż potrafiłam w to włożyć. Całe moje ciało było ciężkie, uśmiech wydawał się dla mnie równie trudny, jak dla siłaczy podnoszenie głazów nad głową.

A jednak zrobiłam to: przeniosłyśmy się z Londynu do Paryża. Ile razy byłam już w Paryżu? Wydawało się, że często go odwiedzałyśmy.

Starałam się okazywać entuzjazm, ponieważ Miaka uwielbiała paryską sztukę. Chodziłyśmy na przedstawienia i jadałyśmy w kafeteriach, tak jak zawsze. Tylko że tym razem była z nami Elizabeth, co pod pewnymi względami okazało się błogosławieństwem – trzecia osoba sprawiała, że łatwiej było mi się wtapiać w tło. Pod innymi względami było okropnie.

Elizabeth miała nienasycony apetyt na życie. Dla niej zawsze istniało coś do zobaczenia, coś do zrobienia. Upierała się, by spróbować wszystkiego, przespacerować się każdą ulicą, a ja niechętnie jej towarzyszyłam. Chodziłyśmy po mieście praktycznie cały czas, ale dzięki temu udawało mi się unikać podtrzymywania rozmowy. Szłam za moimi siostrami i udawałam, że podziwiam otoczenie. Tak naprawdę w czasie tych spacerów moje palce nieustannie bawiły się naszyjnikiem, a ja tęskniłam za miejscem i osobami znacznie prostszymi niż to pełne pychy miasto.

Listopad oznaczał Święto Dziękczynienia, a ja zastanawiałam się, czy biedna Julie musiała sama przygotować świąteczny obiad. Może Ben trochę jej pomagał. A może pojechali do rodziny? Myślałam o nieznajomych twarzach na zdjęciach w całym domu – o ludziach, których dawniej miałam nadzieję poznać. Tęsknota wprost mnie zadręczała.

Znowu zapytałam Matkę Ocean, czy mogłabym zobaczyć Akinlego.

Chcę go tylko zobaczyć, to wszystko.

Stwierdziła, że nie jestem na to gotowa, bo wciąż się zadręczam. Jej zdaniem po takiej wizycie tylko myślałabym o nim więcej.

Tak czy inaczej będę o nim myśleć.

Mimo wszystko nie mogłam go zobaczyć.

Proszę – błagałam.

Nie.

Błagam Cię! Wystarczy mi pięć minut. Tylko pięć minut.

Nie.

Potem przez jakiś czas z Nią nie rozmawiałam – byłam zbyt sfrustrowana. Nie wiedziałam, jak obejść Jej wolę, bo spróbowałabym to zrobić. Nawet gdyby miało to oznaczać to złamanie bezpośredniego zakazu, spróbowałabym wszystkiego.

Minął grudzień.

Święta spędziłyśmy w Paryżu. Miaka i ja byłyśmy zachwycone Bożym Narodzeniem podczas naszej pierwszej wspólnej wizyty tutaj, a Miaka opisała to wszystko w tak, pełen artyzmu sposób, że nie było mowy, by Elizabeth zgodziła się wyjechać przed Nowym Rokiem. Paryż zawsze był pełen światła, ale w Boże Narodzenie wydawał się jeszcze jaśniejszy. Cały ten blask nie rozpraszał jednak ciemności w moim sercu.

Bez względu na to, jak długo się żyje, każde Boże Narodzenie ma w sobie coś cudownego. Zupełnie jakby wszystko mogło się spełnić, jeśli tylko pragniesz czegoś dostatecznie mocno. Przeżyłyśmy razem tyle lat z tak dziecięcym entuzjazmem, że cudowność świąt pozwalała wierzyć, iż różne rzeczy da się zmienić – sprawić, że staną się lepsze, po prostu inne. Jednak niezależnie od tego, jak bardzo bym tego chciała, nie mogłam znaleźć się razem z Akinlim w Port Clyde. Taki cud nie był możliwy.

Miaka w poprzednim życiu nie była chrześcijanką, dlatego teraz świąteczne uroczystości i poprzedzające je zakupy bawiły ją po prostu, a ona sama poddawała się ogólnemu nastrojowi. Elizabeth powiedziała mi, że zdecydowanie wierzy w istnienie jakiejś wyższej istoty, ale nie jest pewna, czy jest to taki Bóg, o jakim można usłyszeć w kościele.

– Bóg istnieje – oświadczyłam bez namysłu, kiedy moje siostry poruszyły temat duchowości.

– Naprawdę? – zapytała Elizabeth. Nie była nieuprzejma, tylko nieprzekonana. – Skąd wiesz?

– Ona mi powiedziała.

– Co takiego? – wtrąciła Miaka.

– Matka Ocean mi powiedziała. On istnieje. To On włada falami i sztormami, Ona musi być tylko dość silna, by je podtrzymywać. Nie potrzebowałaby nas, gdyby sama mogła wywołać burzę wokół statku. Ona jest najpotężniejszym bytem, jaki znamy, a jednak także musi być komuś posłuszna. Możesz mi wierzyć, Bóg istnieje.

Patrzyła na mnie przez chwilę, być może dlatego, że od tygodni nie mówiłam aż tyle. Te słowa pocieszyły mnie, ponieważ byłam już zmęczona tłumaczeniem się Jej, słuchaniem Jej, uleganiem Jej. Od dawna nie czułam pociechy tak głębokiej jak ta, która wiązała się z myślą, że istnieje Ktoś, kto mógłby Ją zmiażdżyć.

Jednakże mimo świadomości istnienia Ojca, Syna i Ducha Świętego, ten miesiąc był dla mnie pusty. Nie potrafiłam sprawić, by moja wiara miała jakikolwiek wpływ na otaczające mnie święta. Widziałam jasełka. Widziałam Świętych Mikołajów dzwoniących dzwonkami. Wszystko to nic nie znaczyło, nie było w tym nadziei, dobrej woli ani pokoju. Z całego serca ufałam jednak, że Akinli dostanie wszystko, o co poprosi w tym roku.

Minął styczeń.

Nowy rok nie różnił się od poprzednich. Jeszcze jeden upłynął; zostało ich osiemnaście. Jeszcze tylko osiemnaście lat tęsknoty za jego uśmiechem, pragnienia, by wziął mnie w ramiona, myślenia o tym, jak starzeje się beze mnie. Tylko osiemnaście lat.

Zostałyśmy we Francji. Piłyśmy wino bez żadnego powodu, a ja zauważyłam, że Elizabeth i Miaka lubią udawać, że są pijane. Nie mogły śmiać się głośno ani fałszując śpiewać piosenek, tak jak inni, ale tańczyły niezgrabnie albo ze sobą, albo z przypadkowymi, też niezbyt trzeźwymi gośćmi. W czasie eleganckiego przyjęcia, na którym powitałyśmy Nowy Rok, pocałowały się. Uwielbiały szokować ludzi, to je podniecało. Spodziewałam się tego po Elizabeth – całe jej życie było pogonią za dreszczem emocji – ale byłam zaskoczona, że udało jej się tak sprowokować Miakę. Wszystkie rozbierałyśmy się do naga i bawiłyśmy się po kradzieży samochodu, ale Miaka z każdym rokiem stawała się śmielsza.

Pamiętałam, jak malutka wydawała się na plaży tamtej pierwszej nocy. Pamiętałam, jak obejmowała mnie i nazywała przyjaciółką. Pamiętałam, jak płakałyśmy bez końca, gdy statek pochłonął fale, a Marilyn odeszła.

Teraz Miaka rzadko już płakała, stała się odważna i pełna życia.

Nie byłam pewna, na ile to wszystko, co się ze mną stało, pomogło mi. Aisling z pewnością miała gorszy charakter niż wcześniej, zaś kogoś tak niewzruszonego jak Elizabeth nie dawało się zmienić. Wyglądało jednak na to, że dla Miaki nowe życie było najlepszym rozwiązaniem – poprzednio musiała tłumić wszystkie potrzeby. Teraz nie musiała już być tamtą dawną dziewczyną, taką, jaka przyszła na świat. Cieszyłam się, że kiedyś odniesie prawdziwy sukces.

Miaka i Elizabeth coraz gorzej znosiły moje przygnębienie. Zdarzało się, że przerywały rozmowę, kiedy wchodziłam do pokoju, i wiedziałam, że pod moją nieobecność obgadują mnie, narzekając, że jestem okropnie nudna, albo kpiąc sobie z tego, że nie mam dość siły. Nie byłam tym zaskoczona ani przejęta. Nikt nie miał o mnie gorszego zdania niż ja sama.

Znowu poprosiłam o możliwość zobaczenia Akinlego. I znowu moja prośba została odrzucona.

Proszę, nie chcę zrobić nic złego. Chcę tylko zobaczyć, co u niego słychać, nie mogę znieść tej niewiedzy.

Poleciła mi uzbroić się w cierpliwość. Głupotą byłoby sądzić, że kilka miesięcy zmieni cały bieg jego życia.

Dlaczego nie, w moim przypadku wystarczyły pojedyncze dni! Mogę Ci je wymienić, jeśli chcesz, byłaś blisko przez większość z nich. Przynajmniej tych bardziej dramatycznych.

Stwierdziła, że to ja dramatyzuję i że powinnam wziąć się w garść. Nie może już wytrzymać moich humorów i tęskni za tym, jaka byłam dawniej. Byłam wtedy pełna życia, ciekawa świata, a teraz wydaję się pusta.

Nie byłabym pusta, gdybym tylko mogła go zobaczyć. To wszystko. Na litość boską, pozwól mi tylko wychylić głowę z wody, zobaczyć jego twarz, a potem możesz mnie zabrać. Dziesięć sekund, cokolwiek!

Nie. Jeśli będę nad sobą pracować i odzyskam równowagę ducha, z przyjemnością pozwoli mi na odwiedziny za kilka lat.

Za kilka lat? Niech to szlag!

Minął luty.

Dziewczęta nie nasyciły się jeszcze Paryżem, ale ja miałam wrażenie, że za chwilę eksploduję. Widoki i dźwięki przytłaczały mnie. Wiedziałam, że siostry obserwują mnie cały czas i martwią się moim zachowaniem i wyobcowaniem. Potrzebowałam całej swej sprawności umysłowej, by wpaść na pomysł walentynkowej podróży.

Miłość zaprzątała mi głowę, ale chyba bym wybuchła, gdybym znalazła się w pobliżu czekoladowych serc i róż. Powiedziałam dziewczynom, że są moimi walentynkami i że powinnyśmy się gdzieś wybrać razem. Uznały, że to urocze, że to najmilsza rzecz, jaką powiedziałam im od dawna.

Byłyśmy już prawie wszędzie, dlatego wiedziałam, że zainteresuje je tylko coś niezwykłego. Po tylu latach wymyślanie nowych rozrywek zaczynało się robić trudne. Dlatego, by odwiedzić każdy kontynent, zdecydowałyśmy się na podróż na Antarktydę. Chociaż bezludna i pusta, okazała się piękna. Nie potrafiłam tego docenić w pełni, ale uroda tego miejsca była jedyna w swoim rodzaju.

Nie robiłyśmy żadnych planów. Nie było tam miejsca, gdzie mogłybyśmy ukraść czy pożyczyć ubrania. Mogłybyśmy pewnie zrobić sobie jakieś, ale żadna z nas nie chciała zabijać zwierząt, by zdobyć skóry – i bez tego krzywdziłyśmy dość żywych istot. Zamiast tego, gdy w naszych sukniach zaczęły się pojawiać dziury, przepłynąwszy szybko dokoła kontynentu, wynurzyłyśmy się w nowych kreacjach. Prawdziwy luksus.

Żałowałam, że nie ma nikogo, kto mógłby sfotografować Miakę, z ciemnymi włosami i skórą, w cudownie błękitnej sukni, na tle śniegu. Podobny obraz mógłby wisieć w muzeum. Wydawała się tak delikatna w podmuchach ostrego wiatru, że przykuwała całą moją uwagę.

Początkowo podziwiałam ją, potem zaczęłam się niepokoić.

Zastanawiałam się, czy gdyby Akinli tamtego wieczora znalazł w lesie Miakę, Elizabeth lub nawet Aisling, pragnąłby pocałować którąś z nich? Wszystkie były piękne i równie tajemnicze dla zwykłego śmiertelnika. Zastanawiałam się, czy Akinli działałby szybciej, gdyby w grę wchodziła Aisling, która bardzo przypominała Casey. Bez żadnego powodu, jeśli nie liczyć jej jasnych włosów, zaczęłam czuć do Aisling jeszcze większą niechęć. Potem przypomniałam sobie delikatną urodę Miaki i do niej także poczułam niechęć. Jak również na myśl o wewnętrznym ogniu Elizabeth.

Byłam zazdrosna o moje siostry. W mojej wyobraźni całowały się z Akinlim, zostawały z nim, udawało im się go nakłonić do wyznania im miłości. W tych okrutnych marzeniach wszystkie wślizgiwały mu się do łóżka i przekonywały go, że nie warto czekać – że zasługują na to. W mojej wyobraźni wszystkie mnie zdradzały i potrzebowałam całych tygodni, by poradzić sobie z tym wyimaginowanym bólem.

Zaskoczyło je to, że nagle znowu stałam się ponura. Przecież to ja wymyśliłam, żeby tu przypłynąć, prawda? Gdy nic, ani atmosfera, ani interesujące zwierzęta, ani to, jak nasze cudowne głosy odbijały się w pustce, nie było w stanie przywrócić mi dobrego humoru, wróciłyśmy do Paryża. Miały mnie dość. Gdybym zniknęła wśród śniegów Antarktydy, nikt by tego nie zauważył.

Minął marzec.

Miaka i Elizabeth coraz częściej wychodziły beze mnie. Nie przeszkadzało mi to, bo kiedy ich nie było, mogłam swobodnie rozmyślać o mojej prawdziwej rodzinie. Nie tej, którą mi odebrano wiele lat temu, ale o tej trójce mieszkającej po drugiej stronie oceanu, niedaleko latarni, która wciąż mnie przyzywała. Ciekawa byłam, co słychać u Julie i Bena. Akinli podejrzewał, że ona może wkrótce zmienić nazwisko na Schaefer. Czyli byli już zaręczeni? Czy zdążyli się pobrać? A może oczekiwali powiększenia się rodziny?

Zaczęłam wpychać sobie poduszki pod bluzkę i przeglądać się w lustrze. Uznałam, że w ciąży wyglądałabym prześlicznie. Czy pewnego dnia będzie mi dane zostać matką? Kto będzie ojcem moich dzieci? Gdy ja założę rodzinę, Akinli będzie miał swoją od dawna, jego piękne rysy wymieszają się z rysami kogoś innego.

Gdy ta myśl w końcu do mnie na dobre dotarła, przez resztę miesiąca ledwie byłam w stanie oddychać. Nie wiem, co działo się w marcu.

Minął kwiecień.

Świat był tego roku zachłanny, a my zostałyśmy znowu wezwane, żeby zaśpiewać. Nie pamiętam, co to był za statek. Nie pamiętam, gdzie byłyśmy. Kogo to zresztą obchodziło? W ogóle nie zauważyłam tamtych istnień i twarzy. Była tylko jedna twarz, jedno istnienie, które mnie obchodziło. I bez względu na to, jak próbowałam, nie mogłam go zobaczyć.

Frustracja Miaki i Elizabeth zamieniła się w niepokój o mnie. Gdybym potrzebowała jedzenia albo snu, zapominałabym o tym. Naprawdę zaczęłam się zastanawiać nad tym, czy nie mogłabym umrzeć. Nie wiedziałam, czy długo jeszcze zdołam znosić ten ból. Mogłam poprosić, by Matka Ocean mnie zabrała, ale spodziewałam się, że mi odmówi. Odmawiała wszystkiego, czego naprawdę pragnęłam.

Miaka znowu zaczęła malować i pewnego dnia, gdy tworzyła przepiękny miejski pejzaż, zaprosiła mnie, żebym usiadła przy niej.

– Martwię się o ciebie – powiedziała.

– Dlaczego? Nic mi nie jest – skłamałam. Byłam tak przyzwyczajona do udawania, że nadal tego próbowałam, chociaż teraz wiedziałam już, że siostry przejrzały mnie na wylot.

– Nie wydaje mi się. Nie jesteś sobą. Dawniej śmiałaś się o wiele więcej i chciałaś robić różne rzeczy. Teraz tylko się chowasz. Tak jakbyś, gdziekolwiek trafisz, żałowała cały czas, że nie jesteś gdzieś indziej.

Och, Miako, nie masz pojęcia, o czym mówisz.

– Przepraszam, wiem, że nie jestem najlepszą towarzyszką. Przez ostatnie miesiące miałam wiele spraw do przemyślenia – odpowiedziałam. To była najbardziej szczera odpowiedź, jakiej mogłam udzielić.

– Kahlen, minęło już dziewięć miesięcy. Może przyszedł czas, żeby się pożegnać? Wiem, że nie malujesz, ale wydaje mi się, że jeśli stworzysz coś dla Jillian, pozwoli ci się to lepiej poczuć – podsunęła. Źle rozumiała moją żałobę, ale miała jak najlepsze intencje. Po tym, jak okropnie się wobec niej zachowywałam, Miaka chciała mi pomóc. Jak mogłam być o nią zazdrosna?

– Spróbuję – obiecałam. Usiadłam przed ogromnym płótnem. Poczułam, jak mnie onieśmiela. Początkowo próbowałam myśleć o Jillian, ale chciałam stworzyć coś ze szczerego serca. Zawsze uważałam, że najlepsze dzieła sztuki są tworzone w zgodzie z uczuciami artysty, dlatego pomyślałam o Akinlim. Malowałam tylko liście. Jesienne liście we wszystkich kolorach – także niespotykanych w naturze – pokryły całe płótno. Zajęło mi to godzinę albo dwie, ponieważ Miaka dała mi aż tyle miejsca, ale gdy skończyłam, obraz wyrażał to, co chciałam.

Zmiana. Śmierć. Piękno. Tajemnica. To była moja sekretna opowieść.

Miaka była zachwycona, a namalowanie tego obrazu przyniosło mi taką ulgę, że stworzyłam kolejny. I jeszcze następny. Kontynuowałam, tworząc najróżniejsze wzory z moich liści. W jednym obrazie ukryłam parę pięknych błękitnych oczu.

Na innym namalowałam siebie zrobioną w całości z liści. Na jeszcze innym zza krawędzi kompozycji wychylał się wygięty liść – symbol brzucha w ciąży, którego sama pragnęłam.

Oczywiście nie dorównywałam talentem Miace, ale mimo wszystko to, co stworzyłam, usatysfakcjonowało mnie. Od dawna nie czułam się tak lekka, może dlatego, że w końcu mogłam opowiadać o jedynej rzeczy, o której chciałam mówić.

Miaka namalowała około tuzina obrazów. Zapytała, czy może zabrać także moje, żeby urządzić nam wspólną wystawę w galerii. Nie wiedziałam, jak udaje jej się organizować takie rzeczy bez odzywania się. To zdumiewające, ile możemy zrobić, jeśli popycha nas do tego pasja. Nie potrzebowałam tych obrazów i z pewnością nie mogłam ich zatrzymać, więc powiedziałam jej, że nie mam nic przeciwko wystawie. Może zrobić z obrazami, co tylko zechce. I tak właśnie zrobiła.

Wszystkie udało się sprzedać.

Nie wiedziałam, że taki będzie efekt tej wystawy, ale wszystkie kupili snobistyczni francuscy koneserzy sztuki. Po raz pierwszy w całym moim życiu zarobiłam pieniądze – dziesiątki tysięcy, w gotówce. Trzymałam je w ramionach i kołysałam jak dziecko. Byłam niezwykle dumna, że po całym tym smutku, którego doświadczyłam, mam coś, czym mogę się pochwalić. Dziękowałam mojej muzie – przystojnej, odległej muzie – że nie zgadzała się opuścić mojego serca.

Jak miałam wykorzystać te pieniądze? Chciałam je przeznaczyć na coś ważnego.

Minął maj.

Planowałam w tajemnicy, a częścią tych planów było to, że nadal malowałam, by pokazać Miace, że staram się zapomnieć o Jillian. Malowałam też obrazy różniące się od tych z jesiennymi liśćmi, ale one nie sprawiały mi takiej przyjemności. Stworzyłam ich siedem i tylko dwa się sprzedały. Gdy Elizabeth znalazła nocny klub, w którym nigdy nie byłyśmy, wystroiwszy się, tańczyłam na zasnutym dymem parkiecie. Gdy coś proponowały, popierałam to. Byłam tak zgodna jak dawniej, jeśli nie bardziej. Starałam się wymyślać nowe przygody, a chociaż nic z tego, co potrafiłabym sobie wyobrazić, nie mogło się równać z pomysłami Elizabeth, one były zachwycone, że się staram. A tak niewiele mnie to kosztowało.

Rozmawiałam z Matką Ocean, nie wspominając o Akinlim. Opowiedziałam Jej o moich obrazach i o tym, jak podobały się ludziom na wystawie zorganizowanej przez Miakę. Nie powiedziałam Jej, że zarobiłam za nie pieniądze. Nie wspomniałam także, że wszystkie przedstawiały liście. Umiałam dobrze maskować swoje myśli, bo gdyby tak nie było, Ona na pewno coś by zauważyła. Opowiadałam o tym, jak świetnie bawiłam się z Miaką i Elizabeth, kiedy ścigałyśmy się na szczyt wieży Eiffla, żeby się przekonać, która z nas jest najszybsza. Ku naszemu zaskoczeniu wygrała Miaka. Byłam spokojna i miła, wydawałam się promieniować odpowiednią ilością odpowiedniej energii. Byłam posłuszna. Posłuszeństwo zawsze było kluczowe.

Matka Ocean cieszyła się, że tak się staram. Znowu stawałam się dziewczyną, którą uznała za wartą ocalenia, a Jej zdaniem trudno byłoby o lepszą wiadomość. Powiedziała mi jednak, że to nie znaczy, że zabierze mnie do Akinlego.

Nie szkodzi, nie zamierzałam Cię o to prosić.

Nadszedł czerwiec.

Rozdział 14

Czerwiec przyniósł mi nadzieję. Gdy przychodził, zazwyczaj czułam się dziwnie przygnębiona. Wiedziałam, że syreną stałam się właśnie w czerwcu. Moją ostatnią podróż odbyłam w czerwcu. W czerwcu straciłam też rodzinę.

Po odejściu Marilyn wiedziałam, że sam miesiąc nie ma żadnego znaczenia, ale mimo wszystko postrzegałam czerwiec jako porę zmiany, coś, czym można mierzyć mijające lata. W tym miesiącu przypominałam sobie, dlaczego w ogóle zgodziłam się na takie życie i myślałam o rzeczach, których pragnęłam. Teraz pragnęłam tylko jednego i zamierzałam to zdobyć.

Musiałam naprawdę się napracować, żeby było to możliwe. Musiałam grać – nienawidziłam tych wszystkich lat, kiedy musiałam zachowywać się normalnie, ale dzięki temu przygotowania okazały się znacznie łatwiejsze.

Uśmiechałam się do sióstr, robiłam to, co mi polecono, a gdy było mi trudno, myślałam o tym, co zyskuję dzięki takim działaniom. Miałam ogólny plan ułożony w głowie i czekałam na właściwą okazję. Wystarczy, że Miaka lub Elizabeth znudzą się Paryżem.

Nuda przyszła w połowie czerwca.

Powiedziałam im, że mam pewien pomysł. Chciałam wydać swoje pieniądze, bo nie mogłam przecież oszczędzać ich na przyszłość. Chciałam zrobić z nimi coś niesamowitego, przeżyć niezwykłą przygodę. Chciałam zrobić coś, co zazwyczaj wymagało pomocy Matki Ocean, i sprawdzić, czy poradzimy sobie bez Niej. Natychmiast zainteresowało to Elizabeth.

– Co masz na myśli? – zapytała.

– Wycieczkę. Podróż. Ale nie byle jaką wycieczkę, tylko coś z klasą – oświadczyłam, przeciągając każde słowo tak, by zabrzmiało bardziej kusząco.

Obie się rozpromieniły.

– Przede wszystkim myślę, że powinnyśmy się wybrać w jakiś inny zakątek świata, gdzieś za morze. Będziemy potrzebować dokumentów, paszportów i mogłybyśmy poprosić o nie Matkę Ocean; tak by było najłatwiej. Ale czy udałoby nam się załatwić to na własną rękę? – Dałam im chwilę do namysłu, ale obie moje siostry błyskawicznie się zorientowały, do czego zmierzam. – Wydaje mi się, że tak. Elizabeth, sądzę, że możemy spokojnie powierzyć ci to zadanie.

– Świetnie! – wykrzyknęła. Widziałam, że już zaczyna układać strategię i miałam nadzieję, że to nie odwróci jej uwagi od samej wycieczki.

– Myślę, że moglibyśmy się wybrać razem w rejs. Zwykle to Ona przenosi nas po świecie, ale możemy przecież zrobić to same. Mam dość pieniędzy, żeby wykupić luksusowe kajuty na transatlantyku. Będziemy leniuchować, jeść same pyszności, tańczyć całą noc, uprawiać hazard, chodzić na masaże – hulaj dusza! Będziemy prowadzić życie jak dziedziczki fortuny na wakacjach – oznajmiłam tonem, który, jak miałam nadzieję, mieszał swobodę z ekscytacją.

– Oooooch! To świetny pomysł! Wyobrażasz sobie, jak siedzimy w bikini na pokładzie i popijamy mrożone drinki? Wszyscy będą zieloni z zazdrości! – Elizabeth była całym sercem za tym planem.

– Jasne, jasne, ale musimy odpowiednio wyglądać. Miaka, liczę na twoje wyczucie stylu, bo będziemy potrzebować trzech zabójczych kompletów ciuchów – powiedziałam, patrząc na nią prosząco.

– Och, naprawdę chcecie, żebym się tym zajęła? – Wydawało się, że czuje się tym zaszczycona.

– Oczywiście!

– Naprawdę masz świetny gust, Miaka – wtrąciła Elizabeth.

– W takim razie zgoda! – rozpromieniła się podekscytowana Miaka.

– Czekaj, moment. A dokąd się wybierzemy? – zapytała w końcu Elizabeth, poruszając kwestię, która mogła przesądzić o powodzeniu lub klęsce mojego planu. Miałam alternatywne pomysły, ale wymagałyby znacznie więcej pracy, więc ufałam, że to wystarczy, by je zaciekawić.

– Cóż, zastanawiałam się nad tym trochę. Jeszcze się na nic nie zdecydowałam, ale najlepszym pomysłem, na jaki wpadłam, wydaje się Floryda. Tam jest mnóstwo parków rozrywki i innych miejsc na świetną zabawę. Pomyślałam, że możemy tam pojechać i – tak jak dzieci – dobrze się bawić.

Popatrzyły na siebie.

– Czyli proponujesz, żebyśmy wyrobiły sobie fałszywe dokumenty, kupiły stos ciuchów, których nie potrzebujemy, i wybrały się na rejs do Ameryki. A kiedy już tam dotrzemy, mamy machnąć ręką na całe to udawanie i biegać jak dzieciaki po wesołym miasteczku? – zapytała Elizabeth, komentując mój pomysł.

Musiałam się zastanowić. Takie ujęcie tej propozycji rzeczywiście brzmiało trochę dziwacznie.

– Tak, mniej więcej – odparłam po chwili.

– To... – zaczęła Elizabeth, trzymając mnie w napięciu – to jest najlepszy pomysł, na jaki wpadłaś od roku. – Jej twarz rozjaśniła się na myśl o podróży. Wiedziałam, że będzie zachwycona każdym najdrobniejszym aspektem, że będzie oszukiwać, uwodzić i świetnie się bawić. Wystarczyło, że podsunę jej sposób na przyjemne spędzanie czasu, ale prawdę mówiąc, niewiele będzie mnie to kosztować – na statku i w parkach znajdzie się dość zajęć.

– Na pewno – zgodziła się Miaka. – Ale co z Matką Ocean? Czy powinnyśmy Jej o tym powiedzieć? Czy nie będzie zła, jeśli po prostu gdzieś pojedziemy?

– Też już o tym myślałam. Po pierwsze, jest świeżo po posiłku, więc nie będzie nas potrzebować przez dłuższy czas. A po drugie, założę się, że możemy to zrobić tak, żeby się w ogóle nie dowiedziała. Pomyślcie tylko: jeśli będziemy uważać na deszcz i nie wejdziemy do wody, Matka Ocean nie dowie się, czy jesteśmy tu, czy zupełnie gdzie indziej. Założę się, że na tę wyprawę wystarczą nam dwa tygodnie. Potem wrócimy tutaj, a Ona o niczym się nie dowie. Czy nie byłoby fajnie sprawdzić, czy to możliwe? Poza tym nie wydaje mi się, żeby była zła, nawet jeśli nas na tym przyłapie. Może nawet będzie pod wrażeniem. – W to ostatnie nie wierzyłam, ale mówiłam to, co musiałam.

– Fajny pomysł. Założę się, że nam się uda. – Najmniejszy cień ryzyka wystarczył, żeby skusić Elizabeth. Skoro ona była całkowicie zdecydowana, Miaka zgodziła się z nią, tak jak zawsze. Miałam nadzieję, że tak właśnie to zadziała: obiecać Elizabeth coś kuszącego, liczyć na to, że Miaka się przyłączy, a potem wychwalać je obie za nadzwyczajne talenty, dzięki którym całe przedsięwzięcie będzie możliwe.

Aż za proste.

Zaczęłyśmy układać plany. Mogłam wybrać się w tę podróż, ale gdyby rozmawiały z Matką Ocean, Ona dowiedziałaby się, gdzie zniknęłam. Rozkazałaby mi wrócić, a ja musiałabym posłuchać. A w ten sposób była to po prostu niemądra przygoda, w której miałyśmy razem wziąć udział. Żadnego prawdziwego niebezpieczeństwa, żadnego ryzyka, po prostu sprawdzamy, czy nam się to uda.

Ja także brałam udział w realizacji planu. Pożyczyłam komputer, zakradłszy się przez otwarte okno, i zarezerwowałam bilety na rejs statkiem, który wypływał za cztery dni. Trochę zachodu wymagało znalezienie takiego, który płynąłby tylko w jedną stronę. Potem załatwiłam bilety na zupełnie inny rejs powrotny, dwa tygodnie od naszego przybycia na miejsce. Dzięki temu powinno starczyć nam czasu, na zrobienie tego, na co mamy ochotę. I czasu, żebym mogła zrobić to, co musiałam. Nie byłam pewna, czy będę wracać statkiem, ale mimo wszystko uwzględniłam to w planach. Zarezerwowałam nam pokój w Orlando, stolicy parków rozrywki. Zamierzałam podejmować moje siostry z klasą, a miałam więcej pieniędzy niż pomysłów na ich wydawanie. Od razu zdecydowałam, że jeśli zdołam to zrobić niezauważona, pokaźna koperta z pieniędzmi trafi do znajomej skrzynki na listy z najpiękniejszym na świecie nazwiskiem wypisanym na boku.

Gdy rezerwacje były już dokonane, zaczęłam snuć własne plany. Wyszukałam rozmaite rzeczy i wydrukowałam mapy. Zebrałam także odrobinę informacji. Ostatnim razem ukradłyśmy samochód dzięki temu, że jakiś głupek zostawił kluczyki w stacyjce – nie mogłam na to liczyć ponownie. Czy ludzie nie zdają sobie sprawy, jakie to niebezpieczne tłumaczyć innym, jak można kraść albo robić bomby? W kilka minut dowiedziałam się, jak odpalić samochód bez kluczyków.

Uporczywie szukałam luk w swoim planie. Doszłam do wniosku, że jedynymi czynnikami, na które nie miałam wpływu, były Miaka i Elizabeth. Godzinami łamałam sobie głowę, żeby w końcu dojść do wniosku, iż nie mogę zrobić nic, by je powstrzymać. Jeśli jedna z nich powie o naszym pomyśle Matce Ocean, będzie po wszystkim. Jeśli jedna z nich odkryje, że kłamałam, będzie po wszystkim. Jeśli jedna z nich dowie się o istnieniu Akinlego – cóż, absolutnie będzie po wszystkim. Musiałam pokładać wiarę w ich charakterach cichych buntowniczek i liczyć na to, że zastosują się do tego absurdalnego planu i nie wydadzą mnie.

Nie mam pojęcia, jak jej się to udało i bałabym się dowiedzieć, co musiała zrobić w tym celu, ale Elizabeth zdobyła paszporty i dokumenty dziewcząt, które mogłyby być naszymi bliźniaczkami. Nie wyobrażam sobie, by Matka Ocean potrafiła znaleźć coś lepszego. Gdyby Elizabeth potrafiła zdobyć się na prawdziwe posłuszeństwo rozkazom, mam przeczucie, że doskonale poradziłaby sobie w każdej pracy związanej ze szpiegostwem. Była nieustraszona, przebiegła i niezwykle piękna. Nie miałam cienia wątpliwości, że gdyby się do tego przyłożyła, mogłaby doprowadzić do zguby cały kraj.

Miałam stać się uroczą dziewczyną imieniem Tara. Miaka była Kiko, a Elizabeth – Veronicą. Podejrzewałam, że o swoje imię postarała się szczególnie, bo zależałoby jej, by brzmiało seksownie. Veronica była idealna.

Zorganizowała to wszystko w ciągu niespełna trzech dni.

Miaka nie chciała, by jej wkład ograniczał się tylko do wyboru ciuchów, więc dołożyła mnóstwo własnych pieniędzy do funduszu na garderobę. Ubrania okazały się idealne. Wyszukiwała bluzki, które wydawały się proste, ale widać było, że są doskonałej jakości i świetnie uszyte. Kupowała designerskie dżinsy w każdym podkreślającym sylwetkę kroju. Znalazła naprawdę wspaniałe kostiumy kąpielowe, w których miałyśmy się wygrzewać na słońcu – w szczególności Elizabeth była nimi zachwycona. Sukienki, wybrane przez Miakę, podkreślały urodę każdej z nas. Jedna odsłaniała gładkie plecy Miaki, inna podkreślała moje krągłości, a kolejna sprawiała, że obie zazdrościłyśmy dekoltu Elizabeth. Nie umiałabym zrobić tego, co Elizabeth, żeby zdobyć nasze paszporty, a kiedy zobaczyłam przygotowaną przez Miakę garderobę, zrozumiałam, że nie udałoby mi się też sprawić, żebyśmy wyglądały jak milionerki. Cieszyłam się, że podjęła się tego, bo Miaka naprawdę miała oko do detali. Myślę, że dlatego była tak wspaniałą artystką – naprawdę potrafiła patrzeć na to, co ją otaczało.

Gdy wszystko zostało już powiedziane i zrobione, naprawdę doceniłam siostry, z którymi na tyle lat się rozstałam i które przez ostatnie miesiące niemal ignorowałam. Każdą z nas obowiązywały w życiu te same ograniczenia, ale one mimo to potrafiły się wyróżniać. Naprawdę patrzyły na świat z radością, były piękne i pogodne.

Czułam głębokie ukłucia zazdrości i żalu.

Koniec był już bardzo blisko. Osiemnaście lat wydawało mi się jedną chwilą i wiecznością. Nigdy nie udało mi się osiągnąć niczego takiego jak Miace czy Elizabeth. Byłam zwyczajną syreną... nikim szczególnym. A chociaż trochę żałowałam swojej pospolitości, nie potrafiłam się nią naprawdę martwić. Moje myśli były po drugiej stronie kuli ziemskiej, pełne nadziei i oczekiwania.

Gdy przyszedł czwarty dzień, byłyśmy całkowicie gotowe na naszą przygodę. Miakę i Elizabeth ogarnęła ekscytacja na myśl o czymś nowym, a ja także byłam szczęśliwa, choć z zupełnie innego powodu. Wiedziałam, że wiele ryzykuję, ale w tym momencie byłam gotowa na śmierć, gdyby coś poszło nie po mojej myśli.

Nazywałam tę służbę „półżyciem", ponieważ wiedziałam, że obecny czas nie należy do mnie. Od niemal roku nie żyłam nawet połową tej połowy. Musiałam zrobić coś więcej niż tylko przetrwać. Jeśli Ona zabierze mnie za to, co zrobiłam, pogodzę się z Jej wyrokiem. Liczyłam jedynie na to, że odkrywszy mój plan, oszczędzi Akinliego, a moich sióstr, nieświadomych tego, gdzie naprawdę chciałam się wybrać, nie ukarze.

Nasze przybycie na statek zwróciło powszechną uwagę. Przyjechałyśmy do portu wynajętą limuzyną i wysiadłyśmy z samochodu w wytwornych ciuchach, z eleganckimi walizkami; otoczył nas zachwycony tłum. Rano zadałyśmy sobie sporo trudu, żeby wyglądać urzekająco, a ogólna atmosfera towarzysząca wsiadaniu na statek sprawiła, że podróż rozpoczęła się wręcz lepiej, niż się spodziewałam. Niektórzy robili nam zdjęcia. Nie musiałyśmy nawet prosić o pomoc; natychmiast zajęto się naszymi bagażami i zabrano je na pokład.

Nasze milczenie się nie stanowiło problemu – jeśli się jest bogatym, ludzie uważają, że nie są warci, żebyś się do nich odzywała.

Kiedy przechodziłyśmy, wiele oczu wpatrywało się w nas i wiele głów odwracało. Wszyscy zastanawiali się, kim jesteśmy. To jasne, że byłyśmy bogate, a może także sławne z jakiegoś powodu. Nie mogłyśmy być spokrewnione, w każdym razie nie z Miaką, ale może należałyśmy do jakiejś wyjątkowej elity? Nikt nie wiedział, jak nas rozgryźć. Początkowe wrażenie, jakie zrobiłyśmy, sprawiło, że zostałyśmy gwiazdami całego rejsu. Podziwiano nas już za to, że pokazywałyśmy się i że wyglądałyśmy pięknie.

Mieszkałyśmy w trzech dużych, przylegających do siebie apartamentach. Dzięki temu mogłyśmy mieć trochę prywatności, ale zwykle zostawiałyśmy drzwi otwarte, żeby wchodzić i wychodzić, kiedy miałyśmy ochotę. Skakałyśmy po łóżkach i jadłyśmy rozmaite pyszności po to tylko, by rozkoszować się ich smakiem.

Razem chodziłyśmy na basen na pokładzie, gdzie było najwięcej gości. Wybrane przez Miakę kostiumy kąpielowe okazały się wyjątkowo skąpe. Pamiętałam, jak obawiałam się pokazać swoje ciało Akinlemu – ale ci gapiący się na mnie mężczyźni nie liczyli się w ogóle. Ich spojrzenia mnie nie obchodziły. Jako kobieta byłam poza ich zasięgiem i ledwie zauważałam ich zainteresowanie. Za to Elizabeth uwielbiała świadomość, że wszyscy mężczyźni, wolni i zajęci, nie odrywali od niej spojrzeń.

„Popatrz tylko na tego!" – powiedziała do mnie na pokładzie językiem migowym.

„Nie jestem zainteresowana" – odparłam w ten sam sposób.

„Skoro i tak łamiemy zasady, to jak myślisz, może mogłabym zostać z którymś sam na sam?".

Wszystko w moim wnętrzu zmroziło się. Gdyby to była miłość, a nie pożądanie, zrozumiałabym, ale za dobrze znałam Elizabeth. Za jej błąd zapłaciłabym ja. Ona mogłaby zostać ukarana, ale ja straciłabym szansę na zobaczenie Akinlego. Sama zrobiłabym jej krzywdę, gdyby do tego doszło.

„Lepiej nie przeciągajmy struny" – odparłam.

Westchnęła ciężko i bezgłośnie.

Zanim pierwszego wieczoru poszłyśmy na kolację, powiedziałam dziewczętom, że jeśli będziemy miały do wyboru homary, musimy ich spróbować. Tamtego dnia na łodzi, kiedy Akinli spytał mnie o to, odniosłam wrażenie, że jestem jedyną osobą na świecie, która nie jadła homara. Okazało się jednak, że Miaka i Elizabeth także nie miały z nimi do czynienia. Dlatego gdy homary pojawiły się w menu trzeciego wieczoru, wszystkie je zamówiłyśmy. Dziewczyny były zachwycone. Mnie ten smak nadal wydawał się przeciętny, lecz przeniósł mnie w zupełnie inne miejsce. Kosztując kęs mięsa na języku, pamiętałam zapach portu, mały niebieski notesik na drewnianym stole, przebiegły wyraz twarzy Akinlego, gdy przyniesiono dla mnie tort urodzinowy. Nie mogłam powstrzymać uśmiechu, a siostry uznały, że to reakcja na pyszny posiłek. Później Miaka zapytała, kiedy zdążyłam tak polubić homary.

– Gdzieś po drodze – odpowiedziałam.

Chciałam móc powiedzieć Akinlemu, że polecam innym jego ulubione danie. Zastanawiałam się bezwiednie cały wieczór, skąd wziął się mój obiad i jakie były szanse, że to jego dłonie go dotykały.

W miarę jak się do niego zbliżałam, stawałam się coraz spokojniejsza. Nikt nie miał mi już stanąć na drodze. To poczucie bezpieczeństwa pozwalało na oderwanie myśli od Akinlego na dość długo, by cieszyć się towarzystwem sióstr. Wiedziałam, że jeśli popełnię błąd, może to być ostatnia okazja, by z nimi porozmawiać.

Myśl o tym, że stracę je tak samo szybko, jak straciłyśmy Ifamę, zachwiała moim postanowieniem. Nie chciałam, żeby o tym wiedziały lub były tego świadkami, gdyby przyszło co do czego. Zastanawiałam się, czy da się na to coś poradzić. Matka Ocean nigdy nie powiedziała mi szczegółowo, jak wyglądały ostatnie chwile Amelii. Wydawało się, jakby Amelia zginęła w trakcie pościgu, samotnie. Ale jeśli tak nie było? Jeśli Matka Ocean zabrała Amelię do pozostałych i zabiła ją na oczach sióstr, by pokazać swoją siłę? A jeśli to mnie potraktuje jako przykład dla pełnych nieposkromionej ciekawości Elizabeth i Miaki?

Elizabeth, urodzona buntowniczka, najwyżej stałaby się przez to bardziej okrutna. Miaka, nawet jeśli była twardsza niż dawniej, przypomniałaby sobie Ifamę i to by mogło ją załamać. Aisling prawdopodobnie by ziewnęła.

Odsunęłam od siebie te myśli. Jeśli pozwolę, by mnie zadręczały, mogę stchórzyć, a sprawa była zbyt ważna, bym mogła się wahać. Uspokoiłam się, by cieszyć się ostatnimi dniami w towarzystwie sióstr.

– Elizabeth, pamiętasz, jak rozebrałyśmy się przy wszystkich na koncercie w Australii? – zapytałam, gdy w ostatni wieczór rejsu siedziałyśmy w naszym pokoju.

– Rany, myślałam, że nas wtedy stratują! – zawołała.

– Ależ ty działasz na facetów – zauważyła Miaka.

– Nic nie poradzę na to, że jestem piękna. To zabawne, że tyle czasu starałam się być lepsza od otaczających mnie mężczyzn. Musiałam być od nich mądrzejsza, odważniejsza i silniejsza. Nie mówię, że teraz to nie ma dla mnie znaczenia, ale to zaskakujące, jak miękną na widok piersi. To głupie, od początku miałam w swoim arsenale najskuteczniejszą broń! – oznajmiła.

Roześmiałam się na głos. Cała Elizabeth!

– Miako, jakie jest twoje ulubione wspomnienie? – zapytałam.

– To znaczy? Z całego tego czasu?

– Tak.

– Och... nie wiem. Tyle ich było. Podobała mi się Antarktyda, cieszę się, że tam popłynęłyśmy. Ale jeśli chodzi o ciebie... Chyba te pierwsze kilka lat spędzonych razem. Kiedy opowiadałam ci wszystko o mojej kulturze, a ty mi opowiadałaś o swojej. Pamiętasz, jak prosiłam cię, żebyś zaśpiewała mi wszystkie kolędy, jakie znałaś? Nie miałam pojęcia, czym one są! To było cudowne. Wiedziałam, że spoglądam na całkowicie nowy świat, ale ty sprawiłaś, że stał mi się bliższy. Jeśli chodzi o Elizabeth... hmmm... Och! Naprawdę mi się podobało, kiedy pozwoliłaś mi się malować.

– Namalowałaś portret Elizabeth? – zapytałam zaskoczona. Nigdy nie proponowała, że mnie namaluje i wydawałoby mi się, że powinnam zauważyć obraz przedstawiający Elizabeth.

– Nie, nie. Nie namalowałam jej na obrazie. Malowałam ją. To znaczy, po jej ciele – wyjaśniła.

– Pomalowała mnie całą w kwiaty. Żałuję, że nie zrobiłam zdjęcia, tak pięknie to wyglądało. Jedna z najlepszych prac Miaki – dodała Elizabeth, uśmiechając się do naszej drobniutkiej siostry.

– Szkoda, że tego nie widziałam! To brzmi niesamowicie! – Uświadomiłam sobie nagle, że zmarnowałam mój czas nie tylko dlatego, że nie doszłam w niczym do mistrzostwa.

Zmarnowałam także szansę, by być dobrą siostrą, by poznać je najlepiej, jak to możliwe.

– Och, Kahlen, pamiętasz, jak pierwszy raz rozebrałaś się na tej plaży w Brazylii? – zapytała Elizabeth.

– Nie wiem, jak dałam ci się na to namówić!

– Ja też nie wiem, w nieskończoność się nad tym zastanawiałaś – poskarżyła się.

– Nic na to nie poradzę, jestem skromna. Tak mnie wychowano – westchnęłam.

Rozmawiałyśmy tak przez całe godziny, wspominając wspólne lata naszych wypraw. Przez chwilę pożałowałam, że Aisling nie uczestniczyła w żadnej z nich, ale potem przypomniałam sobie, że samotniczką była na własne życzenie. A jeśli ja miałam niedługo zadać ból moim siostrom, powinnam żałować, że sama nie dokonałam podobnego wyboru.

Gdy ostatniego dnia podróży wstało słońce, zobaczyłyśmy na horyzoncie port. Razem spakowałyśmy się. Niektóre ubrania były zbyt duże, by dać się elegancko złożyć, więc „zapomniałyśmy" ich pod kołdrami i za fotelami, żeby mogły je znaleźć sprzątaczki. Poszło szybciej niż myślałyśmy, więc zostało nam jeszcze trochę czasu. Postanowiłyśmy po prostu poleżeć na łóżku, trzymając się za ręce. Obawiałam się, że to stracę – Akinli jak najbardziej był tego wart, ale mimo wszystko było mi przykro.

– Miako, Elizabeth… Chciałabym, żebyście wiedziały, jak bardzo jestem szczęśliwa, że mogłam zostać waszą siostrą. Obie samym swoim istnieniem sprawiłyście, że stałam się lepszym człowiekiem. Wiem, że ostatnio niewiele robiłam, aby to okazać, ale naprawdę was doceniam. Kocham was obie. Uczyniłyście ten okres mojego życia tak niezwykłym! Nie wytrzymałabym tego wszystkiego bez was. Gdy przyjdzie czas, że nie będę was pamiętać, chciałabym, żebyście wiedziały, że dzięki wam cały wcześniejszy czas był dla mnie cenny. To wszystko – powiedziałam. Jeśli miałabym umrzeć, nie zdążę się już pożegnać, więc choć tyle mogłam zrobić.

– Zostały ci jeszcze całe lata – mruknęła Miaka. – Zdążymy przeżyć razem jeszcze mnóstwo przygód. – Na jej twarzy odmalował się niepokój, pewnie dlatego, że byłam odrobinę bardziej sentymentalna niż zwykle. Zastanawiałam się, czy nie domyśliła się więcej, niż powinna. Postanowiłam trochę się wycofać.

– To prawda, ale po prostu nie wiem, czy kiedykolwiek wam to mówiłam. Chciałam, żebyście o tym wiedziały.

– Nie bądź niemądra. Ty kochasz mnie, ja kocham ciebie. Ty kochasz Miakę, ona kocha ciebie. Ja kocham Miakę, ona kocha mnie. Tak po prostu jest, wiemy o tym – podsumowała Elizabeth.

– To dobrze – uśmiechnęłam się do niej.

Postanowiłam zająć się zameldowaniem nas w hotelu. Pod pretekstem rekonwalescencji po operacji gardła instrukcje dla recepcjonisty zapisywałam, a on był na tyle uprzejmy, by formułować pytania w taki sposób, żeby jako odpowiedź wystarczyło skinienie lub potrząśnięcie głową. Gdy dostałam klucze do pokojów, poszłam po moje siostry, czekające w holu, po czym weszłyśmy na górę. Zajmowałyśmy wielki apartament z kilkoma sypialniami, przeznaczony dla wyjątkowo ważnych lub bogatych gości. Pieniądze nie mogły uczynić życia lepszym, ale na pewno łatwiejszym.

Właśnie o taką prywatność nam chodziło. Miaka i Elizabeth nie traciły czasu w hotelowym holu i zebrały wszystkie ulotki wszelkich wycieczek, jakie tu oferowano. Byłyśmy zdumione, kiedy dowiedziałyśmy się, ile ludzie są gotowi zapłacić za pływanie z delfinami – my robiłyśmy to często i za darmo. Wzięłyśmy ulotki i rozłożyłyśmy je na podłodze, a potem rozkładałyśmy je i składałyśmy z powrotem, starając się zdecydować, który dzień gdzie spędzić. To była świetna zabawa.

Plan zakładał, że wyruszymy z samego rana. Wszystkie atrakcje otwierano wcześniej, a my nie miałyśmy problemu, by zdążyć gdzieś na określoną godzinę. Jednak okazało się, że dla Miaki i Elizabeth te godziny otwarcia są i tak zbyt późne – one chciały bawić się już w nocy. Dlatego zaczęły się ubierać, żeby wyjść do klubu, czyli zrobiły właśnie to, na co liczyłam.

– Nie chcesz się wybrać z nami? – zapytała Elizabeth po raz trzeci czy czwarty.

– Nie, chciałabym się trochę odprężyć. Myślę, że może nawet pozwolę sobie na odrobinę snu dla przyjemności – odparłam. Przeciągnęłam się, a gdy to zrobiłam, pomysł wydał mi się całkiem kuszący. Jednakże wszelki odpoczynek musiał zaczekać.

– Ty i to twoje spanie – westchnęła Elizabeth.

– Cicho! Idźcie we dwie i bawcie się dobrze. Możecie się też bawić za mnie! – powiedziałam.

– Nie ma sprawy – odparła z uśmiechem. Nie wątpiłam w to, Elizabeth potrafiłaby się bawić za pięcioro ludzi. Patrzyłam, jak się ubierają i wiedziałam, że wszystkie dziewczyny w klubie będą chore z zawiści. Wyglądały naprawdę oszałamiająco. Kiedy podeszły do drzwi, zachwycałam się ich urodą.

– Miaka, Elizabeth! – zawołałam, tuż zanim wyszły z pokoju.

Zatrzymały się.

– Obie wyglądacie prześlicznie.

Uśmiechnęły się.

– Dzięki – powiedziała Elizabeth.

– Dziękuję – zawtórowała jej Miaka.

– Cześć, całuski! – pożegnałam się, a one po cichu wyszły w noc.

Zaczęłam od razu działać. Wzięłam małą torbę, jedną z takich, które mniej zwracają uwagę. Spakowałam do niej ubrania i praktyczne drobiazgi potrzebne w podróży. Tak na wszelki wypadek. Wyjęłam notatki i mapy, które schowałam przed siostrami. Orlando i Port Clyde dzieliło prawie dwa i pół tysiąca kilometrów, co oznaczało dwadzieścia cztery godziny jazdy bez przerwy. Dzięki Bogu nie potrzebowałam snu. Chciałam się teraz przespać – moje serce pragnęło zobaczyć w sennych marzeniach twarz Akinlego, ale targowałam się sama ze sobą: jeśli nie zasnę, za jakąś dobę zobaczę go na żywo. Ta pokusa przemogła potrzebę snu, więc wróciłam do realizacji mego planu.

Znalazłam rezerwację na samochód z wypożyczalni i miałam nadzieję, że nie będzie za późno, żeby go odebrać. Wzięłam wszystkie pieniądze, jakie miałam, i wrzuciłam je do torby. I już. To było wszystko, czego potrzebowałam.

Czas uporządkować niezakończone sprawy.

Kochane Miako i Elizabeth,

Muszę zająć się jedną sprawą. Nie martwcie się o mnie! Wszystko jest w porządku. Zostańcie tutaj i bawcie się dobrze, a ja wrócę, kiedy tylko będę mogła. Zostawiłam Wam bilety na cudowny rejs do Francji, więc gdybym nie wróciła w porę, płyńcie beze mnie. Ja znajdę inny sposób, by do Was dołączyć. Pamiętajcie o dochowaniu tajemnicy! Naprawdę myślę, że nam się to uda. Całuję Was bardzo mocno i do zobaczenia niedługo!

Ściskam Was,
Kahlen

Brzmiało to tak lekko, jak tylko umiałam sformułować. Miałam tylko nadzieję, że nie wyda się zbyt tajemnicze. Może uznają, że szykuję dla nich następną niespodziankę. Gdyby udało mi się wpaść na odpowiedni pomysł, na pewno będę o tym pamiętać.

Zostawiłam list i bilety na statek na łóżku, a potem wyszłam z pokoju, mając przed oczami twarz Akinlego.

Rozdział 15

Wypożyczenie samochodu okazało się trudniejsze, niż sobie wyobrażałam. Pracownik wypożyczalni był dla mnie miły, bo mu się podobałam, ale wyraźnie irytowało go, że odpowiadam tylko za pomocą kartki i długopisu. Nie myślałam, że to będzie takie skomplikowane – ten facet całkowicie wytrącił mnie z rytmu. Na litość boską, musiałam zniknąć, zanim wrócą moje siostry! Naglące pragnienie wyjazdu sprawiło, że moje pismo stało się chaotyczne. W końcu cała ta głupia robota papierkowa została zakończona, a ja wyszłam podekscytowana.

Więcej wysiłku kosztowało mnie, by usiąść za kierownicą samochodu, niż żeby się w ogóle dostać do tego kraju. Interesujące.

Nie miałam okazji zbyt często prowadzić samochodu, więc potrzebowałam chwili, by zacząć jechać prosto. Zwykle nie polegałam na innych środkach transportu – pływanie było moją drugą naturą. Teraz irytowała mnie powolność pojazdu mechanicznego. Gdybym podróżowała wodą, byłabym z Akinlim niemal natychmiast, ale w samochodzie kilometry rozciągały się w nieskończoność.

Ależ ta Floryda jest długa! Całe szczęście, że musiałam przejechać tylko połowę stanu. Przez Południe jechałam nocą, więc niewiele widziałam. Kilku kierowców ciężarówek gapiło się na mnie w Karolinie Południowej, kiedy się zatrzymałam, żeby zatankować. Był środek lata, a ja byłam ubrana od stóp do głów. Słońce wstało, kiedy wjechałam do Wirginii, i wznosiło się coraz wyżej na niebie, w miarę jak jechałam na północ. Odliczałam mijane stany: Floryda... Karolina Północna... Delaware... Connecticut... i w końcu Maine.

Poczułam dziwne ciepło w swoim ciele, gdy uświadomiłam sobie, że rozpoznaję okolicę. Czułam, jak narasta we mnie niecierpliwość. Nie mogłam przestać się zastanawiać nad każdym detalem. Jak będzie wyglądać Akinli? Jak długie ma włosy? Czy wrócił na studia? Czy Ben i Julie już się pobrali? Czy Casey została zagryziona przez niedźwiedzia?

Mogłam mieć tylko nadzieję.

Gdy zobaczyłam drogowskaz kierujący do miasteczka, które dało mi kiedyś nadzieję, zaczęłam się denerwować. Co ja tu robiłam? Co miałam nadzieję znaleźć? Co mi to da, jeśli u Akinlego wszystko jest w porządku? A jeśli nie jest, to co mogę dla niego zrobić? Co pragnę osiągnąć? Nie było żadnych rozsądnych odpowiedzi; cokolwiek zamierzałam osiągnąć, mogłam spodziewać się porażki.

Gdy na horyzoncie pojawiło się miasteczko, poczułam pewność, że popełniam błąd. Będę musiała za niego zapłacić, ale nie widziałam innej możliwości.

Dotarłam tak daleko i zamierzałam zobaczyć jego twarz. Zostawiłam samochód i torbę na parkingu przy betonowym murze, przez który kiedyś przeskoczyliśmy. Przez okno widziałam wąski pas piasku, gdzie Akinli leżał ze mną i całował mnie tak długo, aż myślałam, że zemdleję. Minął już niemal rok, ale wspomnienie jego szorstkich dłoni wplecionych w moje włosy było tak rzeczywiste, że musiałam unieść rękę do szyi i upewnić się, że ich tam nie ma.

Otrząsnęłam się z tych myśli i wysiadłam z samochodu. Będzie mi łatwiej podejść do domu piechotą. Zabrałam ze sobą wszystkie dokumenty potwierdzające moją skradzioną tożsamość, bo uznałam, że tak będzie najlepiej. Było jeszcze ciemno. Od chwili, gdy rozstałam się z siostrami, minęło trochę ponad dwadzieścia cztery godziny. Miałam nadzieję, że nie gniewają się na mnie. Ciemność była moim sprzymierzeńcem, gdy zakradłam się cicho do lasu. On znalazł mnie kiedyś w środku nocy, więc obawiałam się, że mogę spotkać go na ulicy. Matka Ocean nie mogła się dowiedzieć, więc pozostawało mi ukrycie się pomiędzy drzewami. Wiedziałam, gdzie chcę iść, w wyobraźni widziałam drogę do domu.

Ten dom był moim domem. Ogarnęło mnie nagle przerażenie: czy to jeszcze jest ich dom? W ciągu roku mogło się wydarzyć tak wiele.

Popychał mnie dziwny impuls – musiałam iść przed siebie, choćby po to, żeby odkryć, że on zniknął. Wiedziałam, że to uczyniłoby mnie jeszcze bardziej nieszczęśliwą, ale musiałam się przekonać.

Kochałam go.

Nic nie mogło tego zmienić, po prostu kochałam Akinlego i byłam gotowa zaryzykować życie tylko po to, żeby zobaczyć jego pusty dom. Może, jeśli na tym świecie pozostało dla mnie choć odrobinę szczęścia, uda mi się zobaczyć także jego. To wszystko, co mogłam dostać – przelotne spojrzenie z odległości. Byłam gotowa zapłacić za to niemal każdą cenę.

Chociaż moje ciało było silne i niezniszczalne, nie widziałam najlepiej w ciemnościach, dlatego potykałam się w lesie, idąc w stronę domu. Nie miałam także zmysłu orientacji, jednak ten dom był jak magnes, który przyciągał mnie coraz bliżej. Nie mogłam wytrzymać tego, jak powoli się poruszam, ale czułam, że działam aktywniej niż wtedy, kiedy prowadziłam samochód. Teraz przynajmniej potrzebowałam odrobiny wysiłku.

Drzewa w końcu się rozstąpiły i zobaczyłam go – mój dom. Był piękny. Dla każdego przypadkowego przechodnia byłby całkowicie przeciętny, ale dla mnie wyglądał jak zamek królewski.

Pierwszy przypływ nadziei poczułam, gdy spojrzałam na garaż. Wiedziałam, że nie służył do przechowywania samochodów. Był pełen drobiazgów i niepotrzebnych rupieci, upakowanych w pudłach i ustawionych obok gitary, keyboardu i perkusji Bena, które przechowywał „na wszelki wypadek", gdyby udało mu się zabłysnąć na scenie muzycznej. Dlatego śmierdzący samochód Bena stał na podjeździe, a to znaczyło, że nadal tutaj są. Do bocznej ściany domu, jak lśniące trofeum, stała oparta na podpórce Bessie. Skoro ona tu była, to był także i on.

Powinnam była założyć zegarek. Wadą mojego planu było to, że nie miałam pojęcia, która jest godzina. Musiałam polegać na słońcu, żeby wiedzieć, co zrobią.

Przyjrzałam się domowi – światła na górze były zgaszone, ale na dole zauważyłam jakiś blask. Na pewno nie lampy, może telewizora. Ktoś jeszcze nie spał, lecz to nie pozwalało określić dokładnej godziny. Gdy się rozejrzałam, nie zobaczyłam na drodze żadnego ruchu, więc postanowiłam zaryzykować i przebiegłam przez ulicę. Byłam ubrana w dżinsy i czarną bluzkę, które dawały nadzieję, że lepiej wtopię się w ciemność nocy. Chyba mi się udało. Ukryta w cieniu domu okrążyłam go i weszłam po schodach na ganek, a potem wspięłam się po kratownicy umieszczonej od północy. Zdaje się, że Julie próbowała bez powodzenia hodować na niej jakieś pnącza, ale dzięki temu mogłam dostać się na piętro. Przekradłam się po dachu i zajrzałam do pokoju Akinlego.

Gdy podeszłam bliżej, zobaczyłam, że zasłony są inne. Były półprzezroczyste i... kobiece. Och...! O Boże, Casey wyraźnie się tu wprowadziła. Nie zawiesiłby w oknie czegoś takiego, gdyby nie chciał sprawić przyjemności dziewczynie. W takim przypadku zrobiłby to, nawet gdyby mu się to nie podobało. Po prostu taki był. Och, Akinli, dlaczego musiałeś być tak ustępliwy? Skoro Casey teraz tu mieszkała, skoro była w jego pokoju, to co jeszcze robili? Jeśli zajrzę przez okno, mogę zobaczyć mężczyznę, którego kocham, z inną kobietą. Czy będę miała siłę, by odejść? By wybaczyć mu, że o mnie zapomniał? By nie wydrapać jej oczu?

Wzięłam głęboki oddech dla uspokojenia. Zrobię wszystko, co trzeba, żeby był bezpieczny i szczęśliwy. Od początku wiedziałam, że zawsze dam Akinlemu wszystko to, czego zechce. Jeśli to oznaczało, że będę musiała darować Casey życie, zrobię to.

Zajrzałam do środka, by potwierdzić swe podejrzenia. Ściany miały teraz inny kolor, chociaż w nocy trudno było to stwierdzić z całą pewnością. Zmieniły się także wiszące na ścianach obrazy. Czy to były rysunki ptaków i słoni? To dziwne. Nic nie rozumiałam, dopóki nie zauważyłam stojącej w rogu kołyski.

Tam, głęboko uśpiona, leżała najmniejsza i najśliczniejsza istota, jaką kiedykolwiek widziałam. Jej pierś unosiła się i opadała. Była prześliczna. Litery wiszące na delikatnych wstążkach nad kołyską układały się w imię „Bex", zapewne zdrobnienie od Rebecca. Brzmiało właśnie tak, jak imię kogoś, kto należał do Bena i Julie.

Ile mogła mieć ta malutka dziewczynka? Odliczyłam miesiące. Julie musiała być już w ciąży podczas mojego pobytu. Czy wiedziała o tym? Czy to prześliczne dziecko było jej małym sekretem?

Wiedziałam, że należy do nich, a nie do mnie, ale mimo wszystko czułam się, jakbym coś straciła. Bex mogłaby być moją przyjaciółką, mogłabym się nią opiekować. Zastanawiałam się, jak sobie radzi Julie – mogłam się założyć, że teraz jeszcze bardziej przydałaby jej się pomoc. Czy zastanawiała się nad tym? Czy ją także zraniłam swoim zniknięciem?

Och, Julie, tak mi przykro, że cię opuściłam.

Bardzo długo patrzyłam na Bex, starając się zapisać w pamięci jej słodką, malutką buzię. Potem, gdy w końcu nasyciłam się tym cudownym widokiem, poszłam szukać Akinlego.

Myślałam, że może ogląda telewizję, więc musiałam jakoś zajrzeć przez okna salonu, które były dla mnie zbyt wysoko. Gdy znalazłam się z powrotem na ganku, przeszłam obok pokoju gościnnego. W środku zobaczyłam rzeczy Akinlego – to jasne, że tam się przeniósł. Wziął po prostu swoje rzeczy i przeprowadził się na dół, ale moje wcześniejsze obawy tak mnie poruszyły, że byłam niesamowicie szczęśliwa, że w ogóle tu jest. Na szczęście nie wyglądało na to, by dzielił pokój z Casey.

Widziałam jego narzutę, miękką, w niebieską kratę. Miał nieposłane łóżko. Na wieszakach przy drzwiach wisiały jego czapki baseballowe, mniej równo niż na górze. Na podłodze obok kosza na pranie leżały brudne rzeczy, jakby próbował je tam wrzucić, ale nie trafiał. Na komodzie zobaczyłam to, co musiał wyjąć wieczorem z kieszeni: jego portfel, klucze i jakieś drobne… a także złożoną karteczkę. Wyglądała jak instrukcja albo inna notka, dołączona do jakiegoś urządzenia. Cokolwiek to było, musiał to nosić przy sobie. Krawędzie były przybrudzone, a miejsce zgięcia niemal zupełnie przetarte. Pomyślałam, że przydałoby się podkleić ją kawałkiem taśmy.

Przez lekko uchylone drzwi widziałam blask telewizora. To musiał być on, więc czekałam. Byłam tak niecierpliwa, że z trudem powstrzymywałam się przed kołysaniem się na piętach, bo deski na ganku skrzypiały, zdradzając moją obecność. Nasłuchiwałam poruszeń na górze i spoglądałam przez ogród na sąsiedni dom. Wszędzie panowała cisza, nikt nie wiedział, że tu jestem. Noc była bezksiężycowa, więc wtapiałam się w ciemnogranatowe niebo.

Zegarek przy łóżku pokazywał, że minęła druga, gdy Akinli postanowił się położyć. Zobaczyłam, że blask przygasł, więc przykucnęłam, żeby nie zauważył mnie, wchodząc do pokoju… mojego pokoju. Zobaczyłam światło w niezasłoniętym oknie, więc ostrożnie wyjrzałam ponad parapet, wdzięczna za ciemność nocy. Zobaczyłam, że stoi plecami do mnie na komodzie. Nie byłam pewna, ale chyba porządkował swoje rzeczy. Widziałam, że podniósł karteczkę i przeczytał ją – musiała zawierać dłuższy tekst, bo potrzebował na to kilku minut. Potem odłożył ją i zajął się czym innym.

Gdy zaczął rozbierać się do bokserek, wpatrując się weń, poczułam dreszcz ekscytacji, a chwilę potem… winę z tego powodu. To było prawie tak samo podniecające jak kiedyś noszenie tych bokserek. Był niesamowicie przystojny. Mięśnie na jego plecach poruszały się, gdy się rozbierał. Tęskniłam za tym, żeby dotknąć ich dłońmi. Zauważyłam, że włosy miał dłuższe i podobało mi się to – dobrze z nimi wyglądał.

Pulsujące głodem gorąco rozpełzło się pod moją skórą – pragnęłam Akinlego tak, jak kobieta pragnie mężczyzny. Nie pierwszego lepszego mężczyzny, ale swego własnego. Wiedziałam wprawdzie, że on tak naprawdę nie należy do mnie, lecz pragnienie paliło mnie tak gwałtownie, że trudno mi było je zignorować. Myślałam, że nic nie pozwoli mi o tym zapomnieć, aż w końcu Akinli odwrócił się i zobaczyłam jego twarz.

Wydawał się nieobecny, niemal tak, jak ja się czasem czułam. Mój Akinli miał zarost na podbródku, dzięki któremu wyglądał groźnie. Gdybym go nie znała tak dobrze, może zaczęłabym się trochę go obawiać. Wydawał się zmęczony, miał zapadniętą twarz, jakby od tygodni źle sypiał. Był też znacznie szczuplejszy niż wtedy, kiedy się poznaliśmy. Oczywiście, nadal był przystojny, widziałam to pomimo wszystko, ale wydawał się załamany. Nie musiał mi tego mówić, mogłam to odczytać tak, jak on umiał odczytywać moje myśli. Cierpiał naprawdę głęboko – co mogło być powodem?

Czy Casey coś zrobiła? Znowu zraniła jego uczucia? Gdy się rozglądałam, nie widziałam żadnych śladów jej obecności. Żadnego porzuconego dziewczęcego swetra ani nawet fotografii przedstawiającej ich razem. Nic. Czyżby zerwali ze sobą? Wydawało się to mało prawdopodobne, biorąc pod uwagę, ile zamieszania zrobiła, żeby go odzyskać. Może się pokłócili. Było mi przykro, że nie starała się być dla niego milsza.

Podszedł do łóżka, sięgnął pod materac i wyciągnął cienką książeczkę. Usiadł na nieposłanym łóżku, naciągnął kołdrę i otworzył książkę: *Drzewo, które umiało dawać*. Czy to był mój egzemplarz? Rogi były pozaginane, okładka miała rysy, a strony zwisały tak, jakby ledwie trzymały się grzbietu. Akinli przeczytał całość trzy razy – historyjka była krótka. Kiedy skończył, położył się na łóżku i przytulił książkę, a potem odłożył ją na miejsce i przewrócił się na plecy. Patrzyłam, jak w lewym oku, tym bliżej mnie, pojawiła się łza, która spłynęła mu po twarzy i zniknęła we włosach. Usłyszałam, że pociąga nosem. Otarł łzę i zgasił światło.

Chodziło o mnie. To przeze mnie tak wyglądał. Dlatego był chudy, a w jego pokoju panował bałagan. Jeśli Casey tu nie było, to dlatego, że nie chciał jej obecności. Czekał. Ja nie mogłam tego okazywać tak jak on – moje ciało reagowało inaczej – ale zachowywałam się podobnie. Gdyby niechęć do jedzenia mogła sprawić, że schudnę, gdyby bezsenność spowodowała, że policzki by mi się zapadły, gdyby brak dbałości o siebie mogło wywołać matowość mojej skóry, też bym tak wyglądała.

Tęskniłam za nim, a on tęsknił za mną. Nie było sposobu, żeby to naprawić. Od kiedy się spotkaliśmy, setki razy próbowałam wymyślić sposób pozwalający zaradzić temu, że się nie starzeję, nie mówię, że muszę się zgłaszać na wezwanie Matki Ocean, a także ciągłemu lękowi, że go zabiję. Gdybym znalazła jakiś pewny sposób, by to mogło się udać, zrobiłabym wszystko.

Nie mogłam jednak i cierpiałam z tego powodu. Ze swoim cierpieniem się pogodziłam, ale nie mogłam się pogodzić z jego cierpieniem. Na pewno nie w sytuacji, kiedy to ja byłam powodem. Myślałam, że moje odejście popchnie go z powrotem w ramiona Casey. Owszem, mówił, że mu na mnie zależy, ale czy po moim zniknięciu nie powinien założyć, że mnie na nim nie zależało? Powinien być urażony lub wściekły, zapomnieć o mnie, chcieć zrobić mi na złość. Powinnam była bardziej go zranić. Co jeszcze mogłam wtedy zrobić?

Powinnam była zostawić naszyjnik.

Podniosłam rękę i dotknęłam delikatnego metalu na szyi. Gdybym go zostawiła teraz, dostarczyłabym mu tylko dowodu, że wróciłam, a nie – że go nienawidzę. Może czekałby na mój kolejny powrót. Może uczepiłby się przeszłości jeszcze bardziej. Musiałam ułożyć jakiś plan, musiałam go zranić. Co dotknęłoby go na tyle mocno, żeby o mnie zapomniał? Ile bólu musiałabym zadać teraz, żeby wszystko ułożyło się na dłuższą metę?

Wtedy sobie przypomniałam… już miałam plan. Oryginalny plan, miłosierny.

To będzie lepsze niż pozwalanie, żeby leżał bezsennie w nocy i myślał o tym, że może kiedyś powrócę. Wystarczyło, że jakoś pojawię się znowu w jego życiu, a potem zniknę na zawsze. Potrzebowałam tylko trochę czasu, żeby wszystko przemyśleć.

Zastanawiałam się nad najlepszym planem i patrzyłam, jak Akinli śpi. Spał niespokojnie, kilka razy w ciągu nocy zapadł w spokojniejszy sen, ale przez większość czasu przewracał się z boku na bok. Nad ranem Bex zaczęła płakać, a to natychmiast go obudziło. Sen miał bardzo płytki. Zanim słońce wstało zbyt wysoko, wycofałam się do lasu, żeby czekać na swoją szansę. Nie byłam jeszcze pewna, w jaki sposób powinnam się pojawić. Musiałam przynajmniej znaleźć przyzwoite wyjaśnienie mojego zniknięcia. Gdy się nad tym zastanawiałam, zobaczyłam, że Ben i Akinli wychodzą z domu. Szli do łodzi.

– Na pewno poradzisz sobie sam? – zapytał Ben.

– Tak, jasne. Jesteś teraz tatą, czasem będziesz musiał zostawać w domu. Zaopiekuj się naszą dziewczynką – powiedział Akinli. Na jego twarzy wciąż malowało się zmęczenie. I znów się nie ogolił.

– Pewnie. Julie się przeziębiła, a teraz Bex zaczęła pociągać nosem, więc Julie się boi, że zarazi ją jeszcze bardziej. Mnie nie ruszą żadne zarazki – oznajmił Ben, dumny ze swojego systemu odpornościowego.

– Naprawdę nie ma sprawy. – Akinli kochał swoją rodzinę i było to widać mimo jego znużenia.

– Nie przesadzaj dzisiaj. Zrób tyle, ile konieczne, a ja jutro popłynę z tobą – powiedział Ben.

– Jasne, szefie – odparł Akinli z bladym uśmiechem na twarzy.

Tak piękny dzień nadawał się na spacer, więc Akinli poszedł pieszo. Gdy tylko zniknął, a Ben wrócił do domu, także ruszyłam w swoją stronę. W świetle słońca łatwiej znajdowałam drogę wśród drzew, ale wiedziałam, że w końcu będę musiała wyjść z lasu, który nie podchodził aż do samego wybrzeża. Potrzebowałam trochę czasu, jednak w końcu znalazłam się tam, gdzie Akinli zabrał mnie kiedyś łodzią.

Pracował dzisiaj sam. Znajdowałam się daleko, ale natychmiast rozpoznałam łódź, a jego sylwetki nie pomyliłabym z niczyją. Był niemal zupełnie sam, tego dnia wypłynęło niewiele łodzi. Nie pamiętałam, czy tak samo było, kiedy wybraliśmy się razem, bo wtedy zwracałam uwagę tylko na niego.

Obserwowałam go z odległości. Jego bliskość dziwnie uspokajała. Zastanawiałam się, czy tak samo bym się czuła, gdyby się okazało, że jest żonaty. Może wtedy potrafiłabym się zmusić do zrezygnowania z niego. Trudno powiedzieć. Wykonywał swoją pracę mechanicznie, bez większego zaangażowania. Opuszczał pułapki na homary, ale żadnych nie wyciągał. Robił tylko to, co konieczne, tak jak prosił Ben. Zbyt łatwo przychodziło mu takie posłuszeństwo. Wręcz nie mogłam znieść tego, jak się poruszał.

Akinli wyglądał jak duch i, podobnie jak ja, szedł przez życie jak automat. Musiałam to naprawić. Starałam się wymyślić historię uzasadniającą, dlaczego po południu przyjdę do jego domu, gdy wszystkie plany się zmieniły.

Wyraźnie nie był sobą; gdzie się podziała jego ostrożność? Zrobił coś, co sprawiło, że się potknął, ale przyczyny nie widziałam, bo zasłaniała mi go burta łodzi. Zauważyłam tylko, że Akinli uderzył głową o rufę statku, i usłyszałam plusk, gdy jego ciało wpadło do wody.

Och! Zabolało mnie na sam ten widok. Przez resztę dnia będzie go okropnie bolała głowa. Patrzyłam i czekałam, w którym miejscu wypłynie. Nie wypłynął.

Nie było widać żadnego poruszenia w wodzie, nie usłyszałam żadnego dźwięku. Popatrzyłam na inne łodzie – czy nikt nie zauważył, jak on spadał? Wcześniej, gdy szliśmy razem przez miasto, miałam wrażenie, że wszyscy na niego patrzą. Czy teraz już tak nie było? Czy dla nich także Akinli był jak duch? Nikt się nie ruszył.

Biorąc pod uwagę wszystkie okoliczności, można by pomyśleć, że będę się zastanawiać dłużej, ale gdy tylko zrozumiałam, że Akinli nie wypłynie, nie musiałam w ogóle myśleć. Zrobiłam to, co musiałam – skoczyłam do wody.

Matka Ocean była oczywiście zaskoczona. Zażądała wyjaśnienia, dlaczego tu jestem, skoro powinnam być we Francji.

A jak myślisz, dlaczego tu jestem?

Podniosła na mnie głos. Powiedziała, że muszę wziąć się w garść, bardziej nad sobą panować. Mówiła dalej, ale ja Jej nie słuchałam. Nie mogłam go znaleźć i zaczynałam się niepokoić. Woda nie była tu głęboka, nie mogło go znieść aż tak daleko. Wtedy zobaczyłam go dwa metry pode mną, tonącego coraz głębiej. Objęłam go i pociągnęłam na powierzchnię.

Zostałam ściągnięta w dół.

Matka Ocean chciała wiedzieć, co ja sobie wyobrażam, co właściwie wyprawiam.

Muszę go zabrać na powietrze!

Wpadł do wody. Tonął. Należał teraz do Niej.

Nie! Nie, oszczędź go!

Nie, teraz był Jej własnością.

Sprowadzę Ci innego na jego miejsce. Setkę, tysiąc ludzi! Sama go mogę zastąpić, wypuść tylko tego jednego.

To nie działa w taki sposób.

Wiem, wiem. Proszę Cię, żebyś nagięła swoje żelazne zasady. Proszę, pozwól mu żyć!

Nie.

Zaczęłam wpadać w histerię.

Proszę! Boże, proszę! Pozwól mu żyć. Zrób to dla mnie, błagam Cię. Proszę!

To niemożliwe.

Ależ to jest możliwe! Żebyś go wypuściła. Możesz to zrobić. Proszę! Zrób to dla mnie. Powiedziałaś, że mnie kochasz. Jeśli kochasz mnie choć w połowie tak, jak mówiłaś, proszę, nie zabieraj mi go! Proszę!

Płakałam i płakałam.

Proszę!

Pociągnęłam go pomimo oporu.

Proszę!

Wtedy... poczułam, że Jej uchwyt słabnie.

Proszę, wypuść go, zrób to dla mnie!

Wypuściła nas. Nie mogłam w to uwierzyć, mogłabym przebiec tysiąc maratonów z siłą, jaką czułam w sobie w tamtym momencie.

Miałam go wynieść na powierzchnię i natychmiast wracać do Niej.

Była rozwścieczona.

Oczywiście! Oczywiście! Dziękuję!

Trzymałam go mocno i płynęłam na powierzchnię tak szybko, jak tylko mogłam. To była jedna z tych chwil, gdy byłam naprawdę wdzięczna za moje ciało – zwyczajna dziewczyna nie mogłaby zanurkować tak głęboko ani wytrzymać tak długo. Zwyczajna dziewczyna nie wstrzymałaby oddechu na tak długo ani nie miałaby siły, by wyciągnąć go na pokład łodzi. Ja mogłam to zrobić i musiałam Jej za to później podziękować.

Przewróciłam Akinlego na bok i uderzyłam go w plecy. Musiałam to powtórzyć kilka razy, ale w końcu zaczął wykasływać wodę. Poczułam ulgę, gdy on kasłał, dygotał, a w końcu przewrócił się na plecy. Na jego głowie zobaczyłam ogromny guz. Na pewno będzie go bardzo bolało, ale przynajmniej był żywy. Gdy się przewrócił, zobaczyłam koło niego klucze i tę karteczkę z komody, które wypadły mu z kieszeni.

Z tej odległości widziałam wyraźnie, że to nie była instrukcja obsługi – nawet jej nie przypominała. Była to mała karteczka z notesu, którą domowym sposobem zabezpieczył przezroczystą taśmą klejącą. Gdy przetarła się od składania, naprawił ją. Cały czas miał ją przy sobie. Podniosłam ją i zobaczyłam napisane moją ręką słowa, na których tak bardzo mu zależało.

Może pewnego dnia dawne życie mnie odnajdzie. A może nie będę miała innego życia. Nie mogę tego wiedzieć na pewno, ale tak czy inaczej wybieram Akinlego. Czasem po prostu coś się wie, a ja wiem, że chcę być z nim. Mam nadzieję, że to zawsze wystarczy jako odpowiedź: że zależy mi na nim bardziej niż na czymkolwiek innym.

Doskonale pamiętałam tamten dzień i rozmowę z Julie. O Boże. Zastanawiałam się, jakie znaczenie to dla niego miało. Wiedział, że pragnęłam go bardziej niż czegokolwiek na świecie. Właśnie dlatego na mnie czekał. Ufał mi. Nawet gdybym zostawiła naszyjnik, trzymałby się wiary w moje słowa.

Jeśli chodzi o dawne życie, które miało mnie odnaleźć... znalazł mnie niemą i płaczącą w samotności, myślał, że wcześniej cierpiałam. Może zabrał mnie od niego ten, który był sprawcą tego cierpienia? Och nie! Przypomniałam sobie bałagan, jaki zostawiłam w pokoju przed odejściem. Rozrzucone ubrania, skotłowana pościel, pozostawione otwarte okno. To mogło wyglądać jak walka, której nie usłyszał, ponieważ kłócił się z Casey.

Nie martwił się tylko tym, że nie chcę wrócić, ale tym, że nie mogę wracać. Ja przez cały czas wiedziałam, gdzie on jest, ale on się zadręczał, wyobrażając sobie wszystko co najgorsze. Może nawet obwiniał się o to, że nie zdołał mnie po raz drugi uratować.

– Kahlen – powiedział słabo. Spojrzałam na niego i zobaczyłam, że ma na wpół otwarte oczy. Samo to, że usłyszałam swoje imię z jego ust, uradowało mnie. Uśmiechnęłam się do niego.

– Czy to ty? – zapytał.

Skinęłam głową.

– Jesteś bezpieczna. – Był tak słaby, ale mimo wszystko w jego głosie brzmiała radość, którą poczuł z tego powodu. – Muszę ci to powiedzieć. Nie chciałem być z Casey... Przepraszam... Kocham cię... Zostań ze mną. – Jego słowa były niewyraźne, plątały się. Nie był całkowicie przytomny, to jednak działało teraz na moją korzyść.

Chciałam z nim zostać, ale właśnie dostałam jego życie w prezencie, więc musiałam być posłuszna.

Potrząsnęłam głową.

– Dlaczego? Wiem, że cię zraniłem, ale wynagrodzę ci to. Zrobię...

Położyłam palce na jego ustach, żeby go uciszyć. Nie mogłam znieść myśli, że on się będzie o to obwiniać. Pochyliłam się i pocałowałam go lekko – ciało miał wciąż jeszcze chłodne od wody, ale jego wargi jak zawsze były ciepłe. Zarost na jego twarzy podrapał mi skórę. Jego usta poruszyły się powoli w rytm moich. To był nowy pocałunek, którego nie dane mi było zasmakować poprzednio – pożegnalny pocałunek.

Gdy się odsunęłam, zobaczyłam, że się uśmiecha. Znowu zamknął oczy – stracił przytomność. Nie chciałam zostawiać go tutaj na łodzi, mógł mieć wstrząs mózgu. Nie będzie nawet wiedział, jak znalazł się na pokładzie. Musiałam jednak wracać do Niej. Bez wątpienia była dla mnie aż za dobra. Pocałowałam Akinlego jeszcze raz, chociaż nie mógł na mój pocałunek zareagować. Podniosłam jedną z cegieł, których używał do obciążania pułapek, i cisnęłam nią w najbliższą łódź. Uderzenie zabrzmiało jak wystrzał.

– Hej! – zawołał ktoś. Na pewno przyjdzie sprawdzić, co się dzieje. Zanurkowałam.

Dziękuję! Tak bardzo Ci dziękuję! Zrobię wszystko, żeby Ci pokazać, jak bardzo jestem wdzięczna! Będę Ci wdzięczna do końca tego życia i jeszcze następnego.

Nic nie odpowiedziała, szarpnęła mnie w głąb tak gwałtownie, że niemal czułam dłoń zaciśniętą na moim ramieniu.

Rozdział 16

Matka Ocean wiele razy kierowała mnie w różne miejsca, ale nigdy w taki sposób – z irytacją, szybko i w ściśle określonym kierunku. Zastanawiałam się, czy coś takiego czuła Ifama przed śmiercią; zakładałam, że właśnie to mnie zaraz czeka. Spodziewałam się tego, czekałam na to i cieszyłam się w duchu, że przynajmniej Elizabeth i Miaka nie będą musiały tego oglądać.

Byłam zaskoczona tym, z jaką jasnością przypominałam sobie dzień, w którym wydawało mi się, że tonę. Pamiętam, że byłam w wodzie, zastanawiałam się nad tym, czy od siły uderzeń Jej fal mam połamane kości. Ogarniające mnie zmęczenie i suche pieczenie w płucach wciąż były świeże w mojej pamięci. Czekałam teraz, aż te odczucia powrócą na nowo.

Tak się nie stało.

Przez długi czas Ona ciągnęła mnie z wściekłością. Moje ubranie rozpadło się, a fałszywe dokumenty podarły się na strzępy i zatonęły. Okrywająca mnie nowa suknia była niemal czarna. Potrzebowałam wielu lat, by dostrzec, że kolory, które nosiłyśmy, nie były przypadkowe, że odzwierciedlały nasze otoczenie. Co oznaczała czerń?

W moich oczach symbolizowała śmierć; Matka Ocean ubrała mnie na pogrzeb. Gdy o tym myślałam, poczułam muśnięcie na szyi – mój wisiorek zerwał się z łańcuszka. Sięgnęłam w ciemność, by go pochwycić, ale poruszałam się tak szybko, że nie miałam na to szans.

Nie! Nie mój naszyjnik.

Powstrzymałam szloch. Gdybym miała naszyjnik, czułabym się tak, jakby Akinli był przy mnie. Zniknięcie srebrnego drobiazgu było dla mnie bardziej bolesne niż myśl o nieuniknionej karze, jaka mnie czekała. Ona jednak nie zwolniła. Była rozgniewana. Nie wiedziałam, ile mam jeszcze czasu, więc wykorzystałam okazję, by się do Niej odezwać. Nie wiem, czy chciała mnie słuchać, ale zamierzałam przynajmniej powiedzieć to, co powinnam.

Przepraszam, że Cię nie posłuchałam. Wiem, dlaczego chciałaś, żebym się do niego nie zbliżała, ale niewiedza była dla mnie nie do zniesienia. Musiałam zobaczyć, jak on sobie radzi. Nie wiem, co zobaczyłaś, ale on za mną tęsknił. Tęsknił za mną tak samo, jak ja tęskniłam za nim. Wyglądał okropnie.

Milczała.

Gdy zobaczyłam, w jak strasznym jest stanie, próbowałam wymyślić jakiś sposób, żeby go uwolnić. Tak, zamierzałam się z nim spotkać, ale chciałam go odwiedzić na jeden dzień, a potem upozorować moją śmierć. Zamierzałam udać, że utonęłam, przysię-

gam, że miałam to zrobić, gdy tylko zrozumiałam, co on czuje. On myślał, że do niego wrócę, więc chciałam sprawić, by zrozumiał, że to niemożliwe. Przysięgam, nie zamierzałam zostawać. Próbowałam wymyślić plan, jak mam wrócić i udać przed nim swoją śmierć, kiedy zobaczyłam, jak wpada do wody...

Nadal cisza.

Przepraszam, naprawdę. Chyba powinnam Ci od razu powiedzieć, że wciągnęłam w to Miakę i Elizabeth. Nie wiedzą o jego istnieniu, ale namówiłam je, żeby wybrały się ze mną w rejs. Powiedziałam im, że mam coś do zrobienia, i zostawiłam je na Florydzie. O ile wiem, dalej tam są i niczego się nie domyślają.

Nic nie odpowiedziała, ale poczułam nowy przypływ Jej gniewu. Moje błędy były moją sprawą, ale zupełnie czym innym było wykorzystanie sióstr do własnych celów. Jej milczenie bolało mnie bardziej, niż gdyby na mnie krzyczała. Odkąd wiele lat temu odezwałam się do Niej, zawsze rozmawiałyśmy, niezależnie od tego, czy byłam zmartwiona czy szczęśliwa, czy Ona była zmęczona czy smutna. Zawsze mówiłyśmy sobie wszystko otwarcie. Przerażającą myślą było to, że w końcu istniało coś, o czym nie mogłyśmy rozmawiać.

Przepraszam. Przepraszam, że Cię nie posłuchałam. Przepraszam, że porzuciłam moje siostry, i przepraszam, że prosiłam, żebyś go wypuściła... Ale dziękuję Ci. Dziękuję Ci z całego serca.

Nic.

Wiem, że teraz mnie ukarzesz. Rozumiem to. Ale mimo wszystko Ci dziękuję.

Pozostawała nieporuszona.

Zamilkłam, a Ona ciągnęła mnie coraz głębiej i głębiej. Czasem czułam się tak nieszczęśliwa z powodu Akinlego, że nurkowałam w Niej głęboko, by się ukryć, ale nigdy nie dotarłam tak daleko. Ławice ryb wymijały mnie, gdy Ona bezceremonialnie ciągnęła mnie dalej. Niemal zderzałam się z nimi. Po pewnym czasie ławice zniknęły i wokół mnie pływały tylko większe, pojedyncze ryby. Potem one także zniknęły, a po następnej chwili przestałam dostrzegać jakiekolwiek oznaki światła i życia.

Mrugałam, myśląc, że niedługo coś zobaczę. Trzymałam jedną rękę przed twarzą, by osłonić się przed czymś niewidocznym, na co mogłam wpaść. W rzeczywistości pewnie uszkodziłabym bardziej to, z czym bym się zderzyła, niż siebie, ale miałam w sobie dość ludzkich uczuć, by się tego obawiać. Czas i woda omywały mnie, poczułam, że robi się zimno. Bardzo zimno. Nie tak jak na Antarktydzie, ale naprawdę zimno. Nie miałam pojęcia, jak daleko Ona może się rozciągać.

W końcu wylądowałam mocno na piasku.

Nareszcie odezwała się do mnie. Miałam tu zaczekać, aż będzie gotowa.

Nie powiedziała, do czego zamierza się przygotować, a ja nie mogłam zapytać. Zostałam sama. Przez kilka minut siedziałam bez ruchu – minuty rozciągały się w godziny… a przynajmniej miałam takie wrażenie. Nie było tu słońca ani księżyca, które odmierzałyby czas.

W końcu wstałam i po to tylko, żeby się poruszyć, przeszłam na oślep kilka kroków. Natrafiłam na ścianę, chyba jakiś rodzaj skały. Gdy badałam ją dłońmi, poczułam, że jest całkowicie gładka, jak szkło. Może wypolerowały ją drobne ziarenka piasku na dnie oceanu. Przesuwając po niej dłonią, przeszłam kilka kroków w prawo. Po paru kolejnych krokach natrafiłam na drugą skałę, połączoną z tą pierwszą pod kątem dziewięćdziesięciu stopni. Dotknęłam palcami narożnika. Dziwne.

Zauważyłam, że większość rzeczy w przyrodzie układała się i poruszała w rytm powietrza i przypływów. Linie proste były przypisane pragnącej kontroli nad światem naturze ludzkiej. Bogu wystarczyło, by stworzone przez Niego rzeczy po prostu istniały, gdy jednak odkrywali je ludzie, mogły nadal istnieć... o ile były ustawione w równych rzędach.

Nie miałam wątpliwości, że ta ściana nie jest naturalna. Potrzebowałam jeszcze kilku minut, by obejść całą przestrzeń, ale miałam pewność, że znajduję się w celi. Gładkiej, małej, idealnej celi. Najwyraźniej nie zasługiwałam już na zaufanie.

Po pewnym czasie uświadomiłam sobie, że moja cela nie jest wykonana z kamienia, ale z wody. Ona przekształciła część siebie w otaczające mnie akwarium, którego kształt często się zmieniał. Szłam wzdłuż prostej krawędzi i czułam, że wygina się ona w krzywiznę. Także rozmiary nie pozostawały stałe – zmieniały się i płynęły wraz z Nią. Czasem wpadałam prosto na ścianę, nieświadoma tego, że się tu znajduje. Zachodziłam w głowę, czy mogłaby mnie więzić w ten sposób, gdyby nie jadła tak niedawno.

Zastanawiałam się, czy Ona nadal ze mną jest, czy też była tak wściekła, że ta Jej część, w której się znajdowałam, została całkowicie oddzielona od Niej. Czy wciąż mogła odczytać moje myśli? Czy była zaskoczona tym, że żałowałam swojego postępowania, czując jednocześnie satysfakcję z jego powodu? Czy to w ogóle miało znaczenie?

Nie czułam Jej przy sobie, a Ona się do mnie nie odzywała, nie byłam więc pewna jej bliskości. Jej milczenie i utrata naszyjnika, który zatonął gdzieś bardzo daleko, sprawiały, że czułam się naprawdę sama.

Moje myśli płynęły swobodnie, a mnie chwilami zaczynała ogarniać panika. Wiedziałam, że jestem w niewidzialnej klatce i że Ona mogłaby bez trudu zacisnąć niewidoczne ściany i wymazać wszelkie ślady mojego istnienia. Nawet gdybym potrzebowała snu, nie było mowy, żebym choćby zmrużyła oko.

Mijał czas.

Powoli.

W końcu doszłam do wniosku, że jeśli Ona postanowi mnie zabić, to przynajmniej mnie o tym powiadomi.

Sądzę, że musiały minąć całe dni, aż moje oczy zaczęły przyzwyczajać się do ciemności. Dostrzegałam cienie zwierząt, które przepływały wokół mnie, niepodobne do niczego, co wcześniej widziałam. Czasem zauważałam coś, co przypominało żywy szkielet. Cienie te były niemal przezroczyste, jakby trzymały się na najcieńszej bibule. Kiedy indziej widziałam stworzenia tak wielkie, że obawiałam się, iż mogłyby mnie zmiażdżyć, gdyby nie to, że znajdowałam się w swojej bańce. Wszystkie ryby wydawały się ją wyczuwać, może mogły ją zobaczyć. Tak czy inaczej nie zbliżały się do mnie.

Zastanawiałam się, jak wytrzymałe są te ściany, ale nie próbowałam ich uszkodzić. W jakimś momencie zaczęłam kopać w piasku, by przekonać się, jak głęboko sięga krawędź. Znalazłam jednak tylko skałę i zrozumiałam, że z Jej więzienia nie da się uciec. Zresztą i tak nie próbowałabym ucieczki, chciałam tylko wiedzieć.

Czas spędzany w ciemności był przerażający właśnie z tego powodu – nie wiedziałam, co będzie dalej. Nie było sposobu, by dowiedzieć się, co czeka mnie ani co czeka Akinlego.

Ocaliłam mu życie, ale na jak długo? Czy Ona odzyskała to, co Jej wykradłam, podczas gdy ja siedziałam tutaj uwięziona? Jedynie to doprowadzało mnie do płaczu. Mogłam pogodzić się z izolacją i znieść myśl o tym, że Ona mnie nienawidzi. Mogłam przetrwać w ciemności i przyjąć karę. Żadna z tych rzeczy nie mogła mnie zranić.

Niepokój o Akinlego jednak mnie zadręczał.

Bezustannie roztrząsałam to w myślach. Gdy minęło dość czasu, żebym uznała, że minął mniej więcej tydzień, zmusiłam się, by uwierzyć, że nic mu nie jest. Było to jednak trudne, bo nie rozumiałam, dlaczego Ona trzyma mnie tutaj tak długo. Jedyną rzeczą, jaką potrafiłam wymyślić, było to, że chce mnie trzymać z dala od niego, albo raczej nie dopuścić do tego, bym stanęła w jego obronie, gdy będzie go zabierać.

W całkowitym osamotnieniu i w rozpaczy rozpamiętywałam każdy błąd mojego długiego życia.

Wspomnienia o rodzinie zupełnie już się zatarły. Wiem, że miałam kiedyś matkę i ojca. Miałam także braci. Wiem, że ich straciłam. To był pomysł ojca. Coś go uradowało i mieliśmy wszyscy popłynąć na wycieczkę do Londynu. Chciał zrobić nam przyjemność. Ale matka powiedziała, że powinniśmy zostać, że mamy naukę i pracę.

To ja błagałam, jęczałam, że chcę zobaczyć świat, i nie dawałam się przekonać. Wymusiłam tę decyzję dziecinnym zachowaniem, to pamiętałam. Gdybym umiała cieszyć się tym, co mam, gdyby mi to wystarczyło, wszystko to nigdy by się nie wydarzyło. Teraz wszyscy zostaliśmy rozdzieleni.

Ciążyła mi miłość moich sióstr; za bardzo na nich polegałam. One dały mi bliskość, za którą tak bardzo tęskniłam przez całe życie. W latach najgorszej samotności byłam gotowa wierzyć, że zakochałam się w Miace, a gdy pojawiła się Elizabeth, tak inna i ekscytująca, niemal uwierzyłam, że zakochałam się także w niej. Myliłam się jednak – po prostu pod nieobecność prawdziwego uczucia desperację wzięłam za miłość.

Widziałam to w życiu mężczyzn i kobiet, których obserwowałam. Trudno mówić o miłości, gdy nie ma się wyboru. Nie byłam zakochana w moich siostrach, ale kochałam je bardzo silną miłością. Okrucieństwem z mojej strony było ryzykowanie ich losu, by dostać to, czego pragnęłam. Mimo to, w moim podwodnym więzieniu, wiedziałam, że gdybym musiała, zrobiłabym tak jeszcze raz.

Spędzanie czasu z niesłyszącymi wydawało się początkowo wspaniałym pomysłem, ale to również popsułam. Za bardzo mi na nich zależało i nigdy nie mogłam zostać tak długo, jak bym chciała. Pozwalałam, by zastępowały mi dzieci i wnuki, które w moim wieku powinnam już mieć. Traktowałam je, jakby były moje, bo tylko do nich mogłam się zbliżyć.

Byłam zbyt zachłanna.

Jak mogłam być tak głupia i wierzyć, że nie stanowię dla nich śmiertelnego zagrożenia? W każdej chwili mogłam je skrzywdzić, sprowadzić na nie śmierć. Życie Jillian ciążyło mi bardziej niż tysiące innych zgonów, za które byłam odpowiedzialna. Nawet gdyby miała zginąć niezależnie od tego, czy ją poznałam, stale uważałam, że przyłożyłam rękę do jej śmierci.

Najgorzej jednak obeszłam się z Akinlim. Wtargnęłam w jego życie, skrzywdziłam jego rodzinę. Powiedziałam, że zostanę, a potem go porzuciłam. Złamałam mu serce, następnie zaś, jakby tego wszystkiego było mało, zaprowadziłam go do grobu, potem ocaliłam, a teraz jedno z nas miało zapłacić za ten czas, jaki udało mi się dla niego wyprosić. A może i oboje.

Nienawidziłam tej myśli. Powtarzałam sobie, że byłoby mi łatwiej, gdyby nie był taki wspaniały. Jednak bez względu na to, czy to jest łatwe czy nie, nie powinnam była z nim zostawać. Gdyby moja obecność w jego życiu miała sprawić, że skończy się ono przedwcześnie… nie wiem, co bym zrobiła.

Byłam bardzo naiwna, myśląc, że mogę się zaprzyjaźnić z Matką Ocean. Ona była nieśmiertelnym bytem, widziała i przetrwała wszystko. Będzie żyła przez całą wieczność po mojej śmierci. Mogłyśmy najwyżej przelotnie zostać znajomymi. Ona była królową roju, ja tylko robotnicą. Należało coś zrobić, a ja mogłam wykonywać tę pracę. Byłam młoda i piękna – dwie cechy niezbędne w moim CV – dlatego zatrzymała mnie, żebym pracowała. Rozmawiałyśmy, ale może tylko dostarczałam Jej w ten sposób odrobiny rozrywki. Była zajęta ważnymi sprawami… dbała o deszcze, prądy morskie. Na litość boską, Ona podtrzymywała życie na tej planecie. Jak mogłam oczekiwać, że Ona, której nigdy nie mogłabym być równa, zrozumie, co to znaczy, że się zakochałam?

Myślałam o tym wszystkim nieustannie, aż przenikał mnie ból. Płakałam tylko z powodu Akinlego, ale ból wiązał się z każdym z tych powodów. Wstyd z powodu popełnionych błędów ciążył mi jak ołów. Naprawdę czułam, że moje ramiona i nogi poruszają się wolniej, przez ogarniający mnie smutek. Musiałam go nieść w sobie. Musiałam za wszystko zapłacić. Wiedziałam, że za grzechy takiej wagi należy się kara i było tylko kwestią czas, aż Ona, jedyny sędzia, jakiego znałam, wymierzy mi ją.

Dlatego czekałam.

Było mi coraz trudniej, czułam się coraz gorzej, jakby moje ciało zapadało się w sobie. Przez chwilę myślałam, że to Ona zaciska wokół mnie ściany, ale potem zrozumiałam, że to uczucie pochodzi z mego wnętrza. Gdy miałam wrażenie, że ciężar moich błędów zaraz mnie zmiażdży, zaczęłam uciekać w marzenia.

Myślałam o Akinlim i wyobrażałam sobie, co by było, gdybym mogła z nim zostać w łodzi. Kiedy by się ocknął, siedziałabym przy nim i przytulałabym go z uśmiechem. Całowałby mnie bez końca, uszczęśliwiony, że wróciłam do niego na dobre. Kiedy wrócilibyśmy do domu, wszyscy wybaczyliby mi moje zniknięcie, ponieważ ocaliłam Akinlemu życie. Wszyscy byliby szczęśliwi. Julie zostałaby moją najlepszą przyjaciółką, Ben byłby dla mnie jak brat. Bex uwielbiałaby mnie. Natomiast Akinli...

Kilka dni później sąsiedzi z domu obok wyprowadziliby się, a Akinli kupiłby ten dom natychmiast, kiedy tylko wystawiono by go na sprzedaż. Przybiegłby do mnie, żeby powiedzieć, że kupił go dla mnie, abyśmy mogli się pobrać. Od razu by mi się oświadczył i podarował mi pierścionek, tak samo piękny i... osobisty, jak mój naszyjnik. Pomalowalibyśmy ściany domu na niebiesko, zielono i turkusowo. W środku byłoby dość miejsca, żebyśmy mogli mieć dla siebie sypialnię, pokój przeznaczony tylko do czytania i słuchania muzyki, a także inne pokoje, które miała zająć nasza rodzina. Duża rodzina, tak jak pragnął.

Na ślubie byłabym najpiękniejszą panną młodą, jaką widziano w tym mieście. Wszyscy by się pojawili, każdy mieszkaniec Port Clyde, nawet turyści. W dodatku, gdy przyszłaby pora na składanie przysięgi, mogłabym mówić wprost z serca, nie potrzebowałabym kartki papieru, by przekazać najważniejsze rzeczy, takie jak „na dobre i na złe", „przysięgam" czy „kocham cię".

Chwileczkę... Kocham cię... On powiedział te słowa. Powiedział je na łodzi, kiedy go obejmowałam.

Przeprosił mnie, wyznał, że mnie kocha, a potem poprosił, żebym została. Byłam tak pochłonięta tym, że przeżył, że nawet tego nie zauważyłam, ale teraz przypominałam sobie te słowa bez końca. Głos Akinlego powtarzał, że mnie kocha. Czułam się tak, jakby w moim sercu śpiewał ptak.

– On mnie kocha… On mnie naprawdę kocha.

Kiedy się odezwałam, mój głos był zachrypnięty. Usłyszałam wtedy jeszcze jeden dźwięk – trzask.

W tym momencie zostałam pociągnięta w górę, nie tak mocno i szybko, jak poprzednio. Słyszałam, jak Ona wzywa pozostałe syreny, by przybywały natychmiast. Nie określiła miejsca, ale jej głos brzmiał poważnie i nagląco. Wiedziałam, że już biegną na brzeg morza.

Nie mogłam uwierzyć, że zmusza je, by przybyły. Zamierzała mnie zabić i kazać pozostałym patrzeć na to. Wzdrygnęłam się. Nie było mowy, żebym mogła Ją od tego odwieść, byłam bez wątpienia Jej dłużniczką.

Potrzebowałam dużo czasu, by wydostać się na powierzchnię. Widziałam coraz jaśniejsze światło; paliło mnie w oczy. Wprawdzie nie sprawiało bólu, ale trudno mi było coś zobaczyć. Gdy znalazłam się w wybranym przez Nią miejscu, potrzebowałam chwili, by stanąć pewnie na piasku, delikatnym jak pył. Rozejrzałam się i mimo niewyraźnego widzenia natychmiast rozpoznałam moją wyspę. Moje siostry już tutaj były, najwyraźniej musiałam przebyć większą odległość niż one.

Nie spieszyłam się z podejściem do nich i nie byłam nawet zaskoczona, że Ona wybrała to miejsce. Kiedyś było podarunkiem, teraz zapewne nie powinnam go już dłużej uważać za swoją własność. Potem przypomniałam sobie, jak oddalona od świata się tu czułam. Jeśli to, co się tu wydarzy, sprawi, że będą głośno krzyczeć lub płakać, nikt nas tutaj nie usłyszy.

Przymrużyłam oczy i przyjrzałam się moim siostrom. Elizabeth stała i nie patrzyła na mnie; ręce miała splecione na plecach, łokcie wysunięte. Miaka siedziała, owijając suknią kolana; nie byłam pewna, czy na mnie patrzy, czy też nie. Aisling spacerowała. Z reguły tak reagowała na wszystko.

Gdy światło przestało mnie aż tak razić, starałam się przyjrzeć ich twarzom, bo chciałam popatrzeć na ich znajome, piękne rysy. Zakładałam, że to z pewnością będzie ostatni raz. Wszystkie miały na sobie suknie w kolorze przygaszonego błękitu, niemal szare, jak zamglone niebo. Te kolory nie odzwierciedlały wyglądu mojej tropikalnej wyspy, ale Jej nastrój.

Ja nadal byłam w czerni. To był mój pogrzeb, a one były żałobnikami.

Kazała nam usiąść. Elizabeth i ja posłuchałyśmy natychmiast i usiadłyśmy ze stopami w wodzie, niedaleko Miaki. Aisling przestała spacerować i przez moment stała do nas tyłem. Odetchnęła kilka razy głęboko, potrząsnęła głową, a jej cudowne włosy zatańczyły wokół niej. W końcu odwróciła się i usiadła na piasku, ale celowo nie dotykała wody. Była w wyjątkowo złym humorze.

Matka Ocean wciąż czekała w milczeniu na Aisling, by zacząć mówić. Wszystkie wydawałyśmy się spięte, a miało być jeszcze gorzej. Chciałam, by to się skończyło jak najszybciej.

Ona tu jest, już siedzi – powiedziałam. Matka Ocean była niezadowolona, że Aisling trzyma się na dystans, ale nie miało to większego znaczenia.

Ona przeprosiła Aisling, Miakę i Elizabeth za to, o co zamierza je poprosić, wyjaśniając, że w tym momencie nie jest w stanie sama podjąć decyzji. Umilkła na chwilę, a one popatrzyły na siebie, a potem na mnie. Wszystkie wiedziały, że stało się coś złego, ale dopiero teraz, gdy Matka Ocean pominęła moje imię, miały pewność, że chodzi o mnie.

Wyjaśniła, że rok temu zakochałam się w chłopaku.

Opuściłam głowę, chociaż czułam, że rzucały mi ukradkowe spojrzenia.

Wytłumaczyła, że właśnie dlatego byłam pogrążona w żalu, nie zaś z powodu Jillian, chociaż myśl o niej także nie dawała mi spokoju. To właśnie ten chłopak uwięził mnie w moim smutku. Od niego dostałam zaginiony teraz naszyjnik i z jego powodu zostawiłam Miakę i Elizabeth same na Florydzie. Opowiedziała, że obserwowała go przez długi czas i wiedziała, że on także mnie kocha. To jeszcze komplikowało tę kwestię.

Zastanawiałam się, jak długo Matka Ocean wiedziała, że on mnie kocha. Ja zyskałam tę pewność kilka minut temu; uznałam za szczególne okrucieństwo fakt, że ukrywała to przede mną.

Powiedziała, że było Jej przykro z powodu naszego smutku, ale miała nadzieję, że sytuacja sama się rozwiąże, gdy on zaczął tonąć.

Miaka zakryła usta, wyraźnie zmartwiona.

Aż do chwili – ciągnęła Matka Ocean – gdy ja skoczyłam do wody, by go uratować.

Aisling gwałtownie odwróciła ku mnie głowę.

W oczywisty sposób złamałam zasady. Zabrałam życie, które należało do Niej, zaryzykowałam zdradzenie Jej tajemnic i naraziłam je wszystkie na niebezpieczeństwo. Musiałam zostać ukarana.

Zobaczyłam, że Elizabeth stężała. Ja byłam jej najbliższa.

Matka Ocean wyjaśniła, iż problem polega na tym, że Ona mnie kocha.

Wszystkie przyjęły to z oszołomionymi twarzami. Chyba nie uświadamiały sobie, że Ona jest do tego zdolna. Czy ja sama przed chwilą nie myślałam, że to niemożliwe?

Kochała mnie i to przeszkadzało Jej w trzeźwym osądzie sytuacji. Zazwyczaj czuła, że jest sprawiedliwa i konsekwentna, ale nie miała pewności, czy potrafi zachować bezstronność, kiedy chodziło o mnie. Jedyną metodą na zapewnienie jej było poddanie tej sprawy pod głosowanie. Pozostawiała im podjęcie decyzji. Po prostu nie ufała w tym przypadku sobie.

Na naszych twarzach odmalował się identyczny szok. Jak mogła obarczać czymś takim moje siostry? To miało być sprawiedliwe? Było szczytem okrucieństwa zmuszać je, by wykonały za Nią to zadanie.

– Czy Kahlen może głosować? – zapytała głośno Miaka. To było dobre pytanie. Ona zawsze umiała zadawać właściwe pytania.

Nie, ja nie mogłam głosować. Ona uważała, że nie będzie właściwe, abym miała coś do powiedzenia w sprawie swojej kary.

Bez dalszych wstępów wyjaśniła im, co mają do wyboru. Po pierwsze, mogłam dostać dodatkowe pięćdziesiąt lat służby. Ona nie miała nic przeciwko temu, bym została dłużej, ale obawiała się, że będę do niego wracać. Była zaskoczona, jak sprytnie sobie poradziłam. Istniałoby więc ciągłe zagrożenie. Gdyby on zobaczył mnie za dwadzieścia lat, ciągle tak samo młodą, nasunęłyby mu się pytania. Obawiała się, że w grę wchodzi jedna z dwóch pozostałych możliwości: albo Akinli musiał umrzeć, albo ja.

Przełknęłam łzy i starałam się być dzielna. Wiedziałam, że jeśli dziewczęta mają dokonać wyboru, nie chciałabym, żeby go potem żałowały. Myślę, że mogłam wyglądać na poruszoną, ale nie zdradziły mnie łzy. Znajomy płaszcz – płonący, obciążony, a teraz pełen szklanych odłamków, które raniły mnie za każdym razem, gdy się poruszyłam – przygniótł mnie boleśnie. Nie mogłam obarczać sióstr moim smutkiem.

Dała im kilka minut do namysłu. Nie wiem, co bym wybrała na ich miejscu. Z pewnością nie pozwoliłabym umrzeć Akinlemu, ale nie wiedziałam, czy byłoby gorsze, gdybym sama umarła, czy gdybym musiała żyć jeszcze sześćdziesiąt osiem lat, wiedząc, jak bardzo go skrzywdziłam.

Kazała im wybierać: dodatkowe lata, moja śmierć, śmierć Akinlego.

Cisza trwała.

Długi czas trwałam ze spuszczoną głową, w obawie, że moje spojrzenie może coś zdradzić lub sprawić, że poczują się zbyt winne temu, czego Ona od nich wymagała. To był rozkaz, więc gdyby nie posłuchały, podzieliłyby mój los. Nie mogłam tego życzyć moim siostrom.

W końcu ciekawość przeważyła i rozejrzałam się wokół. Miaka miała spuszczoną głowę, a na jej twarzy malowała się rozpacz. Elizabeth ogryzała paznokcie i patrzyła w niebo ze zmarszczonymi brwiami. Ale gdy odwróciłam się do Aisling, ta patrzyła prosto na mnie.

Nigdy nie przyglądałyśmy się sobie tak uważnie. Wpatrywała się w moją twarz, moje oczy – może próbowała zgadnąć, którego z przedstawionych rozwiązań najbardziej pragnęłam. Próbowałam jej przekazać: „wszystko, tylko nie on".

Czas się skończył. Matka Ocean zapytała Miakę, co uważa za sprawiedliwy wyrok.

– Dodatkowe lata. Nie chcę patrzeć, jak Kahlen traci kolejną osobę, którą kocha, i nie mogę znieść myśli o jej śmierci. Nie w taki sposób. Teraz, gdy o wszystkim wiemy, możemy jej pilnować, możemy ją powstrzymywać – powiedziała. – Przepraszam, Kahlen.

Uśmiechnęłam się do niej blado. Nie winiłam jej.

Następna była Elizabeth. Teraz Matka Ocean zadała pytanie jej.

Elizabeth spojrzała na mnie szybko, a potem spuściła wzrok.

– Przepraszam, Kahlen, ale myślę... myślę... że on powinien... odejść. I tak miał przecież umrzeć. Gdybyś miała żyć w taki sposób przez jeszcze pięćdziesiąt lat... wiesz, że próbowałabyś do niego wrócić, widzę to w twoich oczach. Za każdym razem trafiałabyś z powrotem tutaj, aż w końcu straciłabyś życie. Pracowałaś tak ciężko na swoją drugą szansę...

Na te słowa zaczęłam płakać, nie mogłam się już powstrzymać. Maska opadła, a ja nie zamierzałam znowu próbować jej zakładać. Myśl o śmierci Akinlego z powodu mojego błędu była nieznośna. Chciałam powiedzieć, że jeśli on odejdzie, ja zostanę z nimi niewiele dłużej. Był dla mnie nieskończenie ważny, a ja nie zgodzę się by mnie z nim tak rozdzielono. Nie powiedziałam tego na głos, żeby oszczędzić im dodatkowego bólu. Nie chciałam dłużej ukrywać smutku, ale nie chciałam także zasmucać ich jeszcze bardziej.

Matka Ocean zwróciła się w końcu do Aisling i zapytała, co ona uważa za sprawiedliwy wyrok. Aisling przez chwilę patrzyła w ziemię, a potem zobaczyłam, jak jej pierś się unosi, a oddech przyspiesza. Wstała, niezdolna nad sobą zapanować. Zaczęła spacerować, aż w końcu ze złością zanurzyła stopę w wodzie i odpowiedziała krzykiem:

– Niby jak którakolwiek z tych rzeczy może być sprawiedliwa? Twoja wizja sprawiedliwości jest absurdalna! Kahlen nie zaszkodziła ani Tobie, ani mnie, ani żadnej z nas. Chłopak nie ma o niczym pojęcia. Gdyby naprawdę zależało Ci na tym co sprawiedliwe, to puściłabyś całe to przeklęte zajście płazem. Wyobrażasz sobie, że mamy sądzić ją za to, czego wszystkie byśmy pragnęły? Niby jak, na miłość boską?! To dopiero jest niesprawiedliwe! Jeśli musisz wydać jakiś pokręcony wyrok, jeśli upierasz się, żeby ona zapłaciła, niech tak będzie. Dorzuć te pięćdziesiąt lat, ale daj je mnie. Odsłużę resztę swojego czasu i jej czasu. Jeśli w ogóle chcesz być sprawiedliwa, daj ten czas mnie, ponieważ ja jestem jedyną osobą tutaj, która naprawdę go chce!

Rozdział 17

Oszołomienie. Byłam zupełnie oszołomiona, podobnie jak my wszystkie. Patrzyłyśmy na Aisling i próbowałyśmy zrozumieć, o co jej chodzi. Nic tutaj się nie zgadzało. Po pierwsze to, że powiedziała więcej niż jedno czy dwa zdania, zupełnie nie pasowało do jej charakteru. Po drugie, trudne do pojęcia było, że odezwała się do Matki Ocean tak ostro. I nawet nie sam fakt, ale to, że wystąpiła w mojej obronie. No i to, że chciała pozostać w zawieszeniu, w tym dziwacznym życiu dłużej, niż musiała. Wziąć je zamiast mnie. To było nie do pojęcia.

Aisling nie sprawiała wrażenia choćby odrobinę zawstydzonej. Bez cienia skruchy patrzyła na nasze zaszokowane twarze. Nic z tego nie rozumiałam, choć intensywnie nad tym się zastanawiałam. Na szczęście odezwała się znów, nie czekając na zaproszenie.

– Gdy zostałam zabrana, miałam osiemnaście lat. Żeglowałam wzdłuż wybrzeża, z Karlskrony do Sztokholmu. Odwiedziłam rodziców i wracałam do mojej córki.

– Córki?! – wykrzyknęła Elizabeth, wyrażając zdumienie nas wszystkich. Nawet Matka Ocean sprawiała wrażenie zaskoczonej tym słowem. Jak mogła tego nie wiedzieć?

– Tak, córki. Miała wtedy jedenaście miesięcy i miałam ją zabrać ze sobą, ale przed wyjazdem zachorowała. Właściwie wydawała się dostatecznie zdrowa na podróż, ale nie chciałam ryzykować… To była najlepsza decyzja w moim życiu. Ona była owocem przelotnego romansu z chłopakiem, którego kochałam, sądząc, że on także mnie kocha; zniknął jednak, gdy tylko dowiedział się, że jestem w ciąży. Nie wiem, co się z nim stało, nie pamiętam już nawet jego imienia. Utrzymywałam istnienie mojego dziecka w tajemnicy przed rodziną tak długo, jak tylko mogłam. Wstydzili się za mnie, wydaje mi się, że byliśmy bogatą albo wpływową rodziną… Wysłali mnie na północ, żebym zamieszkała z ciotką i wujem. Oni byli bezdzietni, więc nie mieli nic przeciwko towarzystwu, a gdy urodziła się Tova, cieszyli się także z jej powodu.

Oczy Aisling rozjaśniły się, gdy to mówiła. Tova, jej córka.

– Początkowo wiele myślałam o jej ojcu, ale po pewnym czasie uświadomiłam sobie, że to on stracił. Kochałabym go do końca życia, dałabym mu wielką rodzinę, ale on zrezygnował z tego wszystkiego. Odrzucił wierną żonę i najpiękniejsze dziecko, jakie kiedykolwiek widziałam. To ja miałam szczęście, bo byłam tylko z nią.

Aisling uśmiechała się, rozpromieniona, na wspomnienie córki. Nigdy nie widziałam, by uśmiechała się bez złośliwości. Zawsze uważałam, że jest piękna, ale radość rozjaśniająca jej twarz nadawała jej urzekający wygląd.

Miała rację, ten chłopak musiał być idiotą.

Otrząsnęła się z zadumy i mówiła dalej.

– Jakiś czas po urodzeniu się Tovy moja matka chyba zaczęła mieć wyrzuty sumienia, że mnie wyrzuciła z domu. Zdaje się, że byłam jedynaczką, ale nie pamiętam już tego. Dlatego umówiłyśmy się, że Tova i ja przyjedziemy z wizytą. Oczywiście mimo choroby Tovy chciałam się pogodzić z rodziną, miałam nadzieję, że w przyszłości będziemy mogli żyć razem. Dlatego pojechałam bez niej. Zostawiłam moją malutką…

Głos Aisling załamał się, uniosła delikatną dłoń, by zasłonić usta, a niezrównanie piękne łzy zalśniły w jej oczach. Obojętna, twarda maska, którą nosiła od niemal stulecia, rozpadła się na moich oczach. Nie była tak okropna, jak sądziłam. Aisling po prostu przepełniała tęsknota, którą po części rozumiałam, choć nie do końca. Wiedziałam, co oznacza rozłąka z osobą, którą kochało się najbardziej na świecie, ale nie byłam jeszcze matką.

– Gdy statek zaczął tonąć, nie chciałam się poddawać. Nie chciałam zostawić jej bez matki, gdy nie miała ojca. On nie zamierzał do niej wrócić, więc ja musiałam to zrobić. Zamierzałam wrócić do mojej małej. A gdy w ciemności wody zostałam zapytana, co bym dała, żeby dalej żyć, nie miałam wątpliwości. Jeśli chodziło o powody do życia, miałam coś, z czym nic nie mogło się równać. Gdy w grę wchodzi twoje dziecko… – Potrząsnęła głową. – Przedtem tego po prostu nie da się zrozumieć. Mogłam tylko myśleć „Tova. Muszę żyć dla Tovy".

A więc tak jej się to udało. Aisling nie znalazłaby się tutaj, gdyby pomyślała po prostu „Muszę żyć dla mojej córki".

Uroda i młodość nie ocaliłyby jej, gdyby jej życzenie przybrało odrobinę inną formę. Matka Ocean nigdy nie zatrzymałaby matki.

To było tak samo, jak wtedy, gdy ja myślałam o Aleksie i Tommym – Ona nie wiedziała, czy to moi bracia czy chłopcy, tylko to, że są dla mnie ważni. Tova mogła być siostrą, kuzynką, przyjaciółką. Aisling, po tym, jak jej zaufanie zostało zawiedzione, na pewno bardziej się pilnowała – mnie takiej umiejętności zdecydowanie brakowało.

– Gdy zrozumiałam, że chociaż przeżyłam, nie będę mogła jej odzyskać, byłam wściekła. Wypełniała mnie złość, która zamieniła się w smutek. Po prostu musiałam trzymać się z dala od pozostałych. Biedna Marilyn! Próbowała ze mną mieszkać, ale ja byłam tak zrozpaczona, że nie mogłam znieść jej towarzystwa. Naprawdę ją polubiłam, ale byłam wściekła na cały świat. Zawsze tego żałowałam – że nie mogłam jej powiedzieć dlaczego. Ale przynajmniej wam mogę to wyjaśnić.

Aisling popatrzyła na nas, w końcu mogąc się cieszyć naszą obecnością. Niczego już nie ukrywała i promieniała odzyskaną wolnością.

– Wtedy właśnie, gdy byłam sama, uświadomiłam sobie, że mogę nad nią czuwać z oddali. Nie musiałam znajdować się w centrum jej świata. Dlatego niemal od samego początku mojej służby ukrywałam tę tajemnicę. Większą niż sekret Kahlen, prawda? – To ostatnie powiedziała z kolejnym pełnym życia uśmiechem, a ja roześmiałam się. Choć to, co działo się wokół mnie, miało w sobie coś z obłędu, musiałam się roześmiać na pierwszy żart Aisling od stu lat. Czekałam na reakcję Matki Ocean, ale Ona milczała. Na razie.

– To było trudne. Musiałam trzymać się z dala od Matki Ocean, gdy nie byłam wzywana na służbę, a kiedy śpiewałam, musiałam ukrywać moje myśli. Wiedziałam, że jeśli nie zachowam tego dla siebie, stracę wszystko. Jestem pewna, że wszystkie uważałyście, że was nienawidzę, ale tak nie było; bardzo was przepraszam. Po prostu łatwiej mi przychodziło czuwać nad moją córką i pozostawać anonimowa, gdy byłam sama. Dla was było lepiej, że o niczym nie wiedziałyście, więc musiałam sprawić, żebyście wolały się trzymać ode mnie z daleka. Żyłam w samotności, ale przynajmniej widywałam Tovę.

Pomyślałam o tym – jakiej samotności doświadczałam, mimo że towarzystwa dotrzymywały mi siostry i Matki Ocean? A jednak czasem czułam się całkiem zagubiona. Aisling nie miała żadnego oparcia, nikogo, z kim mogłaby porozmawiać. Chyba nigdy nie smakowała życia tak jak Miaka, Elizabeth i ja. Poświęciła wszystko – siostry, Matkę, czas, ambicje – wszystko dla swojej córki.

– Jak to robiłaś? Co widziałaś? Jak… po prostu jak? – dopytywała się Elizabeth. Czekałam, aż Matka Ocean nam przerwie i powie, że dość już usłyszała. Ale Ona także słuchała.

– Cóż, przeprowadzałam się dość często z miasta do miasta, blisko miejsca, gdzie mieszkała Tora. Miałam całą kolekcję przyborów do makijażu i peruk. Oczywiście to, że nie mogłam mówić, utrudniało trochę życie, ale pomogło mi, że nauczyłam się języka migowego.

Westchnęłam głośno – łączyła nas jeszcze jedna rzecz. Zmarnowałam tyle lat, nie znosząc jej.

– A to wszystko, co widziałam…! – Jej twarz rozjaśniła się dumą. – Bezcenne wspomnienia każdej matki. Widziałam, jak potoczyło się całe jej życie. Widziałam, jak chodzi do szkoły, patrzyłam, jak jako dziewczynka bawi się z koleżankami. Widziałam, jak spotyka chłopaka, lepszego niż ten, którego ja znalazłam. Umawiała się z nim i wyszła za niego. Widziałam ją w dniu ślubu, poznałam jego datę, siedząc w odpowiednim miejscu i czasie, żeby podsłuchiwać rozmowy. Było mi przykro, że nie mogłam przyjść na ceremonię, ale zobaczyłam ją przelotnie w sukni ślubnej, uśmiechającą się do męża. To mi wystarczało, a ona o niczym nie wiedziała. Strzegłam mojej tajemnicy jak skarbu, ponieważ wiedziałam, że moja nieostrożność kosztowałaby życie i ją, i mnie. Trzymanie się na odległość było ceną, jaką musiałam zapłacić, by patrzeć, jak moje dziecko dorasta – i zapłaciłam ją z przyjemnością. Doskonale rozumiem pokusę, jakiej uległa Kahlen, ale ja miałam więcej doświadczenia w zachowywaniu ostrożności. Radziłam sobie bardzo dobrze. W ten sposób mogłam patrzeć, jak moja córka żyje i umiera, ale nie było to aż tak smutne, ponieważ mogłam też zobaczyć moje wnuki. Mam wnuczkę i dwóch wnuków. Chłopcy teraz się przeprowadzili, ale moja wnuczka została w Sztokholmie. Kilka lat temu urodziło się jej dziecko, dziewczynka. Wiecie, jak ją nazwała?

Popatrzyła na nas ze lśniącymi oczami pełnymi nadziei.

– Aisling. Nazwała ją Aisling. To znaczy, że chociaż mnie przy niej nie było, moja córka wiedziała o mnie. Ktoś, może moja ciotka, powiedział jej, jak bardzo ją kochałam. Wiedziała, kim byłam. Może myślała o mnie, gdy dorastała lub w dniu swojego ślubu. Skoro przekazała moje imię wnukom, skoro wiedziały o mnie, to znaczy, że o mnie mówiła. Czyli nigdy jej naprawdę nie opuściłam… Przez cały ten czas…

Zatonęła w myślach. Nie byłam pewna, co ona czuje, ale wiedziałam, co znaczy nadzieja, że ci, których zostawiłyśmy, myślą o nas lub tęsknią za nami.

Miaka i Elizabeth mogły tego do końca nie rozumieć. Rodzina Elizabeth zawsze ją lekceważyła i nawet teraz, gdy ich imiona i twarze powoli zacierały się w jej pamięci, ona miała poczucie, że musi z tym walczyć. Miakę traktowano niewiele lepiej od służącej; przez kilkadziesiąt lat musiałam udowadniać jej, jak bardzo jest silna i wartościowa, by w końcu zaczęła chodzić z podniesioną głową. Nie tęskniły za tymi, których utraciły, tak jak Aisling i ja. My, gdzieś na świecie, w tej właśnie chwili, miałyśmy tych, których kochałyśmy z całego serca.

Aisling otrząsnęła się z marzeń i znowu zaczęła mówić.

– Dlatego teraz, gdy mam imienniczkę, naprawdę chciałabym wiedzieć, jak potoczy się jej życie. Ale mój czas się kończy, za dwa lata zapomnę o niej i na samą myśl o tym kraje mi się serce. Nie mam żadnych planów ani wielkich ambicji, chciałabym tylko zobaczyć, jak moja prawnuczka, nowa Aisling, dorasta. Wiem, że to nie może trwać wiecznie, ale przyniosłoby mi trochę ukojenia po latach dręczenia innych. – Zwracała się teraz bardziej do Matki Ocean niż do nas.

– Byłabym szczęśliwa, gdybym mogła wziąć na siebie karę Kahlen, bo na to zasłużyłam. Przyjmę za nią jej wyrok. Wiem, że nie jestem Twoją ulubienicą, tak jak ona, ale jestem wierna. Mogę wykonywać swoją pracę i pilnować się, mam dość wewnętrznej dyscypliny, by zachować nasz sekret. Jeśli zostanę dłużej, oszczędzi Ci to pracy i przykrości wyboru nowej dziewczyny. Będzie wygodne. Co więcej, Kahlen pewnie popełniła błąd i przyznaję, że jest to błąd poważny, ale przez wszystkie te lata przedkładała cudze potrzeby nad własne. Była dla Marilyn kochaną młodszą siostrą, której tamta pragnęła, pomogła Miace stanąć na własnych nogach, starała się studzić szalony temperament Elizabeth i nigdy, nawet wtedy gdy bez wątpienia na to zasługiwałam, nie uderzyła mnie. – Uśmiechnęła się. – Nawet teraz, gdy rozmawiamy o karze dla niej, nie o swoje życie się obawia.

W jej głosie dźwięczał podziw, jakby to, że przedkładałam Akinlego ponad siebie, było w jakikolwiek sposób bardziej godne uwagi niż to, że ona ponad siebie przedkładała córkę.

Może jednak nie tylko o to chodziło – niemal zawsze przedkładałam je wszystkie ponad siebie. Poza rażącym wyjątkiem, gdy ostatnio pociągnęłam Miakę i Elizabeth przez Atlantyk, nie potrafiłam sobie przypomnieć chwili, gdy pozwalałam, by moje własne pragnienia były ważniejsze od nich. Nie zastanawiałam się nad tym nigdy, ale Aisling miała rację.

Mówiła dalej:

– Dręczyłam moje siostry. Nie mam cienia jej wdzięku. Dla Ciebie może to nie mieć takiej wagi, ale czy nie powinnam zapłacić za to, co zrobiłam? Weź dwa lata, które mi zostały, jej osiemnaście lat i te pięćdziesiąt, które zamierzałaś dodać, i daj mi je wszystkie.

Zabrakło mi słów. Nie wyobrażałam sobie, że coś takiego w ogóle wchodzi w grę, ale mimo to wyjawiła sekret, który mógł narazić ją lub jej rodzinę na niebezpieczeństwo, i prosiła o coś, co się nie należało.

Byłam wzruszona.

Wszystkie milczałyśmy, jeśli nie liczyć pociągania nosami. Nie pamiętam, kiedy zaczęłam płakać, ale wszystkie szlochałyśmy, z tego czy innego powodu.

Matka Ocean w końcu się odezwała.

Powiedziała, że jest dumna z ofiarności Aisling. Przez wiele lat wątpiła w słuszność decyzji o jej zatrzymaniu, i teraz cieszy się, że zobaczyła dobro w obecnie najstarszej ze swoich córek. Nie wydaje się Jej jednak sprawiedliwe, by miała mnie po prostu wypuścić, skoro złamałam zasady. Nie byłoby to sprawiedliwe wobec Miaki, Elizabeth czy Aisling. W tym momencie wtrąciła się Miaka.

– Ja uważam, że to sprawiedliwe! Kahlen jest najlepsza z nas i myślę, że powinnaś pozwolić jej odejść. Jeśli ją wypuścisz, ja także przyjmę dodatkowe pięćdziesiąt lat.

Gest Miaki sprawił, że zaczęłam płakać jeszcze gwałtowniej.

– Ja też! – dorzuciła Elizabeth. – Pięćdziesiąt lat i jeszcze trochę. Wypuść ją.

Nie wierzyłam, że są gotowe zrobić to dla mnie. To nic nie da… ale mimo wszystko ich propozycja znaczyła dla mnie bardzo wiele. Wiedziałam, że gdybyśmy zamieniły się rolami, gdybym ja nie miała nikogo, a one kogoś miały, proponowałabym to samo. Nawet przed poznaniem Akinlego było dla mnie ważne, by ludzie, którzy mogliby być razem, dostali na to szansę.

Matka Ocean znowu przemówiła. Powiedziała, że jest wzruszona ich dobrocią, że upewniła się bardziej niż kiedykolwiek, iż wybrała właściwe osoby na swoje towarzyszki. Ale musiała być konsekwentna. Wypuszczenie mnie przed czasem – jako bezpośredni skutek nieposłuszeństwa – byłoby złym precedensem. Byłoby niesprawiedliwe wobec tych, które służyły wcześniej, zaś te, które przyjdą w przyszłości, mogłyby się spodziewać podobnego traktowania.

– Mylisz się – powiedziała Aisling. – Popatrz tylko na nas, masz tu trzy syreny proszące o wydłużenie, a nie o skrócenie czasu. To proste. Daj mi te lata, a ja będę Ci służyła jeszcze lepiej niż do tej pory. Pozwól, by Miaka i Elizabeth dokończyły służbę. Jeśli tylko nie dołączysz nikogo nowego aż do chwili odejścia Elizabeth, nie pozostanie nikt poza mną, kto mógłby o tym wiedzieć. Wydaje mi się, że udowodniłam, iż potrafię dotrzymać tajemnicy. Ten sekret zniknie wraz z nami.

Matka Ocean milczała. Czy naprawdę brała to pod uwagę? Być może obmyślała sposób ukarania nas za to, że byłyśmy tak nieposłuszne. Bez trudu mogłaby zniszczyć nas wszystkie, ale wyobrażam sobie, że zaczynanie od zera byłoby dla Niej wyjątkowo kłopotliwe.

– Szczerze mówiąc – odezwała się ostrożnie Aisling – myślę, że dobrze wiesz, że to sprawiedliwe. Myślę, że i Ty chcesz, by Kahlen dostała swoją szansę. Prawdziwy problem polega na tym, że będziesz za bardzo za nią tęsknić.

Ona nie odpowiedziała, więc Aisling, nadal ostrożnie, mówiła dalej:

– Już powiedziałaś, że ją kochasz. Nie chcesz jej skrzywdzić i wiesz, że my nie chciałybyśmy niczyjej śmierci. Myślę, że liczyłaś na to, że poprosimy o dodatkowe lata dla niej. Tyle że ten czas nie jest dla Kahlen, tylko dla Ciebie. Ty nie chcesz jej wypuścić…

Minęła jeszcze chwila ciszy.

– Nikt tak dobrze jak ja nie rozumie, jak trudno jest pozwolić odejść córce… Nawet jeśli to słuszny wybór.

Znowu cisza.

Nie wiedziałabym, co się dzieje, gdybym nie słyszała przemowy Aisling. Zastanawiałam się, co myślą ludzie na całym świecie, jeśli także to widzą. Woda zaczęła falować, tak jakby ogromne niewidzialne węże pełzały tuż pod jej powierzchnią, z północy na południe. Długie fale rozchodziły się po wodzie aż do naszych stóp.

Ona płakała.

Nie towarzyszył temu żaden dźwięk, ale wiedziałam o tym. Kochała mnie i nie mogłaby mnie zabić, nawet gdybym Ją o to błagała. Byłoby Jej przykro, gdyby musiała zabić Akinlego, ponieważ mnie by to zraniło, ale zrobiłaby to, gdyby musiała. W głębi serca, czymkolwiek było i gdziekolwiek się znajdowało, Ona miała nadzieję, że moje siostry wybiorą dla mnie dłuższą służbę. Nie chciała, żebym Ją opuściła.

Doznałam zbyt wiele emocji w zbyt krótkim czasie, by wiedzieć, co mam zrobić. W końcu upewniłam się co do uczuć Akinlego, a moje siostry okazały gotowość tak wielkiego poświęcenia dla mnie. Teraz Matka Ocean szlochała w ciszy na myśl o tym, że Ją zostawię... że najdroższa z Jej córek odejdzie od niej...

Ja także płakałam.

Weszłam do wody, aż zaczęła mi sięgać do kolan, i powoli, czule przyklękłam. Nie miałam dostatecznie długich ramion, ale miałam nadzieję, że i tak poczuje mój gest. Pochyliłam się na klęczkach i przytuliłam do Niej moje ciało, rozkładając ramiona tak szeroko, jak tylko mogłam. Przytulając Ją, zostałam w tej pozycji przez bardzo długą chwilę. Czułam Ją przy sobie, łzy nadal tańczyły po jej powierzchni, pod moimi ramionami. Przytulałam Ją, tak jak Ona przytulała mnie, kiedy traciłam coś, co kochałam. W trakcie mojego życia nienawidziłam Jej wiele razy, to prawda, ale powodem było to, że w gruncie rzeczy kochałam Ją z głębi serca.

Miaka, Elizabeth i być może nawet Aisling nie potrafiłyby nienawidzić Matki Ocean, ale nie potrafiły także Jej kochać. Tak mocno odczuwałam swoją nienawiść, ponieważ odczuwałam jeszcze silniejszą miłość. One Jej nie znały, nie tak jak ja. Powiedziałam wcześniej, że Ją kocham, ale Ona chyba nigdy tak jak teraz nie potrzebowała ode mnie tych słów. Chociaż wiedziałam, że zmusi mnie, bym żyła tak jeszcze sześćdziesiąt osiem lat, bo była to teraz jedyna możliwość, nie potrafiłam się na Nią gniewać. Nadal była moją Matką.

Nie płacz, już dobrze. Ja też Cię kocham. Proszę tylko, nie zrób krzywdy Akinlemu. Ja nigdy do niego nie wrócę, nie narażę więcej na niebezpieczeństwo Ciebie ani moich sióstr. Pięćdziesiąt lat będzie błogosławieństwem, postaram się lepiej wykorzystać ten czas. Nie musisz płakać.

Wydawało mi się, że Jej tajemniczy głos się łamie, gdy odezwała się do mnie znowu.

Kahlen – powiedziała. – Pożegnaj się z siostrami.

Zamierzała mnie wypuścić.

Wszystkie zerwały się na równe nogi. Miaka i Elizabeth rzuciły się sobie w objęcia, a potem podbiegły do Aisling, by ją także przytulić. Uświadomiłam sobie, że to musi być dla niej pierwszy uścisk od bardzo dawna. Biły brawo, płakały i wiwatowały. W końcu, ponieważ nie zmieniłam jeszcze pozycji, wbiegły do wody i zaczęły mnie klepać po plecach. Pozwoliłam, by tańczyły wokół mnie, i nie spieszyłam się, by się ruszyć. Nie chciałam, by Ona myślała, że nie mogę się doczekać rozstania z Nią... Naprawdę tak nie było. Nie ruszałam się, dopóki nie poczułam, że drżenie wody pode mną słabnie... coraz bardziej... aż wreszcie całkiem zanika. Ona czuła się już lepiej, więc mogłam wstać, ale zanim się podniosłam, szepnęłam do Niej:

Nie martw się, za chwilę zostaniemy same.

Wstałam i najpierw podeszłam do Elizabeth, ponieważ stała najbliżej.

– Elizabeth, dzięki tobie stałam się odważniejsza. Nie wiem, jak ci dziękować za to, że jesteś sobą. Nie wiem, jak ktokolwiek kiedykolwiek mógł cię lekceważyć, jesteś wyjątkowa.

Uśmiechnęła się do mnie ze łzami w oczach. Elizabeth zwykle się tak nie rozklejała.

– Jesteś taka dobra, mam nadzieję, że twoje nowe życie będzie szczęśliwe. Wycałuj tego chłopaka i ode mnie! Kocham cię.

– Ja też cię kocham.

Tuż za Elizabeth czekała Miaka, rozpromieniona mimo ogromnych łez w oczach.

– Moja pierwsza młodsza siostra! Jesteś wspaniałą artystką i pomogłaś rozbudzić umiejętność tworzenia także we mnie. Jeśli cokolwiek stworzę w przyszłym życiu, będę to zawdzięczać tobie. Zawsze cię ceniłam i kochałam.

– Ja też cię kocham! Dziękuję, że zawsze mnie wspierałaś; gdyby nie ty, nie wiedziałabym, jak przetrwać cały ten czas. To dzięki tobie zaistniałam. Gdybyś kiedykolwiek znalazła pod drzwiami tajemniczy obraz, będzie ode mnie! – Obie roześmiałyśmy się. Wypuściłam ją i w końcu odwróciłam się do Aisling. Jedynej siostry, o której zawsze myślałam, że nie wiem, jak ją pożegnać.

– Jak mogłabym ci podziękować, Aisling? – zapytałam.

– Żyjąc pełnią życia – odparła po prostu. – Wiele przeszłaś, żeby go zdobyć… Wykorzystaj nowe życie, każdą chwilę. Będę szczęśliwa, jeśli to zrobisz. A ja muszę ci podziękować, że oddałaś mi swój czas.

– Nikt nie wykorzystałby go lepiej. Jestem pewna, że mała Aisling wyrośnie na osobę równie silną i niezwykłą, jak ty.

– Zobaczymy – powiedziała z uśmiechem, wzruszając ramionami. Naprawdę to zobaczy… a ja byłam szczęśliwa z tego powodu.

– Żegnaj, Kahlen.

– Żegnaj, Aisling.

– Żegnaj – powiedziały razem Miaka i Elizabeth.

– Żegnajcie.

Przyszedł na mnie czas. Po raz ostatni popatrzyłam na moje siostry i powoli zanurzyłam się w wodzie.

Nastrój nagle się zmienił.

Wciąż wyczuwałam Jej smutek, ale Matka Ocean stała się nagle bardzo rzeczowa. Poinformowała mnie, że czeka nas ogromne wyzwanie. Większość syren w ciągu długiego życia odkrywała swoją prawdziwą pasję życiową. Nie wątpiła, że kochałam z pasją Akinlego bardziej, niż inne kochały to, co stało się celem ich życia, ale problem polegał na tym, że zależało mi na nim zaledwie od roku. To tylko kropla w porównaniu ze stuleciem. Mogę nie pamiętać go dobrze, gdy obudzę się w nowym życiu.

Nie myślałam o tym – byłam przekonana, że od wolności dzieli mnie co najmniej osiemnaście lat. Zamierzałam się nad tym zastanawiać, gdy stanie się naprawdę możliwe. To był poważny błąd z mojej strony, że nie przemyślałam wszystkiego lepiej.

Poza tym większość dziewcząt chciała zająć się określoną pracą lub udać się w określone miejsce. Mnie zależało na określonej osobie. Ludzie zmieniali miejsce pobytu, a Ona nie mogła znaleźć Akinlego, jeśli nie dotykał wody, więc być może będę musiała długo czekać. Zresztą nawet wtedy on nie będzie mógł zobaczyć mojego przybycia – przeraziłby się śmiertelnie, gdyby zobaczył moje ciało wyrzucane z wody na nieznanym brzegu.

Ja także się tego nie spodziewałam.

Dzięki mnie Matka Ocean wiedziała, gdzie znajduje się dom Akinlego, więc mogła mnie po prostu zostawić tam w pobliżu. Ale jeśli on nie przyjdzie i nie znajdzie mnie, zanim odzyskam przytomność, mogę sama się stamtąd oddalić. Ponieważ znał mnie jako Kahlen, nie mogła mi zaproponować skradzionej tożsamości. Mogła dać mi pieniądze i to na pewno trochę by pomogło, ale tak czy inaczej, jeśli ktokolwiek by mnie znalazł, zostałabym pewnie zabrana do szpitala. Bez względu na to, jak bardzo będę się starać, mogłam nie pamiętać Akinlego na tyle wyraźnie, by zacząć go szukać, a on by mnie nie szukał, bo nie miałby pojęcia, że wróciłam.

Musiałyśmy uzbroić się w cierpliwość. Musiałyśmy zostawić bardzo wiele przypadkowi. Ale Ona powiedziała, że jeśli tego naprawdę pragnę, zrobi wszystko, by pomóc mi go odzyskać.

Kocham Akinlego. Zaryzykuję samotność i zagubienie w świecie, by spróbować.

W takim razie Ona też się postara.

Wszystko zostało ustalone, byłam już gotowa, chociaż nadal denerwowałam się na myśl o istnieniu przypadku. Czy po całym tym czasie będę sama pamiętała, jak należy być człowiekiem? Czy jeśli nikt mi nie pomoże, poradzę sobie sama? Byłam dziewczyną – młodą i nie bardzo silną, którą – gdy już porzucę to ciało – ktoś mógłby skrzywdzić. Istniały setki „a jeśli", musiałam jednak stawić im czoło. Jeśli ta droga prowadzi do Akinlego, musiałam tak zrobić.

Gdy decyzja została już podjęta, obie uspokoiłyśmy się – musiałyśmy teraz czekać, nie wiadomo jak długo. Trzeba było pozostać w tym przedłużającym się stanie tak długo, aż mój czas w towarzystwie Matki Oceanu się skończy.

Naprawdę Cię kocham, pomimo wszystko.

Powiedziała, że wie o tym. Widziała zawsze w moim umyśle, zanim jeszcze zebrałam dość odwagi, by to powiedzieć.

Często o tym myślałam?

Tak, często. W moich myślach Ona była jak matka. Od czasu Pawleys Island pojawiało się to w mojej głowie zawsze, gdy się do Niej zwracałam. Nawet wtedy, kiedy byłam wściekła.

Chyba nie wiedziałam, że czuję to tak często, może nawet przez cały czas. Ale wiem, że myślałam o Tobie jak o mojej matce.

Powiedziała, że pewnych związków nie da się tak po prostu przeciąć. Gdy zaistnieją, pozostaną. Żadne okoliczności nie zdołają tego zmienić.

Nawet gdy odejdę?

Nawet gdy odejdę.

Nawet gdy będę stara?

Nawet gdy będę stara.

Ogarnął mnie ogromny smutek.

Czy w ogóle będę Ciebie pamiętać?

Nie sądziła, by tak się stało. Miała nadzieję, że wszystkie te wspomnienia znikną. Nie chciała, żebym pamiętała rzeczy, których nie chciałam pamiętać, po to tylko, by zachować kilka wspomnień, na których mi zależało.

Rozumiem, o co Ci chodzi. Gdyby ktokolwiek zapytał mnie o to wcześniej, chyba nie zastanawiałabym się nad tym, ale gdybym musiała zachować część złych wspomnień po to, żeby pamiętać o Twoim istnieniu, zrobiłabym to.

Doceniała to, ale mimo wszystko nie chciała tego dla żadnej z nas, a tym bardziej dla mnie.

Rozmawiałyśmy o sobie. Wspominałyśmy, jak bliska była nasza znajomość, jak niewiele dzieliło ogromny, wieczny ocean i maleńką, kruchą dziewczynę. Powtarzałyśmy sobie, że się kochamy, raz za razem, żeby wystarczyło za wszystkie te chwile, które nam umknęły podczas osiemdziesięciu lat spędzonych razem.

Rozmawiałyśmy o mojej wyspie. Do dzisiejszej wizyty upłynęło tyle czasu, od kiedy na niej ostatnio byłam. Nie miałam nawet czasu, by po raz ostatni się nią cieszyć, a teraz nigdy już nie zobaczę mojej pięknej kryjówki. Zasmuciło mnie to.

Powinnaś podarować ją dziewczętom, doceniłyby to.

Tak, pewnie by doceniły, ale one miały cały świat. Zamierzała zatrzymać tę wyspę dla siebie jako pamiątkę po mnie.

Jeśli jest się tak wielkim jak ocean, wyspa może być drobiazgiem trzymanym na pamiątkę.

Wspominałyśmy wszystkie rozmowy, jakie prowadziłyśmy w różnych miejscach świata. Te wspomnienia wypełniały całe godziny. Śmiałyśmy się, czasem ja płakałam. Rozmawiałyśmy krótko o naszych nieporozumieniach. Nie było ich wiele, ale zawsze dotyczyły fundamentalnych spraw. Omawiałyśmy plany, które robiłam – moje pragnienia, by uczyć lub pracować z niesłyszącymi – i to, że będę musiała z nich wszystkich zrezygnować. To było ekscytujące i przerażające.

Moja Matka chciała, żebym wiedziała, zapamiętała na zawsze, jak głęboko żałuje wszelkiego bólu, jaki mi zadawała. Było Jej przykro z powodu moich rodziców, Jillian i Akinlego. Było Jej przykro, że przez Nią czułam się uwięziona, nieszczęśliwa, że dręczył mnie niepokój. Od chwili, w której mnie wybrała, uważała, że jestem szczególna i przyznawała, że w naszej relacji była odrobinę samolubna. Mimo wszystko, nasza bliskość była lepsza niż wszystko, na co mogła mieć nadzieję.

Proszę, nie przepraszaj więcej. Wiesz, że się na Ciebie nie gniewam. Jestem po prostu uczuciowa, sama powiedziałaś mi kiedyś, że nie potrafię kochać inaczej niż z całego serca. Czy to nie dotyczy także Ciebie? Nie musi Ci być przykro; jeśli już, to ja powinnam Ciebie przeprosić. Przewróciłam dzisiaj Twój świat do góry nogami. Nie chciałam…

Przerwała mi. Czy to wszystko nie było już przeszłością? Obie wiedziałyśmy i to wystarczyło.

Niewiele rozmawiałyśmy o Akinlim. Nie martwiłam się o moją przyszłość, pozwalałam Jej, by cieszyła się teraźniejszością. Powinnam była dać Jej z siebie więcej, zmarnowałam tyle czasu. Ale pozostawała jedna rzecz dotycząca Jej i Akinlego, którą musiałam wiedzieć.

Skąd wiedziałaś, że Akinli mnie kocha? – zapytałam, przypominając sobie, co powiedziała na wyspie.

Powiedziała, że zwykle nie używa tego daru, o ile nie komunikuje się z nami lub nie wybiera syreny, ale w tym przypadku musiała się dowiedzieć, co się dzieje w jego umyśle. Zawsze go wypatrywała, a gdy znalazł się w wodzie, poświęcała mu swoją uwagę. Miała nadzieję, że będzie mogła mi coś powiedzieć na pociechę, ale nie mogła mnie okłamywać, gdy tylko przekonała się, ile smutku jest w jego myślach. Czuła, jak bardzo za mną tęsknił.

Później, gdy wpadł do wody, dotknęła jego umysłu, by sprawdzić, czy nie jest dziewczyną. Chociaż było to niepotrzebne, wszak miała już cztery syreny, nie umiała zignorować tego przyzwyczajenia. Ale on myślał o mnie, zobaczyła mnie w jego umyśle.

Nawet nieprzytomny, nawet o krok od śmierci, myślał tylko o mnie.

Nie mogłabym znaleźć słów, by to wyrazić, ale ta świadomość napełniła mnie nową pewnością siebie. Ona cieszyła się, że mogła mi dać nadzieję. Wtedy, jakby nagle przypomniała sobie, że może mi dać coś na przyszłe życie, powiedziała, żebym zaczekała.

Myślałam, że zbiera dla mnie pieniądze. Gdzie miałabym je schować w tej sukience? Myliłam się jednak. Sięgnęła głęboko w głąb siebie, wyczuwałam, że czegoś szuka. Po kilku minutach przede mną pojawił się w wodzie mój delikatny srebrny naszyjnik. Związała kawałkiem nici miejsce, gdzie zerwał się łańcuszek i włożyła mi go na szyję. Teraz, przez tę nić, stał się znacznie dłuższy, ale dla mnie był dzięki temu jeszcze cenniejszy.

Dziękuję! To dla mnie takie ważne! Och... będę za Tobą tęsknić.

Ona także będzie za mną tęsknić. Rozmawiałyśmy przez całe godziny, może niemal cały dzień. Ale nie potrafiłam milczeć. Miałam właśnie coś powiedzieć, gdy mnie uciszyła.

Powiedziała mi szybko, że mnie kocha.

Ja także Cię kocham, Matko. Zawsze będę Cię kochała.

Matka Ocean poleciła mi myśleć o Akinlim. Z całej siły. Powtarzać jego imię, przypominać sobie jego twarz. Skierować wszystkie myśli na niego.

Zrobiłam to, co mi kazała – nieustannie powtarzałam w myślach jego imię. Myśląc o jego imieniu, które stało się moim ulubionym słowem, myślałam też o jego rysach. Akinli – jego piękne błękitne oczy. Akinli – jego coraz dłuższe jasne włosy. Akinli – jego cudowny uśmiech. Akinli – jego silne dłonie. Akinli – jego dźwięczny śmiech.

Akinli, Akinli, Akinli.

Wyszeptała do mnie słowa pożegnania.

Nie zdążyłam odpowiedzieć.

Moje ciało wystrzeliło do przodu.

Podróżowałam tak szybko, że sól uderzała moją skórę ze wszystkich stron, jak zawsze, gdy płynęłam przez Nią. Ale tym razem było inaczej, czułam to naprawdę – bolało.

Woda wydawała się zaciskać mocno na moim ciele. Nagle otworzyłam gwałtownie usta i poczułam, że coś zimnego opuszcza moje płuca. Gdy się wydostało z moich ust, zobaczyłam ciemnoniebieską substancję, oddalającą się ode mnie.

Po raz pierwszy od dziesięcioleci poczułam, że muszę zaczerpnąć powietrza. To była paląca potrzeba. Zrobiłam wysiłek by skierować się na powierzchnię. Potrzebowałam chwili, by uświadomić sobie, gdzie jest góra, a gdzie dół. Obracałam się w oceanie, aż w końcu zobaczyłam słońce prześwitujące przez powierzchnię wody, która stawała się coraz płytsza. W oddali ogromne liście wodorostów wyciągały się ku światłu.

Było za daleko.

Nie uda mi się wypłynąć.

Starałam się nie tracić przytomności, ale w miarę jak się poruszałam, czułam, że ogarnia mnie ciemność. Tyle wysiłku, tyle czasu, i nawet go nie zobaczę.

Akinli.

Uczepiłam się jego imienia, było moją ostatnią myślą. Kiedy zapadłam w sen, poczułam, że moje ciało wypływa na powierzchnię.

Potem wszystko poczerniało.

AKINLI

Rozdział 18

Świeży. Słony. Czysty. Słodki.

Zapach oceanu był czymś, co znałem od dziecka. Mama i tata zabierali mnie w odwiedziny do Bena i jego rodziców niezliczoną ilość razy w roku. Teraz jednak ten zapach miał dla mnie nowe znaczenie.

Julie powtarzała, żebym przestał myśleć o Kahlen, a ja próbowałem, naprawdę. Miałem jednak wrażenie, że codziennie wydarza się coś, co sprawia, że przypominam ją sobie na nowo.

Minął już prawie rok, ale nic się nie zmieniło. Miałem nadzieję (i obawiałem się tego), że z czasem zacznę myśleć o niej coraz mniej i mniej. Ale gdybym miał być ze sobą szczery, musiałbym przyznać, że towarzyszyła mi nieustannie.

Gdy zginęli moi rodzice, także stale o nich myślałem. Co pewien czas coś odwracało moją uwagę i przez krótką chwilę czułem się zwyczajnie. Potem, gdy pojawiła się Kahlen, ten ból zmienił się w odległe ćmienie. Nadal go czułem, ale nie był tak przytłaczający. Po raz pierwszy od miesięcy byłem sobą.

Teraz jednak zawsze miałem się źle. Gdzie była? Czy była bezpieczna? Czy mnie nienawidziła? Nikt nie mógł mi udzielić żadnych odpowiedzi. Wiedziałem, że zawsze należałem do osób, które martwią się o innych, ale kiedy Kahlen zniknęła, stała się najważniejszym powodem moich zmartwień. A teraz było już ze mną źle.

Naprawdę źle.

Bywało tak, że gdy mijała mnie dziewczyna z długimi brązowymi włosami, musiałem za nią patrzeć i czekać, aż się odwróci, żebym mógł się upewnić. Ale te dziewczyny, o podobnych do niej fryzurach, nigdy nie okazywały się nią. Jeśli ktoś roześmiał się bezgłośnie, a nie dźwięcznie, odwracałem głowę i szukałem źródła tego śmiechu. Ale to znowu nigdy nie była ona.

Chyba najbardziej dręczyło mnie ciągłe wrażenie, że czuję jej zapach. Łatwo go było z czymś pomylić – Kahlen zawsze pachniała niemal jak ocean. To były lekkie, przypominające wodę perfumy. Ile bym czasu nie spędzał na łodzi, oddychając zapachem niemal przypominającym Kahlen, jeszcze dłużej żałośnie siedziałem na skałach, oddychając, wypełniając nim płuca.

Tak jak teraz.

Gdy trzymałem stopy w wodzie, czułem, jakby coś nas łączyło. Jakby może część tego zapachu mogła przejść na mnie, a ja oszukam sam siebie, że ona jest gdzieś blisko. Może zdołam zasnąć w nocy, jeśli będę udawał, że ona tu jest. Czasem wydawało mi się dziwaczne, jak bardzo za nią tęskniłem. Nigdy wcześniej nie zwracałem uwagi na czyjś zapach. To sprawiało, że czułem się... sam nie wiem... słaby? Czy nie powinienem być silniejszy?

Mogłem jednak być mięczakiem, który tęskni za zapachem dziewczyny, gdyby tylko to było najgorsze. Ale coś znacznie gorszego zdarzyło się w zeszłym tygodniu, kiedy miałem pewność, że ją widziałem. Dokładnie pamiętałem, jak potknąłem się o pułapkę na pokładzie, byłem po prostu nieuważny. Jednak upadek do wody i to, jak udało mi się wydostać... Nic z tego nie pamiętałem.

To zabawne, tak właśnie Kahlen czuła się przez cały czas – nie mogła sobie niczego przypomnieć. To dziwne uczucie, nie pamiętać czegoś. Daj spokój, Akinli, spróbuj chociaż nie myśleć o niej.

Pamiętałem, jak powoli odzyskiwałem przytomność na łodzi; przynajmniej tak mi się wydawało. Kahlen tam była, przemoczona, koło mnie. Pocałowaliśmy się, a ten pocałunek wydawał się... ostateczny. Potem – pstryk! – następną rzeczą, jaką pamiętałem, był szpital. Nie powiedziałem Benowi o tym wspomnieniu – tym związanym z Kahlen. Po kilku miesiącach uznał, że powinienem po prostu o niej zapomnieć. Wiem, że się o mnie martwił, ale po prostu nie wiedział, jak powinien to okazywać. Gdybym znalazł się na jego miejscu, pewnie robiłbym to samo, co on dla mnie: przynosił mu kolejne piwo.

Podzieliłem się tym z Julie, bo ona bardziej przypominała mi mamę i mówiła miłe rzeczy, jeśli chciałem porozmawiać o Kahlen. Wiedziałem, że także za nią tęskni. Ale Julie powiedziała tylko, że bardzo mocno uderzyłem się w głowę – wiedziałem o tym, ogromny guz to potwierdzał. Uznała, że miałem halucynacje, a ja musiałem uczciwie przyznać, że Kahlen była jedną z tych osób, które pragnąłem zobaczyć.

Gdy otworzyłem oczy na łodzi, a Kahlen była przy mnie, czułem się, jakbym się obudził. Cały rok nagle stał się wyraźniejszy, zobaczyłem każdą chwilę – przynajmniej te chwile, które naprawdę zauważałem – przedzieloną okresami, gdy nie robiłem nic poza zabijaniem czasu.

Kiedy już ochłonęliśmy z szoku na widok bałaganu w pokoju Kahlen, poszliśmy na policję i – ku naszemu zaskoczeniu – jako pierwsi zgłosiliśmy jej zaginięcie. Czekałem i czekałem. Martwiłem się. Za każdym razem, gdy dzwonił telefon, czułem dziwny ucisk w żołądku. Może ktoś mi powie, że wszystko u niej w porządku. Ale to nigdy nie nastąpiło.

Miesiąc później zdecydowałem, że muszę wziąć się w garść i próbowałem czymś się zająć. Po tym pierwszym weekendzie Casey odwiedzała mnie często. Nie wydawała się szczególnie przejęta zniknięciem Kahlen, ale starała się udawać, że mi współczuje. Potrafiła naprawdę dobrze odgrywać rolę podtrzymującej mnie na duchu dziewczyny. Dlatego gdy Kahlen nie wracała, postanowiłem dać jej drugą szansę, ale niewiele czasu było potrzeba, by Casey znudziła się ta gra. Teraz, gdy miałem kogoś, z kim mogłem porównać jej życzliwość, widziałem, że Casey nie stać na takie zachowanie przez dłuższy czas.

Pamiętałem październikowy wieczór, kiedy zerwaliśmy ze sobą. Ona przez cały dzień nieprzyjemnie przypominała mi o aplikacjach i formularzach stypendialnych, upierając się, że powinienem „do czegoś dojść". W co, do diabła, zamierzała mnie zmienić? Czułem się jak pies na wystawie, paradujący na smyczy. Cały dzień czułem się przez nią jak idiota, a jej sposobem na zadośćuczynienie było odchylenie siedzenia w jej samochodzie i złożenie mi propozycji, którą słyszałem wiele razy wcześniej.

Kusząca propozycja. W końcu minęło sporo czasu...

Ale gdy spojrzałem na Casey, która już rozpinała bluzkę, uświadomiłem sobie, że nie chcę tego. Ani stypendium, ani stopnia naukowego, ani jej.

Zaraz potem okropnie się pokłóciliśmy, a ona zniknęła razem ze swoim narzucaniem się i narzekaniem.

Gdy przyszło Halloween i pojawiły się małe dziewczynki przebrane za księżniczki, na nowo przypomniałem sobie, kogo naprawdę pragnę.

A pragnąłem mojej cichej dziewczyny, dziewczyny, która zwracała uwagę na to, co mówiłem, czego chciałem – jedynej osoby, która wiedziała, jak mnie traktować. Dziewczyny, która nie wstydziła się moich ubrań, mojej pracy ani mojego skutera, której nie obchodziło, czy jestem bogaty, czy biedny. Uroczej, niewinnej, wybaczającej wszystko dziewczyny, która śmiała się nawet z moich najgorszych żartów, która nie zmuszała mnie, żebym był radosny, gdy chciałem chwili spokoju. Dziewczyny, o której wiedziałem od chwili, gdy jej dotknąłem, że powinna być moja.

Cóż z tego, jeśli była porzuconą sierotą? Ja byłem w bardzo podobnej sytuacji. Cóż z tego, że nie mówiła? Zawsze wiedziałem, co chciała powiedzieć.

Pragnąłem mojej Kahlen.

Wiedziałem, że za nią tęsknię, do pewnego stopnia starałem się, by tak było. Ale fale pragnienia, które zalały mnie tamtej nocy, zaparły mi dech w piersiach... I od tamtej pory nie potrafiłem się podnieść.

Nie umiałem przestać o niej myśleć. Zacząłem tracić rachubę godzin i dni. Mijała jesień, a ja ledwie to zauważałem.

Święto Dziękczynienia dostrzegłem, ale tylko dlatego że podziękowałem wtedy Bogu za to, iż mogłem poznać Kahlen, i błagałem Go, by była bezpieczna, gdziekolwiek się znajdowała.

Nadeszła zima, gorsza niż którakolwiek wcześniej. Zimno z powietrza przenikało moje ciało, a ja nie potrafiłem się już rozgrzać. Gdy nadeszło Boże Narodzenie, miałem nadzieję, że ona jakimś cudem pojawi się pod naszymi drzwiami. Całymi nocami nie spałem i wyobrażałem sobie, że – zupełnie jak w filmie – jeśli tylko będę czekać, Kahlen powróci w „finałowej scenie", w padającym cudownie śniegu i przy wtórze kolęd.

Nic takiego się nie zdarzyło.

W Walentynki musiałem, naprawdę musiałem, kupić jej kwiaty. Nie wiedziałem, jakie kwiaty Kahlen lubi najbardziej, więc poprzestałem na klasycznych różach. Sześćdziesiąt dolarów wydane na kwiaty, których nie miałem komu wręczyć. Był to z mojej strony rozpaczliwy gest, o którym nie wspomniałem nawet Julie. Ostatecznie zaniosłem róże do mojego miejsca w lesie – do tego pnia, na którym ją znalazłem. To była moja kryjówka.

Gdy umarli moi rodzice, a ja musiałem wyjechać z tamtego miasta, Ben i Julie chętnie przyjęli mnie do swojego domu. Nie potrafiłem jednak znieść myśli o płakaniu przy nich. Pojedyncze łzy to jedno, ale szczery płacz, którego potrzebowałem, gdy naprawdę, naprawdę za nimi tęskniłem... wstydziłem się tego. Leśne miejsce leżało na tyle na uboczu, że nikt niczego nie mógł usłyszeć ani zauważyć.

Czasem płakałem w nocy, gdy nie mogłem wytrzymać beznadziei, która wypełniła moje życie. Nie miałem rodziców, dziewczyny ani studiów, a moją pracą, choć była w porządku, nie chciałbym się zajmować do końca życia. Czasem nocą paliłem, żeby zagłuszyć stres, ale potem pomyślałem o mojej mamie, raku i o tym, że byłaby wściekła, gdybym zrobił sobie coś takiego. Czasem po prostu piłem piwo i starałem się nie myśleć o niczym. Przychodziło mi coraz łatwiej.

Starałem się nie chodzić tam zbyt często, bo sprawiało, że myślałem o niej. W Walentynki jednak zaniosłem jej tuzin czerwonych róż i czekałem na mojej kłodzie, wyobrażając sobie znowu, że ona się tutaj pojawi. Na wszelki wypadek założyłem czystą, wyprasowaną koszulę. Ale Kahlen nie przyszła.

Spędziłem cały dzień, wyobrażając sobie najdrobniejsze szczegóły dotyczące jej. To, jak rozjaśniły się jej oczy, gdy kupiłem jej tort urodzinowy, i to, jak uwielbiała przejażdżki na Bessie. To, jak w końcu jej ciało stało się odrobinę cieplejsze, kiedy zasnęliśmy razem na kanapie, i to, jak potrafiła prowadzić rozmowę tylko oczami. To, jak się czułem, kiedy ją całowałem.

Z iloma dziewczynami całowałem się w moim życiu? Jeśli liczyć dziecinne cmoknięcia w policzek i dziewczyny, z którymi chodziłem jako nastolatek, byłoby ich przynajmniej z tuzin. Żadna z nich nie mogła się równać z Kahlen. To było tak, jakbyśmy sami odkryli pocałunki. Ona sprawiała, że reszta świata przestawała istnieć. Kiedy całowałem Kahlen, nic poza nami się nie liczyło.

Coraz trudniej było mi jeść i spać. Po prostu przestawało mi się to wydawać istotne.

Jedyną rzeczą, która wyrywała mnie z tego odrętwienia, była Bex. Naprawdę, nie mam pojęcia, jak dwoje ludzi może razem wychowywać dziecko, bo niemowlę w każdej chwili potrzebuje co najmniej sześciu dorosłych do obsługi. Byłem mało przydatny, ale wydaje mi się, że Bex mnie polubiła. Gdy zostawaliśmy sami w pustym domu, opowiadałem jej o Kahlen i miałem nadzieję, że kiedyś się spotkają.

Zapominałem o jedzeniu, ale pamiętałem, żeby karmić małą. Niewiele spałem, ale pozwalałem, by drzemała w moich ramionach. Zostałem wujkiem i to była jedyna ważna rzecz, jaka zdarzyła się w moim życiu.

Jednak nawet Bex na dłuższą metę nie potrafiła mnie zająć.

W maju zapomniałem o moich urodzinach. Aż do chwili, gdy Ben i Julie zaczęli mi śpiewać „Sto lat". To zabawne, ale pomyślałem wtedy o Kahlen. Nigdy nie zapytałem, czego życzyła sobie w swoje „urodziny". Zdmuchując świeczki, mogłem życzyć sobie jedynie tego, żeby ona była szczęśliwa i bezpieczna. Pozostawały mi tylko życzenia.

Niemal przez rok moje życie obracało się wokół niej, albo raczej wokół jej nieobecności. Ale gdy spojrzałem jej w oczy na łodzi, cały ten czas przestał mieć znaczenie.

Potem obudziłem się w szpitalu.

Jej tam nie było.

Musiałem znowu zaakceptować, że choćbym bardzo tego pragnął, Kahlen do mnie nie wróci.

To była ostatnia kropla goryczy.

Byłem idiotą. Co za kretyn zakochałby się tak szybko, i to na zabój w nieznajomej? To nie było normalne, ale z drugiej strony nic już nie było normalne. Żałowałem, że nie mogę cofnąć czasu o kilka lat, poukładać spraw na nowo i wcisnąć przycisku odtwarzania.

Chciałem, żeby wrócili mama i tata. Nawet będąc dorosły, potrzebowałem ich. Tak ogromne znaczenie miało to, że ich ze mną nie było. Tata wiedziałby, co należy zrobić w takiej sytuacji, powiedziałby mi coś mądrego. Powiedziałby, jak powinienem się zachować. Jak sobie radzić z tym, że ona już mnie nie chciała.

Jeśli rzeczywiście tak było…

Jej pokój należał teraz do mnie, więc posprzątałem w nim. Ale widok jej kołdry i ubrań rozrzuconych na podłodze nie dawał mi spokoju. Starałem się nad tym nie zastanawiać, nie myśleć o tym, że ktoś, kto ją skrzywdził i zostawił samą, zdołał ją odnaleźć i zabrać. Wiedziałem, że to jest możliwe, ale obawa o to, że ktoś, gdzieś tam, mógłby skrzywdzić Kahlen, była znacznie gorsza niż to, że po prostu odeszła z własnego wyboru. Wolałbym tę ostatnią możliwość.

Trudno było mi w to uwierzyć, gdy czytałem jej wiadomość, tę karteczkę z notatnika, którą przy sobie nosiłem. Te przeklęte słowa pocieszały mnie i prześladowały bardziej niż cokolwiek na świecie. I tylko świstek papieru, ale ile rzeczy mógł sprawić…

Niezależnie od powodu, Kahlen zniknęła i już, a ja musiałem to teraz zaakceptować. Ludzie odchodzą i musimy sobie z tym radzić. Gdybym potrafił się z tym pogodzić, może potrafiłbym poczuć wdzięczność za to, co mi dała. Nie mogłem być z Kahlen, ale dzięki niej wiedziałem, czego chcę. Wiedziałem, że chcę dziewczyny, która jest silna, ale nie agresywna, łagodna, ale nie podatna na zastraszenie. Dziewczyny pięknej, ale nie przejmującej się swoim wyglądem. Chciałem kogoś prostego. Wcześniej nie wiedziałem o tym wszystkim, bo gdybym wiedział, nie traciłbym tylu lat na Casey, która w oczywisty sposób stanowiła przeciwieństwo tych wszystkich cech. Dzięki Kahlen teraz to zrozumiałem.

W miasteczku były dziewczyny, które zawsze się mną interesowały, przed moim związkiem z Casey, w jego trakcie i potem. Od kiedy omal się nie utopiłem, Sara przyszła z wizytą już trzy razy. Raz, kiedy lekarz powiedział, że powinienem odpoczywać, przyniosła mi zupę i książkę. To było miłe z jej strony. Oczywiście nie była tak czarująca jak Kahlen, ani tak zabawna, chociaż komuś może wydawać się dziwne, że niema osoba potrafi żartować. Sara nie była także nawet w połowie tak piękna, ale kto mógł być?

Pamiętałem tamtą noc, którą Kahlen spędziła w moim łóżku. Gdy się obudziłem i zobaczyłem jej twarz, miałem wrażenie, że dzięki niej pokój jest jaśniejszy, a łóżko cieplejsze. Może Sara także by to potrafiła. Może powinienem poświęcić czas, żeby spróbować.

Szczerze mówiąc, nie wydawało mi się, żebym mógł z równym entuzjazmem powitać w moim życiu inną dziewczynę. Z Kahlen połączyła mnie wyjątkowa więź i nie przypuszczałem, by ktokolwiek inny mógł jej dorównać.

Z drugiej strony czytanie notatek pozostawionych przez Kahlen raz za razem, i marzenie, że może do mnie wróci raczej mi nie pomagało. Ile razy w ostatnim tygodniu przychodziłem tutaj, na skały, tylko po to, by wspominać zapach Kahlen? Jeśli dalej będę się tak zachowywał, pozostanę nieszczęśliwy do końca życia. Czy nie spotkało mnie już dość nieszczęść? Nie cieszyła mnie myśl o życiu bez niej, ale może pewnego dnia życie znowu stanie się ekscytujące. Musiałem mieć nadzieję.

Patrzyłem na morze i byłem pewien, że to teraz dla mnie jedyna droga: nadzieja.

Musiałem tylko poczekać.

Kątem oka zobaczyłem jakiś rozmyty kształt. Czy ta skała się poruszyła?

Gdy przyjrzałem się uważniej, zobaczyłem, że to nie jest skała… to był człowiek. Czy był ranny? Zerwałem się na równe nogi i potykając się, zbiegłem na skalisty brzeg. Wiedziałem, że lekarze kazali mi się nie przemęczać, ale co, jeśli ta osoba, ta dziewczyna, była ranna? Trudno.

Tak, to na pewno było ciało kobiety. Ubranie, które na sobie miała, było tak ciemne, że niemal stapiało się ze skałami. Całe szczęście, że się poruszyła, bo nikt by jej tu nie zauważył. Tak nisko na skałach fale mogły spłukać ją do morza... Pogrążyłaby się w ciemności tak czarnej, jak jej suknia. Dlaczego miała na sobie...?

O Boże.

Znałem kogoś, kto nosił podobną suknię. Ta myśl oszołomiła mnie na moment. Przyjrzałem się uważniej. Szlag... jasna skóra... nie... długie brązowe włosy. *Proszę, Boże, proszę, niech nic jej nie będzie.*

– Kahlen! – krzyknąłem. – Kahlen, już idę!

Zauważyłem, że jej ciało poruszyło się minutę temu. Czy na pewno? Musiała być żywa. Gdy podszedłem bliżej, zobaczyłem krew, zadrapania na jej ramionach i twarzy, jakby otarła się o małe kamyki. Tej krwi nie było wiele, ale każda jej ilość wydawała mi się za duża.

– Kahlen! – zawołałem. W końcu przedostałem się przez skały i przyklęknąłem koło niej. Podniosłem jej głowę i wziąłem ją w ramiona – była znacznie piękniejsza, niż zapamiętałem. Mimo tych zadrapań wyglądała prześlicznie. Zobaczyłem na jej szyi wisiorek ode mnie. Łańcuszek musiał pęknąć w jakimś momencie, więc związała go nicią. Nie wiem, co się wydarzyło, ale zależało jej, by go zachować. Może, gdziekolwiek była, myślała także o mnie. Roześmiałem się krótko i lekko histerycznie.

– Kahlen, skarbie, słyszysz mnie? – zapytałem. Czy naprawdę miałem zacząć płakać? *Weź się w garść, to nie jest wła-*

ściwy moment. Otarłem napływające mi do oczu łzy i skoncentrowałem się. Nie chciałem tego robić, ale leciutko poklepałem jej twarz, próbując ją ocucić. Zajęło to chwilę, zanim jej powieki drgnęły.

Żyła.

Przysunąłem policzek do jej ust i nosa. Poczułem jej oddech. Przesunąłem ucho na jej pierś i usłyszałem to – piękny, miarowy rytm uderzeń serca. Tak jak trzeba.

Kahlen. Była prawdziwa, żywa i w moich ramionach. Musiałem się upewnić – dzisiaj nie miałem żadnego urazu głowy. Nikt nie powie, że mi się przyśniła. Jak mogłaby być złudzeniem? Wydawała się znacznie piękniejsza niż każda wizja, która mogła zrodzić się ze zwykłej wyobraźni.

Nadzieja. W końcu nadzieja.

Jeśli tu była, to może będę mógł się wytłumaczyć. Poprosić ją o wybaczenie. Zrobię wszystko, co będzie konieczne. Nauczę się języka migowego – dlaczego nie zrobiłem tego pod jej nieobecność? Może potraktowałaby mnie bardziej poważnie, gdybym to zrobił. Mimo to musiałem wierzyć, że naprawdę się pojawiła. Przynajmniej teraz istniała jakaś szansa.

Moja głowa wciąż dotykała jej piersi, a ja chłonąłem każde uderzenie jej serca, gdy poczułem, że Kahlen unosi rękę i muska mój policzek. Jej dłoń była chłodna i wilgotna, jak zawsze, jakby właśnie wyszła spod prysznica. Szok sprawił, że oprzytomniałem.

– Kahlen, słyszysz mnie? – zapytałem.

– Tak – zachrypiała. Odezwała się! Od jak dawna marzyłem o jej głosie…? Był słodki, chociaż mówienie sprawiało jej wyraźną trudność. W tym jednym słowie słyszałem, jak bardzo była zmęczona.

– Kahlen, ty mówisz!

– Dlaczego by nie? – wydawała się naprawdę zaskoczona moimi słowami. Jej głos był miękki, chociaż lekko zachrypnięty. Przez co musiała przejść? Powoli otwarła oczy i skupiła spojrzenie na mojej twarzy. Nie byłem pewien, jakie uczucie maluje się w jej oczach. Może to była ciekawość.

– Kim jesteś?

Tak, to zdecydowanie była ciekawość, ale nie lęk...

– Och... Kahlen, nie pamiętasz mnie?

Proszę, przypomnij mnie sobie, ja myślałem tylko o tobie.

Uniosła rękę i odgarnęła sobie włosy z twarzy, przyglądając mi się uważnie. Patrzyłem, całkowicie zauroczony, jak jej ręka przesuwa się lekko po policzku i zatrzymuje u nasady szyi. Wyczuła pod palcami wisiorek i popatrzyła na niego. Przyglądała mu się przez chwilę i znowu spojrzała mi w oczy. Odgarnęła moje włosy z oczu, by przyjrzeć mi się lepiej.

Dotknęła mnie. Celowo.

– Akinli? – zapytała niemal tak, jakby zgadywała, jakby Akinli było tak samo pospolitym imieniem jak Timmy, Brian czy Jake.

– Tak! Tak, jestem Akinli. Pamiętasz... jak jedliśmy homara? Jak kupiłem ci książkę? Ten naszyjnik... dostałaś go ode mnie. Mieszkałaś ze mną. – Słowa plątały się i walczyły ze sobą, by jak najszybciej wyrwać się z moich ust. Zastanawiałem się, czy coś rozumie z tego bełkotu. Milczała przez chwilę i zastanawiała się. Chciałem tylko raz jeszcze usłyszeć jej głos.

– Ja... nic z tego nie pamiętam. Ale znam ciebie. Skąd cię znam? – zapytała.

– Cóż, właściwie byliśmy razem. Przez krótki czas. Potem odeszłaś.

– Razem?

– Tak, razem. Jako para – wyjaśniłem.

– Och. – Opuściła odrobinę głowę i wyglądała, jakby się zarumieniła. Zapomniałem już, jaka była skromna. Nie mogłem sobie wyobrazić, jak można pogodzić tę jej cechę z tajemniczym byłym chłopakiem. Roześmiała się lekko i świetliście.

– Coś nie tak?

– Nie, ja tylko... przepraszam. Jestem po prostu zaskoczona. – Zdecydowanie się zarumieniła.

– No tak, przepraszam, że nie jestem przystojniejszy... – Czy to naprawdę była odpowiednia chwila na żarty?

Znowu się roześmiała.

– Nie bądź niemądry.

Uśmiechnęła się do mnie, a ja poczułem takie samo ciepło jak wtedy, gdy obudziłem się koło niej. Wiedziałem, że ta noc nareszcie się kończy. Musiałem potrząsnąć głową ze zdumieniem. Nasze oczy na chwilę się spotkały, ale na jej twarzy znowu malowało się zagubienie.

– Zaraz, dlaczego odeszłam? Co się stało?

– Nie jestem pewien. Albo byłaś na mnie zła, co byłoby zrozumiałe, albo ktoś cię zabrał. Pamiętasz może, czy zostałaś porwana?

Zastanowiła się i widziałem, że naprawdę próbuje sobie coś przypomnieć. Wydawało się, że szuka wspomnień bardziej uporczywie niż wcześniej, ale ponownie niczego nie znalazła. Zastanawiałem się, czy zawsze jej wspomnienia będą szybko ulatywać. Z drugiej strony pamiętała mnie przecież.

– Nie wiem. Ale czuję... czuję się... wolna? – zapytała mnie, jakbym mógł nazwać za nią to uczucie. Oczywiście byłem tak samo zagubiony jak ona. – Coś się skończyło. To słodko-gorzkie uczucie. – Zmarszczyła śliczne czółko i myślała dalej.

– Czy ktoś cię skrzywdził? Nic ci nie jest?

– Płuca mnie trochę pieką, chyba napiłam się wody. Poza tym te skaleczenia mnie szczypią. Czuję... nie wiem... ból? Nie wiem nic poza tym. – Wydawała się rozczarowana, jakby żałowała, że nie może mi powiedzieć nic więcej. Zaczęła trochę drżeć z powodu wiatru – robiło się ciemno, a ciepło znikało wraz ze słońcem. – Dlaczego miałabym być na ciebie zła?

– Och. – Nie chciałem jej tego wyjaśniać. – Cóż, byliśmy tak jakby razem, a wtedy przyjechała moja była dziewczyna. Nie zapraszałem jej, nie wiedziałem, że się pojawi. Narobiła zamieszania, a potem ty zniknęłaś.

Umilkła i zastanowiła się.

– Skoro to ona narobiła zamieszania, to chyba nie powinnam być zła na ciebie.

– Cóż, powinienem był jej od razu powiedzieć, żeby się wynosiła. Tak naprawdę nie chciałem jej widzieć, ale była... była częścią przeszłości, za którą tęskniłem. Nie tyle za nią samą, ale za tamtym czasem. Wtedy nie umiałem tego oddzielić. Czy to ma sens?

– Tak, rozumiem cię doskonale. – Jej twarz rozjaśniła się, jakby czuła to samo, co ja.

– Powinienem wiedzieć, że mnie zrozumiesz. Zawsze doskonale rozumiałaś takie rzeczy, wiedziałem to nawet wtedy, gdy nie mogłaś mi o tym powiedzieć.

Trudno mi było uwierzyć, że to się dzieje naprawdę; wydawało się zbyt piękne. Po pierwsze, była tutaj. Po drugie, nie była nawet na mnie zła. Po trzecie, nie przypuszczałem, by chciała gdziekolwiek odejść.

Przez chwilę patrzyliśmy na siebie w milczeniu.

Zobaczyłem, że znowu zadrżała, więc zdjąłem koszulę i dałem jej. Wydawała się taka drobna, gdy miała na sobie moje rzeczy – to było urocze. Pochyliła głowę i zaczerwieniła się, ale więcej niż raz spojrzała ukradkiem na moją pierś. Może zauważyła, że się uśmiecham, ale nie potrafiłem się powstrzymać. Teraz nie był właściwy moment, by mieć nadzieję, że ona dalej czuje do mnie to samo, ale... kogo to obchodziło?

Zapisałem w pamięci ten jej obraz... Woda ściekająca z włosów na policzki, oblepiająca ją czarna i lśniąca suknia, ciepło w jej oczach i ukojenie, jakie mi przyniosło to, że nosiła moje rzeczy. Uśmiechnęła się lekko i znowu się odezwała.

– Gdzie właściwie jestem?

– W Port Clyde w stanie Maine.

– Ale nie pochodzę stąd?

– Nie mam pojęcia. Już po raz drugi znajduję cię bez żadnych wspomnień tego, przez co przeszłaś ani gdzie byłaś. Domyślam się, że musisz mieszkać w pobliżu, skoro dwa razy tu trafiłaś. Poprzednio miałaś na sobie bardzo podobną suknię – równie elegancką, ale w innym kolorze. Ale wtedy nie mogłaś mówić. Myśleliśmy, że jesteś w szoku czy coś podobnego.

– My? – zapytała.

– Tak, mieszkałaś ze mną, moim kuzynem Benem i jego żoną Julie.

– Julie... – wyszeptała, jakby może ją także sobie przypomniała. Jeśli tak było, nic nie powiedziała. Miałem wrażenie, że zaczyna jej się mieszać w głowie od tak intensywnego myślenia. – Nie wiem, co mam teraz zrobić. – Była całkowicie zagubiona. Ja miałem kilka pomysłów na to, co mogłaby teraz zrobić, ale uznałem, że to nie jest najwłaściwszy moment na oświadczyny.

– No cóż, masz różne możliwości. – Nie chciałem wprawdzie o nich mówić, tym razem musiała sama dokonać wyboru. – Możemy wrócić do mojego domu i zawiadomić policję – poprzednio byli bardzo chętni do pomocy. Mogą zabrać cię ze sobą, umieścić cię w jakimś domu z innymi kobietami i znaleźć ci pracę. Poprzednio mówili, że to by ci mogło dobrze zrobić.

Przyjęła to spokojnie, nieporuszona pomysłem, że zostanie stąd wywieziona. Była niezwykle opanowana.

– Albo… możesz znowu ze mną zamieszkać. – Czy tylko wydawało mi się, że zobaczyłem lekki uśmiech? – Poprzednio… no, poprzednio wydawało mi się, że byłaś tutaj szczęśliwa. Ben i Julie ucieszą się, jeśli wrócisz. – Opuściłem spojrzenie. – Ja także ucieszę się, jeśli wrócisz. Ben i Julie mają teraz dziecko, więc w domu jest trochę tłoczno, ale jeśli ci to nie przeszkadza – popatrzyłem na nią – to możesz się czuć jak u siebie.

Zamknęła oczy i wydawało się, że szuka w umyśle jakiejś ważnej informacji. Zupełnie jakby próbowała rozwiązać zagadkę.

– Muszę być z tobą – oznajmiła w końcu, chociaż nadal miała zmarszczone czoło. Podjęła decyzję, ale wyraźnie nie była pewna dlaczego. Nie obchodziło mnie to, byłem szczęśliwy. Wiedziałem, że mam głupią minę, ale nie mogłem nic na to poradzić. Jestem dziwnym facetem. Postanowiłem się opanować i nie zareagować nadmiernym entuzjazmem.

– To świetnie – powiedziałem. – Wspaniale.

Wymieniliśmy uśmiechy, ale zanim uwierzę, że to dzieje się naprawdę, musiałem wiedzieć jeszcze jedno.

– Posłuchaj, możesz mi coś obiecać? Jeśli znowu będziesz chciała odejść, to nie ma sprawy, ale chciałbym, żebyś mi o tym powiedziała, dobrze? Obiecasz, że nie znikniesz znowu tak bez słowa? – Musiałem mieć pewność, że jeśli zmieni zdanie, będę mógł się przynajmniej naprawdę pożegnać. Nie wytrzymałbym chyba kolejnej dawki takiego niepokoju.

Popatrzyła na mnie z nieskończoną czułością w oczach. To był znajomy widok, jakby skrywała w sobie nieprzebrane pokłady cierpliwości. Położyła mi dłoń na policzku i patrzyła mi w oczy. Jeśli chciała mieć pewność, że słucham, co ma mi do powiedzenia, nie musiała posuwać się aż tak daleko.

– Akinli... jesteś jedyną osobą na tym świecie, która wydaje mi się znajoma. Zaprosiłeś mnie do swojego domu... Już dwa razy, tak? Myślę też, że wcześniej cię skrzywdziłam. Widzę w tobie ból, ale to ty mnie przepraszasz. Nie pamiętam niczego, co robiłeś wcześniej, ale teraz jesteś dla mnie więcej niż wspaniałomyślny. Dlaczego miałabym odchodzić? – Mój oddech stał się nierówny, przez moment nie potrafiłem się skoncentrować. – Przepraszam, że cię skrzywdziłam – wyszeptała.

Mówiła szczerze. Kahlen nie potrafiłaby kłamać. Było jej przykro, że zadała mi ból, i nie zamierzała odchodzić.

Może więc jest dla mnie nadzieja. Może w końcu zaznam w życiu trochę spokoju. Ta nadzieja wypełniała mnie i musiałem się z kimś nią podzielić. Musiałem wracać do Bena i Julie, natychmiast!

– Chodźmy do domu – powiedziałem, a jej oczy rozjaśniły się, gdy to usłyszała. Skinęła głową, po czym zaczęliśmy wstawać.

Bardzo chwiejnie trzymała się na nogach, gdy pomogłem jej się podnieść. Nie powinienem się z tego cieszyć, ale to dało mi pretekst, by trzymać ją bliżej siebie, niż wypadało. Obejmowałem ją ramieniem i przytrzymywałem jej drugą rękę, gdy szliśmy przez skały. W pewnym momencie nie zdołałem się powstrzymać i po prostu pocałowałem ją w czubek głowy. Chciałem zrobić znacznie więcej, ale napominałem siebie, że ona przecież nic z tego nie pamięta... I że prawdopodobnie omal się dzisiaj nie utopiła. Ale nie wydawała się tym zrażona, westchnęła tylko cichutko i radośnie. Spróbowałem spojrzeć w dół i odczytać coś z jej twarzy, ale ukryła ją na mojej piersi. Nie miałem nic przeciwko temu.

– Pamiętam twój zapach! Znam twój zapach! – Nie posiadała się z radości.

Patrzyłem przed siebie i szedłem dalej z uśmiechem. Przeklęte łzy wymknęły mi się mimo wszystko.

Rozdział 19

Najszczęśliwszy człowiek na ziemi. Jeśli ona powie „tak", nikt nie będzie mógł się temu sprzeciwić. Nie potrafiłem się powstrzymać od wyłamywania palców i obciągania ubrania. Musiałem się uspokoić, ale jak miałem to zrobić?

Kahlen.

Cały dzień obracał się wokół niej, ale Kahlen pozostawała jedyną osobą, która była zdolna powstrzymać mój świat od wstrząsów. Dlatego usiadłem na kanapie, udawałem, że oglądam telewizję i patrzyłem na nią.

Zadziałało jak dotknięcie różdżki – gdy znajdowała się blisko mnie, czułem ogarniający całe moje ciało spokój. To się zawsze sprawdzało, nawet teraz.

Nie robiła nic nadzwyczajnego. Bex zasnęła, otoczona zabawkami, na swoim kocyku na środku salonu, na podłodze. Kahlen pochylała się nad nią, z kosmykami włosów wsuniętymi za uszy, ale mimo to niemal muskającymi twarz dziecka. Łagodnie gładziła buzię Bex, całkowicie szczęśliwa. Chociaż nie pamiętała swojej rodziny, musiała mieć nadzwyczajną matkę – ten gest przychodził jej tak naturalnie.

Naturalnie. To było dobre słowo określające to, w jaki sposób Kahlen dopasowała się do naszej rodziny. Od jej powrotu było tak, jakby zawsze tu mieszkała. Nie mogłem uwierzyć, jak proste się wszystko okazało.

Myślałem, że na zawsze straciłem jej zaufanie, gdy popełniłem ten okropny błąd i nie odesłałem od razu Casey. Ale Kahlen nie chciała brać mi za złe niczego, czego nie pamiętała. Powiedziała, że jeśli chodzi o nią i o mnie, zaczynamy naszą przyjaźń z czystą kartą. Trochę zabolało mnie, że użyła słowa „przyjaźń", a nie „związek". Wydawało mi się, że w tamtej pierwszej rozmowie na skałach jasno dałem jej do zrozumienia, że jest dla mnie kimś więcej niż przyjaciółką.

Byłem jednak zdeterminowany. Wiedziałem, że ją kocham, spędziłem rok bez niej i nie zamierzałem pozwolić, by to się powtórzyło. Dlatego musiałem brać się do dzieła: każdy dzień przynosił nowe okazje do udowodnienia Kahlen, że kiedyś mogę na nią zasłużyć. To było moje zadanie.

Wprowadziła się znowu do nas, ale tym razem chciałem uniknąć wszelkiej prowizorki. Właściwie dzieliliśmy pokój, jednak w nocy ona spała w łóżku, a ja na kanapie. Upierała się, że to ja powinienem zajmować łóżko, bo to mój pokój, więc zapewniłem ją, że teraz to nasz pokój i czułbym się osobiście dotknięty, gdyby to ona nocowała na kanapie. To wystarczyło; była damą, więc świadomie nie zrobiła niczego co mogłoby sprawić komuś kłopot. Jednak z różnych powodów był to okropny układ.

Po pierwsze, pragnąłem jej. Przez cały czas. Każdej przeklętej nocy żałowałem, że nie poprosiła mnie, żebym z nią został, i nie zaproponowała, żebyśmy po prostu dzielili łóżko. Śniłem o tym wiele razy, niemal w każdym z tych snów ona w końcu zostawała naga. Chciałem jednak zachowywać się wobec niej jak dżentelmen. To była dziewczyna, z którą zamierzałem spędzić resztę życia. Po drugie, na kanapie było mi niewygodnie. Może nie aż tak źle, ale moje ciało było po prostu za długie. Dlatego spałem gorzej, co było nieprzyjemne, bo naprawdę lubiłem spać. Ale jeśli dzięki temu Kahlen odczuje, że mi na niej zależy, mógłbym spać nawet na dworze na skałach. Poza tym i tak spałem lepiej niż wtedy, gdy jej nie było.

Pomogłem jej także kupić ubrania, żeby mogła znaleźć pracę. Trudno szukać pracy w sukni balowej, a bez pracy nie mogła niczego kupić, więc ktoś musiał ją wesprzeć na początku. Gdy Kahlen zaczęła pracować, uparła się, że odda mi pieniądze. Nie mogłem jej od tego powstrzymać, więc po prostu wydawałem to, co mi dała, na jej potrzeby. Powtarzała, że mam nieprawdopodobne szczęście, gdy po raz trzeci czy czwarty powiedziałem jej, że znalazłem na ulicy dwadzieścia dolarów i chciałbym zaprosić ją na obiad do restauracji. Nie zaprzeczałem, że mam szczęście, w każdym razie nie wtedy, gdy była przy mnie, a ona okazała się zbyt niewinna, żeby mi nie dowierzać. Naprawdę to w niej kochałem – to, jaka była słodka. Nie irytująco słodka, ale życzliwa i dostrzegająca w ludziach samo dobro. W jej oczach nie mógłbym się zniżyć do kłamstwa. Nie sądzę, żebym w innych okolicznościach mógł ją okłamać, kochałem Kahlen za bardzo, by ją zranić.

Gdy w końcu była już normalnie ubrana, pomogłem jej w poszukiwaniu pracy. Nie było to łatwe, bo chciała coś robić, zanim jeszcze zakończyły się wszystkie procedury formalne związane z potwierdzeniem jej tożsamości, ale udało jej się zatrudnić w bibliotece na obrzeżach miasta. Okazało się, że jest jakby stworzona do tej pracy. Kahlen uwielbiała opowieści, ciszę i naprawdę lubiła coś robić. Wymyśliła spotkania z głośnym czytaniem dla dzieci, podsunęła starszym bibliotekarkom świeże pomysły, a one naprawdę doceniały jej energię. Było to wspaniałe. Starałem się nie śmiać, kiedy do czytania przebierała się za zajączka albo kładła na głowie zieloną włóczkę, gdy czytała *Drzewo, które umiało dawać*. Jej entuzjazm okazał się zaraźliwy, więc często jej pomagałem.

Byłem zawsze dumny ze swojej męskości, ale pewnego dnia Kahlen przyniosła kilka książek o księżniczkach, a ja, ubrany w zielony dres i kiczowate rogi, miałem udawać smoka. Dopiero wtedy zorientowałem się, że w tych zajęciach zwykle uczestniczyli także rodzice… i że wielu z nich znałem z liceum, albo po prostu dlatego, że mieszkaliśmy w małym miasteczku. Część facetów nabijała się potem ze mnie z powodu tego smoka, ale gdy się nad tym zastanowiłem, uświadomiłem sobie, że robię to dla dziewczyny noszącej tiarę. Dziewczyna nosząca tiarę miała wrócić ze mną do domu. Dziewczyna nosząca tiarę mogła mnie pewnego dnia pokochać. Ubrałbym się tak, jakby tylko sobie zażyczyła.

Starałem się robić, co mogłem – to nie zawsze było łatwe i przyjemne, ale zawsze stawiałem ją na pierwszym miejscu. Nie wiedziałem, jakie życie przedtem prowadziła, lecz doszedłem do wniosku, że rodzina musiała porzucić ją już dwa razy, więc zasługiwała na to, by stać się dla kogoś najważniejsza. Tym kimś zamierzałem być ja. To był powolny i trudny proces, ale we wrześniu, gdy pogoda zaczęła się zmieniać, czekanie się opłaciło.

Zaczęło się robić zimno, a Julie pokazała Kahlen, jak robić na drutach. Kahlen zrobiła dla mnie szalik, chyba najbardziej nierówny, jak to możliwe, w dodatku z fioletowych resztek włóczki z babskiej kolekcji kolorów Julie (trzeba przyznać, że to i tak był najbardziej męski zestaw), ale zrobiła go dla mnie, więc nosiłem go codziennie. Od pierwszych podmuchów chłodu we wrześniu do pierwszych oznak wiosny w kwietniu nosiłem fioletowy szalik. Uwielbiałem tę głupią rzecz. Uwielbiałem! Kahlen zrobiła ją własnymi rękami i zrobiła ją dla mnie.

Mniej więcej wtedy, gdy dostałem szalik, zauważyłem, że Kahlen wyczuwa różne dotyczące mnie drobiazgi. To było dziwne. Myślałem, że chce mi się pić, a ona właśnie wychodziła z kuchni, niosąc popcorn i colę dla nas obojga. Zawsze zauważała też, kiedy miałem problemy ze spaniem. Po prostu była na mnie wyczulona i przychodziła do salonu, gdy stres, bolące mięśnie lub niewygodna i za mała kanapa nie dawały mi spać. Cudownie było patrzeć, jak wygląda przez szparę w drzwiach, żeby się upewnić, czy nie śpię. Potem siadała na podłodze przy kanapie i gładziła mnie po włosach. To było naprawdę kojące.

Wymyślała dla mnie różne historie, dopóki nie zasnąłem. Były niesamowite i zawsze graliśmy w nich główne role. Jechaliśmy na Antarktydę i przytulaliśmy małe pingwiny. Albo byliśmy w Hiszpanii i biegliśmy z bykami. Podróżowaliśmy razem po świecie i robiliśmy rzeczy, które wcześniej wydawałyby mi się niemożliwe. Wiele razy pływaliśmy w oceanie, na samym jego środku, bez potrzeby oddychania. To były moje ulubione opowieści, bo od pewnego czasu byłem już rybakiem i czułem bliską więź z morzem. Kahlen wymyślała nam niekończące się przygody, a jej obecność uspokajała mnie tak, że zasypiałem.

Kahlen opiekowała się mną, kiedy chorowałem, i masowała mi plecy, gdy mnie coś bolało. Podnosiła mnie na duchu, gdy byłem przygnębiony i śmiała się razem ze mną, gdy byłem w nastroju do żartów. To może wydawać się mało interesujące, ale stale upewniała mnie, że zaczynam zdobywać jej uczucia. Postępowaliśmy naprzód stopniowo, krok po kroku, a ja starałem się czerpać z tego pociechę, chociaż było mi trudno, gdy przypominałem sobie nasz pierwszy tydzień spędzony razem. Poprzednio jej uczucia niemal od razu były takie same jak moje, ale tym razem wydawała się bardziej zagubiona i mniej pewna siebie. Nie potrafiłem odgadnąć, co czuje.

Miałem dość odwagi, by w razie czego poruszyć ten temat. Wiedziałem, co do niej czuję i byłem gotów powiedzieć jej o tym, gdy przyjdzie właściwy moment. Dziesiątki razy chciałem jej to powiedzieć tak po prostu, ale obawiałem się, że ją spłoszę. Kahlen wydawała się czasem zagubiona, a chciałem, żeby czuła się tutaj pewnie i bezpiecznie, nawet jeśli to miało znaczyć, że bardzo, bardzo długo nie będę mógł wyjawić własnych uczuć. Właściwy moment przyszedł niespodziewanie.

Mieliśmy zamiar niedługo się położyć. Był już październik, więc Kahlen siedziała owinięta w kołdrę na łóżku i patrzyła przez okno na ocean. Nawet zasłonięta od stóp do głów wydawała mi się niezwykle seksowna. Czasem zastanawiałem się, czy może ze mną coś jest nie tak, skoro dres wydaje mi się nowym rodzajem kuszącej bielizny. Chciałem ją pocałować od chwili, gdy ją znalazłem, ale wiedziałem, że muszę zaczekać. Poprzednio niemal wymusiłem na niej nasz pierwszy pocałunek. Tym razem musiała tego chcieć.

A ja musiałem na to zasłużyć.

Wziąłem dodatkowy koc z szafy, żeby nie było mi zimno. Celowo się nie spieszyłem, bo Kahlen wydawała się… samotna? Smutna? Trudno się domyślić, co dzieje się w głowie kogoś, kogo widzi się od tyłu.

– Akinli? – zapytała, wciąż patrząc na ocean.

– Tak?

– Czy… Czy kiedykolwiek tęskniłeś za czymś, czego istnienia nie byłeś nawet pewien?

To było dziwne pytanie, ale wcale nie takie trudne do zrozumienia. Pomyślałem o tym, jak po jej zniknięciu byłem przekonany, że sam ją wymyśliłem. I jak trudno mi było, bo pragnąłem, by była prawdziwa… bo wiedziałem, co do niej czuję. Ale gdyby nie była prawdziwa, jej zniknięcie mniej by bolało. Od jakiegoś czasu nie czułem tamtej pustki, ale w tej chwili wyraźnie ją sobie przypomniałem.

– Tak, chyba wiem, co masz na myśli. To znaczy, wiem, jak to jest, tęsknić za kimś i nie być pewnym dlaczego ani czy w ogóle powinno się tak czuć. Chociaż to bez znaczenia, bo i tak się tęskni. – Nie chciałem myśleć o tym, że jej nie było. Takie chwile sprawiały, że powracałem do zapisywania w pamięci poszczególnych jej obrazów, na wypadek, gdyby znowu zniknęła. Popatrzyłem na jej włosy – były coraz dłuższe. Zauważyłem, jak malutka się zrobiła, gdy zwinęła się w kłębek. Patrzyłem na jej ręce – obracała w delikatnych palcach wciąż zerwany naszyjnik.

– Zawsze mnie rozumiesz – szepnęła.

Patrzyłem, jak odwraca się powoli, by spojrzeć mi w oczy. W jej wzroku pojawiło się coś nowego, a ja nie potrafiłem nawet mrugnąć, tak pięknie wyglądała.

– Akinli? – odezwała się szeptem. Miałem wrażenie, że co chwila znajduje nowy sposób na wypowiedzenie mojego imienia i za każdym razem byłem tym tak samo zaskoczony. Tym razem jej głos przypominał ciężkie westchnienie.

– Tak? – odpowiedziałem, niemal tak samo cicho.

– Czy zdarzyło ci się kiedyś wiedzieć, że coś powinno się wydarzyć? Nie wiedziałeś jak ani dlaczego, tylko to, że coś powinno się stać? – Nie odrywała ode mnie spojrzenia. Oddychała szybciej. Czy myślała o tym samym, co ja?

Serce łomotało mi w piersi. Nie mogłem już dłużej udawać. Nie mogłem udawać, że ta dziewczyna jest moją przyjaciółką, gdy wiedziałem, że znaczy dla mnie nieskończenie więcej. Zawsze tak było. Upuściłem to, co trzymałem, i podszedłem bliżej.

„Tak" ledwie zdążyło mi się wyrwać z ust, zanim moje wargi dotknęły jej warg. Gdy tylko to nastąpiło, jej dłonie znalazły się w moich włosach. Odwzajemniła pocałunek, więc potraktowałem to jako potwierdzenie, że ona i ja, po raz kolejny, doskonale się zrozumieliśmy. Chciałem być delikatny, ale to nie moja wina, że mi się nie udało. Gdy Kahlen zaczynała się całować, zawsze była niezwykle namiętna. To nie ułatwiało mi sprawy, ale mimo wszystko było bardzo przyjemne.

Opadła na łóżko, a ja zostałem ponad nią, przeciągając ten pocałunek tak, by nigdy się nie skończył. Oooooch! Owinęła wokół mnie nogę, jakby chciała mnie powstrzymać przed odsunięciem się. Uwielbiałem to, było niezwykle ekscytujące. Wiele pocałunków później powtarzała zawsze, że to było nieświadome. To był mój najbardziej ulubiony odruch bezwarunkowy na świecie.

Całowałem ją, smakowałem jej oddech i wdychałem ciepły, morski zapach jej ciała. Moje dłonie zaplątały się w jej włosach i myślałem, że nie przeszkadzałoby mi, gdybym nigdy nie zdołał ich uwolnić. Przytulała mnie mocno, a w każdym razie tak mocno, jak pozwalało jej drobne ciało. Po raz pierwszy od bardzo dawna czułem się w pełni szczęśliwy.

Kto wie, jak długo się tak całowaliśmy. Mogły minąć całe dnie, a ja bym nie narzekał. Gdy jednak w końcu odsunąłem się, żeby zacząć całować jej szyję, podbródek i uszy, zauważyłem maleńkie łezki w jej oczach.

– Kahlen, co się stało? Zrobiłem coś nie tak? Przepraszam.

Cholera, myślałem, że w końcu pragnie mnie tak samo, jak ja jej, i pomyliłem się. Teraz nie zgodzi się zostać ze mną sam na sam w pokoju.

– Nie, oczywiście że nie – pociągnęła nosem. – Tylko... czuję się, jakbym czekała na ciebie całą wieczność. To bardzo silne uczucie i nie wiem, skąd się bierze, ale nie mogę go ignorować. Nie mogę nie czuć tego do ciebie. Są teraz rzeczy, których nie rozumiem, ale nie wiem dlaczego. Na przykład czas, czas jest dla mnie bardzo dziwny. Ben mówi, że dni są takie długie, ale mnie każdy wydaje się za krótki, za szybko mija. Albo kiedy się o coś uderzę, czuję przypływ paniki, nawet najmniejszy ból mnie zaskakuje. Nic z tego nie rozumiem. Ale ty... serce mi się kraje na myśl o tym, że mogłabym zostać z tobą rozdzielona. To, że mnie całujesz... że może czujesz to samo, co ja... – Pochyliła głowę. Poczułem się nieco zawstydzony, że nie powiedziałem tego jako pierwszy, że musiała sama zacząć o tym mówić.

Gdy przyciągnąłem Kahlen do siebie, ukryła twarz w mojej szyi, a ja po prostu trzymałem ją przy sobie. Nie potrafiłem się nie zastanawiać, co musiała przeżyć, zanim się tu znalazła. Wiele nocy nie spałem, zamartwiając się jej przeszłością. Często zdarzało się, że nie potrafiła zrozumieć, co właściwie tutaj robi. Dwa lub trzy razy znalazłem ją siedzącą na trawniku za domem w deszczu, jakby na coś czekała. Nie zawsze rozumiałem to, co ją zaskakiwało, ale wiedziałem, że jednej rzeczy powinna być absolutnie pewna.

– Kahlen, przykro mi, że czasem trudno ci się w tym wszystkim odnaleźć. Ale tutaj jesteś bezpieczna. Zaopiekuję się tobą. – Przysunąłem usta do jej ucha i zniżyłem głos do szeptu. – Kocham cię, Kahlen. Wiem, że czasem jesteś zagubiona, ale jeśli chcesz, będę dla ciebie domem.

Rozpłakała się. To nie był wstrętny, samolubny płacz, którym posługiwała się czasem Casey, by wpędzić mnie w poczucie winy. To były pełne czułości, ciche łzy, jakby niemal czuła się zawstydzona, że je zobaczyłem. Dlatego zacząłem je scałowywać. Nie uważałem się za romantyka, nie próbowałem powiedzieć czegoś, co by ją zasmuciło, i nie wiem, co mi podpowiedziało, by scałowywać łzy. Może chodziło o tym, że aż do tej pory nie widziałem niczyich łez godnych całowania? Gdy się uspokoiła, popatrzyła mi w oczy i powiedziała zdecydowanie najwspanialszą rzecz, jaką kiedykolwiek usłyszałem w życiu.

– Kocham cię, Akinli. Tylko tego jestem pewna.

To było to – wszystko na świecie znalazło się na swoim miejscu. Kahlen kochała mnie, a ja kochałem Kahlen.

Wszystko w niej mnie pociągało. Jej życzliwość, jej humor, jej ciało. Nawet gdy była przygnębiona lub poirytowana, wydawała się tylko bardziej bezbronna, a nie nieprzyjemna. Była wspanialsza, niż mogłem się spodziewać.

Nie miałem ochoty wypuszczać jej z objęć, ale jeszcze lepsze było to, że ona przytulała się do mnie równie mocno.

Gdy przyszedł czas, by wybrać dla Kahlen nazwisko, poprosiła mnie o propozycje. Początkowo podsuwałem rzeczy takie jak „Kahlen Marie Herbatka" lub „Kahlen von Kanapka".

Powiedziała, że omal nie przekonałem jej do „Kahlen Ciastkożerca". To by było dopiero zabójcze nazwisko! Wyobrażałem sobie, jak spotykam kogoś i mówię: „To moja dziewczyna, Kahlen Ciastkożerca".

Gdy jednak zrozumiałem, że naprawdę chce mojej pomocy, spoważniałem. Zawsze chciałem dać jej moje nazwisko, ale było jeszcze za wcześnie, by to proponować. Dlatego zdecydowałem się na Woods. Kahlen Woods – nazwisko związane z lasem, w którym ją po raz pierwszy spotkałem. Spodobało jej się tak bardzo, że zapytała, czy mam też jakiś pomysł na drugie imię. Zaproponowałem Ocean, ze względu na ten jej cudowny, czysty zapach. Kahlen Ocean Woods – to było bardzo praktyczne nazwisko i pasowało do niej.

Zatem od kilku miesięcy chodziłem z panną Kahlen Ocean Woods. Była stworzona dla mnie, wprost idealna. Chciałem zaczekać na jakąś specjalną okazję, ale miałem już dość zwlekania. Dlatego teraz pozostawało mi czekać, aż Ben wróci do domu i wypowie swoją kwestię. Miał być lada chwila.

Kahlen pocałowała Bex w oba policzki, podniosła głowę i przyłapała mnie na tym, że ją obserwuję. Uśmiechnęła się tylko i znowu zaczęła gładzić główkę małej. Czy byłem za młody na myślenie o tym, jak bardzo pragnę, by całowała nasze dzieci? Takie obrazy codziennie pojawiały się w mojej głowie. Wpadłem po uszy.

Kocham cię, Kahlen Woods.

Usłyszałem kroki na ganku, potem otwierające się drzwi, wreszcie głos Bena w kuchni, kiedy witał się z Julie i brał sobie coś do jedzenia. Było już dobrze po obiedzie. Wszedł do salonu i zobaczył, że jesteśmy tu wszyscy. Idealnie.

– Cześć, Akinli, jak ci poszło rano? – zapytał Ben swobodnie.

– Nieźle, sporo złapałem. Ale było okropnie zimno, więc nie wyciągnąłem kilku ostatnich pułapek.

– Jak to?! – wykrzyknął. Świetnie sobie radził.

– Cśśś, Ben, twoja córka śpi – uciszyła go Kahlen.

– No wybacz, ale twój chłopak się obija, więc mam prawo mieć pretensje. – Popatrzył na mnie. – Stary, skoro teraz pracujemy tylko we dwóch, nie możemy się lenić.

– Mówiłem ci, że było zimno – postarałem się, by mój głos zabrzmiał trochę żałośnie.

– Teraz już jest ciepło. Zbieraj się i wyciągaj resztę pułapek – odparł Ben.

– Serio mówisz?

– Tak, całkiem serio.

– Dobra, niech będzie. Wezmę tylko kurtkę.

– Ojej, Akinli, chcesz, żebym popłynęła z tobą? – zapytała natychmiast Kahlen. Tak! Wiedziałem!

– Nie, skarbie, zostań tutaj, w cieple.

Połknij przynętę, dziewczyno, połknij przynętę.

– Teraz, na tym słońcu, nie jest już tak zimno. Pozwól, żebym z tobą płynęła, pomogę ci!

– Skoro się upierasz – westchnąłem i mrugnąłem w przejściu do Bena. Wiedziałem, że się ze mną wybierze, taka już była. Zawsze myślała o tym, jak można by komuś pomóc.

Założyliśmy kurtki, a ja zabrałem fioletowy szalik. W gruncie rzeczy pogoda nie była już taka zła, prawie wiosenna. Mimo wszystko podjechaliśmy na Bessie zamiast iść. Teraz musiałem tylko zachować spokój, a ściskanie kierownicy mi w tym pomagało.

Gdy wsiedliśmy na łódź, po raz kolejny pomyślałem o tym, jak naturalna była obecność Kahlen przy mnie. Naprawdę nie wiedziałem o niej nic, poza tym, jaka była od chwili, gdy się poznaliśmy. Niektórzy pewnie uznaliby, że popełniam największy błąd mojego życia, ale myliliby się. Jeśli już, to ona robiła nie najlepszy interes.

Ja dostanę księżniczkę, artystkę, komediantkę, przyjaciółkę, modelkę, damę. Ona dostanie... mnie. Biedna dziewczyna. Musiałem jednak mieć nadzieję.

Kiedy pomagałem jej wsiąść na pokład, przytrzymałem jej ręce dłużej, niż to konieczne. Pocałowałem ją też, odrobinę za długo, ale nie odepchnęła mnie.

Najszczęśliwszy człowiek na Ziemi.

Powoli wypłynąłem z portu. Ona pewnie zakładała, że nie chcę wzbudzać fal, ale prawda była taka, że czułem się przerażony. Jak mógłbym z nią żyć, jeśli nad naszymi głowami zawiśnie wielkie „nie"? To by było okropne.

Rozejrzałem się za boją. Tę właściwą oznaczyłem dodatkowo, żeby rozpoznać ją wśród pozostałych. Zwolniłem jeszcze bardziej i rozglądałem się za czarną kropką odróżniającą jedną boję od tuzinów należących do nas. Zabrało mi to trochę czasu, ale pojawiła się... a ja poczułem, że znalazłem ją za szybko.

Weź się w garść, Akinli. Ona cię kocha. Ty kochasz ją. To nic takiego.

Podpłynąłem do oznaczonej boi i zacząłem ją wciągać na pokład.

– Co mam zrobić? – zapytała Kahlen.

Powiedz tak.

– Na razie nic – uśmiechnąłem się. – Wystarczy, że będziesz ślicznie wyglądać.

– Nie ma sprawy! – roześmiała się. – Zastanawiam się, czemu Ben był dzisiaj taki ponury. Zwykle jest w znacznie lepszym humorze.

– Na pewno był głodny. Wrócił do domu później, niż planował, to wszystko – odparłem i dalej ciągnąłem linę.

– Pewnie tak. Ile pułapek musimy wyciągnąć?

– Nie tak dużo, szybko nam pójdzie.

– Nie ma pośpiechu, lubię być na wodzie.

Przestałem zwracać uwagę na otoczenie, gdy Kahlen odchyliła się do tyłu i pozwoliła, by wiatr rozwiewał jej włosy. Naprawdę przełamała lęk przed wodą i teraz sprawiała wrażenie, jakby mogła tutaj zamieszkać.

To była jedna z otaczających ją tajemnic.

– Tak, wiem, że lubisz. – Widziałem już zarys pułapki w wodzie.

– Śliczna dzisiaj pogoda – zauważyła.

– Śliczna. – Zacząłem się pocić.

– Pomóc ci może? – Zauważyła, że pułapka wynurza się.

– Nie, nie trzeba – odparłem i odchrząknąłem.

– Co za pech, jest pusta!

– No cóż, mała strata. – Może nie muszę robić tego teraz. Może ona nie zauważy pudełeczka, a ja po prostu wyciągnę kilka pułapek z tych, które zastawiłem rano. Niczego się nie domyśli.

– Czekaj, co to jest?

Nieważne, wracamy do planu A.

– Co jest co? – Wyjątkowo gładko to sformułowałem.

– W tej pułapce jest jakieś pudełko.

Odetchnąłem głęboko, żeby się uspokoić, przyklęknąłem – ona na pewno myślała, że tylko po to, żeby łatwiej zajrzeć do pułapki – i wyciągnąłem czarne, wodoodporne, metalowe pudełko, które pożyczyłem od przyjaciela. Wypróbowałem je w zeszłym tygodniu i sprawdziło się idealnie. Moje palce drżały lekko, gdy otwierałem klamerki.

Kahlen podeszła bliżej i pochyliła się nade mną, żeby zobaczyć, co jest w środku. Otworzyłem pudełko i wyjąłem z jego wnętrza mniejsze, aksamitne. Wyszeptała „rany", ale w jej głosie brzmiała tylko ciekawość. Nic nie rozumiała i myślała, że wyłowiliśmy jakiś skarb.

Drżącymi rękami otworzyłem mniejsze pudełko. W środku był mały, delikatny pierścionek, który wybrałem miesiące temu. Nic szczególnego, chociaż teraz miałem już odłożone sporo pieniędzy. Uwielbiałem tę dziewczynę tak, że założyłbym na jej palec diamenty lśniące jak całe lodowisko. Ale ona nie lubiła ostentacji ani popisywania się, więc wybrałem coś skromnego – takiego jak ona.

– O Boże! – zasłoniła dłonią usta. W końcu zrozumiała.

Nie mogłem wydobyć z siebie głosu.

– Ojej – szepnęła. Podniosłem głowę i zobaczyłem, że moja Kahlen na łzy w oczach. Teraz ja także je miałem.

– Kahlen Ocean Woods. – Te słowa zabrzmiały głośniej niż mi się wydawało. – Kocham cię ponad wszystko na świecie. Raz już cię straciłem i... – Coś ścisnęło mnie za gardło, więc odchrząknąłem. – I omal mnie to nie złamało. Nie chcę już nigdy się z tobą rozstawać. Wiem, że nie jestem nikim szczególnym, ale obiecuję, że przy mnie będziesz bezpieczna i że będę się tobą opiekować. Czy zrobisz mi ten zaszczyt i zostaniesz moją żoną?

Przerażenie. Zdrętwiałem z przerażenia.

Wszystko albo nic. Czy ja oszalałem? Co, na litość boską, mógłbym ofiarować takiej dziewczynie? Kahlen kochała mnie, to pewne, ale przecież byłem nikim. Casey powiedziała mi to bardzo wyraźnie. Byłem sierotą, nie miałem wykształcenia, do niczego w życiu nie doszedłem. Jak mogłem zakładać, że zasługuję na Kahlen? Powinienem był zrobić więcej, by to udowodnić. Nie potrafiłem spojrzeć jej w oczy, nie byłem tego wart.

– Tak – odparła bez tchu.

Co takiego?

– Tak, tak, tak – ledwie była w stanie wykrztusić te słowa.

Podniosłem głowę i zobaczyłem, że się uśmiecha, bardziej promiennie niż kiedykolwiek wcześniej. Na jej policzkach lśniły łzy. Nie znałem nigdy dziewczyny, która wyglądałaby prześlicznie, kiedy płakała. Kahlen była jedynym znanym mi wyjątkiem od każdej zasady.

– Yyy, naprawdę? – Rany, czy ja powiedziałem to na głos?

Roześmiała się, uszczęśliwiona.

– Oczywiście!

– Biedactwo, nie wiesz, w co się pakujesz.

– Zaryzykuję.

Obojgu nam trzęsły się ręce, więc potrzebowałem chwili, by wsunąć pierścionek na jej palec. Rzuciła mi się w ramiona i obsypała mnie pocałunkami. Nie pamiętam, co się działo potem.

Rozdział 20

Kahlen powtarzała mi, że jestem beznadziejnym romantykiem. Początkowo tak nie uważałem, ale miała rację: gdy podeszła do mnie w białej sukni, płakałem prawie tak samo jak ona. Chociaż w przeszłości miałem dostatecznie wiele powodów do łez, nie chciałem ich nikomu pokazywać. Uznałem jednak, że są dwie okazje, gdy każdy wybaczy mi publiczne wzruszenie: ta chwila, gdy zostaję mężem, i chwila w przyszłości, gdy zostanę ojcem.

Kolekcja zapamiętanych kadrów zajmowała mi już niemal całą głowę, ale nie potrafiłem się powstrzymać, by jej nie powiększać. Cały czas obawiałem się, że Kahlen zniknie, chociaż dzisiejszy dzień oznaczał, że zawsze już będzie razem ze mną. Nie mogłem się oprzeć zapamiętywaniu każdego szczegółu.

Miała rozpuszczone włosy, co wyglądało prześlicznie. Lekko skręcające się pukle opadały na jej nagie ramiona, a delikatny welon podkreślał ich piękno. Suknia bez rękawów migotała do pasa, otulała miękko jej biodra i spływała aż do stóp. Kahlen powiedziała, że chce czegoś prostego i tak właśnie była ubrana. Wyglądała idealnie. Spośród trzech lśniących sukni, w których ją oglądałem, ta według mnie była zdecydowanie najlepsza.

Ślub braliśmy w jasnym, białym kościele za miastem. Potem przeszliśmy pieszo na przyjęcie weselne w porcie. Ceremonia odbyła się niemal o zmierzchu, żeby nawet ci, którzy pracowali w sobotę, mogli przyjść, i nikt nie miał nam za złe, że zajmujemy tyle miejsca. Kahlen zaplanowała wszystko, myśląc o rozmiarach i atmosferze naszego miasteczka. Ponieważ w kościele mieściła się tylko ograniczona liczba gości, zaprosiła większość mieszkańców na wesele. Zauważyłem nawet, jak rozmawia z grupką turystów w szortach i zachęca ich, by wypili choć lampkę szampana.

Cała rodzina Schaeferów przybyła, by być świadkami tego wydarzenia. Wiedziałem, że wielu z nich martwiło się o mnie po śmierci moich rodziców, więc teraz byli uszczęśliwieni, że się ustatkowałem, nawet jeśli moją żoną została dziewczyna niepamiętająca niczego poza mną. Kobiety z mojej rodziny uważały, że to najbardziej romantyczna historia, jaką kiedykolwiek słyszały.

Wszyscy zachwycali się moją młodą żoną, co nie było trudne. Na przyjęciu przytulali ją, całowali i kazali jej pozować do zdjęć. A chociaż wszystko to wiele dla mnie znaczyło, najlepsza chwila wieczoru nadeszła, gdy spotkaliśmy Casey.

Kahlen upierała się, żeby ją zaprosić i mówiła, że nie żywi żadnej urazy do mojej byłej dziewczyny. Przyznaję, że zrobiłbym wszystko, co w mojej mocy, żeby się więcej nie spotkały, ale skoro Kahlen chciała jej obecności na weselu, nie mogłem protestować.

Casey przyjechała i siedziała przy stoliku z kilkorgiem znajomych ze studiów, z którymi utrzymywałem kontakt. Sukienka, którą wybrała, wyglądała wyzywająco: czerwona, z głębokim dekoltem i zdecydowanie za krótka... Miała także co najmniej dziesięciocentymetrowe szpilki. Znajomy wyjaśnił mi, że chciała, żebym zobaczył, co tracę, ale mogłem tylko przewrócić oczami. Casey była zgrabna i atrakcyjna – nie byłem głupi, by tego nie dostrzegać. Ale była także toksyczna – tę cechę umiała dobrze ukrywać, a ja nie zauważałem jej przez długi czas. Z całego serca miałem nadzieję, że nie postanowi być dzisiaj niegrzeczna dla mojej żony. Nigdy nie uderzyłem kobiety, ale nie zawahałbym się przed wyrzuceniem jej z przyjęcia.

– To ona – szepnąłem, gdy spacerowaliśmy wśród gości. – W czerwonej sukience.

Kahlen zachłysnęła się.

– Mówisz poważnie?

– Tak.

Niedobrze. Ale, ku mojemu zaskoczeniu, Kahlen zaczęła się głośno śmiać. Była tak rozbawiona, że musiała się zatrzymać i otrzeć oczy.

– Co w tym takiego zabawnego? – zapytałem, uświadamiając sobie, że także się uśmiecham.

– Nic, nic. Tylko... serio? – Znowu zaczęła się śmiać.

Zanim podeszliśmy do tego stolika, Kahlen zdążyła się opanować. Powitała uściskiem wszystkich moich przyjaciół, zostawiając Casey na koniec. Uświadomiłem sobie, że poza Benem, Julie, Bex i mną wszyscy, których dzisiaj obejmowała, byli dla niej obcy. Casey wydawała się śliska jak wąż – jak mogłem tego tak długo nie zauważać? Objęła mnie, przytulając się za mocno jak na zwykłą przyjaźń, a potem odwróciła się, by uścisnąć dłoń Kahlen.

– Cześć, Kahlen, skarbie. Miło cię znowu spotkać.

– Casey, to bardzo ładnie z twojej strony, że przyjechałaś. Dziękuję. – Kahlen przechyliła głowę na bok i próbowała powstrzymać śmiech. Casey musiała to zauważyć, bo zaatakowała.

– Ładna sukienka, oczywiście jak na okoliczności. – Casey zmarszczyła nos i dodała półgłosem: – Rozumiem, że jeśli wychodzisz za rybaka, to trudno pozwolić sobie na coś naprawdę porządnego.

Ktoś przy stole westchnął z oburzenia, ale Kahlen nawet się nie zastanawiała.

– Ciekawe, za kogo musiałabyś wyjść, żeby pozwolić sobie na całą sukienkę.

Siedzący przy stoliku wybuchnęli śmiechem, a Casey otworzyła usta z oburzenia. Musiałem mocno przygryźć wargi, żeby się nie roześmiać. Kahlen wzięła mnie pod ramię, mrugnęła i ruszyliśmy dalej.

– Kahlen Ocean Schaefer! Co w ciebie wstąpiło?! – szepnąłem, gdy się oddaliliśmy.

– Obraziła mojego męża – odparła po prostu, patrząc na mnie z absolutnym uwielbieniem.

Casey z jakichś powodów nie zaczekała do podania tortu weselnego.

Ogromna szkoda, ponieważ Kahlen sama go wybierała i okazał się przepyszny. Nie było wątpliwości, że miała niezwykle wyczulone kubki smakowe – gdyby tylko chciała, zostałaby świetnym kucharzem. Ale ona swoją miłość do jedzenia uważała za irytującą. Narzekała, że od powrotu do Port Clyde przytyła chyba z pięć kilo.

Nie miałem pojęcia, o co jej chodzi.

Gdzieś pomiędzy rzucaniem bukietem, tańcami i ściskaniem krewnych straciłem ją z oczu. Zakładałem, że będzie z Benem i Julie, więc zacząłem ich szukać. Na nabrzeżu znalazłem Bena z Julie trzymającą w ramionach śpiącą Bex.

– Widzieliście gdzieś moją żonę? – zapytałem.

– Jak mogłeś zgubić jedyną dziewczynę ubraną na biało? – przygadał mi Ben.

– Wiem! Ale tu jest za dużo ludzi i robi się już ciemno. Widzieliście ją? – Wyciągnąłem szyję, by rozejrzeć się wśród tańczących par.

– Tam jest – odparła Julie. Odwróciłem się szybko i zobaczyłem Kahlen idącą ze spuszczoną głową. W ramionach trzymała jakieś pakunki i wyglądała, jakby płakała. Cały szampan w jednej chwili wyparował mi z organizmu. Przytuliłem ją natychmiast.

– Kahlen, kochanie, wszystko w porządku?

– Tak, tak, w porządku. Po prostu spotkałam jeszcze kilka osób z twojej rodziny, które były dla mnie bardzo miłe. – Urwała i pociągnęła nosem. – Dlaczego mi nie powiedziałeś, że masz wśród krewnych osoby niesłyszące? Mogliśmy poprosić kogoś, żeby tłumaczył ceremonię na język migowy. – Wydawała się rozczarowana.

Język migowy. To była jedna z tajemniczych pozostałości jej nieznanego życia. Kahlen miała cierpliwość, która mogłaby zawstydzić świętego, i niezwykłe wyczucie smaku. Gdy Bex płakała, a ja chciałem ją przewinąć, Kahlen mówiła: „Nie, ten płacz oznacza, że ona jest głodna", jakby ten dźwięk czymś się różnił. Nie pamiętała części swoich ulubionych rzeczy – na przykład teraz wolała wiosnę od jesieni (mówiła, że chodzi o deszcz), początkowo nie pamiętała także, jak gra się w pokera – ale zachowała umiejętność posługiwania się językiem migowym. Przypisywaliśmy to pamięci ciała.

– Kochanie, nie mam w rodzinie nikogo niesłyszącego.

– Ależ masz, właśnie dostałam od nich te prezenty. Popatrz. – Wskazała gestem głowy trzymane przedmioty. Były to trzy rzeczy. Po pierwsze, buteleczka z ciemnoniebieskim płynem z unoszącą się w środku muszelką, która nie spadała na dno. Dalej czarne aksamitne pudełeczko, jak na biżuterię. Ostatni prezent był prostokątnym pudełkiem, mniej więcej wielkości tego, w którym dostawałem książeczki czekowe, tylko znacznie solidniejszym.

– Co to jest? – zapytała Julie.

– Nie wiem. W tym jest chyba po prostu woda.

– Chwila, chwila. – Nie mogliśmy tak od razu zmienić tematu. – Kahlen, od kogo to dostałaś?

– To były trzy kobiety, niesłyszące, powiedziały mi, że są z twojej rodziny. To znaczy, pokazały to w języku migowym. Przecież chyba wszyscy tutaj to twoja rodzina?

– Tak, poza turystami, których dokarmiasz – odparł Ben.

– Jak się nazywały? – zapytałem. Miałem trochę dalszych kuzynów, których imiona ledwie pamiętałem, ale powinienem coś skojarzyć.

– Och – powiedziała Kahlen. – Właściwie nie przedstawiły mi się.

Spojrzała na mnie przepraszająco, w obawie, że będę na nią zły. Nie mogłem za bardzo naciskać. Właśnie wzięła ślub w otoczeniu zgrai nieznajomych ludzi i wyraźnie trochę ją to przerastało.

– Przepraszam, kochanie, nic nie szkodzi. – Pogładziłem jej włosy i otarłem jej ostatnie łzy. – Co takiego powiedziały, że zaczęłaś płakać?

– Nic takiego, były bardzo miłe. Ale wydawały się takie smutne, gdy sobie poszły. A ja czułam, jakbym była z nimi bardzo blisko. Bolało mnie, że muszą odejść. – Znowu była zagubiona. Biedactwo. Zastanawiałem się, czy kiedykolwiek będzie się czuła całkowicie na swoim miejscu – niemniej na pewno zamierzałem zrobić wszystko, by tak było.

– Czyli poszły sobie? – zapytałem.

– Tak. Objęły się i poszły w swoją stronę.

Cóż, kimkolwiek były te dziewczęta, przynajmniej zachowywały się miło wobec Kahlen. Później sprawdzę, kto to był, żeby podziękować im za prezenty.

– Ciekawe, dlaczego nie zostawiły tego po prostu na stole z prezentami – zastanawiał się Ben.

– Tak, to bardzo ładnie z ich strony, że wręczyły ci je osobiście. – Uwaga Julie była odrobinę gorzka. Część członków rodziny nie akceptowała ich pospiesznego ślubu, chociaż ja nie rozumiałem, o co im chodziło. Od zawsze było wiadomo, że Ben ożeni się z Julie. I naprawdę wszyscy powinni dziękować gwiazdom, że jakakolwiek kobieta chciała z własnej woli zostać z takim łamagą jak Ben. Poza tym czy ktoś mógłby zaprzeczyć, że Bex była prześliczna?

– Może zaczniemy świętować odrobinę wcześniej? Otwórz to! – polecił Ben. Kahlen uśmiechnęła się przebiegle na te słowa. Jak mogłem sprzeciwić się komuś takiemu?

– Jasne, otwieraj – zgodziłem się.

– Nie ruszaj tej buteleczki, dobrze? – poprosiła. – Naprawdę mi się podoba, postawię ją sobie koło łóżka. Och! To znaczy, postawię ją koło naszego łóżka. – Uśmiechnęła się.

Przez chwilę myślałem tylko o Kahlen i łóżkach. Naprawdę można było dzisiaj stracić dla niej głowę. Wyglądała prześlicznie, a jej ramiona i szyja zapraszały do pocałunków. To, jak suknia opinała jej kształty – kształty, które w końcu zobaczę – było naprawdę kuszące. Zarumieniła się, najwyraźniej myśląc o tym samym. Głos Julie przywołał nas do rzeczywistości.

– W takim razie otwórz to aksamitne. To musi być coś z biżuterii.

No cóż. Już niedługo.

Kahlen podała mi butelkę z wodą, żeby otworzyć pudełeczko. W środku, na czarnej poduszeczce, leżał szmaragd otoczony przez diamenciki, osadzone w delikatnej złotej obrączce. To było coś akurat w jej guście – prześliczne, ale skromne.

– Och, to cudowne! – westchnęła, podziwiając prezent.

Wydawało mi to się odrobinę niesprawiedliwe. Skoro te kobiety należały do mojej rodziny, dlaczego ona dostawała wszystkie prezenty? Co ja miałem zrobić z butelką wody i pierścionkiem?

– Wygląda na bardzo stary! Kahlen, musisz go przymierzyć. – Jeśli Julie była zazdrosna, doskonale to ukrywała. Doceniałem to.

– Nie, nie. Dostałam już dzisiaj dość nowej biżuterii. – Kahlen popatrzyła na mnie znacząco. Dotknąłem własnej obrączki – to było przyjemne uczucie.

– Nie musisz go nosić, sprawdź tylko, czy pasuje – nalegała Julie.

– Dobrze, niech będzie. – Kahlen przytrzymała ostatnie pudełko w zgięciu ramienia i wsunęła pierścionek ze szmaragdem na palec prawej ręki. Pasował doskonale.

– Ojej! – zawołała Julie. – Kahlen, to wygląda prześlicznie.

Kahlen ostrożnie zdjęła pierścionek.

– W takim razie zrób mi przyjemność i noś go za mnie, kiedy pojedziemy w podróż poślubną. Ja bym go pewnie zgubiła.

To była niezwykła wspaniałomyślność. Kahlen i Julie miały niemal ten sam rozmiar, więc pierścionek będzie pasować także na nią.

– Dobra, bierz się za to ostatnie. – Ben ziewnął. – Może to będą czipsy? Jestem głodny.

– Zamknij się, Ben. – Szturchnąłem go w ramię, a on się tylko roześmiał.

Szybko umilkliśmy, bo w pudełku był gruby plik równo złożonych banknotów. Nie chciałem ich teraz wyjmować i przeliczać, ale musiały to być dziesiątki tysięcy dolarów.

– Kahlen... Jesteś pewna, że się nie przedstawiły? – zapytałem.

– Całkowicie. – Była tak samo oszołomiona. – Przekazały językiem migowym, że są szczęśliwe z naszego powodu.

– No dobrze, powiedz przynajmniej jak wyglądały?

– Jedna była wysoką blondynką z niebieskimi oczami, druga brunetką, chyba w typie włoskim, a trzecia bardzo drobną Azjatką.

– Azjatką? – zapytaliśmy jednocześnie z Benem i Julie.

– Tak, Azjatką.

– Ben, mamy jakiekolwiek azjatyckie gałęzie w rodzinie?

– Raczej nie...

Roztrząsaliśmy tę kwestię, wypytywaliśmy różne ciotki i wujów, czy nie widzieli takich dziewcząt na przyjęciu. Nikt ich nie zauważył. Zastanawiałem się nad tym, aż w końcu Kahlen przeciągnęła się, a ja znowu zacząłem myśleć tylko o chwili, gdy zostanę sam na sam z moją żoną. Stanę za nią, pocałuję ją w szyję, a ona westchnie cichutko. To była przyjemna perspektywa, biorąc pod uwagę, jak bardzo Kahlen skromna była na co dzień.

Nie mogłem się doczekać, aż to nastąpi, ale przed opuszczeniem przyjęcia pozostawała jeszcze jedna rzecz do zrobienia.

– Jesteś pewna? – zapytałem po raz dziesiąty.

– Absolutnie – odparła i zdjęła buty.

Kahlen zobaczyła gdzieś coś podobnego i chciała mieć zdjęcie, na którym oboje skaczemy z pomostu do morza. Biorąc pod uwagę, ile czasu spędzaliśmy w wodzie, byłaby to świetna pamiątka, chociaż tutaj nawet w środku lata woda była chłodna. Znajdowaliśmy się w Maine, a nie na Florydzie.

Mimo wszystko Kahlen na tym zależało, a ja nie potrafiłem jej odmówić. Dlatego staliśmy teraz na pomoście, gotowi pobiec na jego krawędź. Za nami czekał fotograf i pozostali jeszcze goście, z rozbawionymi minami.

– Zniszczysz tę sukienkę – przypomniałem.

– I tak już wychodzimy. Poza tym czy dotąd wszystkie moje suknie nie rozsypywały się bez śladu? Równie dobrze mogę tę wykorzystać do końca.

Miała rację. Podejrzewałem, że tamte wieczorowe suknie Kahlen można było prać tylko chemicznie, bo obie po prostu zniknęły.

– Poza tym – szepnęła – jeśli suknia się zamoczy, trzeba będzie ją zdjąć... – Mrugnęła do mnie.

To się nazywa motywacja!

Zdjąłem buty i skarpetki, a potem wziąłem ją za rękę. Jej chłodne palce splotły się z moimi i miałem poczucie, że wszystko na świecie jest na swoim miejscu. Nie mógłbym prosić o nic więcej.

– Gotowa, pani Schaefer?
– Owszem, panie Schaefer.
– Weź głęboki oddech, Kahlen, i trzymaj się.
Z tymi słowami skoczyliśmy do wody.

Epilog

Ostatnie słowa Akinlego poruszyły coś głęboko w moim umyśle. Wspomnienie?

Weź głęboki oddech, Kahlen, i trzymaj się.

Te słowa wydawały się znajome, ale w sposób, którego nie potrafiłam nazwać. Takie rzeczy zdarzały się od czasu do czasu, lecz co mogłam na to poradzić? Nie miałam nic, z czym mogłabym powiązać taką oderwaną myśl, żadnego obrazu, imienia ani miejsca. To było trudne, tak jakbym miała kawałki układanki, ale nie wiedziałam, jak powinien wyglądać gotowy obrazek.

Jednak choć byłam tak niedoskonała, Akinli kochał mnie, jakbym była idealna. Opiekował się mną i pomagał mi, zanim jeszcze stało się to jego oficjalnym zadaniem. Ja zaś kochałam go rozpaczliwie i czasem wydawało mi się niesprawiedliwe, że jestem aż tak szczęśliwa.

Nie miałam jednak czasu zastanawiać się nad tym wszystkim – słowami Akinlego, moim zaskoczeniem ani radością, jaką czułam na myśl o tym, że jestem jego żoną – ponieważ gdy tylko znaleźliśmy się w wodzie, moje myśli pobiegły w zupełnie inną stronę.

Przysięgłabym, że w fioletowo-granatowych wodach Port Clyde usłyszałam tajemniczy, radosny głos wołający moje imię. A chociaż nie mogłam skojarzyć z tym głosem żadnej twarzy, jedyną myślą, jaka przyszła mi do głowy, było: *Mamo?*

Podziękowania

Przede wszystkim chciałam podziękować Bogu za Jego słowa.

Dziękuję Callawayowi, że miał do mnie tyle cierpliwości, gdy chciałam tylko schować się i pisać, i że wspierał mnie całkowicie w tym przedsięwzięciu. Jesteś najlepszym mężem na świecie!

Dziękuję Bethany Stevenson za zrobienie tak pięknego zdjęcia, że dzięki niemu zrozumiałam, dokąd zmierza ta historia. Dziękuję też Kelsey McNally, jej modelce, za uchwycenie piękna tajemnicy i uczucia. Wspaniałe prace Bethany możecie zobaczyć na http://www.coroflot.com/BethanyLStevenson

Ogromne podziękowania dla Liz McClendon i Michelle Thuise: to Wasze twórcze pomysły pozwoliły ukształtować świat, w którym rozgrywa się ta opowieść. Kahlen i Akinli zawdzięczają Wam życie.

Dziękuję Emily Russo, Sarah Holloway i Emily Stanton za mistrzowskie opanowanie języka angielskiego. Te strony bez Was byłyby prawdziwą katastrofą! Dziękuję z całego serca za Waszą ciężką pracę.

Dziękuję Shelowi Silversteinowi za napisanie książki, dzięki której w pierwszej klasie postanowiłam zaprzyjaźnić się z drzewem.

Oczywiście całe kosze podziękowań przeznaczam dla szalonych i wspierających mnie fanek. Jesteście niesamowite na tyle sposobów. Uwielbiam Was!